Godkiller

HANNAH KANER

GODKILLER

Traduit de l'anglais
par Benjamin Kuntzer

DE SAXUS

Ceci est une œuvre de fiction.
Toute ressemblance avec des personnages, lieux, organisations
ou évènements existant ou ayant existé ne serait que purement fortuite.

AVERTISSEMENT DE CONTENU

AMPUTATION, DESCRIPTION EXPLICITE DE BLESSURE, IMMOLATION,
LANGAGE GROSSIER, MEURTRE, MORT D'UN PROCHE, SANG, SEXE,
TROUBLE DE STRESS POST-TRAUMATIQUE, VIOLENCE

Godkiller
par Hannah Kaner

Illustration de jaquette (édition reliée) et couverture (édition brochée) : © Tom Roberts
Carte et illustrations intérieures : © Tom Roberts

Conception graphique couvertures, jaquette et pages de garde françaises :
Volodymyr Feshchuk – Eilean Books

Ouvrage publié sous la direction de Élodie Rémond
Suivi éditorial : Maéva Rossi

Composition et mise en pages
PCA

Le papier intérieur de cet ouvrage est composé de fibres naturelles, renouvelables, recyclables et fabriquées à partir de bois issu de forêts plantées expressément pour la fabrication de pâte à papier.

ISBN : 978-2-37876-408-1 (broché)
ISBN : 978-2-37876-409-8 (relié)
ISBN : 978-2-37876-410-4 (e-book)

Dépôt légal : janvier 2024

1re édition
10 9 8 7 6 5 4 3 2 1

Achevé d'imprimer en République tchèque par FINIDR en décembre 2023

Pour mon père, qui lit chaque mot.

SOMMAIRE

MIDDREN
FELLIC FARNE
ENNERTON
GEFYRTON
SAKRE
LESSCIA
WEILD
IRISIA
TRAADA

TALICIA
PINET
BLENRADEN
RESTISH
MER
DU
NÉGOCE
BELHAVEN
WSIRIN
SICARA

PROLOGUE
Quinze ans plus tôt

Son père tomba amoureux d'un dieu de la mer.

Celui-ci se nommait Osidisen. Les parents de Kissen décidèrent de les baptiser, elle et ses frères, en son honneur : Tidean, « sur la marée » ; Lunsen, « lune sur l'eau » ; Mellsenro, « les roches houleuses ». Et enfin Kissenna, « née de l'amour de la mer ». Osidisen emplissait leurs filets de poissons, leur enseignait quand affronter les tempêtes et quand se cacher, les ramenait sains et saufs tous les soirs avec leur pêche du jour. Kissen et sa famille vécurent avec les faveurs de la houle.

Cependant, le dieu marin n'apporta pas la fortune aux terres de Talicia. À terme, les villages des collines furent séduits par une déesse du feu, Hseth, et ses promesses de richesses.

Tout le monde désirait l'opulence des adeptes du feu. En l'honneur de Hseth, les Talicians incendièrent les bateaux et abattirent les forêts pour forger leurs armes, fondre leur cuivre et façonner de grosses cloches qui résonnaient depuis les falaises maritimes jusqu'aux lisières des montagnes. Les eaux d'Osidisen se vidèrent, la terre se retrouva couverte de fumée. Bientôt, de sombres rumeurs de violences se répandirent de bourgades en villages : on évoquait des sacrifices, des traques, des purges au nom de la déesse du feu, des ennemis ou d'anciennes familles ayant été brûlés pour le bon plaisir de celle-ci.

Un soir, au lendemain du douzième anniversaire de Mellsenro – dont le nom venait de lui être tatoué sur les doigts –, Kissen, âgée de onze ans, se réveilla en sentant une odeur de fumée étrangement dense et douceâtre lui gratter la gorge.

En reprenant ses esprits, elle prit conscience que des hommes l'emmenaient. Leur bouche était couverte d'un tissu, leur visage noirci par le charbon, leurs cheveux ornés de clochettes qui brillaient telles de petites lampes. Kissen était comme paralysée ; sa poitrine lui semblait lourde, comme si ses rêves s'y appesantissaient encore. Elle reconnut enfin la nature de cette fumée : une drogue somnifère provoquée par la combustion de graines de slesse, mêlée à d'autres senteurs inconnues. En contrebas de sa maison, les flots se déchaînaient contre les falaises. Osidisen était furieux.

Elle essaya de parler, mais sa bouche ne lui obéissait pas, et sa langue collait à sa joue. Sa tête tombait de côté ; elle repéra ainsi Mell, dont la main fraîchement tatouée traînait à terre.

« Mmmelll », tenta encore Kissen, mais son frère ne cilla pas. La fumée s'infiltrait par les volets, à travers les murs. Elle stagnait dans l'air.

« Silence », dit en la secouant l'un des hommes qui la tenaient. Elle reconnut ce timbre, ces yeux d'un vert délavé.

« N-Naro ? » demanda-t-elle d'une voix un peu plus assurée. Les vagues se fracassaient toujours dehors, et la fumée s'agita quand une bourrasque s'insinua par la cloison en clayonnage. Elle sentit la morsure des embruns sur son visage, sur ses lèvres. Ses pensées s'éclaircirent un peu. Naro l'observait d'un air paniqué.

« Ils disaient que tu ne te réveillerais pas tout de suite, se plaignit-il à travers son masque.

— Vite. » Elle reconnut aussi cette seconde voix : elle appartenait à Mit, le beau-frère de Naro. Leur masque les protégeait du somnifère. « Vite ! »

Ils l'emmenaient plus loin dans la maison, vers le foyer en son centre. « Qu'est-ce que vous faites ? » demanda Kissen d'une voix pâteuse mais intelligible. Son corps ne remuait toujours pas.

Ils atteignirent l'âtre, simple pierre ronde sous le toit de chaume ouvert en son sommet pour laisser la fumée s'échapper. Autour des braises du feu de la veille avait été disposée une cage treillissée en forme de cloche, formée de bois flotté et de métal. Ses parents étaient déjà ligotés là. Ses frères subissaient le même sort : cheville, cheville, bras, cou. Des offrandes. Kissen était la dernière.

Naro et Mit la jetèrent contre les barreaux, tout près de son père. Le vent venu du large sifflait à travers le trou dans le toit, malmenant les poutres. Les volets crépitaient, la maison résonnait des bruits des eaux démontées.

« Naro, arrête », plaida Kissen, un peu plus fort. La fumée de slesse s'était presque dissipée, même si elle lui paralysait encore les membres. « Pourquoi vous faites ça ? »

Naro lui tordait les jambes pour les attacher au pied de la cage, cependant que Mit sanglait ses mains aux barreaux. Lunsen pleurait, en proie à des hoquets de terreur. Elle avait perdu Mell de vue. Kissen trouva la force de se débattre tandis qu'ils l'entravaient contre le métal, mais ils étaient plus grands et plus forts qu'elle. Dehors, les cloches sonnaient à tout rompre, leur son brisé et martyrisé par le vent forcissant. Ce bruit aurait pu être provoqué par des milliers de battoirs, alors que le village comptait à peine une centaine d'âmes. Tout le voisinage devait se trouver dehors. Ils avaient planifié ça ensemble, pour s'emparer de la famille privilégiée par le dieu de la mer. Kissen perçut une odeur de poix chaude. La terreur lui étreignit la gorge.

« On n'est pas désolés, *'tiote* », déclara Mit. Comment osait-il l'appeler « petiote » ? Ce surnom était réservé aux oncles, aux amis. Il n'était ni l'un ni l'autre. C'était un traître. « Il le faut. »

Kissen rassembla ses forces pour lui planter ses dents pointues dans la main. Il s'écarta d'un bond en étreignant la pulpe endolorie de son pouce.

« Laisse-la, aboya-t-il. Il est temps. Ils ne vont pas nous attendre. »

Ils s'enfuirent. Kissen tremblait de tous ses membres. Elle cracha le sang de Mit et essaya de respirer, tirant sur ses liens pour trouver son parent le plus proche. « Papa. » Il était juste là. « Papa ! »

Bern, son père, respirait mal. Sa bouche était lacérée et ensanglantée, son visage contusionné. Ils avaient dû tirer profit de sa torpeur pour le passer à tabac. Cette bouche cabossée avait embrassé le dieu de la mer, mais à présent la cloche charbonneuse symbolisant Hseth recouvrait son front.

La fumée recommençait à se densifier ; elle n'était plus douceâtre, cette fois, mais âcre et poisseuse, chaude et noire, et s'élevait par le plancher. Leur village avait embrasé la poix répandue sous les fondations en pilotis.

Kissen tira sèchement sur ses poignets et ses jambes. « Papa ! » s'écria-t-elle. Ils ne lui avaient pas attaché le cou quand elle avait cherché à mordre. Elle se tortilla, effectua d'étranges contorsions, sentit ses os se disloquer quand elle tendit le menton vers sa main la plus proche. Là. Elle pouvait l'atteindre. Elle saisit la corde entre ses dents, tentant de la ronger ou de desserrer le nœud. Les cordes de mer étaient censées ne pas s'effilocher, mais elle ne voulait pas mourir.

Tidean était réveillé lui aussi. « Bande de pouilleux », hurlait-il en se débattant contre ses entraves. Plus il s'agitait, plus elles l'étranglaient. La fumée le fit tousser. « Traîtres dessalés ! » Sa voix était éraillée.

La chaleur augmentait. Kissen la sentait sous la plante de ses pieds. « Restez calmes, conseilla leur mère d'une voix pâteuse.

Restez calmes, mes amours. Osidisen va nous sauver. Je vous le promets. »

Ils ne voyaient pas encore les flammes, mais l'atmosphère ondulait. Le vent du large envoyé par Osidisen se frayait encore un passage à l'intérieur ; la fumée et l'air dansaient sans se mélanger, comme l'huile et l'eau. La bouche, les yeux, le nez de Kissen étaient tout secs. Elle plongea ses dents dans la corde avec une intensité renouvelée.

« Je vous le ferai payer ! » jura Tidean malgré les paroles de sa mère. Toutefois, ses liens étaient trop serrés, bien plus que ceux de Kissenna. Ses ruades farouches n'y pouvaient rien. Le sol commençait à craquer par endroits. Une lumière vive sourdait au travers des fondations. Les murs noircissaient. Puis une braise, une étincelle, une langue de feu, et la porte en bois s'embrasa, projetant des flammèches dans les yeux de Tidean. Celui-ci cria en se débattant.

« Respire profondément, mon fils, lui enjoignit sa mère. Tout va bien, Osidisen va arriver. » Elle mentait, mentait pour apaiser leur agonie, se mentait à elle-même. Osidisen était un dieu de l'eau : il ne s'aventurerait pas aussi loin du rivage, pas même pour eux, pas plus qu'un dieu du feu n'irait plonger dans l'océan. Les dieux ne pouvaient plus rien pour eux.

La corde entamait les gencives délicates entre les dents de Kissen, et un sang chaud et épais lui coulait sur la langue. Elle mordit de plus belle en grognant, tirant violemment sur ses entraves. Une décharge douloureuse, un crissement entre les dents, puis un claquement. La corde ! La corde était desserrée ; sa canine y était encore enfoncée, arrachée à sa bouche.

Kissen libéra son poignet d'un coup sec puis s'attaqua au second, sans se soucier du sang salé qui ruisselait de son menton à la pierre d'âtre, de laquelle il s'évaporait en sifflant.

Sa deuxième main, libre ! Ses pieds. Elle s'ensanglanta les ongles en défaisant les cordes, grondant de désespoir. Elle allait le sauver. Il le fallait. Son souffle était brûlant, ses yeux piquants, mais elle ne s'arrêterait pas. Sa mère toussait, désormais.

« Respirez profondément, mes enfants », disait-elle encore. Kissen devinait les larmes dans sa voix. Lunsen gémissait, à présent ; les efforts de Tidean étaient de moins en moins intenses. Mell n'avait pas bougé d'un pouce. « Laissez la fumée vous endormir, et Osidisen viendra vous chercher. »

Les liens de Kissen cédèrent enfin, et ses pieds se retrouvèrent libres. Le plancher brûlait, désormais, et le vent du large ne pouvait rien faire de plus que dissiper la fumée, les privant de cette chance que leur mère appelait de ses vœux : une mort indolore.

« Papa. » Ils avaient fermement ligoté son père au métal, de plus en plus chaud. Kissen grimpa malgré tout sur la cloche, sans craindre de se brûler les mains.

« Kissenna », marmonna son père entre ses lèvres enflées. Ses yeux ouverts brillaient d'un soulagement stupéfait. « Ma fille, fuis.

— Je vais vous sauver, répliqua-t-elle entre deux quintes de toux. Je vous sauverai tous. »

Kissen s'attaqua aux nœuds de marin bien réalisés ; ils étaient serrés, mais elle en venait à bout, libérant son père peu à peu. Ses yeux piquaient de plus en plus. Mell se réveilla enfin et hurla quand les flammes atteignirent le bord de l'âtre pour lui lécher les chevilles. Bien, ils étaient tous éveillés, ce qui signifiait qu'ils pouvaient fuir. Elle acheva de dégager la main gauche de son père, et s'attaqua à son pied tandis qu'il s'occupait de son poignet droit. Ils perdaient du temps. Le bruit des cloches, sonore et assourdissant, se mêlait en une note unique, plus bruyante que l'incendie.

Les flammes changèrent d'aspect. Elles s'entremêlaient, remontaient le long des murs en tournoyant, puis plongeaient vers le sol en des colonnes enflammées, faisant jaillir des étincelles comme autant de flocons de neige. Un rire, rocailleux et ravi, retentit dans la fumée.

Le feu se répandait, fleurissait en jupes de lumière et de braises. Au milieu du foyer, une femme tournoyait, les bras écartés. Hseth, la déesse du feu. Ses cheveux scintillaient de jaunes et de rouges venimeux ; de la chaleur émanait d'elle en crépitant, fendant le bois et les poutres.

« Dieu de la mer ! » appela-t-elle. Puis elle le nomma directement : « Osidisen ! Vois comme ils se sont détournés de toi pour m'offrir tes amours. Tu ne peux pas m'atteindre, vieux bouc détrempé ! Cette terre est la mienne ! »

Hseth ne regarda ni Kissen ni sa famille. Leurs hurlements ne la firent pas frémir. Elle décolla à travers le plafond dans un fléau de flammes, et le toit s'écroula.

Kissen cligna des yeux. Une chaleur noire. Puis vint la lumière. Puis vint la douleur. La cage s'était brisée sous le poids des poutres. Mell avait cessé de crier. Kissen cilla de nouveau. Son père était là, libéré de ses entraves. Elle avait mal à la tête. Sa bouche était pleine de cendres.

« Pa… » dit-elle d'une voix étranglée. Il déblayait les gravats qui reposaient sur elle, sans parvenir à soulever le métal gauchi qui s'était planté dans la jambe droite de Kissen, se brisant juste sous son genou. Elle se retrouvait piégée par la chair et par l'os. Elle allait mourir, elle le voyait dans les yeux de son père.

« Ça va aller, Kissenna », lui dit-il malgré tout. Il mentait comme l'avait fait sa mère, de ce timbre doux qu'Osidisen admirait tant. Il lui caressa les cheveux comme pour l'endormir. « Sois courageuse, mon amour, ma fille.

— Fuis, papa, dit-elle en réprimant un sanglot terrifié. S'il te plaît.

— Ne pleure pas, Kissenna. C'est mieux comme ça. »

La souffrance. Une souffrance atroce, aveuglante. Elle irradiait dans la jambe de Kissen. Celle-ci cria, mais la fumée étouffa ce son dans sa gorge. Son papa tenait à deux mains un métal chauffé au rouge, sa chair et leurs sangs mêlés grésillaient. Il souleva l'objet très haut.

« Sa jambe contre sa vie, Osidisen ! s'écria-t-il. Je t'en conjure, sauve-la de cet endroit en échange de cela, de sa chair, son sang et son os, mes propres créations. »

Il abattit le métal et *tourna*.

Kissenna hurla encore, la douleur la dévorant plus vite que le feu. Mais son père n'en avait pas terminé. Elle vit soudain tout noir, puis tout blanc. Lorsqu'elle recouvra ses esprits, son père la traînait hors des décombres, amputée de sa jambe. Le visage paternel ruisselait de larmes charbonneuses qui se transformaient en vapeur au niveau de sa barbe.

Elle aperçut alors la mer sous leurs murs brisés. Des flots furieux, impuissants, qui s'attaquaient au pied de la falaise. L'iode saturait l'air. Sa piqûre réveilla Kissen un moment. Les vagues engloutissaient chaque morceau de bois tombé de la maison, les réduisant en miettes.

« Ma vie, Osidisen ! cria encore son père. Ma vie contre la sienne, c'est la dernière chose que je te demanderai jamais.

— Non ! protesta Kissen, au bord de l'inconscience.

— Tu me dois bien ça ! Mon amant, mon ami. Tu le lui dois à elle, maintenant. Ma vie contre celle de Kissenna ! »

La mer s'éleva, remontant le long de la falaise comme pour les atteindre. Le visage d'Osidisen se matérialisa dans les vagues, ses yeux aussi sombres que les abysses. Pendant un instant, Kissen espéra qu'il refuse, choisisse plutôt de sauver son père.

Mais les dieux adorent les martyrs.

Il acquiesça.

Kissenna tenta de se débattre. Elle ne voulait pas d'une promesse divine ; elle voulait son père, sa mère, Tidean, Lunsen et Mell. Elle voulait sa famille. Son papa la serra une dernière fois contre sa poitrine et lui érafla le visage de sa barbe en l'embrassant.

« Je t'aime », lui dit-il avant de la jeter à la mer.

RAPPEL À TOUS LES CITOYENS DU MIDDREN

PAR ORDRE DU

ROI ARREN II

HÉROS DE BLENRADEN, SOLEIL LEVANT DE L'OUEST
EN SA TROISIÈME ANNÉE DE RÈGNE

Après avoir sauvé notre nation de la guerre des dieux

VÉNÉRER LES DIEUX EST INTERDIT À L'INTÉRIEUR DES FRONTIÈRES DE LA NATION DU MIDDREN

Cette loi s'applique de la frontière NORD-EST avec les REDOUTABLES TERRES TALICIANES jusqu'au CHENAL DE LA MER OCCIDENTALE et aux ÎLES DU NÉGOCE

Le RECEL de SANCTUAIRES, TOTEMS, AMULETTES et SYMBOLES associés à n'importe quel DIEU nommé sera PUNI PAR LA LOI

Les PÈLERINAGES vers des LIEUX SAINTS seront passibles d'AMENDES, de PRISON et de FLAGELLATION PUBLIQUE sur vos PIEDS DÉLOYAUX

LES VEIGAS, DÉICIDES, OFFICIENT DÉSORMAIS AU NOM DU ROI

Si vous VOYEZ ou SOUPÇONNEZ la présence d'un SANCTUAIRE, d'un DIEU ou de CONTREVENANTS, SIGNALEZ-LES À VOTRE RÉGISSEUR

CHAPITRE 1

Kissen

Il était difficile de tuer un dieu dans son élément. Kissen se rappelait cette règle à chaque satané pas qu'elle faisait pour gravir les pentes raides du Middren, jadis plus puissant que le Talicia voisin. Cet état de fait avait perduré jusqu'à la chute de Blenraden, ville de négoce située dans l'est du pays, et de la moitié de ses habitants. Des dieux querelleurs avaient porté ce coup terrible au Middren, mais avaient de ce fait contribué à remplir les bourses de ceux qui, à l'instar de Kissen, les traquaient.

L'air était lourd, quoique rafraîchi par l'heure matinale ; le Middren commençait à peine à se défaire de l'emprise de l'hiver. Même si sa jambe droite avait été fabriquée pour la marche, et bien qu'elle eût bandé à deux reprises son moignon, elle sentait déjà des ampoules se former à l'endroit où sa prothèse rencontrait sa chair. Plus tard, la douleur deviendrait difficilement supportable.

L'étroit sentier qui traversait la forêt était envahi par la boue et des plaques de glace à moitié formées ; Kissen parvenait à repérer ici une trace de pied dans la mousse, là une pierre retournée, voire quelques gouttes de sang lui confirmant qu'elle suivait la bonne piste. C'était typiquement le genre de chemin que les gens empruntaient pour aller prier.

Malgré ses talents de pisteuse, le soleil était déjà haut lorsqu'elle atteignit la marque : une rangée de pierres blanches au bord du chemin, à l'endroit où le sol s'aplanissait à hauteur d'un ruisseau – un seuil. Elle fit rouler ses épaules et inspira un grand coup. Elle pourrait sans doute attirer cette déesse vers un lieu saint plus petit, mais cela nécessiterait du temps et de la patience. Elle manquait des deux.

Elle franchit le palier.

Les bruits ambiants se modifièrent. Disparus, les chants d'oiseaux du petit matin et les odeurs de feuilles mortes et de paillis. À présent, elle entendait des rapides, percevait la profondeur et la pierre froide, humait de légers effluves d'encens – et de sang.

Il était plus difficile de défaire un dieu que d'en devenir un. Même une déesse aussi récente que celle-ci, à peine âgée de quelques années. Plus dur encore d'en tenter un avec une pièce ou une perle, alors qu'il avait pris goût aux sacrifices.

L'odeur d'encens s'intensifia alors que Kissen descendait prudemment sur la berge. La déesse avait conscience de sa présence. Kissen s'arrêta sur les pierres au bord de l'eau pour éprouver la douleur dans ses jambes, la froideur du matin, la morsure aiguë des ampoules. Elle ne dégaina pas son épée, pas encore. Le ruisseau était peu profond, mais le courant était fort et chargé d'une écume blanche provoquée par la cascade en amont.

La température chuta soudain.

Tu n'es pas la bienvenue ici, déicide. Le langage psychique des dieux était plus douloureux qu'une aiguille plantée dans la cervelle. Elle avait l'impression que cette invasion lui lacérait l'esprit.

« Tu as été gourmande, Ennerast », répliqua Kissen. L'air siffla. Les noms ont un pouvoir, et celui des dieux leur produisait l'effet d'un hameçon dans les branchies, les ramenant dans la réalité. Il en faudrait cependant plus pour attirer Ennerast.

Ce n'était qu'un peu de sang, répondit la divinité, *à peine un veau ou deux. Et aucune progéniture d'humain.*

« Allons, tu les as affamés jusqu'à ce qu'ils te fassent cette offrande, rappela Kissen en évaluant son environnement d'un coup d'œil circulaire. Tu as laissé la maladie souiller leurs eaux. Tu as traîné leurs enfants et leurs aînés jusqu'à tes berges pour menacer leur existence. »

Sa position offrait peu d'avantages. L'eau clapotait sur ses bottes.

Clairement, le décor aurait dû attirer un veiga beaucoup plus tôt. Aucun édile digne de ce nom d'une ville de la taille d'Ennerton n'aurait dû laisser un dieu vivre assez longtemps pour devenir aussi puissant. Même si les lieux saints étaient interdits, des dieux ne cessaient d'apparaître. Ces êtres de pouvoir, ces esprits naissaient et se nourrissaient de l'amour et des peurs des hommes et des femmes, jusqu'à devenir assez puissants pour les exploiter. Les humains étaient des créatures imbéciles, et les dieux des entités cruelles.

« Tu leur as fait du mal », insista Kissen. L'eau avait cessé de couler autour de ses pieds, pour former plutôt des tourbillons près de la rive.

Tel est mon dû. Je suis une déesse.

Kissen partit d'un rire sans humour. « Tu t'attaques à ceux qui ont peur, Ennerast. Tu es un rat, et je vais t'attraper. »

Kissen plongea la main dans son manteau en laine paraffinée, palpant du bout des doigts ses poches remplies de reliques et de totems, d'accessoires divers et d'encens, les outils de son métier. Elle trouva ce qu'elle cherchait en repérant les dentelures du pot, et enfonça son ongle sous le bouchon pour soulever celui-ci. Le récipient contenait une boucle de cuir gravée.

L'air se tendit autour d'elle, dans un mélange de nervosité et d'excitation. L'eau commença à mousser. *Qu'est-ce que c'est ?*

Kissen ne pouvait pas ressentir la même chose que les dieux : la peur, l'espoir, le désespoir, autant d'émotions qu'ils s'amusaient à exploiter sans s'en soucier vraiment. En revanche, elle savait ce qui les motivait, ce dont ils avaient une envie maladive. « Une prière », répondit-elle sans la sortir totalement.

Je la veux.

« La prière d'un jeune homme, d'un village très lointain. » Kissen reboucha le flacon du pouce. « Il veut être épargné par la sécheresse et les incendies de forêt qui font rage chez lui, il veut sauver ses bêtes et ses cultures. Il ferait n'importe quoi pour avoir de l'eau. »

Donne-la-moi.

« Il a promis tout ce qu'il possédait, Ennerast, reprit Kissen avec un sourire. Tout. »

À moi.

Les eaux s'élevèrent pour former un torrent vert, qui se mua en une tête aussi lisse que de la pierre, en des bras chargés d'algues. En son centre, sur son torse fait d'eau liquide, battait une masse sombre : un cœur de sang. Elle tendit la main vers Kissen, qui, ayant raffermi sa position, dégaina sa lame et trancha les doigts de la déesse dans un mouvement fluide. Ennerast beugla, se recula, et l'eau se reforma à l'endroit où sa chair de rivière avait été lacérée.

« Ça brûle », dit-elle à haute voix, plus surprise que blessée. Ses yeux étaient gris et ternes, comme des cailloux. L'épée légère, plus dure et durable que de l'acier, avait été forgée à partir d'un mélange de fer et de minerais de Bridhid, comme la jambe de Kissen. Elle pouvait entamer l'enveloppe d'un dieu aussi sûrement que celle d'un homme, de la moindre idole à la plus puissante déité de la guerre. Une déesse comme Ennerast, qui s'était récemment manifestée dans ce torrent de montagne, n'avait encore jamais été blessée par une lame en briddite.

La divinité montra ses dents en arêtes de poisson et frappa la berge sous les pieds de Kissen. Le sol céda, et la chasseuse plongea dans le ruisseau. Elle essaya de se relever, mais des algues s'enroulèrent autour de ses poignets pour l'attirer par le fond. De l'eau lui emplit la bouche et les narines, cherchant ses poumons.

Kissen traîna son épée pour lutter contre les plantes, puis l'enfonça dans le lit de la rivière. La lame heurta une pierre est y resta plantée. Kissen abattit brusquement sa jambe droite pour gagner en stabilité ; puis elle mit toute sa force pour extirper son épée de l'eau, fendant le courant et les algues de son fil. Une fois debout, la jeune femme sectionna le bras d'Ennerast, alors que la déesse cherchait à lui enfoncer la tête sous la surface.

La chair de la divinité dégringola en cascade. Elle hurla, et le courant ralentit durant cet instant de distraction. Kissen aperçut alors ce qu'elle cherchait : derrière la chute d'eau reposait un éclat d'os, un morceau de ruban coloré et une pierre – le sanctuaire de la déesse de la rivière. Ennerast n'était pas l'une de ces divinités antiques disposant d'une quantité phénoménale de lieux saints ou d'innombrables prières, capables de voyager d'un bout à l'autre du monde sur un caprice ; elle était encore une jeune déesse et, bien qu'elle fût née dans la nature, elle avait besoin de son autel pour survivre.

Kissen ne laissa pas le temps à Ennerast de se reconstituer ; elle bondit en avant, soulevant son épée pour porter l'estocade.

Ennerast tomba dans le piège. Elle plongea pour protéger son lieu sacré, et Kissen pivota au dernier moment pour remonter brusquement sa lame.

Celle-ci plongea dans le torse sombre d'Ennerast et s'enfonça droit dans la masse sanguinolente en son sein. La déesse poussa un rugissement semblable à celui d'un barrage qui se brise.

Elle empoigna la main d'épée de Kissen, la serrant assez fort pour lui broyer les os.

« Je t'en prie, dit Ennerast. Laisse-moi vivre, veiga ; tu pourrais avoir besoin de moi.

— Je n'ai nullement besoin des dieux, rétorqua Kissen.

— Dit celle dont le cœur est encore cerné par la promesse d'Osidisen. »

L'eau déversait tous les secrets ; les histoires se répandaient de l'amont à l'aval, du ru à l'océan. Rien ne pouvait endiguer la rumeur initiée par un dieu de l'eau.

« Je peux t'en débarrasser, tu sais ? insista Ennerast en se penchant en avant sur la lame pour rapprocher son visage de celui de la chasseuse. Cette promesse, ces cicatrices, ce souvenir. » Elle caressa la joue de Kissen.

« Des dieux plus puissants que toi m'ont fait des propositions, Ennerast. Et je les ai tués quand même. »

Ennerast siffla. « Dans ce cas, je te maudis ! s'écria-t-elle. Je te… »

Kissen ressortit son épée par le flanc de la déesse, qui exhala une pestilence de sang et d'eau croupie. L'autel caché derrière la cascade se brisa. Ennerast ne produisit pas un son lorsque sa chair retourna dans le courant et s'enfonça dans la rivière Ennerun, en libérant le courant pour la ville et les villages qu'elle desservait, qu'ils s'épanouissent ou périclitent. Elle parvint néanmoins à décocher une dernière barbelure dans l'esprit de Kissen.

Quand le Middren tombera aux mains des dieux, ton engeance sera la première à mourir.

Le bruit du cours d'eau diminua, et la douce odeur d'encens se dissipa parmi les effluves d'humus et d'humidité. Les chants d'oiseaux reprirent.

Kissen frissonna. Elle était trempée jusqu'à l'os, pourtant son travail n'était pas terminé. La déesse était morte, mais les dieux ressuscitaient parfois. L'autel représentait ses souvenirs, ses sacrifices, son ancrage au monde.

Kissen s'en approcha. Il était abîmé, pas complètement détruit. Deux crânes de bêtes s'étaient fracturés. La plupart des dieux réclamaient des sacrifices animaux plutôt qu'humains. Kissen les ramassa pour les jeter dans la forêt afin de les laisser pourrir. L'encens s'était consumé jusqu'au bout, mais les cendres demeuraient. Elle en versa une petite quantité dans une fiole en verre, puis dispersa le reste dans l'eau. La plupart des autres offrandes d'Ennerast étaient intactes. Assez pour la ramener à l'existence si Kissen ne s'en débarrassait pas. La jeune femme conserva une bande de soie tressée à la main, avec une prière intégrée à la trame et du sang mêlé aux fils. Cela ressemblait à une supplique amoureuse. Très tentante pour un dieu. Peu d'autres prières étaient dignes d'être gardées. Elle entassa les derniers vestiges et les embrasa, à l'écart de l'eau, dans un cercle de pierre. Elle regarda brûler jusqu'au bout ce bûcher de fortune.

Elle n'empocha qu'une autre relique : un totem sculpté dans du calcaire, représentant une tête aux pommettes hautes et aux yeux plats. Environ la taille de sa paume. Il s'était craquelé au centre quand Ennerast était morte, mais c'était cette forme que la déesse avait adoptée.

Kissen empestait la vapeur, la boue et la fumée de charbon quand elle récupéra enfin sa monture en bas du sentier de montagne et reprit la longue route menant à Ennerton et au régisseur qui l'avait contactée. Un régisseur était une sorte de surintendant nommé dans des bourgs ou sur des régions entières pour s'occuper des affaires du noble régnant sur les lieux. La maison Craier, en l'occurrence. Kissen se moquait bien de savoir qui possédait quel lopin de boue, tant que l'argent était pur.

Elle frappa à la porte du tribunal. La vieille femme qui lui ouvrit se renfrogna et se mit à frotter les taches d'encre qui recouvraient sa peau brun foncé.

« Autrefois, les veigas passaient par derrière », grommela-t-elle.

Kissen sourit, révélant sa dent en or. Avant la guerre de Blenraden, les déicides n'étaient guère mieux considérés que des assassins ou des exterminateurs. Kissen et le veiga qui l'avait formée étaient payés en dessous-de-table. « À présent, nous avons la bénédiction du roi, confirma Kissen. Mais tu préfères peut-être renouer avec les morts de Blenraden ? »

La femme rougit et la laissa entrer ; Kissen lui souffla un baiser en retour. Dorénavant, sa vocation n'était plus considérée comme un péché.

Le régisseur annotait des carnets à son grand bureau en chêne, qui trônait fièrement devant un portrait du roi Arren encadré de façon tapageuse. Il leva la tête avec lassitude quand elle fit son entrée, et les boucles d'oreille en cuivre qu'il portait à l'oreille gauche tintèrent en réfléchissant la lumière. Elles laissaient des marques bleues sur son lobe pâle.

« C'est fait ?

— Bonjour à vous aussi, régisseur Tessys. Je pensais les terres Craier plus accueillantes. »

Tessys avait la mine revêche, comme s'il s'était trop souvent fait marcher dessus. « Il me faudrait une preuve. » Il se montrait un peu tatillon. La preuve se voyait à la fumée qui s'élevait encore de la montagne par une journée humide, à l'endroit où s'était trouvé le sanctuaire d'Ennerast. La preuve se sentait au parfum de rage qui s'accrochait à Kissen comme de l'électricité statique à la fin d'un orage. Peu importait : les hommes mesquins aimaient tenir de grandes choses.

Kissen déposa le totem en calcaire brisé sur sa table. Il devait savoir qu'une telle relique ne pouvait émaner que d'un lieu saint. Le régisseur contempla l'objet, effrayé.

« Détruisez-le », conseilla Kissen en sortant de la poche de son manteau l'étui de cuir renfermant ses documents de veiga. Elle les fit glisser sur le bureau. « Et oubliez votre inquiétude, ou elle sera de retour avant l'hiver. »

Il lui lança un regard agacé puis considéra les papiers et humecta sa plume. « Vous prétendiez l'avoir tuée.

— Les dieux sont des parasites. Ils reviennent dès qu'ils trouvent de la peur sur laquelle se nourrir. » Une Ennerast ressuscitée suivrait le même chemin, même sans les souvenirs de son temple. Les dieux couraient tous après les mêmes choses : l'amour, le sacrifice, le sang.

Le régisseur renifla. Kissen pouvait-elle le dénoncer pour avoir échoué à démanteler plus tôt l'autel d'Ennerast ? Il écoperait alors d'une amende salée, ou se ferait amputer d'un doigt. Elle avait peut-être intérêt à le faire, mais ça ne changerait rien à ce qu'il était au fond de lui. Les dieux naissaient de prières humaines, et personne ne voulait se retrouver du mauvais côté de celles-ci. Si elle cafardait auprès du chevalier le plus proche chaque fois que quelqu'un avait besoin d'un veiga, elle se retrouverait bien vite à court de travail.

Le régisseur piocha un sceau dans son tiroir, ainsi qu'une bourse pleine. Sa pierre à encre était déjà humide, il y apposa donc simplement son tampon, qu'il appliqua ensuite sur les documents, selon le symbole à trois pointes des veigas. Kissen s'empara d'abord de l'argent, qu'elle soupesa dans sa paume. Elle ne le dénoncerait peut-être pas, mais elle lui avait soutiré une fortune.

« Maintenant, partez », dit-il en repoussant les papiers vers elle. Il lui donna congé d'un geste impatient de la main, incapable de la regarder en face.

« Pas d'autre affaire à me proposer ? s'enquit Kissen. Pourquoi pas ?

— Pas d'autre souci avec un dieu, répliqua le régisseur avec un sourire pincé. Je contacterai votre régisseur de Lesscia, si nécessaire. »

Kissen haussa les épaules et empocha ses émoluments.

« Vous n'allez pas vous en occuper, hein ? » dit-elle en désignant le totem d'Ennerast. Ce n'était pas vraiment une question.

Il avait peur, pas seulement de la déesse morte, mais de ses adeptes. Ces derniers chercheraient un coupable, et c'était le régisseur qui avait contacté une déicide. Elle l'imaginait bien conserver la relique et se laisser soudoyer pour la rendre aux croyants.

Les dernières paroles d'Ennerast résonnèrent dans la tête de Kissen. *Quand le Middren tombera aux mains des dieux…*

Kissen dégaina son épée et, d'une chiquenaude, fracassa le totem du plat de sa lame. L'homme se recula d'un bond en voyant le visage d'Ennerast tomber en miettes sur son bureau, y laissant une large entaille et une pluie de morceaux blancs.

« Comment osez-vous… » Il s'interrompit toutefois quand Kissen révéla sa dent dorée dans un sourire et lorgna le portrait du roi accroché au mur. Son pied reposait sur une tête de cerf, et le levant derrière lui éclairait la cité en flammes. C'était à sa parole que le régisseur devait obéir, quoi qu'en pensent les administrés. L'homme ravala sa colère.

« Merci », lâcha-t-il sans desserrer les dents.

Kissen regagna seule la sortie du tribunal en s'efforçant d'oublier les mots de la déesse. Les grands dieux étaient éparpillés, leur traque était dispersée, la guerre du Middren terminée depuis longtemps. La prophétie d'Ennerast ne signifiait rien, il s'agissait juste du dernier souffle désespéré d'une déité mourante.

Kissen porta la main à sa poitrine, où la promesse d'Osidisen, le sacrifice de son père, pesait encore sur son cœur en écriture marine.

CHAPITRE 2

Inara

Inara Craier retint son souffle quand le chariot de bois dans lequel elle se cachait s'arrêta bruyamment. Ce jour-là était toujours celui du bois pour Ennerton, même si elle ignorait totalement où il serait livré. Elle serra contre elle Skedi, son compagnon à fourrure caché sous son gilet, et jeta un coup d'œil sous la bâche qui protégeait le chargement. Ils s'étaient immobilisés devant une grande porte, sur une rue pavée très fréquentée. À l'intérieur de la cour humide, des gens vêtus de la livrée gris et bleu pâle de la maison Craier s'entraînaient à l'épée et au bouclier. Le portail était surplombé du symbole des trois arbres survolés par un oiseau : les armoiries de sa mère, Lessa Craier, cheffe de la maison. Il devait s'agir d'une espèce de caserne.

« De profondes inspirations », se dit Inara en s'écartant de la bâche. Son souffle se condensait en sortant de sa bouche. « De profondes inspirations. »

Elle ne s'était jamais rendue à Ennerton. En fait, elle ne s'était même jamais éloignée du domaine des Craier, pas une fois en douze ans d'existence. Il régnait là une odeur forte. L'endroit était bruyant. Et lumineux. Trop lumineux, avec de trop nombreuses couleurs.

Il y a suffisamment de raffut pour qu'on ne nous remarque pas, signala son compagnon. *Fais comme je t'ai montré, laisse les couleurs s'estomper.*

Inara déglutit et descendit en se laissant glisser par le côté du chariot. Sa mère était une femme courageuse, confiante et forte. Inara se devait de l'être aussi, pour sa mère. Pour Skedi.

Nul ne la regarda s'éloigner du chariot, chacun étant trop préoccupé par ses propres occupations : transporter, travailler, crier, rire. Les couleurs entouraient tout le monde à Ennerton, tels des nuages lumineux tombant de leurs mains, ondulant autour de leurs épaules, dansant au-dessus de leur tête. Un kaléidoscope en mouvement perpétuel qui s'illuminait et disparaissait, clignotait comme un éclair avant de s'estomper. Inara inspira un grand coup. Seuls Skedi et elle pouvaient voir les couleurs ; elle devait regarder au travers pour distinguer la rue, les visages. Le chatoiement s'effaça en arrière-plan.

Ne cours pas, lui dicta son petit ami en rampant sous sa manche pour venir se nicher dans le creux de son coude. *Contente-toi de marcher, lentement.*

Inara faillit « marcher lentement » dans une dame sortant à reculons d'une porte voisine, une chèvre morte attachée par les pieds jetée sur ses épaules.

« Désolée, dit Inara.

— Garde tes excuses pour toi, petite sotte », rétorqua l'autre en la contournant. Ses couleurs jaillissaient, orange et agressives. Inara retint son souffle.

Continue d'avancer. Ce ne sont que leurs émotions, elles ne peuvent pas te faire de mal.

Inara resserra son manteau autour d'elle. Skedi avait raison, elle aurait dû avoir l'habitude des couleurs, à présent, légères et florissantes autour des domestiques de la maison Craier ou des ouvriers qui s'occupaient des vergers, du domaine ou du bétail. Depuis que Skedi était venu à elle, ou peu après, elle avait commencé à les distinguer. Cinq années de couleurs et de secrets.

Cette soirée printanière était tonifiante, les gelées de l'hiver ayant décidé de se prolonger ; elle avait donc enfilé une veste matelassée ainsi qu'une cape de voyage, avec un foulard pour lui tenir les cheveux. Elle était la seule à être vêtue si chaudement. Ici, en ville, à quelques heures de chariot de la maison, les températures étaient plus douces. Inara tira sur son foulard et baissa la tête pour ne pas risquer d'être reconnue. Tous les gens du coin étaient placés sous la tutelle de sa mère, mais nul ne lui accorda la moindre attention.

Inara s'éloigna des baraquements et s'enfonça immédiatement jusqu'à la cheville dans une flaque où flottaient des abats issus de la boucherie voisine. Elle secoua le pied et parvint, en clopinant, à éviter une douche d'immondices jetées par une fenêtre à l'étage. Son cœur battait à tout rompre. C'était idiot. C'était dingue. Elle risquait tout, alors qu'elle ne savait même pas où aller.

Elle surprit une bribe de conversation : « … que la veiga est obligée de rester là, régisseur Tessys ? » L'homme qui parlait portait un col maintenu par une bandelette de soie froissée ; l'autre avait des anneaux en cuivre sur toute l'oreille. Ses robes de laine délicates étaient fermées par des boutons de nacre. Quelqu'un d'important. « Vous savez que les disciples d'Ennerast chercheront noise. Mieux vaudrait qu'elle parte.

— C'est une femme fière et grossière, et elle tient à ce qu'on le sache », répondit celui aux nombreuses boucles d'oreille. Le régisseur du bourg, apparemment. Elle avait parfois entendu sa mère parler de lui. « Je refuse de passer un instant de plus à converser avec elle. Par ailleurs, il paraît qu'elle est bien trop occupée à faire du gringue à Rosalie, la tenancière. » Il désigna une taverne voisine, devant laquelle nombre de clients sirotaient des tasses fumantes embaumant le vin chaud. « Soyez raisonnable, et allez voir ailleurs. »

Le premier parut gêné. « Et si…

— Je l'ai payée. J'ai fait ma part du boulot. »

Inara constata que l'auberge s'appelait *L'Édit du roi* ; sa pancarte représentait un soleil dominant une cité enflammée. Blenraden. Évidemment. Inara ne conservait que de vagues souvenirs de cette guerre qui avait fait rage durant son jeune âge, mais aucune enfant n'aurait pu oublier le retour de sa mère à la maison durant la période la plus sombre, blessée, muette, le cœur brisé.

Le jour où la fin du conflit avait été annoncée lui revenait beaucoup plus nettement. Elle avait alors neuf ans, et ils avaient mis en perce des tonneaux de vin et d'eau-de-vie avant de faire exploser des feux dans le ciel en l'honneur des servants. Dame Craier avait étreint Inara de toutes ses forces. Même à cette époque, la fillette détenait déjà des secrets.

À présent, ce bon vieux temps était révolu, mais les secrets perduraient. D'après les domestiques, Lessa Craier passait l'essentiel de son temps à Sakre, la capitale, dans l'espoir de regagner les faveurs du roi Arren. Ses visites à la maison étaient toujours très fugaces.

Elle était apparue ce matin même au petit déjeuner, tout juste après avoir fait la route, les cheveux tressés dans son dos. Elle avait couvert Inara d'attentions, l'avait interrogée sur ses leçons, ses lectures, son tir à l'arc, sans jamais lui montrer à quel point elle devait être épuisée.

Puis une messagère était arrivée. Une femme anxieuse venue du bureau du régisseur, troublée de découvrir la dame de maison sur place, elle qui aurait préféré laisser un message annonçant qu'un déicide avait été réclamé pour s'occuper de la déesse Ennerast, de la rivière locale. Inara n'était pas censée écouter à ce moment-là. Elle devait se cacher chaque fois qu'un inconnu se présentait au manoir, ce qu'elle avait fait ; sauf qu'elle savait désormais où se cacher pour ne pas perdre une miette des conversations.

Un déicide.

On en voyait rarement, dans ces contrées, ou alors Inara n'en entendait jamais parler. C'était une chance unique. Leur première chance de liberté. Quand Skedi en obtiendrait-il une autre ? La messagère était repartie, et Inara avait rassemblé son courage.

Sa mère se trouvait alors dans son bureau, absorbée dans la lecture d'une lettre, à laquelle elle avait répondu dans la foulée. Une odeur de citron flottait dans l'air, un vif parfum d'agrume. Ces derniers temps, tous les courriers qu'elle rédigeait sentaient le citron.

« Ina », avait dit dame Craier en la remarquant. Même si elle s'était empressée de faire disparaître la missive qu'elle lisait, Inara avait eu le temps d'apercevoir un symbole à l'encre marron, comme une branche d'arbre. Sa mère semblait tourmentée et inquiète mais, contrairement à la plupart des individus, ses couleurs demeuraient cachées. Une bougie se consumait sur son bureau, quoiqu'il fît grand jour.

Inara avait avalé sa salive. Skedi se cachait dans sa poche, et elle y avait plongé la main pour qu'il puisse y apposer sa truffe. « J'aimerais te parler des dieux. »

Un halo coloré était brièvement apparu autour de sa mère. Un éclat gris et blanc, comme un éclair. Il avait rapidement disparu, mais Inara en avait compris la signification : la panique.

« Non, s'était opposée dame Craier. Tu ne dois pas parler des dieux, Inara, c'est dangereux.

— Maman, c'est important. » Elle voulait lui parler de Skedi, des couleurs, lui expliquer pourquoi elle avait gardé ce secret si longtemps. Peut-être qu'alors sa mère l'emmènerait voir le déicide en ville, qu'elles obtiendraient des réponses.

« Un jour, tu comprendras.

— Mais…

— Assez. » Un éclat de colère l'avait entourée, mais elle avait rapidement recouvré son sang-froid et repoussé une mèche derrière l'oreille d'Inara, ainsi qu'elle le faisait déjà quand sa fille était toute petite. Les mains de Lessa étaient d'un brun doré assez sombre, alors qu'Inara était plus claire de complexion ; les cheveux de Lessa étaient noirs et raides, alors que ceux d'Inara étaient châtains et bouclés. Elle ressemblait à son père, d'après Lessa, même si elle ne lui avait jamais donné plus de détails. « Je suis sérieuse. Oublie ça, ma chérie. Je t'en prie. Fais-le pour moi. D'accord ? » Elle s'était alors levée, et ses épaules avaient caché toute la lumière venue de l'extérieur. Lessa était rarement chez elle, mais, lorsqu'elle était présente, elle refusait d'écouter sa fille. Elle n'essayait même pas. Toutes deux étaient trop différentes. Inara devrait se débrouiller seule.

Mens-lui, lui avait alors conseillé Skedi.

C'était ce qu'Inara avait fait.

« Oui, maman. »

À présent, la jeune fille se glissait à l'intérieur de la taverne. L'atmosphère chauffée par les feux était chargée de fumée. L'endroit empestait la sueur, le chien et le vinaigre. Les clients qui buvaient là étaient surtout des gens du coin. Inara le devinait à leur tenue de laine teintée et brossée, ou de coton, taillée de la même manière que celle des domestiques. Certains d'entre eux, les plus riches, se reconnaissaient aux élégants motifs brodés et colorés qu'ils arboraient. D'autres étaient en habits de voyage : laine épaisse, cuir et bottes renforcées. Son précepteur lui avait appris qu'il s'agissait d'une ville de négoce, ce qui donnait lieu à beaucoup de passage.

Même si elle avait été éduquée isolée du monde extérieur, elle repéra aussitôt la veiga. Celle-ci, assise à une table, portait un équipement de cuir semblant assez robuste pour faire office d'armure ; le col en était assez bas pour révéler le tatouage en haut de sa poitrine, une sorte de spirale lâche. Nul n'aurait pu la confondre avec une négociante ou une ouvrière agricole. Elle devait être taliciane : pâle, couverte de taches de son, avec des cheveux auburn coupés au niveau des oreilles et retenus par des nattes grossières et un bandeau de cuir.

La veiga discutait avec la tenancière et, lorsqu'elle sourit, la lumière se réfléchit sur le pâle contour d'une cicatrice semblable à une toile d'araignée, tissée depuis son œil gauche jusqu'à son menton. Cette vision provoqua un frisson à Inara, qui n'avait vu pareille chose que sur des parchemins ou dans des ouvrages : une malédiction morte.

Une malédiction signifiait qu'elle avait suffisamment contrarié quelqu'un pour qu'il pactise avec un dieu afin de se venger d'elle. À moins qu'elle ait suffisamment énervé une divinité pour que celle-ci appose sur sa joue la marque de son pouvoir, sans avoir besoin de répondre à la prière ou au sacrifice d'une tierce personne. Une malédiction morte signifiait que la veiga avait tué la divinité en question ou réussi à surpasser sa volonté, rendant par là même la cicatrice aussi blanche qu'un os passé à la chaux.

Ce n'est peut-être pas une très bonne idée, fit valoir Skedi.

« C'était la tienne », lui répliqua Inara à mi-voix. Il l'avait aidée à mentir pour obtenir l'autorisation d'aller se coucher tôt, même si sa mère l'avait de toute façon à peine remarquée ; puis elle avait quitté le manoir au nez et à la barbe de tout le monde. Skedi avait été tout excité de fuir à travers le domaine, de découvrir le monde, mais à présent qu'il voyait la tueuse de dieux, il avait peur. N'aurait-elle pas dû éprouver la même chose ?

Inara regarda la veiga saisir la main de la tenancière pour lui embrasser le poignet. Un geste délicat, humain. La patronne sourit et se pencha pour remplir la chope de sa cliente, profitant de ce mouvement pour lui glisser quelques mots à l'oreille. Le sourire de la veiga s'élargit, et ses yeux gris de mer de Taliciane pétillèrent de malice. Inara ne percevait pas plus la couleur de ses émotions qu'avec sa mère, et dut donc se résoudre à étudier son visage pour deviner ce qu'elle pensait.

Une tablée, plus loin dans la taverne, réclama l'aubergiste sans aménité, agitant les chopes ou les abattant sur la table. Leurs couleurs étaient faciles à distinguer, allant d'un safran délicat à un rose salé. Ils n'aimaient pas voir la veiga draguer leur serveuse. Cette dernière retira sa main d'un geste juste assez lent pour effleurer le menton de la déicide, puis alla resservir les importuns.

Maintenant qu'Inara était là, il n'y avait plus de retour en arrière possible, elle profita donc de cette distraction pour se rapprocher.

Sois prudente, lui dit Skedi.

Elle se glissa sur la chaise en face de la veiga et patienta.

L'autre l'observa par-dessus le rebord de sa chope tout en prenant une longue lampée. Une assiette où ne subsistaient que des miettes et des os parfaitement rongés reposait devant elle. Le ventre d'Inara se mit à gargouiller. Elle aurait dû être couchée depuis longtemps, et elle s'était sentie trop nerveuse pour avaler quoi que ce soit tandis qu'elle planifiait son expédition secrète. Peu importait : elle mangerait en rentrant à la maison. À condition qu'elle ne s'attire pas de *trop* gros ennuis.

Elle serra les dents. Elle règlerait ce problème le moment venu. Dans l'immédiat, tout ce qui l'intéressait était cette femme assise en face d'elle, dont la malédiction brisée paraissait encore plus fatale vue de près. Ses mains aussi étaient couvertes de balafres, de vieilles brûlures qui lui nouaient la peau.

« Qu'est-ce que tu veux ? » lui demanda la tueuse.

Inara cligna des yeux, surprise de s'être vu adresser la parole, et de façon aussi brutale. Sa bouche s'assécha d'un coup.

« Vous êtes une tueuse de dieux, n'est-ce pas ? » demanda-t-elle. La veiga dressa un sourcil sans répondre. « Une messagère a dit que vous êtes venue vous débarrasser d'Ennerast, celle qui affamait la rivière pour obtenir du sang.

— Et qu'est-ce qu'une petite noblionne comme toi peut en avoir à carrer ? »

Inara rougit. Elle avait couvert ses cheveux et choisi sa tenue de cheval la plus banale et la plus chaude. Elle s'imaginait vêtue comme une domestique – comment la veiga avait-elle pu la percer à jour ? « Je ne suis pas noble.

— D'accord. » La veiga haussa les épaules, s'en moquant à l'évidence éperdument. « Quoi qu'il en soit, dégage, *'tiote*. »

'tiote, un terme talician signifiant « petiote ». La tueuse avait un accent middrenien, mais l'élocution ronde et profondément rythmée du talic, qui évoquait des roches autrefois pointues peu à peu érodées par la mer.

Ne lui dis pas la vérité.

« Je m'appelle Ina. J'ai besoin de votre aide.

— Dans ce cas, demande plutôt à la garnison. » La veiga se frappa la poitrine du poing et rota. « Je ne suis ni une mercenaire, ni une nourrice.

— Ils ne peuvent rien pour moi, insista Inara en tâchant de dissimuler son dégoût. Pas pour ça, en tout cas. »

Un rugissement s'éleva près de l'âtre quand deux clients se lancèrent dans un bras de fer, et que les partisans de chacun se mirent à parier en misant des copeaux d'argent. La tenancière revint alors, apparemment pas dérangée par le bruit. « Rosalie, l'appela Kissen.

— Veiga ? » répondit-elle en souriant. Inara était presque soulagée de les voir badiner ainsi, cela rendait la déicide plus humaine.

« Je peux avoir du vin ? Profites-en pour remplir ta coupe le temps que je chasse cette propre à rien. » Inara se ratatina quand Kissen la désigna. « À quels nobles elle appartient ? Craier ? »

Rosalie la détailla, et Inara sentit son cœur se serrer ; toutefois, les couleurs de l'aubergiste étaient froides et grises : ni surprise ni identification. « Je ne vois pas de noble par ici. Dame Craier n'a pas d'enfants pour le moment, et elle s'est brouillée avec sa famille. Sans doute une fille de marchand. »

Inara mit un moment à ravaler sa protestation véhémente. Elle était l'héritière des terres Craier. Les gens d'Ennerton n'étaient peut-être pas directement employés par sa mère, mais ils devaient au moins avoir connaissance de l'existence d'Inara. Et que signifiait ce « pour le moment » ? Skedi attira son attention d'un coup de tête.

Mieux vaut être agacée que découverte.

Inara resta donc silencieuse tandis que Rosalie décochait un clin d'œil à la veiga. « Je t'apporte du vin dès que je suis prête, promit-elle.

— Si ça ne te dérange pas. »

La déicide désigna d'un signe de tête le groupe qui les avait séparées un peu plus tôt.

« Oh, ils sont pas méchants, la rassura Rosalie. Ils tiennent juste à leurs habitudes. Si je veux m'encanailler avec une veiga, ils peuvent bien se mettre leurs habitudes où je pense. »

Kissen sourit. « Eh bien, dans ce cas, je suis ravie d'avoir décidé de passer la nuit ici. »

Rosalie prit congé, et Inara se lassa d'être aussi ostensiblement ignorée. Elle subissait bien assez souvent le même sort avec sa mère. « Vous vous y connaissez en dieux, hein ? »

La tueuse soupira. « Si tu cherches un prêtre ou un expert, je ne suis ni l'un ni l'autre. » Elle espérait clairement qu'Inara allait disparaître.

« Non, je… » Inara baissa la voix. Elle voulait prouver à la tueuse de dieux qu'elle avait tort, que ce qu'elle avait à dire méritait d'être entendu. Skedi et elle n'avaient aucune envie de se faire surprendre par les habitants d'Ennerton – elle ne devait surtout pas mêler le nom de sa mère à cela, mais il était du devoir de cette femme de lui répondre. « J'ai un problème avec un dieu. »

La veiga l'étudia d'un air incrédule, et Inara aperçut sa canine dorée quand elle fut sur le point d'éclater de rire. La jeune fille se rembrunit.

« Sors, Skediceth », dit-elle.

Ce n'est pas ce dont nous étions convenus, protesta-t-il.

« S'il te plaît. Fais-le pour moi. »

Skedi dégringola le long de sa manche. *Je n'aime pas ça du tout.*

La déicide ne s'attendait clairement pas à cette bouille de lièvre ni aux bois du dieu gros comme un écureuil qui pointa le museau par l'emmanchure d'Inara, plaquant ses ailes de plumes contre son dos. Skedi semblait tenir tant du lapin que du cerf ou de l'oiseau.

En un éclair, un couteau se retrouva dans la main de la veiga. Skedi se recroquevilla jusqu'à ne faire plus que la taille d'une souris, puis remonta en courant sous la manche d'Inara cependant que la lame s'enfonçait dans le bois de la table.

« Ne lui faites pas de mal ! » s'écria la fillette en portant la main à sa poitrine pour caresser un Skedi tout tremblotant. Le métal du poignard était d'un gris plus terne que le fer. De la briddite. Elle en avait vu dans les appartements de sa mère : l'épée qu'elle avait rapportée de la guerre était dans ce même matériau, capable d'occire Skedi en une fraction de seconde.

« Où est son sanctuaire ? » questionna la veiga. Une ou deux personnes se retournèrent, mais le brouhaha de la taverne se tarit à peine. Inara se mordit la lèvre. « Réponds-moi, gamine.

— Je n'ai pas d'ordre à recevoir de vous », rétorqua Inara en imitant le ton de sa mère. La déicide ne parut pas impressionnée. Toutefois, ils avaient besoin d'elle. Tous les deux. « Il n'en a pas, reconnut-elle à contrecœur.

— Tous les dieux ont un sanctuaire. Même les dieux sauvages en possèdent un. » La veiga retira son couteau de la table.

« À votre avis, pourquoi je suis venue vous voir ? » siffla Inara en regardant autour d'elle. Skedi et elle avaient passé tant de temps à se cacher, à espérer, à fureter, à chercher. La déicide se mordilla la joue avant de se rasseoir. « Il est juste apparu subitement. Il y a cinq ans de ça. Il est comme… lié à moi, d'une manière ou d'une autre. »

Alors qu'elle était à peine assez grande pour bander un arc, elle s'était réveillée un matin avec un dieu minuscule dans son petit lit, une déité incapable de s'éloigner d'elle de plus de vingt pas. Ils avaient essayé, mais cela les faisait souffrir tous les deux.

« Et on ne peut en parler à personne, car je me ferais arrêter, ajouta Inara. Ou ma mère le serait, et il serait exécuté. Il n'y est pour rien : il ne se rappelle pas ce qui s'est passé.

— Et qu'est-ce qui te fait croire que je ne te ferai pas arrêter ou que je ne tuerai pas ton petit rongeur contre de l'argent ? »

Le souffle d'Inara se bloqua. C'était exactement ce qu'ils cherchaient à éviter ; et elle n'avait pas encore mentionné à la veiga ces couleurs qu'elle percevait. Comment réagirait la déicide en apprenant cela ? La tuerait-elle également ? Avaient-ils accompli tout ceci pour rien ? Avait-elle aggravé la situation en cherchant à l'améliorer ?

Fuyons, suggéra Skedi dans la tête de la fillette. Ils ne pouvaient pas fuir : ils se feraient rattraper ou se retrouveraient au point de départ.

« Parce que, déicide, j'ai lu tout ce que contenait notre bibliothèque sans rien trouver sur les dieux sans sanctuaire ou sur ce lien qui nous unit. Parce qu'il n'y est pour rien s'il est vivant, mais que j'essaie de faire ce qu'il y a de juste en le relâchant sans attirer d'ennuis à ma famille. Parce que si nous avions le choix, nous ne serions pas venus trouver une veiga grossière et puante pour lui réclamer son aide. »

La tueuse de dieux plissa les paupières. Elle était sur le point de répliquer quand un cri retentit à l'entrée de la taverne.

« La voilà ! »

Inara se retourna et vit un jeune homme brandir une arbalète de fortune qu'aucun fabricant d'armes n'aurait osé vendre sans rougir. Et il la braquait directement sur la déicide.

« Oh, putain », commenta la veiga alors que Skedi filait se réfugier plus loin dans les jupons d'Inara. D'une main, la déicide ramassa le tabouret posé près d'elle et le tendit devant Inara. Le siège trembla quand un carreau vint s'y ficher, à moins d'une paume du visage de la fillette.

« Hé ! s'exclama Rosalie. Pas dans mon…

— Meurs, déicide ! Pour Ennerast ! » Trois autres individus firent irruption par l'entrée latérale de la taverne, l'un d'eux armé d'un merlin tout à fait banal.

La déicide fit tournoyer son poignard, l'attrapa par la lame, et le lança telle une pierre à ricochets. Le pommeau de l'arme atteignit l'homme à l'œil et il s'écroula, sa hache lui atterrissant sur la poitrine. La lame en l'air. Une chance pour lui. Quand on tira sur son col, Inara glapit de surprise. La veiga la précipita dans le coin près de la fenêtre, loin de la rixe.

En deux grandes enjambées, la femme alla assommer le garçon à l'arbalète d'un coup de tabouret derrière le crâne. Il s'effondra à son tour. Celle qui l'accompagnait poussa un cri en levant sa hachette, mais la déicide lui percuta la mâchoire du siège avant de le lui enfoncer dans l'abdomen.

Elle n'avait cependant pas remarqué le quatrième larron qui s'était glissé derrière elle.

« Attention ! » lança Inara. L'homme abattit une faux qu'il avait grossièrement raccourcie et redressée, et la planta dans la jambe droite de la veiga, produisant un bruit sourd écœurant.

La déicide ne cilla pas et lui précipita le tabouret dans les genoux. Les jambes de l'apprenti sicaire se dérobèrent, et elle dégaina l'épée à son côté pour en coller la pointe sous la gorge du malheureux. La lame était noire – de la briddite, encore une fois. Sa proéminence laryngée bondit rapidement lorsqu'il déglutit.

« Allez, vas-y. » Sa voix, à moitié brisée, couinait telle une roue mal huilée. « Tu as tué notre déesse, autant me tuer aussi. »

Inara retint son souffle. Elle n'allait tout de même pas le faire, si ?

Elle est trop dangereuse, lui souffla mentalement Skedi.

La déicide se rembrunit. « Je ne tue pas les humains », déclara-t-elle en rengainant son arme. Le jeune homme se laissa retomber en arrière et, à court de courage, fondit en larmes. Le reste de la taverne demeurait silencieux, en attendant la suite des événements.

La veiga considéra Rosalie, qui la regardait d'un air peiné. « C'est bon, soupira la tueuse de dieux. Je vais y aller. »

Elle ne s'excusa pas : ce n'était pas elle qui avait causé ce désordre.

Elle revint à sa table, la démarche changée, mais sans paraître souffrir. Elle ramassa ses fontes avant de croiser le regard d'Inara. Celle-ci ne sut pas si elle devait se sentir heureuse ou horrifiée de ne pas avoir été oubliée.

« Toi, lui lança la veiga avec une expression susceptible de jeter une malédiction. Viens avec moi. »

Inara ne put qu'obtempérer. Dehors, la place était sombre et déserte, le soleil s'étant couché et la lune pas encore levée.

« De quel genre de dieu s'agit-il ? demanda la veiga.

— Un dieu des mensonges pieux », répondit Inara d'une voix tremblante, tout en contemplant le chaos qui régnait dans l'établissement. Skedi s'accrochait à son poignet.

« Formidable, répliqua la déicide d'un ton dégoulinant de sarcasme. Bon. Je vous ramène chez tes parents, ton parasite et toi. Tu peux m'appeler Kissen. »

CHAPITRE 3

Elogast

Elogast adorait plier la pâte, une première fois, la retourner, une deuxième fois, la retourner. Une tâche simple, absorbante. Cela l'apaisait, calmait ses pensées, régulait les battements de son cœur tourmenté.

Le pain était une chose vivante : agréable et fidèle à elle-même. La douce haleine du four, resté ouvert pour évacuer de la chaleur, lui soufflait sur les joues, faisant tourbillonner des grains de levure. On atteignait la fin d'une fraîche journée de printemps et sa boulangerie située sur les plaines occidentales du Middren avait engrangé de bonnes recettes.

À présent, il préparait le pain qui resterait à lever toute la nuit avant d'être cuit au matin, tout en cuisinant pour les ouvriers de l'équipe de nuit, les mineurs qui s'apprêtaient à prendre leur service pour aller extraire de l'argent des filons environnants. Le sommet de sa porte de cuisine demeurait entrebâillé pour rafraîchir la pièce et laisser pénétrer les effluves de lilas provenant de chez le voisin. Les petits plaisirs, se disait-il cependant que ses mains pétrissaient en rythme.

Dieux qu'il s'ennuyait.

Une fois, retourner, une deuxième fois, retourner. La pâte ondulait tandis qu'il la roulait dans la farine sur son plan de travail en bois. Ce meuble faisait la fierté de son établissement : il avait été commandé exprès pour l'occasion en bois fumé d'Irisia, la terre de ses mères, un matériau d'un brun foncé aussi chaleureux que sa peau, et la claire farine de froment versée dessus ressortait comme des étoiles ou de la neige. Cette paillasse faisait une bien meilleure surface que les cuisines encombrées du Bief, à Sakre, la capitale du Middren, où il avait servi comme écuyer. Meilleure aussi que les pierres plates et que la boue d'un champ de bataille.

Il cessa d'utiliser ses doigts, qui tremblaient légèrement ; une douleur fulgurante lui comprima l'épaule et la poitrine. Il s'efforça de respirer lentement et replongea les mains dans la pâte pour en éprouver la tendreté, la nature délicate. Précieuse. La douleur s'estompa, de même que ses tremblements.

Elo couvrit la pâte et la déposa dans la pièce aérée pour la laisser monter. Une vie lente et étrange. Il avait à peine trente ans, mais avait déjà reposé son épée et refusé les honneurs pour lesquels il s'était entraîné depuis ses neuf ans. Après trois années de reconversion, il n'était toujours pas habitué à sa nouvelle vie. Comme s'il portait l'armure d'un autre.

Il s'attaqua ensuite aux namens, des pains plats enduits de fruits à coque, de graines et de fines herbes. Noisettes, huile et thym étaient relativement faciles à se procurer dans les vergers des environs, mais les épices irisiennes étaient désormais plus onéreuses au Middren – la brûlure savoureuse de la cithare, le croustillant des graines de benne. Sa mère encore vivante lui en faisait parvenir de généreux colis dès qu'elle en avait la possibilité. Ce plat était lui aussi originaire du nord de l'Irisia, mais s'était répandu sur tout le pourtour de la Négoce. Elo en avait perfectionné la recette autour des feux de camp durant la guerre des dieux. Un repas délicieux à avaler au petit matin, à l'extérieur de Blenraden, quand le soleil se levait sur la ville et ses tours détruites. Lorsqu'il fermait les yeux, il les distinguait encore, ainsi que ses amis, et son cœur se serrait, en proie à des émotions diverses – le deuil ou… la nostalgie. Le roi Arren, aussi, seulement prince à l'époque, que l'aube faisait paraître encore plus jeune qu'il ne l'était. L'époque où Elo pensait que rien ne pourrait changer leur amitié.

Un pas à la porte. Le premier instinct du boulanger consistait encore à porter la main au poignard à sa ceinture, même si l'arme ne s'y trouvait plus.

Un nouveau pas, et Elo avisa un éclat lumineux sur le mur opposé. Une lame.

Il empoigna son rouleau à pâtisserie et se retourna, repoussant l'épée, l'enfonçant dans le plan de travail, avant de saisir son propriétaire à la gorge.

« Je vois que tu n'as pas perdu ton talent, sire Elogast », déclara l'intrus.

Elo le lâcha. Le roi Arren était tout sourire, même si sa lame était toujours plongée dans le meuble élégant de l'ancien chevalier. Il ne portait pas sa tenue d'apparat, mais de simples jambières en peau de mouton, une grande cape de sergé et une chemise grossière en chanvre brun qu'il avait dû voler ou acheter à un paysan.

« Je vois que tu n'as toujours pas recruté assez de gardes pour t'empêcher de faire le mur, Arren. » Une farce sournoise ; le cœur d'Elo battait encore la chamade. Néanmoins, il ne put s'empêcher de sourire.

« Je crois me souvenir que tu n'arrivais pas toi-même à me garder enfermé, mon ami. D'ailleurs, je te convainquais toujours de m'accompagner. »

Même si ses visites se faisaient rares, Arren débarquait systématiquement à l'improviste, sans se faire annoncer, et la plupart du temps sans aucune raison. Cependant, quelque chose en lui paraissait différent ce soir-là, comme si le fait qu'Elo pense à son ami avait suffi à le faire apparaître. Une nouvelle intensité couva alors dans son regard. Plus d'une journée de cheval séparait le Bief de la boulangerie d'Elo, dans le petit village d'Estfjor, et le roi paraissait à moitié échevelé, comme s'il avait couru tout le long.

« Qu'est-ce qui ne va pas ? » lui demanda Elo. Arren cilla, sa bouche tressaillit, et il secoua la tête.

« Faut-il forcément que quelque chose n'aille pas ? » Il arborait toujours un sourire de guingois, comme l'écuyer effronté qu'il était naguère. Les mères d'Elo, Ellac et Bahba, deux grandes femmes d'affaires possédant plusieurs bateaux, avaient envoyé leur jeune fils se former au château, cédant à l'insistance de leur enfant. Elles avaient tiré assez de ficelles pour lui dégotter un lit dans la salle, près du feu, à quelques pas de ce garçon, le quatrième d'une fratrie de cinq, le prince le moins aimé de la reine. Voilà qui était Arren à l'époque : un simple écuyer parmi ses camarades, qui séchait les entraînements et attirait des ennuis à Elo.

« Tu mens toujours aussi mal, Majesté », répliqua Elo en résistant à la tentation de lui caresser les cheveux pour les recoiffer. Ils avaient beaucoup poussé, et ces boucles noires bien structurées auraient eu besoin de plus d'humidité et de soin que quand il était chevalier ; sa barbe aussi, d'ailleurs. À l'époque, il était toujours rasé de frais ou portait des nattes protectrices.

« Allons, laisse tomber les convenances, Elo, c'est moi », le rabroua Arren. Il s'en moquait. Il avait déjà vu son ami plus hirsute que ce soir-là, ivre lors d'un entraînement matinal ou enfilant une armure pour se ruer au combat.

Elo secoua la tête. Depuis qu'il avait quitté le service du roi, il tentait de considérer celui-ci comme son souverain, plus comme un ami. Il n'y parvenait jamais. Arren resterait toujours

Arren, quels que soient leurs désaccords, et ce même si Elo l'avait laissé tomber après plus de deux décennies d'amitié et avait réchappé de justesse à la guerre.

Arren ramassa le mélange d'huile et de graines du boulanger, tandis que celui-ci dissimulait derrière son dos ses mains farineuses pour ne pas lui montrer les tremblements qui l'envahissaient chaque fois qu'il repensait à Blenraden. « Je connais cette odeur. »

Elo savait que quelque chose clochait, qu'Arren n'avait simplement pas encore trouvé le moyen d'expliquer ce qui le tracassait. Cela lui ressemblait bien. Sans doute la faute de sa mère : la reine se moquait bien que son fils se fasse tabasser, réprimander ou tourmenter. Chaque fois, c'était Elo qui l'avait protégé. Elo connaissait Arren comme un frère, et voyait bien qu'il se drapait dans son anxiété comme dans un manteau : il était incapable de rester en place. « Tu comptes vendre ça ce soir ? demanda Arren au lieu de se délester de son fardeau. Je peux t'aider ? »

Elo soupira. Mieux valait le laisser s'exprimer quand il le souhaiterait. Il s'agissait peut-être de politique. Ils essayaient généralement d'éviter le sujet, préférant s'en tenir à leur enfance ou aux douces singularités des villageois. Ils ne voulaient pas s'égarer trop près des raisons qui avaient poussé Elo à venir vendre du pain dans ce trou plutôt qu'à Sakre, où ils étaient nés, où ils avaient grandi, où il avait fini par devenir le commandeur de la chevalerie d'Arren.

« Je ne refuse jamais un coup de main », mentit Elo. Il ramassa l'une des pâtes tendres laissées au repos et l'aplatit d'un coup de rouleau avant de la tendre à Arren. Celui-ci sourit et plongea les doigts dans le sac de farine, se saisit de l'offrande et entreprit de la badigeonner du mélange d'herbes et de fruits à coque sans en abîmer la surface. Elo sourit à son tour. Arren n'avait pas perdu le coup de main qu'il lui avait enseigné. C'était agréable de voir son ami manipuler si délicatement le fruit de son travail.

Arren avait toujours eu les doigts lestes, quoique trop souvent couverts de sang. Parfois le sien, d'autres fois non.

L'éclat d'une armure dorée dans les ténèbres profondes. Une giclée rouge. Un hurlement.

Elo secoua la tête et établit le rythme de travail, aplatissant les pâtes pour les passer à Arren.

« Tu es toujours heureux, ici ? finit par demander le roi après avoir fini son huitième namen.

— Oui, mentit de nouveau Elo. Pourquoi, tu vas encore essayer de me convaincre de fuir avec toi ? » Sa réplique se voulait être une plaisanterie, mais Arren se tut subitement.

« Ce n'est pas une fuite si c'est pour rentrer. »

Elo éclata de rire, même si le cœur n'y était pas. Oh, une bonne partie de lui avait pourtant envie de fuir, loin de lui-même, de ses terreurs nocturnes, de ses souvenirs, de sa fierté et de son passé. « Arren, tu es le roi.

— Elo, répliqua le souverain en adoptant le même ton, j'avais remarqué. » Son sourire n'atteignit pas ses yeux. « Je ne sais pas comment la reine s'y est prise. »

Il appelait rarement sa mère « mère ». Quand Arren était enfant, le premier et le dernier-né de la reine Aletta avaient été atteints par la fièvre rouge, l'aîné, Elisiah étant mort en quelques jours, tandis que le benjamin, Mosen, s'était difficilement accroché à la vie. Pour le sauver, elle avait conclu un pacte avec un dieu. Et celui-ci avait accepté le marché proposé. Depuis lors, la reine avait passé de plus en plus de temps à Blenraden, au détriment de la capitale, entourée de sa cour composée de dieux, de nobles et de son si cher Mosen. Arren n'était alors ni le plus âgé des survivants, contrairement à Cana, ni l'unique fille, Bethine. Arren le mal-aimé avait été rejeté.

Puis était devenu roi.

Cana et Mosen étaient morts, tués en même temps que la reine quand la guerre s'était déclarée au cours de l'une des grandes fêtes qu'elle organisait à Blenraden. Bethine, sa grande sœur, avait succombé aussi, en essayant de sauver son peuple des dieux, anciens et sauvages, qui s'en étaient pris aux bateaux de réfugiés dans le port de la ville. Arren s'était retrouvé seul, à devoir mettre un terme à une guerre qu'il n'avait pas commencée.

Pas tout à fait seul… Elo écrasa la pâte dans sa main pour en faire sortir un peu d'air. Il rouvrit le poing. Ce temps-là était révolu. La guerre était terminée. Ils avaient survécu, quoique de justesse. Arren allait bien. Il était rempli d'une énergie étrange, mais il allait bien. Et, surtout, il vivait, alors qu'ils avaient tous frôlé la mort. Elo aurait préféré que tant de souvenirs ne rejaillissent pas chaque fois qu'il le revoyait.

« Parlons de ça plus tard, décida-t-il. Mets la première fournée au four.

— Oui, chef », répondit Arren, qui se servit de la pelle pour enfourner les pains dans un silence chaleureux et confortable qu'ils avaient mis des années à construire.

Des bruits de bottes retentirent dans la rue alors que les premiers namens gratinaient au four. Elo alla à la porte et replia le plateau qu'il avait confectionné sur son battant inférieur. Un grand panier était destiné au pain, un plus petit à l'argent. Il remplit le premier des namens tout chauds.

« Ho, Elo ! » s'exclama Kelthit, le balisticien du groupe qui avait recruté les ouvriers pour ce travail. Il glissa une pièce en étain dans le petit panier et prit un pain frais en échange. Elo ne réclamait pas grand-chose pour nourrir les mineurs. La plupart d'entre eux ne disposaient plus des dieux qui les protégeaient naguère dans les profondeurs des collines, à présent qu'Arren les avait bannis. Ils n'étaient par ailleurs pas bien payés pour risquer leur vie sous terre. « Ton copain est revenu aider, on dirait ? » Il observait avec curiosité Arren, qui, le dos tourné, gardait un œil sur la cuisson. Les nombreux portraits du roi accrochés dans le bureau des régisseurs, les tribunaux, les tavernes et d'autres lieux à travers le Middren ne lui ressemblaient pas tous, pas plus que les petites figurines en cuivre qui reposaient parfois sur les rebords de fenêtre, mais il suffisait d'un regard acéré et d'un soupçon de mémoire pour associer Elo au chevalier commandeur Elogast et son ami au roi du Middren, le destructeur de dieux.

« Il ne fait que passer », répondit Elo. Kelthit haussa les épaules. Il avait assez de soucis en tête pour ne pas s'encombrer de rois, de dieux ou de chevaliers.

« Ma fille aimerait que tu lui apportes des douceurs au miel au petit déjeuner. Tu veux bien, cette fois ?

— Franchement, Kelthit », intervint une femme en lui décochant un coup de coude pour le faire dégager de la porte, afin de pouvoir à son tour glisser une pièce en étain et récupérer son dîner. « Elle veut juste voir son joli minois. » Elle adressa un clin d'œil à Elo. « Et Kelthit voudrait que tu l'épouses afin de pouvoir prendre sa retraite. »

Elo sourit. « Une prochaine fois », répondit-il. Kelthit lui reposerait la question le lendemain. Un jour, peut-être, Elo accepterait. Il devrait au moins essayer. Il était encore jeune. Pourtant, il ne savait pas comment s'intégrer ici : les travailleurs d'Estfjor se sentaient très loin des mondes de la cour, des dieux et de la mort.

Une file de clients succéda à Kelthit, troquant du pain contre le tintement d'une pièce. Un ou deux d'entre eux glissèrent dans le panier un caillou portant leurs initiales. Leur façon de promettre de le rembourser la semaine suivante, ou dès qu'ils le pourraient. Ils discutèrent un peu, du climat ou de l'éclosion soudaine des lilas ; certains tressèrent même des louanges au roi, qu'Arren dut accueillir avec un sourire en coin. Elo s'était créé une existence solitaire, mais agréable. Il aurait dû en profiter, savourer le fait d'être toujours en vie. Il n'y parvenait pas.

Quand tous les travailleurs furent partis, Elo referma sa porte et les autres volets de la pièce sur la soirée déclinante, préférant allumer des bougies parmi les braises et les odeurs de levure. Arren rompit le pain plat qu'il s'était gardé pour lui et en proposa à son ami. Celui-ci s'en saisit.

« Il est trop cuit », commenta-t-il en en prenant une bouchée. La fournée était bonne, la pâte suffisamment légère, même s'il avait un peu trop salé son mélange d'herbes.

« À peine, rabat-joie. » Arren se léchait les doigts, en proie à des émotions contradictoires.

« Personne d'autre ne viendra d'ici demain matin, l'informa Elo. Du vin ? » Ils en auraient sans doute besoin pour ce qu'Arren s'apprêtait à lui dire. Quand le roi opina, Elo sortit l'une de ses cruches en pierre fraîche, qu'il rangeait au-dessus du cellier. S'il s'était servi pour lui, il aurait coupé le breuvage avec de l'eau, mais il remplit une bonne coupe à Arren, avant d'aller sortir son repas du four. Il l'avait préparé avant de faire son pain, et avait laissé la casserole couverte dans le fond, pour qu'elle y mijote doucement. Quand il en ôta le couvercle, un panache de fumée s'en échappa, révélant un poisson d'eau douce sur un lit de courges vertes, d'agrumes et d'herbes. Il avait recouvert le tout de graines grossièrement moulues et de noix concassées pour lui donner du croustillant.

Il n'y en avait pas assez pour deux. Elo déposa le poisson sur sa paillasse tandis qu'Arren faisait tourner son vin. Le boulanger alla ouvrir quelques bocaux confectionnés l'été précédent. Du fromage de chèvre, blanc et crémeux, et des oignons vinaigrés conservés dans un mélange d'huile et d'herbes. Il posa le tout avec le plat et quelques olives, désormais grasses et replètes, après avoir trempé dans la saumure depuis la récolte automnale, ainsi qu'une purée de pétales de roses et poivrons qui se tartinerait à merveille sur du pain.

Le namen était fini, mais Elo avait encore une demi-miche cuite dans la matinée, un bloc spongieux, huileux et salé, à la croûte parsemée de romarin. Un pain du sud du Middren, idéal pour un repas sur le pouce. Soulagé d'avoir réussi à rassembler un en-cas digne de ce nom, il se servit à son tour en vin. Son ami scrutait l'intérieur du four, les reflets rougeoyants des braises dansant sur son visage.

Des braises dont l'éclat se reflétait dans les yeux d'Arren. Elo sentit la tension familière traverser son épaule, envahir ses poumons. Comme si la peur avait infesté son corps, s'était insinuée dans son sang et son squelette, et que son organisme n'avait pas réussi à s'en débarrasser trois ans plus tard. Ses mains tremblaient encore quotidiennement. La guerre. Toujours cette guerre qui revenait l'obséder, malgré toute la distance qu'il tentait de placer entre elle et lui.

« Je ne t'abandonnerai pas.

— Il le faut ! »

Le coup. L'éclaboussure. Le cri.

Elo porta son verre à sa bouche et but une gorgée tremblotante. Hanté, oui ; il était hanté.

« On doit y retourner », déclara Arren, qui semblait avoir perçu l'écho des souvenirs d'Elo.

Ce dernier faillit s'étrangler. « Quoi ?

— Tu sais pourquoi je suis venu, Elo, reprit Arren. Faisons-le. Retournons-y. »

Elo rit un peu, mais la mine d'Arren était grave, sévère.

« Arren, tu ne peux pas faire ça. *On* ne peut pas. Selon tes propres lois, seuls les chevaliers qui protègent Blenraden peuvent encore y mettre les pieds… »

Arren se retourna vers la nourriture offerte sur la paillasse. « Tu ne veux pas y retourner ? Enterrer le passé ? Malgré nos différends, la façon dont ça s'est terminé… on était là l'un pour l'autre. On a accompli l'impossible. »

Elo hésita. Arren n'avait pas tort. Ils avaient gagné une guerre qui avait détruit la famille entière du roi, la moitié de son armée de métier, et les avaient tous laissés errer hors de leur propre ville. Mais seulement parce qu'ils avaient eu les dieux de leur côté. Les dieux de la fortune, de la forge, de la pêche et d'autres. Ils avaient recruté des gens du commun pour rejoindre l'armée, remplacer les chevaliers qui avaient déserté ; ils les avaient convaincus de venger la famille royale, en plus d'attiser leur colère à l'encontre des dieux sauvages pour la destruction de leur ville.

Puis Arren était allé encore plus loin en s'en prenant même aux dieux qui avaient combattu à leurs côtés, brisant leurs sanctuaires, les bannissant de ses terres. Et Elo ne parvenait pas à le lui pardonner.

Leurs « différends » avaient poussé les mères d'Elo à retourner en Irisia pour ne pas perdre leur liberté de foi au Middren, malgré les ports incontournables à l'est et à l'ouest du pays. Leurs « différends » étaient si importants qu'Elo avait abandonné tout ce pour quoi il avait travaillé, son frère d'armes, ses amis, ses titres et sa fortune, pour aller s'installer seul dans le Middren, incapable de laisser ce pays dans lequel il était né et qu'il avait défendu au péril de sa vie, car il ne supportait pas de devoir faire appliquer les lois d'Arren.

Celui-ci lui tapota l'épaule. « Allez, assieds-toi, prends le temps d'y réfléchir. Je vais te remplir une assiette. Tu dois être fatigué. »

Pendant qu'Arren le servait, Elo se décida à tirer un tabouret près du feu. Il avait réellement envie de retourner à Blenraden pour enterrer le passé, tourner définitivement la page de la guerre, voir les ruines de cette ville et ses sanctuaires démolis, et laisser les souvenirs s'estomper. Mieux encore, il espérait parvenir à combler le gouffre que les décisions d'Arren avaient creusé entre eux. Redevenir aussi proches qu'avant.

Ils ne le pouvaient pas. Ne le devaient pas.

Arren passa une assiette pleine à Elo, puis s'installa au comptoir avec la sienne. Il laissa échapper un grognement de satisfaction lorsqu'il plongea un morceau de pain dans la purée et goûta au mélange. Elo, faute d'appétit, picorait son repas.

Tout ceci était trop soudain. Arren ne serait jamais venu le trouver s'il n'était pas désespéré.

« J'ai besoin de toi pour un dernier combat, Elo. Juste un. Je t'en prie. »

« Que s'est-il passé pour te donner envie de faire ça ? l'interrogea le boulanger. Tu as interdit au peuple de se rendre à Blenraden pour que les dieux de la ville finissent oubliés, avant, à terme, de pouvoir la rebâtir. Qu'est-ce qui a changé ? »

Un voile d'amertume traversa le visage d'Arren, mais disparut presque aussitôt. Le roi plaqua sa main contre sa poitrine, et Elo fronça les sourcils en sentant un frisson glacé le parcourir. « Les gens ont tendance à vite perdre le souvenir de ce que les dieux nous ont fait subir. Ils veulent les retrouver, avec leur folie, leurs prières. Ils veulent que je disparaisse.

— Que tu disparaisses ? Mais pourquoi ?

— Il y a seize maisons, Elo, et aucune d'elles ne m'apprécie. » Il reposa son assiette et croisa les bras. Il arborait la même expression que lorsqu'il était petit, quand ses frères l'acculaient dans un coin : à la fois effrayée et obstinée. « Certaines poussent à la dissidence. À la rébellion.

— Elles voudraient te détrôner ?

— C'est une façon polie de dire “assassiner” », répondit Arren avec un sourire triste empreint d'ironie.

Elo posa son assiette à son tour. « Qui ? » voulut-il savoir, désormais furieux. Il avait conservé son épée en quittant l'armée. Celle-ci se trouvait à présent cachée sous le manteau de cheminée – son épée de chevalier, un cadeau d'Arren. Il fut tenté de l'empoigner ; sans trembler, pour une fois. Il avait peut-être renoncé à ses titres, mais Arren demeurait son ami. Elo l'avait protégé contre les brutes de son enfance, il le défendrait encore contre ses ennemis actuels.

« Je ne le sais pas encore, pas exactement, admit Arren. J'ai quelques soupçons. Certains résistent à mes lois, en quête de pouvoir alors que nous sommes en train d'essayer de rebâtir une nation. Ils nous affaiblissent.

— Qu'est-ce qui pourrait les apaiser ? »

Arren se leva avec un claquement de langue, puis se mit à faire les cent pas entre le plan de travail et le four encore chaud. « Les apaiser ? » répéta-t-il. Son visage était livide. « Non, Elo. Nous sommes cernés de toutes parts par Talicia, la Restish, l'Irisia et l'Usic, et tous aimeraient nous voir échouer. C'est impossible. On ne peut pas en revenir aux querelles intestines entre divinités ou maisons, toutes convaincues de leur grandeur et de leur pouvoir. Tu as vu de tes yeux les dégâts que le pouvoir peut causer, les dégâts que les dieux ont causés à ma famille, à des centaines de familles. » Il serra les poings, semblant subitement fatigué, mal en point. « Je ne céderai pas maintenant. Pas devant nos voisins, pas devant des rebelles, pas devant qui que ce soit.

— Arren, tu as ôté au peuple certaines de ses libertés fondamentales. Comme la liberté pour leurs dieux d'exister. En Irisia…

— Nous ne sommes pas en Irisia, Elo, l'interrompit Arren en se retournant vers lui. Le Middren compte bien trop de dieux, tous différents, tous désespérés, et ils nous ont fait du mal. Ils nous ont *massacrés*. »

Ils avaient eu cette même dispute des dizaines de fois. Quel nouvel argument avancer à Arren, dernier survivant d'une famille rendue folle par les dieux, qui s'échinait à maintenir l'unité d'un royaume qui était passé à une ville de se déchirer ?

« On ne peut pas fuir à Blenraden maintenant. Qu'est-ce qu'on y ferait ? » insista Elo. Il reprit son souffle. « On rentre. À Sakre. Je t'aiderai. » Il espérait parvenir à l'adoucir, à le convaincre de rouvrir ses portes à son peuple.

« Non. » Arren secoua la tête en reprenant ses allées et venues, les lèvres pincées. « Blenraden est la réponse à tous nos maux. Il est important que nous y allions. Tu es le seul en qui j'aie confiance. » Il était désormais si pâle qu'il semblait presque transparent.

« Ça te semble plus important qu'un coup d'État ? »

Arren ne répondit pas : il tressaillit, puis trébucha et s'affala contre le plan de travail.

« Arren ! » Elo bondit pour le rattraper, mais le roi le repoussa. Ce geste brusque le fit tomber à genoux. Il n'y avait aucun assaillant, les fenêtres étaient fermées, il n'avait pas reçu de coup.

« Non », gronda Arren en étreignant sa poitrine de ses phalanges blanchies. Il redressa la tête pour lancer à Elo un regard désespéré. « Pas encore.

— Quoi ?

— Attends… » De violentes convulsions l'assaillirent, du torse jusqu'aux pieds. Il roula sur le côté, se recroquevilla de douleur. « Pitié, non. Je ne veux pas que tu… voies ça. »

Elo fut une fois de plus frappé de terreur. Il le voyait clairement. Il le voyait maintenant, comme il l'avait vu naguère. Il ne se laisserait pas éconduire. Il souleva la tête d'Arren pour lui éviter de se faire du mal.

Du sang au sol. Des derniers souffles rauques mourant dans un crépitement. Puis une étincelle. Une flamme.

Les tremblements ralentirent. Le souffle d'Arren se fit sifflant, irrégulier.

Elo attendit qu'il recouvre un rythme cardiaque normal, et Arren leva alors la main pour lui serrer le bras.

« Je vais bien, dit-il d'une voix frêle. Je vais bien, Elo. »

Le boulanger l'aida à se lever, puis l'installa sur le tabouret avant de rapprocher un autre siège de la cheminée. Ils restèrent assis en silence pendant un moment, à écouter le crépitement des flammes. « Mon ami, finit par dire Elo, qu'est-ce que tu me caches ? »

Arren le contempla d'un air implorant, puis se détourna piteusement.

« Je ne… Je ne voulais pas t'inquiéter, en tout cas pas avant d'arriver là-bas. » Elo lui passa son verre de vin, qu'Arren saisit d'une main incertaine. « Tu en as déjà tant fait pour moi. Je voulais que ce soit pour nous, pas pour… pour ça. »

Elo entreprit de déboutonner la chemise de son ami. Arren fit mine de l'en empêcher, mais quand le boulanger lui retourna un regard sévère, le roi se laissa faire.

La cicatrice naissait juste en dessous de son épaule gauche. Un profond rivet planté dans sa chair, là où l'os et le poumon avaient cédé. À cet endroit, la peau était recousue de près et portait une sombre inscription en langue de fumée, celle d'un dieu. La respiration d'Elo s'accéléra, sa bouche s'assécha. Il y avait fort longtemps qu'il n'avait plus vu l'endroit où la balafre s'élargissait, où la peau s'ouvrait autour d'un espace sombre et impossible. Une chose qui n'aurait pas dû exister, mais une chose qui avait sauvé la vie à son ami : dans cette zone obscure naissaient les brindilles. Un petit nid, cerné de mousse, au milieu duquel brûlait une flamme, là où le cœur du roi s'était trouvé un jour.

Et cette flamme vacillait.

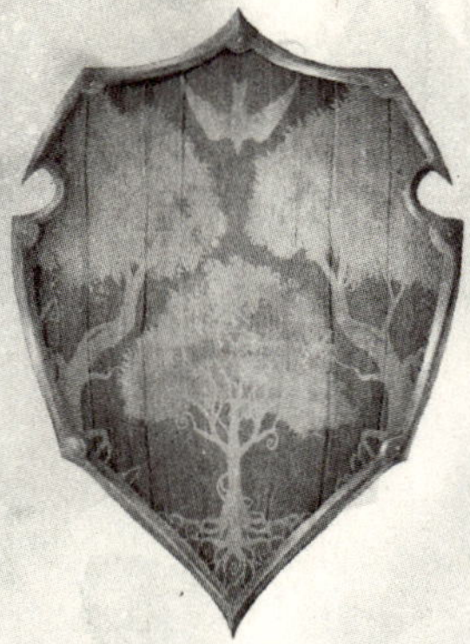

CHAPITRE 4
Skediceth

La déicide sentait le vieux cuir, la laine mouillée et la sueur, ce que Skedi n'appréciait pas du tout.

Il n'aimait pas non plus son incapacité à décrypter ses pensées. Les mortels étaient constitués d'un amalgame de réflexions, et les dieux distinguaient les couleurs ainsi produites, les émotions les plus puissantes déformant l'air autour d'elles. Les couleurs de chaque personne étaient différentes, brillantes, manipulables. Pas celles de la veiga. Ses émotions étaient verrouillées, dissimulées. Kissen. Quel nom étrange, pour une femme d'une apparence aussi féroce.

Il n'aimait pas non plus partager sa monture, un hongre dans la force de l'âge qui les faisait remonter le sentier de terre qu'Inara venait de lui faire descendre pour la première fois en cinq ans. Surtout, il n'aimait pas se savoir à la portée de la lame en briddite de la veiga, où qu'il puisse se tapir. Il était actuellement lové dans le creux du cou d'Inara, protégé par le manteau et les cheveux de celle-ci, à observer le manche de l'arme avec méfiance.

Par chance, Inara avait suivi son conseil en tenant sa langue jusqu'à présent. Il devait imaginer un moyen de les tirer de là tous les deux.

Dis à ta mère qu'elle t'a trouvée dans les bois, suggéra Skedi dans l'esprit de la jeune fille.

Tu penses qu'elle me croira ? répliqua celle-ci. *Elle m'a intimé de ne jamais quitter le manoir.*

Je ferai en sorte qu'elle te croie. Elle n'a pas besoin de connaître la vérité. On trouvera une autre solution.

Une autre solution pour recouvrer sa liberté. Inara avait fait de son mieux pour le protéger. Skedi lui en était reconnaissant, mais il savait que sa place n'était pas à ses côtés. Un jour, leur secret serait percé à jour, et il serait éliminé. Il ne voulait pas mourir, aspirait à être ce qu'il était : un dieu. Il voulait un foyer, un sanctuaire.

Je ne peux pas mentir à ma mère de nouveau, reprit Inara.

Elle n'hésite pas à le faire avec toi.

La jeune fille remua, mal à l'aise. *Elle fait ce qu'il y a de mieux pour moi.*

Skedi ne voulait pas insister. Inara admirait sa mère. Beaucoup trop. La femme n'avait pourtant même pas remarqué sa disparition, sans quoi ils auraient déjà croisé une patrouille de recherche en chemin. Toutefois, dame Craier était ce qui se rapprochait le plus d'une amie pour Inara, Skedi mis à part. Les rares instants que la fillette arrivait à arracher à sa mère tandis que le dieu se cachait dans sa poche étaient ses préférés au monde.

Je ne veux pas mourir, Ina, déclara donc plutôt Skedi.

Je ne laisserai personne te faire du mal, insista Inara. Mais de quel pouvoir disposait-elle réellement ? Tous deux avaient été surpris de constater que l'aubergiste ignorait que dame Craier avait une héritière.

Kissen serra la bride au cheval et s'immobilisa pour humer la brise.

Skedi l'avait flairée également : une volute de fumée, rapidement disparue. Ils se trouvaient désormais loin d'Ennerton, et les ténèbres étaient épaisses, agitées par les mouvements infimes des autres créatures des sous-bois, le battement d'ailes d'une chauve-souris, juste en dehors du cercle de lumière projeté par la lanterne que Kissen tendait au-dessus de la route. Skedi ne percevait à proximité que les pensées puériles et chaotiques d'Inara, ainsi que les teintes effacées de la déicide.

Demande à la veiga ce qui se passe, Ina.

« Que se passe-t-il ? » murmura Ina, accablée par le froid et la perspective d'ennuis à venir.

« Silence. »

Un autre panache de fumée, plus épais cette fois. La veiga fut prise d'un frisson, et Skedi vit brièvement l'éclat rouge et furieux de ses émotions. Il se blottit plus près du cou d'Inara, effrayé. Les couleurs disparurent aussi rapidement qu'elles étaient venues, mais lorsque Kissen reprit la parole, sa voix était aussi râpeuse que le grincement d'une scie sur une pierre.

« Tu disais que ta maison était la plus grande des environs ? » demanda-t-elle.

Tout va bien, s'empressa de souffler Skedi à Inara.

« Pourquoi ? » demanda cette dernière, troublée. Elle aussi avait perçu l'aura écarlate. Le regard appuyé de Kissen la convainquit de répondre. « Oui. Un manoir, avec une cour extérieure et des corps de ferme. C'est à peine… »

Kissen moucha sa lanterne et éperonna sa monture pour la mettre au galop. Ils fonçaient désormais si vite que Skedi, voyant à peine défiler le paysage, décida de s'en remettre aux sens bruts de la bête, si brusque, si résolue. Les mortels auraient dû être plus prudents : ils ne guérissaient pas aussi bien que les dieux. Skedi estima que la veiga était trop distraite pour chercher à le tuer maintenant. Il rassembla son courage pour bondir sur le haut du crâne d'Inara, le nez à l'air et les dents de sortie. Oui, de la fumée. Bien trop de fumée.

« Skedi, qu'est-ce qui se passe ?

— Ça va aller, assura-t-il à Inara, à haute voix cette fois. Veiga, tenta-t-il de sa voix la plus puissante, on devrait faire demi-tour. » Ce qui avait si subitement empli la déicide de terreur n'était pas le genre de chose vers laquelle il voulait se précipiter, pas avec Inara.

La tueuse de dieux ne répondit rien. Elle tenait la fillette d'un bras et la bride de sa main libre, tandis que les sabots du hongre martelaient les pierres de la route. La fumée leur piqua les yeux quand ils contournèrent la colline. Lorsqu'ils atteignirent une trouée dans les arbres, ils aperçurent les flammes.

Le manoir brûlait. Pas seulement la maison, mais aussi la cour, les greniers, les écuries… Tout se consumait, y compris plusieurs corps de ferme au loin. La vallée flamboyait. Kissen ramena sa monture au pas. Inara était muette de stupeur ; ses couleurs étaient d'un blanc délavé à cause de la panique.

« Que… que s'est-il passé ? » demanda-t-elle, comme si l'incendie pouvait lui répondre. Skedi vit le toit du manoir s'effondrer. Les arbres du verger se transformèrent en torches quand le feu sauta depuis le bâtiment. Il se mit à trembler. Quelqu'un avait-il découvert son existence ? Non, il s'agissait d'autre chose. Quelque chose de plus important.

« Maman… » chuchota Inara. Kissen l'observa. Sa mère s'était trouvée à la maison. Pour une fois. Inara aurait dû y être également.

Nous devons les aider, dit la fillette dans la tête de Skedi. Puis elle se répéta tout haut, d'une voix rauque : « Nous devons les aider. »

Qui désignait ce « les » ? Ils ne voyaient personne lutter contre les flammes, n'entendaient personne crier, aucune cloche sonner. La route sur laquelle ils se trouvaient était la seule à rejoindre la ville. Toutes les autres passaient à des lieues de là, et ils n'avaient pas croisé âme qui vive en venant. Skedi ne voyait plus rien d'autre que le passage de la fumée.

Il replia ses ailes contre lui. Tous ceux qu'Inara avait jamais connus. Sa mère, son unique parent. Il devait lui mentir ; il le fallait. « Ça va aller, Inara », promit-il. Il l'aimait, presque autant que ses propres plumes. Il devait la protéger de la vérité.

Ils étaient morts.

« Il faut qu'on les aide ! » s'exclama encore Inara en essayant d'éperonner le hongre. Ses couleurs vacillaient dans le plus grand chaos. Le cheval n'avança pas. Inara se tortilla pour se libérer et bondit à terre avant que la déicide puisse la rattraper. Elle détala, Skedi agrippé à ses cheveux.

« Ina, s'il te plaît », l'implora-t-il en s'empressant de descendre sur son épaule. La route était encore longue jusqu'aux bâtiments en flammes. « Arrête ! C'est dangereux ! Tu vas nous faire tuer. »

La déicide avait mis pied à terre pour les suivre, mais elle était trop loin. Skedi était le seul à pouvoir la retenir. Il se fit grandir, jusqu'à adopter la taille d'un chaton, d'un lièvre, d'un chien, son poids augmentant en proportion. Il s'accrochait à son dos, plantant ses griffes dans son manteau pour la clouer au sol. Même à cette distance, il sentait la chaleur sur son visage. Il ne restait plus personne. Il voulait vivre.

« Non ! » Inara le fit dégringoler en lui portant un coup. Elle n'avança pas beaucoup plus avant que Skedi n'éprouve un tiraillement déchirant au cœur. Inara poussa un cri étranglé et s'écroula quand la chaîne invisible qui les reliait se tendit en claquant. Une douleur aussi fulgurante était insupportable, comme si le cœur de son être tentait de s'extraire par sa poitrine. Inara éprouvait la même chose. Tous deux se roulèrent en boule dans la poussière, juste à l'orée de la forêt.

Un tonnerre de sabots. Kissen était remontée en selle pour les prendre en chasse. Elle se pencha de sa monture et souleva Inara d'un bras avant de la tirer dans les fourrés, à l'écart de la route. La jeune fille, toujours sonnée, fut incapable de se défendre. Skediceth déploya ses ailes et les battit tant bien que mal, aveuglé par la douleur. La veiga mit pied à terre, fit s'allonger le cheval et serra Inara contre elle, lui plaquant une main sur la bouche pour étouffer ses glapissements.

Kissen avait remarqué ce qui leur avait échappé à tous deux : Skedi distingua seulement alors les bruits d'autres coursiers qui s'éloignaient de l'incendie. Il n'avait pas perçu leur présence tant il était concentré sur le fait d'arrêter Inara. Son cœur s'éclaircit un fugace instant, jusqu'à ce qu'il entende les cavaliers. Ils riaient.

Les chevaux, une vingtaine en tout, pénétrèrent dans les bois ; sur leur dos, des hommes en tenue sombre et grossière. Ce ne furent pas ces couleurs qui effrayèrent Skedi, mais celles de leurs émotions : des violets, des rouges et des argentés rutilants – chacun voyait le monde différemment –, qui tous bouillonnaient du même feu mourant. Ces cavaliers brillaient de violence.

Chut, pas un bruit, intima-t-il à Inara. Cette fois-ci, elle l'écouta.

« La vieille en a fait du boucan, celle à la tresse.

— Heureusement que tu es bon tireur, Deegan.

— Ça l'a quand même pas empêchée de hurler. Elle a pas été assez maligne pour préférer les flèches aux flammes.

— Ouais, Caren a gagné le pari sur le moment où ils capituleraient. »

Tethis, la vieille intendante, dormait les cheveux coiffés en une longue natte. C'était forcément elle qu'ils décrivaient, puisque la mère d'Inara était encore jeune, trente-cinq ans à peine.

« C'était du bon boulot. On les a tous eus. La maison Craier n'existe plus. »

Une bourrasque dispersa la fumée, et des rayons de lune filtrèrent parmi les arbres. Skedi vit une cotte de mailles briller sous le cuir. Des soldats, peut-être des chevaliers. Ils n'arboraient pas la couleur d'une maison en particulier, mais les brides de leurs chevaux étaient de qualité et joliment lustrées, avec des selles à l'avenant. Ils avaient du sang sur les mains, il le sentait. Quand ils se rapprochèrent, il perçut un peu mieux les nuances dans leurs couleurs, l'éclat de la légèreté, de la satisfaction, de la fierté. De la foi.

Ils allaient les voir, c'était évident. La veiga les avait traînés à peine à quelques pas de la route. N'importe quel homme doté d'une ouïe à peu près correcte entendrait les brindilles reprendre leur place d'origine, leurs respirations. Leur terreur.

L'un d'eux arrêta sa monture. Skedi vit Kissen porter sa main libre à la poignée de son épée et dut faire un choix : pactiser avec cette déicide qui ne l'avait pas *encore* tué, ou rallier ces soldats aux couleurs de mort. *On les a tous eus* ? Pas Inara. Inara s'était échappée. Et s'ils cherchaient à la tuer également ? Qu'adviendrait-il de lui ?

Skedi souffla un petit mensonge pieux.

Il n'y a personne ici. Personne ici. Il n'y a personne ici.

Par sa volonté, il lui conféra une existence, l'autorisant à s'enrouler tel le tulle autour des couleurs de l'homme à l'arrêt, contraignant son esprit à la volonté de Skedi. Il sentit la caresse des émotions humaines, la piqûre de la violence presque comme si elles étaient siennes. Skedi aplatit les oreilles au maximum.

Il n'y a personne ici. Il est l'heure de partir. Personne ici. Ils sont tous morts.

Le soldat tourna bride pour aller rejoindre le reste de la troupe. Kissen ne bougea pas avant qu'ils soient tous passés. Inara pleurait silencieusement, ses larmes ruisselant sur les doigts de la veiga.

Quand ils eurent disparu, Skedi la regarda libérer Inara, et toutes deux s'assirent pour reprendre leur souffle. Le petit dieu demeura silencieux, redoutant d'attirer l'attention. Pour qu'il survive, Inara le devait également. Si elle était perdue, le lien qui lui permettait de vivre sans sanctuaire se briserait. Il en était certain.

« Qui étaient-ils ? » chuchota Inara.

La veiga cracha, comme pour se débarrasser du goût de fumée, puis s'adressa d'abord à Skedi.

« Qu'est-ce que tu as fait, parasite ? Il était à deux doigts de nous voir. »

Au lieu de répondre, Skedi se fit encore plus petit.

« Il nous a sauvés », souffla Inara en tendant sa paume vers le dieu. Celui-ci sentit ses doigts froids et tremblants. « Je vous l'ai dit. C'est un dieu des mensonges pieux. » Elle s'exprimait dans un filet de voix. Skedi grossit malgré lui jusqu'à atteindre la taille d'un lièvre et se frotta contre sa joue. « Vous nous auriez fait tuer, veiga, reprit Inara d'un ton plus affirmé.

— Tu es bien placée pour parler, alors que tu t'es précipitée vers l'incendie », rétorqua Kissen. Elle se leva pour contempler d'un air sinistre les flammes en contrebas. « Si tu veux mon avis, tu as échappé de justesse à un massacre. » Elle reporta les yeux sur Inara. « Et donc : tu es qui, bordel ? »

CHAPITRE 5
Elogast

Elo dormait à même le sol, ayant abandonné son lit à Arren. Pour la première fois depuis longtemps, il ne se réveilla pas à cause de ses terreurs nocturnes, mais seulement lorsque l'aube plaqua son visage contre les volets.

Il s'assit et constata qu'Arren s'éveillait également, la chemise grande ouverte à l'endroit où une petite flamme brûlait dans son enchevêtrement de brindilles.

Du sang sur le sol. La respiration d'Arren, plus rare, plus légère, plus lointaine.

Ça aurait dû être moi.

Elo enfouit son visage dans ses mains. Dans une autre vie, son ami aurait conservé un cœur entier et ne serait pas accablé par la responsabilité de gérer un royaume dont les dieux s'étaient retournés les uns contre les autres.

« Elogast ? » fit Arren en se redressant. Elo leva les yeux et joignit les mains.

« On aurait dû s'en douter, dit-il.

— Ce n'était pas ta faute », lui affirma Arren.

Elo frémit de honte en repensant à ce souvenir. Il peinait à respirer à cause de la douleur qui lui comprimait la poitrine, mais fut soulagé que ses mains soient assez serrées pour dissimuler leur tremblement. Aucun des deux compagnons n'abordait jamais le sujet. La culpabilité les plongeait dans le silence. Elo, qui avait été incapable de sauver son ami. Arren, qui avait choisi de vivre selon la volonté d'une divinité, au lieu de mourir.

Ça aurait dû être moi.

« Les dieux ont la mémoire longue, reprit Elo. Si tu te rends à Blenraden, ils voudront en couvrir les pierres de ton sang. Même celle qui t'a sauvé est en train de te tuer. » Ils n'osaient prononcer le nom d'Hestra à haute voix, craignant de l'invoquer par mégarde dans le cœur brûlant d'Arren. « Elle attendait quelque chose de toi, et tu ne le lui as pas donné. »

Arren ne nia pas. Il ne le pouvait pas. « Elle ne m'a rien demandé », répliqua-t-il d'un ton maussade. Une décision prise à l'article de la mort était irrévocable.

« Tu as dit toi-même que les dieux ne donnaient jamais rien sans prendre en retour. » Elo se leva lentement. « Elle pensait que tu préserverais son pouvoir, mais tu ne l'as pas fait, alors elle le reprend. » Il massa sa blessure à l'épaule gauche, malaxant les nœuds du tissu cicatriciel. Il prit alors sa décision. « Arren, tu ne peux pas te rendre à Blenraden, pas maintenant. Je ne laisserai pas un autre membre de ta lignée mourir dans cette ville maudite. »

Arren grimaça en faisant basculer ses jambes sur le côté du lit. « Je n'ai pas le choix, répondit-il. Il n'y a qu'à Blenraden que nous aurons une chance de trouver des sanctuaires de dieux anciens ou sauvages sans protection. »

C'étaient cependant les anciens dieux qui n'avaient pas aimé voir les nouveaux se multiplier outre-Négoce, recueillir les prières et exaucer des souhaits. Ils avaient encore moins goûté de voir la reine inviter ces usurpateurs dans ses palais, faire déménager leurs sanctuaires le long de la Voie-Dieux pour les recevoir à la cour de Blenraden. Des dieux d'une décennie à peine, vénérés auprès de ceux qui avaient vécu mille vies, des dieux de la nature nés avant toute mémoire, avant le Middren. Ce n'était qu'une question de temps avant que la faveur de la reine ne cause un bain de sang. Ils le savaient, désormais.

« Ces dieux ont tué ta famille par pure méchanceté », lui rappela Elo. Arren et lui étaient ensemble lorsqu'ils avaient fini par investir Blenraden après six mois de lutte acharnée ; ils y avaient découvert les corps des courtisans, de sa mère, de ses frères – démembrés, mutilés, en train de pourrir jusqu'à l'os. Les dieux avaient détruit l'élite de la nation et reconquis la ville, propageant cette traque féroce par-delà les murailles, refusant de laisser une seule âme entrer ou sortir. « Quel sort penses-tu qu'ils te réserveront avant même que tu ouvres la bouche pour négocier ta vie ? Je vais y aller seul.

— Elo, non. » Mais Elo s'activait déjà. Arren le suivit dans l'espace de vie voisin de la boutique que le boulanger utilisait rarement. Elo s'approcha de l'âtre, plongea la main sous le manteau. Il y trouva le pommeau à tête de lion et en sortit son épée. « Je ne te laisserai pas faire.

— J'irai en secret, poursuivit Elo. Je m'arrêterai à Lesscia pour y trouver une sorte de pèlerinage empruntant les chemins de traverse. Je franchirai sans doute les Bennites. »

Il considéra le pommeau. Les nouvelles armes des chevaliers d'Arren étaient frappées d'un soleil levant et d'une tête de cerf. Elo ne pouvait pas y toucher, surtout pas au cerf. Il était très attaché au lion qui symbolisait naguère le roi. Il allait devoir le recouvrir pour le camoufler. Si quelqu'un l'identifiait comme chevalier, il risquait de remonter sa piste jusqu'à Arren. Et nul ne devait apprendre que le destructeur de dieux avait besoin de l'un d'eux pour survivre.

« Un pèlerinage ? répéta Arren en pouffant. Tu penses vraiment que quelqu'un oserait transgresser mes lois si ostensiblement ?

— Espérons-le », répliqua Elo en haussant les sourcils. Il fouilla dans une boîte de chiffons dont il se servait pour rapiécer ses habits, en quête du tissu adéquat. « Car ça voudrait dire que tu as raison et que des dieux puissants résident encore là-bas. » Il haussa les épaules. « De toute manière, les gens ne changent pas sous prétexte qu'on le leur impose. » Il trouva un long morceau de coton blanc qu'il enroula soigneusement autour de la figurine. Il était malheureux de devoir la cacher : c'était le plus beau présent qu'on lui eût jamais offert.

« Ils le devraient », rétorqua Arren avec une morgue qui rappela fugacement à Elo la défunte reine. Son sourire de travers se ternit à cette idée terrifiante. « Je ne pensais pas qu'on pouvait être aussi obstiné que toi.

— Ah.

— Elogast. Je t'en prie. » Arren avait blêmi de nouveau ; sa respiration était difficile, même s'il essayait de le cacher.

Elo s'immobilisa. Arren avait la main sur le manteau de cheminée. Impossible, ce matin, de dissimuler sa faiblesse. Pourquoi s'était-il piqué de voyager ? On ne tarderait plus à remarquer son absence, si ce n'était déjà fait.

« Combien de temps te reste-t-il ? demanda Elo. Réponds-moi honnêtement. »

Arren hésita. « Je ne sais pas, finit-il par admettre. À l'allure où il s'estompe… peut-être un mois. »

Un mois. Elo leva les yeux sur les chevrons le temps de reprendre contenance, en espérant qu'Arren ne se rende pas compte que cette perspective le terrifiait.

« Si tu vois juste et que les maisons fomentent une rébellion, ton absence sera pour elles une occasion de s'emparer du pouvoir. Pis encore : si tu venais à mourir, cela plongerait le Middren dans le chaos. Tu le sais. Nous savons tous deux ce qui arriverait. Seule la peur des dieux a permis d'éviter une guerre civile ou une invasion pendant qu'on se battait en ville.

— La peur, et la prise de conscience que nous pouvions lever une armée en un tournemain. La peur et *toi*, Elo. C'est toi qui as suggéré de recruter des roturiers, toi qui as pris le commandement quand personne ne voulait le faire, toi encore qui t'es battu à mes côtés alors même que tu voulais t'arrêter. Je tiens à ce que tu fasses cela avec moi, pas pour moi. » Il posa la main sur le pommeau de l'épée d'Elo, puis hésita avant de saisir le bras de son ami. « Il ne nous reste peut-être plus beaucoup de temps à passer ensemble. J'aimerais que nous nous comportions comme des frères, pour la dernière fois peut-être. »

Elo étreignit le bras du roi en retour. « Majesté, déclara-t-il d'un ton plein de sous-entendus. Nous avons déjà tenu le monde ensemble une fois, et nous recommencerons. Sauf que, cette fois, tu le défendras depuis Sakre. » Arren devait veiller sur un royaume, pas sur Elo. « Fais en sorte que ton peuple garde foi en toi et… je t'en prie… garde foi en moi. Quand j'ai accepté cette épée, je t'ai promis ma vie, mon sang, mon cœur. J'étais sincère. »

Arren secoua la tête. « Mais pas ton honneur. C'est ce que tu m'as rappelé quand tu es parti. Ton honneur t'appartient.

— Et mon honneur a besoin de ça. »

Elo retira sa main du bras d'Arren pour la poser sur le trou dans sa poitrine, afin d'éprouver la chaleur de son cœur refroidissant. Le conflit, l'espoir et la douleur se succédèrent sur le visage du roi. « J'ai besoin de ça. D'y retourner, de rendre justice, d'enterrer le passé. »

Alors peut-être, seulement peut-être, parviendrait-il à tourner la page.

« Je te le jure, mon frère, reprit Elo. Malgré tout ce qui a pu changer entre nous, je vais aller demander un présent à n'importe quel dieu puissant subsistant encore à Blenraden, et je te rapporterai cette vie dont tu as besoin. »

CHAPITRE 6

Kissen

Mais bordel, dans quoi s'était-elle lancée ?

Kissen avait décidé de passer la nuit à Ennerton, quoi qu'en pense cet enfoiré de régisseur. Elle voulait boire un coup pour célébrer un boulot bien fait, et peut-être s'envoyer en l'air avec Rosalie. Était-ce trop demander ? Généralement, ceux qui ne pouvaient pas la sentir vociféraient un peu, ou lui jetaient des regards sombres qu'ils estimaient très effrayants. Facile à gérer. Kissen était une orpheline unijambiste repêchée dans la mer et revendue à la première occasion : les mots ne pouvaient pas l'atteindre. Elle n'avait pas prévu de se faire agresser par une bande d'ingrats. Ni de se faire harceler par une gamine ne voulant pas que son dieu parasite se fasse tuer. Et, surtout, elle ne s'était pas attendue à voir la maison Craier réduite en cendres ni à se retrouver chargée de sa jeune héritière endeuillée.

Kissen ne savait pas quoi faire. Sa vie avait été réduite à néant lorsqu'elle était enfant, elle ne pouvait pas laisser Inara Craier livrée à elle-même, dieu ou pas dieu. D'autant qu'il s'agissait d'un problème qu'elle ne pouvait pas gérer seule. Elle avait besoin d'aide.

Il y avait trois jours de marche jusqu'à Lesscia, sur le dos d'une monture robuste. La sienne s'appelait Jambes, une petite plaisanterie pour se moquer d'elle-même. Inara était silencieusement assise sur son dos, livide et perdue dans sa déprime.

La fillette avait insisté pour qu'ils descendent examiner les ruines, mais l'aube naissante avait confirmé qu'il n'y avait aucun survivant. Il faisait trop chaud pour s'approcher des bâtiments, mais Kissen avait recensé au moins quatre cadavres à l'avant du manoir, criblés de flèches et carbonisés par le brasier lorsqu'ils avaient tenté de fuir les flammes. Selon Inara, sa mère se trouvait à la maison, et elle ne connaissait aucun autre membre de sa famille en dehors de ces murs. Se brouiller avec ses proches était un loisir de riches, songea Kissen, même si cela ne suffisait pas à expliquer pourquoi l'aubergiste n'avait jamais entendu parler d'Inara.

Kissen s'appuyait sur son bâton pour cheminer près du cheval et de la fillette ; elle sentait la douleur de la marche dans ses muscles et ses os à cause de sa jambe mutilée. Toutefois, quand la gamine allait à pied, le rythme était effroyablement lent, car elle ne cessait de trébucher telle une somnambule. Le dieu aux bois de cerf pointait parfois son nez hors de la capuche de l'enfant, et ses oreilles de lièvre tressaillaient. Étrangement, ceux qu'ils croisèrent en route ne semblaient jamais s'intéresser à leur procession. D'habitude, Kissen attirait bien des regards : une Taliciane rousse armée d'une épée longue, d'un sabre court et d'une malédiction brisée sur le visage. Il lui fallut un moment avant de se rendre compte que ce petit dieu des mensonges pieux détournait l'attention. Si elle se concentrait sur ce qu'elle avait appris, elle l'entendait murmurer en lisière de son esprit et de tous les autres cerveaux à la ronde.

Il y a un peu d'argent au sol. Tu as un caillou dans la chaussure, mieux vaut vérifier. Regarde, ce ne seraient pas des nuages d'orage ? Tu ne peux pas nous voir. Nous n'avons rien d'intéressant.

Que des mensonges pieux. Bénins, plaiderait-il. Ils n'avaient toutefois aucune influence sur elle : Kissen avait appris à résister à la volonté et aux pouvoirs des dieux, sur les conseils d'un vieux déicide nommé Pato. La plupart des personnes ne percevaient même pas la pression exercée par une volonté divine, surtout si elles ne s'y attendaient pas, leur attention ne se posait donc jamais sur leur étrange association. Sans l'utilité de ses capacités, Kissen l'aurait achevé depuis longtemps. Ceux qui avaient attaqué le manoir avaient voulu éradiquer toute la maisonnée, et s'ils découvraient que la fille de dame Craier était toujours en vie, ils risquaient fort de revenir s'en prendre à elle ; il leur fallait demeurer invisibles.

Inara passait l'essentiel de son temps à faire semblant de dormir, afin de dissuader Kissen de l'interroger. Celle-ci ne lui en voulait pas, car la fillette devait revoir l'incendie qui avait ravagé sa demeure chaque fois qu'elle fermait les paupières. Il fallait la forcer à boire un peu d'eau ou à avaler la moindre bouchée. Elle était même trop abasourdie pour pleurer. Les larmes finiraient par venir.

Le ventre de Kissen gargouillait quand ils atteignirent enfin Lesscia et qu'elle put guider Inara parmi les étals du marché extérieur. Après trois jours de voyage difficile, leur petite équipée était arrivée à destination. Dans les allées, camelots et clients jouaient des coudes pour transporter leurs tonneaux de poissons ou acheter leur huile, leurs fruits secs ou les premières pousses printanières. De la vapeur s'élevait d'une grande cuve remplie de riz et de légumes, et un peu trop de fumée du bois vert qui n'avait pas été mis à sécher correctement. Le principal fonds de commerce de Lesscia était la culture : les papiers, les manuscrits, les tissages, les impressions, les fabriques d'encre, l'art… Les bibliothèques de la ville étaient placées depuis des années sous la coupe de la riche maison Yether, dont les bannières jaunes flottaient sur les remparts à intervalles réguliers.

Aux portes de la cité, un garde à la large ceinture jaune leur jeta un regard indifférent. Kissen l'avait déjà vu et constata un éclat dédaigneux dans ses prunelles avant qu'il leur ordonne de passer. La déicide observa les montants de la porte, sur lesquels était autrefois sculptée une représentation de la déesse des arts et du savoir qui avait fondé la ville et dominait jadis ses autels. Elle se nommait Scian, et les statues d'elle qui soutenaient l'arche avaient été réduites en vestiges de pierre méconnaissables. À leur place avait été installée une grosse plaque de cuivre en relief sur laquelle figurait le roi, une tête de cerf dans les mains, illuminé par les rayons du soleil.

« Qu'est-ce qu'on fait ici ? » murmura Inara en avisant les bâtiments dès qu'ils eurent franchi le portail ; certains, hauts de trois ou quatre niveaux, arboraient en façade des enseignes peintes avec goût.

« Oh, tu as retrouvé ta langue », fit remarquer Kissen. Les sabots de Jambes claquaient bruyamment sur les pierres plates et régulières des rues. Lesscia était une ville à l'odeur agréable, tous les commerces de bouche se trouvant en extérieur. Kissen trouvait l'endroit étrange, car, enfant, elle avait été habituée au bruit et, adulte, à la solitude. Lesscia se situait quelque part entre les deux.

« Ce n'est pas une question déraisonnable, veiga », insista la fillette. Kissen eut un petit sourire satisfait. Au moins la gamine n'avait-elle pas perdu tout son mordant.

« On est chez moi, annonça la déicide. J'ai des amies ici, elles sauront me conseiller pour vous deux.

— Vous vivez *ici* ? »

Peut-être un peu trop de mordant. Kissen haussa les épaules. Les seuls passants à cette heure matinale étaient les archivistes en robe grise ou des domestiques regagnant péniblement leur domicile ou celui de leurs maîtres avec leurs achats. « D'une certaine manière », confirma Kissen. Inara fit la moue. Voilà qui expliquait peut-être pourquoi elle était restée muette si longtemps : elle ne prenait aucun plaisir à entendre ce que Kissen avait à dire.

Le petit groupe franchit trois ponts enjambant les canaux, qui exhalaient une forme d'âcreté humaine plus naturelle dans une ville de cette ampleur. Les maisons qui dominaient certaines voies navigables étaient en pierre, bien ancrées sur la terre. Ailleurs, les façades étaient en bois, et du linge était étendu sur des fils tirés entre les dizaines de pilotis, qui formaient comme des pattes d'insectes émergeant du courant dans l'espoir de ne pas se faire engloutir par des monstres sous-marins.

Kissen attendit d'être loin dans la ville, à proximité de l'un des canaux les plus propres, pour retenir Jambes. Ils se trouvaient devant une grande et élégante enseigne frappée d'un marteau et d'une roue. La demeure voisine était basse, un simple niveau, avec une large porte d'entrée envahie par le lierre.

De retour chez elle.

Kissen tira la clé de l'une de ses poches de manteau et l'enfonça dans la serrure. Elle pivota sans peine, mais l'huis demeura clos. Barricadé. Elle jura. Le soleil matinal pointait au-dessus des toits, les mettant en valeur au milieu de cette rue silencieuse.

« Yatho », appela Kissen à voix basse. Le coup qu'elle porta à la porte l'ébranla. « C'est l'heure dorée, Yatho, sale feignasse », reprit-elle plus fort. Elle balança alors un bon coup de pied de sa jambe abîmée, ce qui lui provoqua une décharge de douleur depuis ses orteils qui n'existaient plus jusqu'à sa colonne vertébrale. Elle sentit un tiraillement au niveau de sa tempe, comme si on lui arrachait sèchement une plume du cerveau, et elle se concentra dessus pour percevoir la petite voix du dieu.

Tu ne peux pas nous entendre tu ne peux pas nous voir tu ne peux pas nous entendre.

« Tu penses vraiment que ton chant de dissimulation nous est d'une grande utilité, parasite ? aboya-t-elle en voyant le bout de ses bois soulever l'épaule du manteau léger d'Inara.

— Arrêtez de l'appeler comme ça, protesta la fillette.

— Je l'appelle comme je veux. »

Inara était sur le point de rétorquer quelque chose quand le verrou cliqueta. Skedi se rétrécit pour n'être pas plus gros qu'une pièce et se blottit contre le cou de son amie. Yatho, pâle, froissée par le sommeil, grognonne, apparut alors ; à l'évidence, elle venait de s'extraire de son lit pour s'asseoir dans son fauteuil roulant, l'esprit encore embrumé par ses rêves en filigrane.

« Mais putain, Kissen ? grogna-t-elle. Tu emploies la formule de réveil de Mutile ? À notre propre porte ?

— Tu m'as enfermée dehors, Yath. » Kissen haussa les épaules. « Ça me rappelle Mutile.

— *Ce sont les heures dorées, mes petits, l'heure de faire de l'argent.* »

Une voix que Kissen aimait encore moins que celle des dieux dans sa tête. Mutile la malveillante, qui achetait les enfants non désirés pour en faire des mendiants et des voleurs. Portés aux nues s'ils réussissaient, battus lorsqu'ils échouaient. Bah. Elle repoussa ces sombres pensées en voyant Yatho sourire.

« On a été bêtes d'imaginer que tu rentrerais à une heure décente, en prévenant auparavant », dit-elle en enclenchant le frein de ses roues. Elle se leva pour embrasser Kissen. Celle-ci lui rendit son étreinte, la serrant fort et longuement. Les bras de Yatho, larges et musclés, faisaient saillir les coutures de ses manches. Voilà deux mois que Kissen n'avait plus revu sa sœur adoptive ; elle était soulagée de la trouver en si bonne forme, en dépit de ses sourcils à moitié roussis.

« De toute façon, il était grand temps que tu te lèves, reprit-elle, la gorge serrée. Le soleil brille déjà. Il faut allumer les fourneaux, non ?

— On a un garçon pour ça, maintenant », répondit Yatho en se rasseyant. Elle fit reculer son fauteuil. En avisant Inara, elle haussa un sourcil carbonisé mais ne posa aucune question. « Il s'appelle Bea. Je vais lui dire d'ouvrir la porte pour Jambes. On verrouille tout à cause des voleurs.

— Quelqu'un vous a dépouillées ?

— Quelqu'un a essayé. »

Inara se ratatina quand Kissen se retourna pour la descendre du cheval et la pousser à l'intérieur. Elle emmena alors Jambes jusqu'au portail, qui s'ouvrit quelques instants plus tard, manipulé par un maigrichon d'environ seize ans. Il porta respectueusement la main à sa tête mais évita tout contact visuel, puis il retourna actionner les soufflets de la forge, caressant au passage la tête de la chèvre à lait.

Même si Yatho et Telle ne possédaient pas de cheval, il y avait toujours une place pour celui de Kissen. Celle-ci trouva l'abreuvoir plein, de la paille fraîche, ainsi qu'un sac d'avoine. Jambes fut soulagé de se voir ôter sa selle et ses mors ; Kissen prit alors le temps de le bouchonner, sachant que Yatho installerait Inara à l'intérieur. Le cheval la bouscula de la tête pour qu'elle lui caresse le chanfrein.

« Je ne vois pas de quoi tu te plains, dit-elle en cédant à son caprice. Elle est plus légère que moi. »

Ils étaient arrivés à destination. Sains et saufs. Mais à présent, elle avait laissé entrer un dieu dans sa propre maison, celle de Yatho et Telle, en même temps qu'une jeune fille noble dont personne ne semblait connaître l'existence et qui n'avait apparemment pas de père.

Et maintenant ?

Quand elle entra, Yatho avait allumé un feu sous la marmite et faisait griller un sachet d'amandes, diffusant une odeur délicieuse. Inara contemplait les flammes, les yeux secs, un verre d'eau claire serré entre ses mains.

« Le feu n'est encore que du feu », annonça Kissen avec lassitude. Si elle s'asseyait, elle n'était pas certaine de pouvoir se relever, mais son propre fauteuil roulant était suspendu tout près de la cheminée. « Comme avant.

— Je le sais », murmura Inara alors que la déicide décrochait son siège. Celui-ci était parfaitement plat à la verticale, mais après une lutte acharnée contre des barres récalcitrantes, il se transforma en un fauteuil de cuir tout à fait fonctionnel. Kissen s'assit avec un grand soupir de soulagement. Sa jambe gauche était percluse de crampes au niveau du pied et du mollet, tandis que la droite lui brûlait à cause du frottement. Elle sentait aussi une pression fantôme dans sa cheville et son tibia absents. Elle se pencha pour masser ses deux jambes en même temps, sans même avoir retiré ses bottes. La douleur s'amoindrit dans la droite, sans disparaître pour autant. Yatho arriva avec un pot de lait fermé et un sachet de flocons d'avoine dans son giron.

« Tiens », dit-elle en jetant le sac à Kissen dans un nuage de poussière. Elle lui tendit alors le lait, et la déicide versa le tout dans la marmite, qui protesta d'un sifflement. Elle attisa le feu du bout de sa botte. « Ajoute aussi un peu d'eau », suggéra Yatho. Kissen se saisit de la bouilloire et fit mijoter le tout.

« Tu sais que tu es la seule à me donner des ordres ? demanda Kissen.

— Et montre-moi ta jambe, tant que tu y es. »

Kissen fit la grimace.

« Allez, Kissen, je sais ce que ça veut dire quand tu clopines comme ça.

— Je n'ai pas envie. »

Yatho lui décocha l'un de ses Regards. Kissen capitula dans un soupir et détacha les cordons maintenant le bas de ses chausses contre son genou, puis desserra les boucles à sa cheville. Cela lui facilitait la tâche lorsqu'elle avait besoin de réparer quelque chose, même si elle n'était pas très douée dans l'exercice. Le tissu se détacha, et Kissen essaya de ne pas s'attarder sur l'expression de Yatho quand celle-ci découvrit le métal considérablement cabossé durant la rixe dans la taverne. La prothèse était de conception soignée, tout en briddite et acier gainés de cuir ; des plaques mouvantes, aussi légères que de l'os et reliées à un mécanisme interne, lui conféraient davantage de souplesse qu'elle ne l'aurait imaginé. Yatho fit la grimace, contrariée de voir son art ainsi gâché.

« Tu m'expliques ce qui s'est passé, Kissen ? » demanda-t-elle tandis que sa sœur adoptive jouait avec les sangles autour de la rotule. Elle fit pivoter la jambe pour la retirer, la botte et le reste, afin de l'étudier elle-même. Elle y avait jeté des coups d'œil furtifs en cours de route, mais avait eu la nette impression que le dispositif risquait de tomber en morceaux si elle l'examinait trop longuement. Elle n'avait pas complètement tort : la plupart des plaques étaient définitivement hors d'usage. C'était un vrai miracle si sa prothèse l'avait portée du domaine Craier jusqu'à Lesscia. Elle se tourna vers Inara qui, en dépit de sa détresse, l'observait avec de grands yeux fascinés ; la fillette se détourna aussitôt.

« Un pauvre type dans une taverne qui m'a prise pour un brin d'herbe », expliqua-t-elle en tendant l'objet abîmé. Tant qu'à faire, elle détacha aussi le sommet de la jambe et palpa la peau en contact avec la prothèse. Elle était rêche et parcourue de fourmillements. Les marchands ambulants qui avaient retrouvé Kissen, rejetée par la mer sur une plage taliciane, avaient dû retrancher la chair pour déloger des débris d'os, puis recoudre le tout avant de la faire sortir clandestinement de Talicia, où ses traces de brûlures lui conféraient des allures de sacrifice manqué. Ils avaient effectué du bon travail, quoique dans l'unique but de la vendre à Mutile, à moitié morte et se réveillant chaque nuit en hurlant.

« Ce n'est pas réparable, déclara Yatho en détachant le métal. C'est fait pour être léger, Kissen, pas pour résister aux coups de hache.

— C'était une faux, la détrompa Kissen. Ah, ça va aller. Rends-la-moi.

— Non. » Yatho maintint la prothèse hors de sa portée. « Tu vas te bousiller les deux jambes ; l'équilibre est à revoir. Tu as besoin d'onguent ? »

Kissen se radossa en grommelant. « Non », mentit-elle en faisant mine de ne pas voir la capuche d'Inara tressaillir quand son dieu s'en rendit compte. Elle ne voulait pas que Yatho s'inquiète pour elle.

« De toute façon, j'ai préparé les morceaux d'une nouvelle jambe, annonça Yatho. Je savais que tu finirais par t'attirer des ennuis. Je n'en ai pas pour longtemps, mais je vais devoir te peser pour les derniers réglages.

— Oh, je pèse comme avant.

— Le moindre changement peut détraquer tout le mécanisme… » Yatho s'interrompit lorsque Kissen entreprit d'articuler silencieusement sa réponse, puis elle éclata de rire. « Allez, remue la marmite, fouteuse de merde, lança-t-elle alors avant de s'intéresser à Inara. Qui est-ce ? »

La fillette, qui venait enfin d'avaler une gorgée d'eau, faillit s'étouffer. Elle avait mauvaise mine. Ses jolis cheveux bruns étaient tout emmêlés sous son foulard, et son visage était déformé par la peur et la tristesse. Son regard était distant, et Kissen comprit qu'elle était en train de converser avec son petit dieu pour élaborer un mensonge.

Pas sous ce toit.

« Elle prétend être la fille de dame Craier, répondit Kissen avant qu'un éloquent bobard franchisse les lèvres de la gamine, et elle a un problème d'infection que Telle va devoir m'aider à régler. »

La fillette décocha à Kissen un regard assez glacial pour faire cailler le lait.

« La *fameuse* dame Craier ? s'étonna Yatho en se penchant sur sa chaise. J'ignorais qu'elle avait des enfants. » Elle adressa un sourire engageant à Inara, qui garda la mine sombre.

Rosalie aussi, songea Kissen. Malgré tout, elle croyait la petite, en dépit de la présence de son dieu menteur. Si elle avait pu se rendre n'importe où ailleurs, elle ne serait pas restée avec Kissen, la déicide en était certaine. Peut-être était-elle née hors des liens du mariage, même si ça ne faisait aucune différence au Middren, où l'identité des parents biologiques importait peu tant que quelqu'un reconnaissait l'enfant. Même le roi et ses malheureux frères et sœurs avaient été enfantés par les divers amants de la reine Aletta.

Le mystère restait entier. Le peuple d'Ennerton vivait sur le fief des Craier – comment pouvaient-ils ignorer l'existence de l'enfant de leur noblesse locale ?

Plus énigmatique encore : comment la fillette avait-elle pu acquérir un dieu sans sanctuaire ? Toute pitié mise à part, si Kissen ne se débarrassait pas de cette déité, personne ne voudrait recueillir Inara en contrevenant à l'édit royal, pas même sa propre famille. Kissen aurait peut-être dû éliminer le misérable tandis que la gamine dormait, mais elle les avait vus tomber tous les deux quand ils avaient été séparés, preuve que leur lien était profond. Tuer le premier risquait fort de coûter la vie à la seconde.

« Tu as effectivement l'allure d'une héritière, affirma Yatho d'un ton affable. Les porteurs de Blenraden racontaient bien des histoires au sujet de ta mère. Une sacrée aventurière, selon eux. »

Inara plongea le nez dans sa coupe. « Yatho, l'avertit Kissen, la dame est morte. »

Il était inutile de manipuler la vérité avec des pincettes, elle ne risquait pas de se briser. La vérité était la vérité. Cela n'empêcha pas Inara d'éclater en sanglots. Ses épaules se soulevèrent, et elle laissa échapper son verre avant de se plaquer les mains sur la figure.

« Ah, merde », jura Kissen alors que la minuscule boule d'ailes et d'oreilles dissimulée sous le manteau de la gamine en jaillit.

De la taille d'un chat, il était trop loin pour que Kissen puisse l'atteindre, mais assez gros pour que le battement de ses ailes attise le feu.

« Comment oses-tu ? s'écria-t-il. Comment oses-tu te montrer si cruelle ? »

Yatho battit en retraite. « C'est quoi ce bordel, Kissen ? »

Le dieu se ratatina légèrement en prenant conscience qu'il se trouvait désormais exposé.

« Et *ça*, répondit la déicide, c'est l'infection dont je te parlais. »

CHAPITRE 7

Inara

Si Inara avait su qu'elle la voyait pour la dernière fois, elle n'aurait pas menti à sa mère pour s'éclipser pendant la nuit. Elle aurait étreint Tethis, l'intendante dont elle était sûre que les soldats s'étaient moqués, et Erman, son précepteur. Elle les aurait remerciés de toujours lui apporter des sucreries à la pistache et du miel. Elle serait restée. Elle aurait brûlé.

À présent, elle se trouvait dans une étrange maison, petite et désordonnée, pleine de câbles et de morceaux de métal, en compagnie d'une déicide et de ses amies, sans nulle part où se rendre. Les couleurs de Yatho étaient plutôt aimables, bleu barbeau et lilas léger, et ses cheveux noirs étaient rasés assez court pour révéler de jolis tatouages en forme de feuilles derrière ses oreilles. Cependant, Inara n'avait jamais rien connu d'autre que sa mère, sa maison, son titre. Des constituantes immuables de sa vie qui, à l'instar de murs de pierre, l'enfermaient à l'intérieur mais les maintenaient, Skedi et elle, en sécurité. Désormais, cela aussi avait disparu.

Puis Kissen lui avait jeté la vérité au visage, tel un objet contondant, et l'impact avait fracassé les fragiles défenses qu'Inara avait érigées autour de son cœur. Sa mère était morte, ainsi que ses secrets, que les lettres qu'elle dissimulait, tout avait brûlé avec elle. Tout avait disparu.

Et maintenant, Skedi était consterné, vulnérable. À cause d'elle. Inara ne l'avait jamais vu si furieux ; il n'avait encore jamais commis d'erreur pareille. Au manoir Craier, chaque vérité était toujours transmise avec précautions, enjolivée. Il lui disait toujours que c'était sa nature. Pour lui, cette franchise était insupportable.

« Tu n'as pas le droit d'être aussi... blessante », lança-t-il encore avec rage. À travers ses larmes, Inara vit qu'il avait adopté la taille d'un petit lapin, sous le regard assassin de Kissen et horrifié de Yatho.

La porte s'ouvrit et, après trois pas furieux, Inara sentit une main chaude et ferme dans son dos. Celle d'une autre femme, qui sortit un mouchoir de sa robe et l'apposa sur les joues de la jeune fille pour éponger ses larmes. Les paumes étaient sèches et rugueuses, mais tièdes, comme celles de Tethis, et elle fit claquer sa langue contre ses dents. Ses couleurs aussi ressemblaient à celles de l'intendante : fraîches et lumineuses, des verts et des gris apaisants. Inara se saisit du mouchoir pour se sécher les yeux. Quand elle rendit le carré de tissu à la nouvelle arrivante, celle-ci lui offrit en échange un verre d'eau fraîche et vint s'asseoir près d'elle. Elle avait rincé le mouchoir pour le placer dans le cou d'Inara. Rafraîchissant, lénitif.

Inara se calma, prenant de profondes inspirations jusqu'à trouver le courage de lever les yeux. La femme lui sourit. Elle était belle, avec des yeux sombres et de jolis sourcils soulignés par trois cicatrices bien droites qui lui barraient le visage, l'une d'elles fendant profondément sa lèvre supérieure.

Il devait s'agir de Telle. Elle observa Kissen d'un air appuyé. Cette dernière, qui ne semblait pas du tout contrite, agita les mains pour s'exprimer par signes, à la grande surprise d'Inara. La petite n'avait vu que sa mère et l'une de ses domestiques signer de la sorte ; dame Craier avait enseigné à sa fille cette langue employée par les pirates ou les malentendants.

Comment tu sais que c'est ma faute ? demanda Kissen à Telle, qui éclata de rire et répondit en signant elle aussi.

Yatho ne fait pas pleurer les enfants.

« Ça fait du bien de pleurer », répondit Kissen tant à voix haute qu'avec ses mains, dans le but évident de se faire comprendre d'Inara, ne sachant pas que la jeune fille était capable de traduire chaque mot. « Elle est de la maison Craier, et son manoir a brûlé il y a trois jours, avec sa mère et tous les domestiques. Elle et son parasite sont les seuls survivants. Ils ont eu de la chance. »

De la chance. Inara prit une longue inspiration tremblante. Elle ne se sentait pas chanceuse. Elle avait plutôt l'impression d'avoir été enlevée, ravie par le destin.

Ce parasite, signa Yatho. *Est-ce bien ce que je pense ?*

Elles se tournèrent toutes vers Skedi, dont les ailes étaient retombées. Il retourna vers Inara en rampant, les bois baissés d'un air défensif. Malgré tout, la jeune fille lui savait gré de s'être emporté pour elle ; elle se sentait moins seule. Elle tendit la main pour le ramasser et le posa sur ses genoux, où il s'assit sur ses pattes arrière.

Yatho pinça les lèvres. *C'est dangereux,* dit-elle. *Les dieux sont illégaux. Nous sommes enfin respectées ici, après être arrivées de Blenraden. Avec un dieu sous notre toit, nous serons dénoncées très vite.*

Blenraden. Cela faisait deux fois qu'elle évoquait cette ville. Ces femmes en étaient-elles originaires ?

Kissen décrocha la marmite bouillonnante à l'aide d'un outil au long manche. Elle la fit passer à Telle, qui la lâcha sur une paillasse en désordre au milieu de cette pièce au plafond bas.

Yatho alla chercher des bols, et Inara resta silencieuse pour mieux observer leur conversation. Elle avait peut-être perdu tout le reste, mais elle possédait encore ses yeux, ses oreilles et Skediceth. Il le lui dirait si des mensonges étaient échangés entre ces trois femmes, et il l'aiderait à interpréter les couleurs de Yatho et de Telle.

Ça ne s'arrête pas là, expliqua Kissen, toujours en langue des signes. Elle coula un regard furtif vers Inara. *Ce sont des soldats qui ont mis le feu. Peut-être issus d'une autre maison. La mère de la petite était mêlée à quelque chose, et ses gens l'ont payé de leur vie. Je doute qu'elle soit en sécurité.*

Tu devrais t'intéresser davantage à la politique, lui reprocha rapidement Telle avant de lui passer un bol de bouillie. *La famille Craier est divisée depuis la génération dernière. La dame était la seule à avoir les faveurs du roi.*

Inara fronça les sourcils. Les faveurs ? Non, c'était tout le contraire. Quant à cette division… Dame Craier n'avait jamais parlé en mal du reste de sa famille ; lorsque Inara l'interrogeait à leur sujet, sa mère lui assurait qu'elle les rencontrerait un jour.

Personne n'irait brûler ses propres terres, intervint Yatho. *À part à Talicia.* Elle adressa à Kissen une grimace contrite, ses couleurs adoptant une teinte bleue et triste, mais la déicide haussa les épaules.

« Elle pourrait se rendre à la cour, suggéra Kissen. Réclamer la protection de ce roi.

— Ne dis pas “ce roi” comme s'il n'était pas le tien, la rabroua Yatho. Il t'a rendue riche.

— Il me force à regarder sa satanée tête de petit garçon partout où je vais, protesta Kissen, comme s'il n'existait qu'un dieu au lieu de plusieurs centaines. » Elle plongea la main à l'intérieur de son manteau et laissa tomber une bourse pleine sur la table basse devant la cheminée. Telle fit passer à Inara un bol de bouillie brûlante.

« Kissen, combien de fois t'avons-nous dit de garder ton argent ? s'offusqua Yatho en regardant la gibecière.

— Que veux-tu que j'en fasse ? Alors que vous, vous avez une affaire, une vie.

— On s'en sort parfaitement bien sans ça. On met simplement de côté pour que tu puisses...

— Quoi... Arrêter de travailler ? » compléta Kissen avec un sourire narquois. Yatho se rembrunit.

« Il y a des métiers plus sûrs que le tien. Qui ne risquent pas de te coûter la vie. »

Inara devina qu'elles avaient eu maintes fois la même conversation.

Le roi n'accueillerait jamais un dieu, les interrompit Telle. Inara baissa les yeux sur Skedi, dont les yeux jaunes trahissaient l'inquiétude. Évidemment que le roi Arren n'accueillerait pas un dieu ; il le tuerait à vue, et le nom de Craier serait traîné dans la boue. C'était précisément ce qui avait motivé Inara à aller trouver Kissen. Tout cela était injuste.

Je sais, répondit Kissen. *C'est pour ça que j'ai besoin de ton aide, Telle. Tous deux sont liés, d'une manière ou d'une autre ; il ne possède pas de sanctuaire. As-tu jamais lu quoi que ce soit à ce sujet ?*

Telle secoua la tête en se remplissant un bol. Elle avala deux cuillerées et marqua une pause avant la troisième, sa bouche se contractant au niveau de la cicatrice qui la fendait en deux. Puis elle fit un geste de la main. *Peut-être,* signifiait-elle. *Je ferai des recherches dans la journée.* Elle reposa son bol et lissa ses robes, comme si elle s'apprêtait à partir. Inara sentit son cœur se serrer. Telle l'avait aidée. Elle se sentait plus à l'aise avec elle qu'avec les deux autres, qui semblaient s'échanger des insultes comme marques d'affection.

Mange encore un peu, tu vas avoir faim, conseilla Yatho à Telle. Celle-ci roula des yeux, avala deux bouchées supplémentaires, puis alla l'embrasser sur la bouche malgré ses joues remplies de bouillie. Elle déposa ensuite un baiser sur le front de Kissen, adressa à Inara un sourire rassurant et partit sans plus de questions, de doutes exprimés ou de reproches à l'adresse de Kissen, qui avait ramené un dieu et une fillette étrange dans leur maison.

« J'ai du travail, annonça Yatho en se dirigeant à son tour vers la porte. Trois commandes et un autre kit d'écriture.

— N'oublie pas de me forger une nouvelle épée, plaisanta Kissen.

— Tu ne me laisserais pas faire. Va dormir un peu, tu as une sale gueule. » Elle désigna Skedi d'un geste du menton. « Et fais en sorte que cette bestiole reste planquée. »

Skedi plaqua son dos contre le ventre d'Inara tandis qu'elle prélevait une cuillerée de bouillie, qu'elle laissa retomber dans son bol. Chez elle, elle aurait eu du fromage de chèvre et des figues rôties pour le petit déjeuner, accompagnés de yaourt frais issu du cellier, dégoulinant de miel et parsemé de pétales de rose. Parfois, la cuisinière préparait même de petites pâtisseries en forme de fleur remplies d'amandes et d'orange sanguine. Inara lécha la cuillère du bout de la langue ; l'avoine n'avait aucun goût, aucune douceur. Le lait avait brûlé dans le fond de la marmite.

Quelle chance.

« Je suis censée m'estimer heureuse ? » demanda-t-elle enfin. Ses larmes s'étaient taries, et elle se sentait chaude, asséchée. En colère.

« Oui. » Kissen soupira et se rencogna contre son dossier. « Tu devrais t'estimer heureuse, mais ce ne sera pas le cas avant longtemps.

— Qu'est-ce que vous en savez ?

— Crois-moi, j'en sais bien assez. »

Encore une réponse élusive. Inara tordit la bouche. On lui donnait des ordres, on l'avait malmenée, emmenée loin de chez elle et de ses terres. Elle ne se laisserait pas parler comme à une imbécile ou un animal de compagnie. Sa mère l'avait certes cachée au reste du monde, mais elle l'avait élevée.

Tu es destinée à de grandes choses, mon trésor, lui disait-elle. *Ils s'en rendront compte un jour. Le roi lui-même verra qui tu es.* Inara tenta de ravaler son amertume. Sa mère l'avait laissée seule, sans personne vers qui se tourner.

« Je ne vous laisserai pas lui faire du mal, affirma-t-elle en plongeant les doigts dans la fourrure de Skedi. J'ignore quel genre de récompense vous espérez obtenir en me venant en aide, mais je n'ai aucune raison de vous faire confiance. » Avec n'importe qui d'autre, elle aurait su dire si la personne mentait, comme son dieu pouvait le faire : les couleurs clignoteraient de façon erratique, contredisant les propos tenus. Mais celles de Kissen étant dissimulées, Inara ne pouvait se raccrocher à rien.

Kissen se mit à rire. « J'ai traîné ta carcasse jusqu'ici, petite ingrate, lui rappela-t-elle. Quant à *ça*... » Elle désigna Skedi. « Nous en discuterons plus tard. Pour l'heure, contente-toi de manger. »

Inara considéra la bouillie avec une grimace. Son ventre gargouillait, mais elle se sentait perdue et nauséeuse.

Mange vite, l'encouragea Skedi d'un ton apaisant. *Fais comme si c'était sucré, et ce ne sera plus si mauvais.* Puis il ajouta à l'intention de Kissen : « Qu'est-ce qu'on fait à Lesscia ? Qui sont ces personnes ? »

Étrange en effet qu'elles n'aient pas eu peur de Skedi, comme si elles avaient l'habitude de croiser des dieux. Kissen se mordit la joue sans répondre.

« Tu ne peux pas faire comme si je n'existais pas, déicide, insista Skedi effrontément. Tu ne possèdes pas l'art de mentir. »

À l'évidence, Kissen ne sut pas s'il s'agissait d'une insulte ou d'un compliment. Elle grommela. « C'est ma famille, répondit-elle. Nous avons toutes été vendues ou échangées à Blenraden, parce qu'une femme que nous appelions Mutile avait décrété un jour que les enfants à problèmes pouvaient prélever de bonnes sommes dans des poches bienveillantes et dévotes. La misère lui a rapporté beaucoup d'argent. » Une moue dégoûtée déforma la bouche de Kissen lorsqu'elle prononça le nom de cette femme, et elle considéra les pièces déposées sur la table, que Yatho et Telle avaient dédaignées.

Blenraden. Ainsi, elles étaient bel et bien issues de cette cité morte que la guerre avait détruite. Pas étonnant que ses amies n'aient pas été bouleversées par la vue de Skedi. Il était le seul dieu qu'Inara ait jamais croisé, mais elles devaient en avoir rencontré des milliers.

« Elles n'ont donc pas de temps à perdre avec les dieux, précisa Kissen, et encore moins avec les petits mensonges pieux, alors n'essaie pas l'une de tes petites fourberies avec nous, vermine. En tant qu'archiviste à la Cloche, Telle est l'une des rares à être encore autorisée à lire les anciens écrits relatifs aux dieux. Et si quelqu'un est en mesure de déterminer comment vous séparer tous les deux, c'est bien elle. »

CHAPITRE 8

Elogast

Elogast ne mit pas longtemps à empaqueter tout ce qui faisait sa petite vie. Il n'emporta pas grand-chose, seulement de la levure et deux petits sacs de farine pour cuisiner sur la route, ainsi qu'un peu de son mélange d'herbes et de sel raffiné du désert d'Usic. Son armure serait constituée de ses brassards, d'un pourpoint de cuir et d'un gilet par-dessus une chemise, rien de plus, même s'il se sentait tout nu. Malgré tout, avec son nécessaire de boulanger, sa barbe et son crâne rasés à blanc, il était convaincu que tout irait bien.

Le premier bateau à descendre d'Estfjor lui permit de traverser les prémices du réseau de canaux que bâtissait Arren, jusqu'à la ville en perdition de Sorin, où le chenal rejoignait la Roan avant de bifurquer vers l'ouest, loin de Lesscia. Sorin avait jadis été un véritable carrefour commercial spécialisé dans les cloches en cuivre, avant que les métallurgistes talicians n'envahissent le marché outre-mer. Il n'eut dès lors d'autre choix que de louer la jument la moins piteuse qu'il trouva et de prendre la route de l'est.

Lesscia avait toujours constitué un havre pour les pèlerins en quête de débats, d'histoire et d'écritures, et non des promesses tapageuses de Blenraden et ses pickpockets. Depuis la chute de celle-ci, Lesscia était devenue la deuxième plus grande ville du Middren, juste après la capitale, Sakre. Des gardes étaient postés le long de la route pour sécuriser les transports, et la chaussée était bien entretenue afin de faciliter le négoce entre les bourgs et les villes. Désormais, il fallait à peine une journée et demie pour rallier Lesscia depuis Sorin, alors que, lorsqu'il était petit garçon, Elo et ses mères en mettaient quatre, en voyageant avec un poney, des tentes et des tombereaux.

Elo arriva plus tard qu'il ne l'aurait souhaité en périphérie de la cité des arts, plus lointaine que dans son souvenir. La dernière fois qu'il s'y était rendu, c'était lors du retour triomphal d'Arren à la capitale. Elo, qui ne faisait déjà plus partie de la suite royale, s'était alors posté en lisière de la foule. En vérité, il aurait dû rentrer seul depuis Blenraden, mais avec le cœur secret qui brûlait dans la poitrine d'Arren, il avait voulu s'assurer que son ami arrive à bon port. Il n'avait pas pu entendre les mots d'Arren, mais il avait été témoin de la démolition violente des statues divines qui ornaient les portes depuis deux siècles. Tout autour de lui, les badauds avaient poussé des cris de joie, applaudi furieusement et beuglé le nom du roi. Il n'avait vu aucune larme de tristesse ou de honte.

À présent, il ne distinguait même plus les portes depuis les premières maisons, trois fois plus nombreuses qu'auparavant ; elles formaient une mer de lanternes sous les ténèbres hivernales qui pesaient toujours sur les soirées de printemps. Elo abandonna sa monture dans une auberge en périphérie, mais il lui restait un bon quart de lieue à parcourir avant de trouver des écuries propres et les bousculades du marché extérieur où s'échangeaient les denrées de la ville. Ici, les gardes de la maison Yether, en jaune, patrouillaient et aidaient à arrondir les transactions au montant supérieur avant de prélever la part appropriée du profit en guise de taxe.

Elo enfila rapidement les avenues officielles pour emprunter une venelle sinueuse menant aux ponts marécageux qui s'étendaient par-delà la cité. C'était là que se trouvaient les marchands les plus déguenillés, ceux qui étaient trop pauvres pour s'offrir un étal en plein centre. Ses mères lui avaient toujours défendu de descendre là-bas, où les gardes ne se rendaient pas eux-mêmes et où les tables étaient exposées aux quatre vents du grand fleuve Daes, puisque les murailles de la cité n'étaient plus là pour les protéger. Naturellement, cette interdiction n'avait fait qu'attiser la curiosité des jeunes Elo et Arren. Voilà où ils effectuaient leurs paris illicites, et où ils avaient même un jour troqué des gobelets dérobés au palais contre une bonne pile d'argent et deux bouteilles de fine.

Un groupe de coqs miteux et ensanglantés poussèrent des cris stridents quand il passa devant leurs cages étroites annonçant leurs cotes pour les combats du soir ; Elo lorgna plutôt les boutiques proposant en-cas et services : des boulettes de pâte fourrées, des gâteaux brûlés, divers guides ou vêtements rapiécés. Alors que les ombres s'allongeaient, il traversa plusieurs ruelles remplies d'étals en quête d'un regard amical ou d'un signe de foi quelconque.

À force de recherches, il finit par repérer quelques pains chauds servis avec des currys frais ; le vendeur était issu de l'un des nombreux peuples d'Usic, nation voisine de l'Irisia. Une breloque scintillante pendouillait près de son four en terre cuite. À trois pas de là, un trio d'hommes blafards jouait à un jeu de tuiles. Au lieu d'argent, ils misaient des graines de slesse – des somnifères – achetées à un négociant d'allure maussade se disputant avec leur chien. Le ventre d'Elo se mit à gargouiller, comme pour lui rappeler qu'il était affamé.

Il acheta un pain fourré au curry et le mangea chaud devant l'étal, savourant un goût simple qu'il ne trouvait à Estfjor que lorsqu'il cuisinait pour lui-même. Un jeton se balançant sous le four attira son attention. Il aurait pu s'agir d'un simple porte-bonheur, voire de l'estampille du fabricant de fours, mais une brise subite le fit tournoyer, et Elo constata qu'il était embossé au centre d'une main bleue. La main du don, symbole d'un dieu de la bonne fortune – un dieu qui devait être encore vivant.

Elo réprima un sourire ; il savait qu'il avait fait le bon choix en venant à Lesscia. Arren pouvait bien se débarrasser des dieux, les bannir du Middren, il en faudrait plus pour purger les bibliothèques de Lesscia et ceux qu'elles attiraient.

Elo avala une nouvelle bouchée avant de croiser le regard du vendeur. « Me diriez-vous une chose, en toute bonne foi ? »

L'homme considéra l'épée d'Elogast et se retourna vers le four, prenant tout son temps pour replacer ses pains. « Qui veut savoir ?

— Un simple pèlerin », répondit Elo avec un sourire charmeur. Bon sang qu'il y avait longtemps qu'il n'avait plus cherché à plaire à qui que ce soit. « Un pèlerin égaré.

— Les pèlerins font des offrandes », répondit l'autre d'un ton neutre. Elo éclata de rire. Les dieux de richesse attiraient rarement ceux qui venaient les mains vides. Il tira un demi d'argent de sa réserve de pièces et de lingots – une petite fortune –, et le fit apparaître entre ses doigts, avec sa valeur en poids et son trou caractéristique. À Estfjor, un tel trésor aurait permis d'acheter un demi-cheval ; ici, il s'agissait tout juste d'un bon pot-de-vin. À peine de quoi permettre au cuisinier de s'offrir une journée ou deux dans les meilleures allées du marché.

L'Usicain sortit un autre pain, le remplit d'un peu de curry, et le posa sur le tonneau près de la main d'Elo. Celui-ci l'échangea contre son demi d'argent, qui disparut en un clin d'œil. « *La Voie de la reine*, dit rapidement le vendeur. Dans les allées étroites au nord-ouest de la Cloche. C'est là qu'un pèlerin peut étancher sa soif. »

Elo se recula. *La Voie de la reine,* évidemment. Certains éprouvaient encore une certaine tendresse à l'égard de la monarque qui les avait conduits au bord de la ruine.

« Les coutumes nous ont perdus, mon ami, ajouta le vendeur. Elles nous retrouveront très bientôt. »

Elo hésita. Qu'entendait-il par-là ? Il le remercia d'un signe de tête et s'en retourna vers les portes de la ville. Ce n'était rien. Arren savait qu'il y avait de l'agitation ; il était rentré à Sakre, où il serait protégé, en sécurité.

Un garde à ceinture jaune fouilla les sacs d'Elo quand celui-ci franchit l'entrée de la cité, mais ses maigres biens ne constituaient pas des objets de négoce susceptibles d'endommager les manuscrits. Il fut accepté à l'intérieur alors que les cloches du soir sonnaient.

Il emprunta les avenues principales en direction de la Cloche, l'imposant dôme de cuivre qui accueillait les archives les plus précieuses, au cœur de la ville. Lesscia grouillait d'activité. Des pousseurs de charrette couraient avec une précipitation superflue, insigne officiel sur le manteau et gardes en escorte. Étonnamment, ceux-ci portaient les livrées azur et or d'Arren au lieu du jaune des Yether. Les ateliers étaient encore actifs tard dans la soirée ; Elo passa devant un marchand de tuiles, où plusieurs enfants couraient sous les jambes des adultes pour ramasser des tessons d'argile. Au crépuscule, le dôme de la Cloche et les bâtiments blancs qui le cernaient semblaient briller.

Les larges avenues s'étrécirent ; le sol se suréleva. Les canaux se firent plus rares, plus éloignés au milieu de ce dédale de ruelles au nord de la ville. L'intérieur de Lesscia ressemblait presque à Sakre : chaotique, sinueux, empli des lumières des auberges, des forges ou des cordonneries. Elo fut soudain pris de nostalgie pour sa ville natale, qu'Arren et lui avaient connue comme leur poche.

Lorsqu'il trouva la taverne en question, il ne vit aucune pancarte, mais la peinture au-dessus de la porte était suffisamment éloquente : trois pèlerins y suivaient une femme portant une couronne. Elo secoua la tête. *La Voie de la reine*, effectivement.

Elogast avait rencontré la reine Aletta une seule fois, en bonne et due forme, pour une inspection de la garde. Il s'était attendu à une femme froide, distante, mais elle rayonnait de ferveur, tel un soleil brûlant et impénitent. La dernière fois qu'il s'était trouvé si proche d'elle avait été après leur intrusion à Blenraden. Il n'était alors plus question de soleil, de pouvoir. Elo n'oublierait jamais le visage d'Arren lorsqu'ils avaient découvert son cadavre et ceux des princes. Mosen avait tout juste quinze ans. La sœur aînée d'Arren, Bethine, princesse jamais couronnée, avait accouru dans son armure avant de s'effondrer à genoux, en sanglotant d'horreur et de douleur. Arren, pour sa part, n'avait exprimé que de la colère.

« Combien sont morts pour entrer ici, avait-il soufflé cependant que sa sœur pleurait, *après qu'*elle *a laissé cela se produire ?*

— *Arren…* » avait alors tenté de le raisonner Elo. Ça n'avait été que la première atrocité. Dans la guerre totale qui avait fait rage ensuite, les fidèles et les dieux avaient choisi leur camp et pris les armes contre leurs propres voisins, et même contre l'armée du Middren. Elo ignorait le nombre de victimes civiles, ne connaissant que celui des chevaliers qu'il avait fallu pour traverser les pierres, les orages, les cauchemars et les flèches des dieux et de leurs adorateurs.

« Réponds-moi. S'il te plaît.

— *Douze cents* », avait dit Elo. Arren avait patienté. « *Cinquante-six.*

— *Mille deux cent cinquante-six hommes,* avait répété Arren. *Issus de chaque maison, chaque province. Morts. Pour sa bêtise. Ne gaspille pas tes larmes, ma sœur. Je n'en verse plus pour elle depuis longtemps.* »

Et encore, c'était l'un des bons jours.

Elo se reconcentra sur le présent et entra dans la taverne. Celle-ci était véreuse et exiguë ; un poêle à charbon brûlait pour chasser le froid printanier, ce qui conférait à l'endroit une chaleur étouffante. Les vitraux épais étaient assemblés au plomb. Les bougies à huile nauséabondes qui flottaient dans des bols d'eau parfumée ne suffisaient pas à éclairer la pièce.

Elo se dirigea vers le comptoir. L'aubergiste faisait mine de lustrer un verre tout en l'observant dans l'étalage de miroirs en laiton convexes situés derrière les fûts et les bouteilles ; une façon onéreuse, quoique maligne, de surveiller ses clients. Il portait un pourpoint sans manches et avait des muscles secs de bagarreur. Un tatouage à l'arrière de son cou formait une rune ou un embranchement. L'encre se prolongeait sur ses épaules et ses bras nus, depuis la nuque jusqu'aux doigts. Il avait dû souffrir.

« Je vais prendre la même chose qu'elle, s'il vous plaît », dit Elo en désignant une femme assise non loin avec un verre de liquide translucide sur une base sirupeuse. Une odeur agréable émanait d'elle, de citron ou d'agrumes.

Le patron se retourna en se redressant, puis posa sèchement le gobelet. Ses cheveux étaient d'un noir saupoudré d'argent, et il toisa Elo de ses yeux clairs, s'attardant d'abord sur ses brassières, puis sur son épée. Elo portait son arme dans le dos, avec le reste de son paquetage, comme s'il n'avait aucune intention de s'en servir. Le pommeau emmitouflé risquait de la faire passer pour volée. Il espérait seulement que le chiffon qui l'entourait était assez miteux pour ne pas susciter de questions.

« On ne voit plus beaucoup d'Irisiens dans le coin, ces temps-ci », lança l'aubergiste, même si la femme qui s'empressait désormais de rassembler ses documents l'était au moins à moitié. Deux autres personnes se mirent à maugréer près du feu, et la peau d'Elo se couvrit de chair de poule.

Il ne pouvait pas se permettre de tenter sa chance dans tous les débits de boissons mal famés de Lesscia. Il devait disparaître au plus vite par les pistes secrètes que les pèlerins employaient pour gagner les montagnes. Il tenta de se réconforter en estimant logique que les clients de *La Voie de la reine* se montrent soupçonneux à l'égard des nouveaux venus. Il était par ailleurs logique de ne pas trouver de portrait d'Arren au-dessus de l'âtre.

« Je… » Elo était sur le point de lui dire qu'il avait passé son enfance au Middren, mais il se ravisa. De nombreux Irisiens avaient quitté les côtes du Middren pour pratiquer librement leur foi ailleurs. Cela pourrait le rendre plus digne de confiance. « Je n'y suis pas retourné depuis longtemps », affirma-t-il avec un sourire. L'aubergiste hésita, l'air inquisiteur. « Son mode de vie me manque. »

S'il avait été doté de sens aussi affûtés que ceux d'un dieu, il aurait probablement senti la clientèle se détendre un tantinet.

« Ça doit être difficile de se trouver si loin de chez soi », répondit le tenancier. Elo identifia aussitôt son accent, issu de la région forestière qui s'étendait du nord de Blenraden à l'extrémité sud de Talicia. Combien d'habitants de ces terres, autrefois riches et désormais à moitié désertées, avaient échoué ici ? Cela pouvait expliquer l'explosion démographique du marché extérieur. Ces gens-là avaient les voyelles traînantes, pas aussi hachées et sèches qu'à Sakre. « Comment vous vous appelez, encore ? » Il jeta un coup d'œil derrière Elo. La femme était partie, laissant son verre à moitié plein, mais les autres étaient restés. « Et qu'est-ce que vous voulez ? »

Il attrapa un verre propre et le posa devant Elo dans un tintement léger. Il se saisit ensuite d'un petit pic sous le comptoir et ébrécha le bloc de glace entreposé au-dessus pour rafraîchir le gobelet. Même s'il n'était pas très imposant, sa musculature était bien dessinée et son nez semblait avoir été brisé au moins deux fois. Quand il se retourna, Elo put observer les tatouages plus en détail ; il remarqua le motif d'embranchement reproduit à plusieurs endroits. Il devait s'agir d'un signe divin, mais mêlé à d'autres dessins, des traits et des volutes. Elo remarqua aussi une constellation de cicatrices sur son avant-bras. L'homme exhibait ses tatouages si librement, ostensiblement, qu'Elo devina la véracité du danger causé par la rébellion dont Arren avait parlé. Les maisons n'étaient pas les seules à courir après le pouvoir : les gens du commun en faisaient autant. Auquel cas, impossible de savoir dans quelles proportions le Middren se trouvait infesté par ce sentiment séditieux.

Ce n'était toutefois pas son combat du moment. Il n'était ici que pour sauver son frère. Sauver la vie du roi. Alors seulement, il s'occuperait de cette rébellion.

L'aubergiste sortit un flacon en étain de derrière son comptoir et, sans même le regarder, le renversa sur les glaçons, avant d'ajouter une cuillerée de mélasse de grenade piochée dans un bocal ouvert où une mouche était venue s'échouer. Celle-ci tomba au fond du verre.

« Bien sûr, la liqueur est purement irisienne, dit-il en poussant le mélange en direction d'Elo avant que celui-ci ait pu répondre. À base de dattes, voyez ? J'en ai reçu une caisse le mois dernier. Vous pouvez m'appeler Canovan. »

Elo avait, par inadvertance, choisi une boisson irisienne. Il considéra le breuvage en fronçant les sourcils. Il n'avait jamais vu ni entendu parler d'un alcool pareil, mais il n'avait jamais été très à la mode. Il ne but pas immédiatement, mais inclina le verre afin qu'une goutte tombe à terre, ainsi que ses mères le faisaient tout le temps avant de boire – une façon de remercier le dieu de la monnaie pour sa générosité. Durant son enfance, les dalles et la paille qui couvraient le sol étaient toujours poisseuses de vin de palme après leurs fêtes. Canovan l'observa.

« Je cherche un moyen de me rendre à la cité perdue, dit doucement le boulanger. Je m'appelle Elo. »

Canovan plissa les paupières. « Elo », répéta-t-il. Il semblait aussi dubitatif que s'il avait mordu une pièce pour s'assurer qu'elle était bien d'argent pur. « Et qu'est-ce que vous iriez faire là-bas ? »

Cette question était dangereuse. « Vous tenez vraiment à le savoir ? demanda Elo d'un ton aussi doux que possible.

— Tout dépend », répondit Canovan. Il se passa la langue sur les dents avant de poursuivre. « Certains y cherchent du réconfort, d'autres y vont pleurer leurs morts. » Il croisa les bras. L'encre de son tatouage sembla remuer. « Certains cherchent à obtenir une faveur, d'autres du pouvoir. J'ai tendance à me méfier de ceux-là. » Il toisa Elo une nouvelle fois. « C'est une épée de chevalier. »

Elo hésita. « C'était, précisa-t-il.

— J'en ai plus vu de pareille depuis que les chevaliers ont détruit tous les autels de Blenraden. » Il caressa du pouce le manche de son pic.

« J'y étais », admit Elo. Cela désarçonna Canovan, dont les prunelles furent traversées par une lueur d'incertitude. « J'ai suivi le roi tant que je comprenais ses ordres, mais j'ai quitté l'armée il y a des années. » Il tendit les mains pour les montrer à son interlocuteur. « Voyez ? Les cals de l'épée ont presque disparu. » Il avait encore de la farine sous les ongles, et les durillons étaient désormais situés au bout de ses doigts à force de pétrir la pâte. « Je ne suis plus chevalier. Je n'ai aucun amour pour le roi. Je voyage simplement pour faire repentance. »

Canovan considéra les mains d'Elo, puis son visage, sans cesser de faire jouer sa mâchoire. Il ne le croyait pas. Ce n'était peut-être pas utile.

« Faire repentance », répéta l'aubergiste. Il inclina la tête, comme pour écouter, étudiant l'air autour d'Elo. Puis il posa les mains à plat sur le comptoir et se mit à sourire si subitement, si froidement, que le boulanger en fut décontenancé. « Oui… vous pouvez faire repentance. Mes excuses. » Elo eut le sentiment que les autres clients derrière lui retiraient les mains de leurs couteaux et de leurs amulettes. « Asseyez-vous donc, maître Elo, je vous rejoins dans un instant. »

Elo souffla longuement et alla s'installer à la table délaissée par la femme ; celle-ci avait renversé un peu de jus de citron dans sa précipitation. Voilà qui expliquait l'odeur. Néanmoins, il retira l'épée de son dos et la posa près de ses jambes. Montrer ses mains à Canovan lui avait rappelé qu'il n'était plus aussi entraîné que naguère, pour baratiner comme pour se battre. S'il avait donné une mauvaise réponse, il aurait sans doute tâté du pic à glace, et l'aubergiste semblait savoir le manipuler à la perfection. Elo s'était mis en danger, ainsi qu'Arren. Il se retint d'éclater de rire : si son ami le roi l'avait accompagné, ils se trouveraient désormais tous deux en pleine rixe de taverne.

Il but une gorgée. La boisson était assez forte pour lui mettre les larmes aux yeux – rien à voir avec son habituel vin coupé d'eau. Canovan vint le rejoindre quelques instants plus tard, une bière à la main. Il avait revêtu une chemise sur son pourpoint, dissimulant ses tatouages. Il s'assit tout près d'Elo, trop près à son goût, et le boulanger huma l'odeur d'encens dans sa barbe. Ça, et un fumet sombre et forestier, comme de l'humus ou de la mousse.

« Ce serait pas donné de vous mener à Blenraden, déclara l'aubergiste. Dangereuse, cette cité des sanctuaires, la route aussi. Je peux vous proposer une carte. Des instructions claires, des points d'étape sûrs. Je vous l'échange contre l'épée, si vous me laissez regarder la lame. »

Ainsi donc, ce Canovan était passé de chien de garde à escroc. Voulait-il étudier son arme pour s'assurer de sa teneur en briddite ? Elo avait trop de jugeote pour la lui montrer. Il n'était pas difficile de distinguer un acier éclatant du terne métal qui permettait d'occire les dieux.

« J'aimerais voyager en groupe », répliqua Elogast en avalant une nouvelle gorgée de son breuvage. Diable, les Irisiens voulaient vraiment se donner mal à la tête avec leur alcool brûlant. « Je connais la route. » Ce n'était pas exactement un mensonge : il connaissait l'itinéraire traditionnel, les axes principaux. « C'est de la sécurité que je cherche. Et la sécurité se trouve dans le nombre. » Il n'évoqua pas l'épée. « Et je veux partir demain.

— Pourquoi tant d'empressement ? se renseigna Canovan.

— C'est entre moi et mes dieux, répliqua Elo.

— Je n'aime pas qu'un chevalier, même à la retraite, veuille se précipiter vers Blenraden.

— Je ne vous paierai pas pour aimer ça, si ? » sourit Elo.

Canovan ourla les lèvres, mais ses épaules demeurèrent crispées. « Sept d'argent et un d'or pour partir en fin de semaine », décida l'aubergiste. Le tarif était exorbitant. Elo avait acheté sa boulangerie pour six et deux.

« Je vous en offre cinq, proposa-t-il. Et le plus tôt sera le mieux. » Un mois. Pas le temps de lambiner. Il fallait huit jours pour gagner Blenraden par la route principale. Passer par les montagnes en nécessiterait au moins dix.

« Six et demi, négocia Canovan en se grattant le pouce d'un ongle.

— Cinq, et c'est mon dernier mot. » Pourquoi courait-il ce risque ? L'autre avait hésité avant de l'inviter à s'asseoir ; d'un autre côté, s'il se montrait trop prompt à se séparer de son argent, il risquait de raviver les soupçons de l'aubergiste. Et de toute façon, ses mères auraient eu honte de lui s'il s'était laissé malmener par un rebelle. Canovan ne cherchait pas la bagarre, songea Elo, pas vraiment. S'il était séditieux – et Elo ne doutait pas qu'il le soit –, il ne voudrait surtout pas attirer l'attention sur sa taverne.

Le boulanger se leva, misant sur cette hypothèse, et l'autre l'imita en lui empoignant fermement l'épaule. L'odeur de mousse se fit plus prégnante qu'auparavant.

« Six, et demain », concéda alors Canovan, les dents serrées, l'air épuisé. « C'est d'accord, hein ? J'ai des pèlerins qui partent à midi. »

Elo sentit son épaule devenir glaciale à l'endroit où la main de Canovan était posée ; une sensation fort désagréable. Elo saisit le poignet de l'homme et le tordit pour effectuer le signe de ralliement des chasseurs. Il crut voir une ombre disparaître dans la manche de Canovan, mais ce n'était que le reflet d'une lumière sur ses tatouages.

« Six et demain », insista Canovan, livide. Sa fougue et son assurance avaient tout à fait disparu. Il accorda dédaigneusement la poignée de main à Elo. Il s'était laissé manipuler, et cela ne lui plaisait pas. « Et deux de cuivre pour la boisson », ajouta-t-il.

CHAPITRE 9

Kissen

Le retour de Telle tira Kissen d'un sommeil troublé, dans son fauteuil roulant devant l'âtre. Elle avait dormi malgré les cloches et le ciel commençait à s'assombrir. Dehors, les martèlements bruyants de Yatho s'étaient tus. Elle s'adonnait sans doute désormais à des tâches plus délicates, afin de ne pas braver la loi qui imposait le silence en soirée.

Une pauvre gamine désespérée et tes défenses se fendillent, signa Telle avec un sourire.

Kissen rétorqua d'un geste obscène à Talicia, recourbant l'index dans le creux de son pouce. Telle se mit à rire. Elle se servit une bière tandis que Kissen frottait ses yeux lourds de sommeil, puis elle en offrit à son amie. Gamine, Kissen détestait tout et tout le monde, y compris Telle. Celle-ci, plus jeune, plus douce, était la préférée de Mutile, la préférée de tous les enfants indésirables. Elle s'était assurée que tous ses camarades soient nourris et vêtus, avait même appris à lire à ceux qui étaient intéressés – ce qui n'était pas le cas de Kissen – et à signer – ce que Kissen avait accepté à contrecœur, jugeant nécessaire de connaître une langue que ne maîtrisait pas Mutile. Yatho passait son temps à baver d'envie devant la jolie Telle en présence de Kissen. Oh, comme Kissen l'avait détestée.

Cependant, quand cette dernière avait décidé de s'enfuir pour suivre un déicide nommé Pato et apprendre son métier, c'était Telle qui lui avait prêté main-forte. Son obéissance lui servait de bouclier, sa gentillesse de rébellion discrète après qu'elle eut été confiée à Mutile. Après le déclenchement de la guerre des dieux, alors que Kissen se trouvait presque à l'autre bout du pays, Telle et Yatho avaient veillé sur les autres en attendant que leur amie revienne les sauver.

Devenue l'épouse de Yatho, et la sœur de Kissen, Telle comptait davantage aux yeux de la déicide que ses propres mains. Qui aurait cru que l'une des mendiantes de Mutile finirait archiviste au milieu des puînés des familles nobles ou des enfants de marchands ?

Cette vie te correspond bien, signa Kissen. *Tu es rayonnante.*

Telle feignit la fausse modestie, mais elle était ravie. Elle avait réellement gagné en confiance depuis qu'elle avait échappé à la main de fer de Mutile. Elle avait également pardonné à Kissen ses excès et caprices de jeunesse. Kissen était revenue pour eux, c'était tout ce qui importait.

Comment va ta jambe ? s'enquit Telle.

Kissen se rembrunit. *Très bien. Yatho n'est qu'une idiote.* La langue des signes n'était pas chargée de nuances. Elle était directe, concise. En vérité, Kissen souffrait encore, n'avait jamais cessé de souffrir, mais cela allait mieux qu'à leur arrivée. Son fauteuil roulant était une vraie bénédiction. Elle n'en avait pas l'habitude, et était toujours tentée de se relever d'un bond, mais quel soulagement de pouvoir reposer ses hanches. *Tu as trouvé quelque chose ?* Inara n'était nulle part en vue. Elle avait envoyé l'enfant dans son propre lit. Peut-être qu'elle dormait encore ; peut-être qu'elle s'était enfuie. Kissen ne savait pas comment elle réagirait si la fillette et son parasite étaient partis.

Quelques trucs, répondit Telle. *Tout est dans la forge. Tu veux que je pousse ta chaise ?*

L'atelier de Yatho, éclairé par des lanternes et le rougeoiement du four, donnait sur la cour. Kissen fut surprise de découvrir Inara en train d'actionner le soufflet, son petit dieu accroché dessus. Un boulot simple, mais éreintant. Skedi agrippait le haut tandis que la gamine l'abaissait avec détermination. Il battait des ailes en tombant, puis remontait le long du poteau. C'était un jeu pour lui, comme s'il ignorait la véritable utilité de la chose. Kissen mourait d'envie de mettre la main sur une arme. Elle avait laissé son manteau en laine paraffinée et tous ses outils à l'intérieur.

Yatho s'échinait avec l'un des plus petits marteaux que Kissen ait jamais vus, pour affiner une longue tige de métal rougeoyant ; le chant des coups portés n'était pas assez puissant pour gêner les voisins. Derrière elle, la nouvelle jambe de Kissen reposait en plusieurs morceaux de briddite refroidis. Une merveille. Initialement, Yatho avait commencé à travailler le métal pour éviter que les pauvres bâtons que Mutile dégottait laissent des échardes dans le genou de Kissen. Yatho avait passé tout son temps libre dans les forges près de l'autel du dieu de la guerre, à Blenraden, à observer la fabrication de toutes sortes d'objets, des grilles à laver ou des essoreuses jusqu'aux armures. Bien vite, elle s'était ensuite tournée vers les menuisiers, les cordonniers et les artisans-mécaniciens, qui fabriquaient des jouets pour les nobles étrangers. Yatho était née pour créer, pour voir comment les choses étaient assemblées et pouvaient être démontées.

Elle trempa dans un seau d'eau froide sa tige métallique, qui ferait sans doute bientôt office de tibia à Kissen, puis leva les yeux en attendant que la vapeur se dissipe. Son visage s'illumina quand elle avisa ses visiteuses, mais elle maintint l'objet dans l'eau quelques instants avant de le sortir précautionneusement pour l'inspecter. Elle hocha la tête, visiblement satisfaite, puis le plongea dans un autre seau plusieurs secondes supplémentaires avant de le déposer sur un cadre spécial.

« Ratisse le charbon, Inara, ordonna-t-elle. On a terminé. Skediceth, sers-toi de tes ailes pour éloigner les braises de son visage, d'accord ? »

Les deux apprentis forgerons acquiescèrent. Kissen se rembrunit. Même si les traits d'Inara étaient encore tirés, Yatho avait réussi à la solliciter davantage en un après-midi que Kissen en trois jours. Celle-ci avait mis des années avant d'oser se rapprocher autant d'une fournaise. Encore aujourd'hui, le feu était si chaud qu'elle porta la main à la fiole qui pendait sur sa poitrine, préférant l'étreindre chaque fois qu'elle se trouvait près d'une flamme, juste au cas où. Yatho s'approcha en détachant le tablier en cuir qu'elle avait conçu spécialement pour son fauteuil.

« Ils forment une bien étrange paire », dit-elle à Kissen quand Telle vint l'embrasser. Elles se rassemblèrent dehors, près du fourneau encore chaud, bien à l'écart d'Inara et de son dos.

« Tu as mis au turbin une fille de nobles ? demanda Kissen en signant pour que Telle ne se sente pas exclue.

— Elle a besoin d'être occupée, répondit Yatho de la même manière. Le deuil est une chose étrange. Certaines personnes le gardent pour elles, d'autres passent à l'attaque. Elle n'est pas si différente de toi.

— Je ne pense pas qu'elle aimerait t'entendre dire ça. »

Cela fit rire Telle, qui s'assit sur le tabouret près du fourneau. La soirée était claire, la brise vive et froide. Des pousses vertes commençaient à poindre dans la boue de la forge, et les premières chaleurs leur permettraient de fleurir, même si quelques brins avaient déjà été broutés par la chèvre. Kissen se tourna vers Telle, pleine d'espoir. La connaissant, celle-ci devait être impatiente de lui faire part de ses trouvailles.

Il n'existe aucune archive concernant des dieux sans sanctuaire, commença-t-elle, *seules les divinités les plus anciennes ou puissantes étant capables de voyager d'un lieu saint à l'autre, comme le dieu des choses perdues ou des havres sûrs. Plus il y a de croyants, plus il y a d'autels, plus ils peuvent se déplacer loin. Parfois, ils peuvent être invoqués par un symbole ou une rune loin de toute châsse, mais seulement brièvement. Si le sanctuaire principal d'un dieu est détruit, il peut parfois survivre en se raccrochant à un lieu secondaire.*

Kissen poussa un soupir d'exaspération. Elle savait déjà tout cela.

Le dieu n'en a pas non plus ? demanda Telle. Kissen secoua la tête. D'après les quelques informations qu'elle avait pu glaner auprès d'Inara, Skedi aurait quitté le manoir des Craier s'il en avait été capable. Un dieu ne s'approcherait d'une déicide qu'en dernier recours. *Son seul point d'attache, c'est elle,* expliqua Kissen. *Je ne voulais pas y croire, mais je les ai vus souffrir tous les deux quand ils se sont éloignés l'un de l'autre.*

Telle hocha la tête, comme si elle s'y attendait.

Je pensais que les dieux mouraient forcément sans leur sanctuaire, intervint Yatho.

Pas toujours, la détrompa Kissen. *Pas immédiatement.* Les dieux commençaient comme de simples esprits, attirés là où les voyageurs pouvaient avoir besoin d'eux. Il leur arrivait parfois de trouver assez de souffle pour soulever la poussière de la route dans la bonne direction ou faire dévier au dernier moment l'arc d'un bandit. Puis, en voulant le remercier, lui faire une offrande, l'individu reconnaissant lui donnait une forme. *Même sans sanctuaire, leur pouvoir peut persister. Un sanctuaire est comme la quille d'un bateau : il sert à le maintenir d'aplomb.*

Telle, rayonnante, ouvrit grand les mains. *Oui, exactement.* Impressionner Telle – c'était une première. *La quille leur confère l'équilibre entre les choses qui les façonnent : l'eau sur laquelle ils voguent est l'amour de leurs fidèles, qui les soutient. Le vent est l'esprit, l'énergie qui les crée, qui fait naître leur pouvoir. Sans leur quille, ils finissent par chavirer, couler et être détruits.*

« Tu n'as qu'à filer d'or ma métaphore ! » s'esclaffa Kissen à haute voix.

Pourquoi le dieu est-il lié à la fille ? s'enquit Yatho.

Cette fois, Telle leva les mains et secoua la tête pour signifier son impuissance. *Mais une séparation brutale fera le même effet que briser la quille. Ça le tuera lui, et peut-être elle aussi.* Ce n'était pas la réponse que Kissen espérait, et Telle en avait conscience. *Ce n'est pas un problème que l'on peut résoudre à coups de lame ou de poing.*

De toute façon, ce n'est pas ce qu'ils voudraient, intervint Yatho. *Ils jouent ensemble. Ils sont amis.*

Kissen fronça le nez en réfléchissant à une repartie cinglante, mais Telle poursuivit son rapport.

J'ai bien trouvé un texte, révéla-t-elle. *Il parle de déplacer un dieu et son totem depuis son sanctuaire pour rallier un autre dieu plus puissant dans le sien. Il y a peut-être un fond de vérité. Si un dieu revenait en un lieu de pouvoir, il pourrait…* Elle peina à trouver le terme adéquat. Elle finit par l'épeler à l'aide de ses doigts, et Yatho acquiesça.

« Qu'est-ce que ça veut dire ? demanda Kissen.

— Tu n'as toujours pas appris ton alphabet ? lui reprocha Yatho, comme si elle ne le savait pas déjà.

— Oh, la ferme. »

Telle claqua la langue pour attirer leur attention. *Le dieu pourrait être capable de…*

« C'est "s'agréger", le terme qu'elle cherchait », expliqua Yatho.

… de s'agréger avec un autre autel.

Un autel. Illégal au Middren, mais Kissen n'en avait cure. *On peut en trouver des milliers,* annonça-t-elle. Une petite gravure dans la cuisine de quelqu'un, un jeton dans un tiroir pour empêcher les cuillères de coller, une pile de pierres près d'un bûcher pour maintenir le bois au sec. Kissen ne débarquait pas chez les gens pour démanteler leurs petits trésors de superstitions, mais elle savait qu'ils existaient.

Tu ne comprends pas, insista Telle. *Ça ne peut pas être n'importe quel autel : ce doit être celui d'un dieu puissant, assez robuste pour laisser une autre déité, plus petite, voguer sur son « eau », l'amour qui lui confère sa raison d'être.* Elle hésita. *Il n'y a qu'un endroit dans tout le Middren qui recèle encore ce pouvoir.*

Yatho tressaillit, et Kissen sentit son cœur se serrer. *Blenraden,* signa-t-elle. Telle confirma.

Je n'emmènerai pas une fillette dans cette ville rongée par les dieux, protesta Kissen. *D'abord parce qu'elle me rendrait dingue, ensuite parce qu'elle se ferait tuer par des dieux, des démons, des chevaliers ou un peu de tout ça.*

L'autre option serait d'emmener cette fille liée à un dieu rencontrer le roi. Tu sais ce qu'il ferait ?

Kissen se mordit la lèvre.

On pourrait la cacher ici, suggéra Yatho.

Je ne vous demanderai pas d'abriter un dieu sous votre toit, après tout ce que vous avez construit.

Tu n'as pas à nous le demander, répondit Telle.

Kissen soupira. L'argent qu'elle avait laissé sur la table à l'intérieur s'y trouvait toujours. Elle n'en avait pas besoin, elle gagnait assez bien sa vie, mais Yatho et Telle dilapidaient constamment leurs fonds pour aider des familles et enfants en détresse. Elle avait appris que même le garçon, Bea, que Yatho avait renvoyé chez lui avec son salaire dans la matinée afin qu'il ne risque pas de voir Skedi, dépendait lui-même de leur charité, car son frère ne pouvait pas veiller sur lui. Pourraient-elles loger Inara le temps nécessaire pour qu'elle trouve un autre endroit auquel rattacher Skedi ?

Si vous la gardez, je pourrai me rendre à Blenraden.

« Kissen, s'exclama Yatho tandis que Telle secouait la tête. On a juré de ne jamais y retourner.

— Je suis revenue sur ma parole la dernière fois que je l'ai juré, et je ne le regrette pas », leur rappela Kissen.

Yatho fronça les sourcils. Même si Telle et elle étaient déjà adultes quand la guerre avait éclaté, elles appartenaient encore à Mutile. Celle-ci les possédait, littéralement. Elles auraient sans doute pu s'enfuir, mais cela aurait impliqué d'abandonner les autres enfants à leur sort, ce qui n'était même pas envisageable.

Heureusement, Kissen était rentrée juste à temps. Quand les armées avaient envahi la ville et tenté d'évacuer les réfugiés, les dieux étaient devenus plus mauvais encore. Les dieux sauvages avaient provoqué le naufrage des navires et arpenté les rues en hurlant, chassant les humains, allumant des incendies au passage. Kissen, Telle et Yatho avaient forcé Mutile à libérer les enfants, et Kissen leur avait fait évacuer la ville. Trois ans plus tard, pour la première fois, tous les enfants avaient un logement, et Yatho et Telle étaient libres. Si Inara pouvait être en sécurité quelque part, c'était bien auprès d'elles.

Je vais au moins essayer de voir si je peux l'emmener là-bas, ajouta Kissen. *Et…*

Elle ne parvenait pas à oublier les paroles d'Ennerast. *Quand le Middren tombera aux mains des dieux…* Kissen n'avait pas d'affection particulière pour le Middren en tant que pays, mais c'était chez elle, là où les siens vivaient. Elle ne voulait pas d'une autre guerre, et souhaitait seulement faire son travail. En réalité, elle ne serait pas contre retourner voir la cité morte, ne serait-ce que pour s'assurer qu'elle était toujours morte.

C'est à Blenraden que je trouverai des réponses, affirma-t-elle. *Si je pouvais convaincre un dieu d'apparaître ici pendant que vous veillez sur la fille…*

« Non. »

Kissen fit pivoter son fauteuil. Malgré leur conversation essentiellement silencieuse, aucune d'elles n'avait entendu Inara se glisser hors de la forge, Skedi dans les bras. Les oreilles du petit dieu étaient prises de mouvements convulsifs. Quand elle le lâcha, il grimpa jusqu'à son épaule, déployant ses ailes pour ne pas perdre l'équilibre. Inara laissa retomber ses mains.

J'irai à Blenraden, déclara-t-elle sèchement.

Kissen fut presque aussi surprise de la voir signer que de son assertion. Elle savait que Skedi pouvait les comprendre – les dieux parvenaient mystérieusement à interpréter tous les langages –, mais Inara ? La langue des signes était plus souvent employée par les roturiers que par les nobles.

« Je ne t'emmènerai pas dans cette ville maudite, décréta Kissen.

— Et je ne resterai pas ici comme un chaton errant que vous avez recueilli, riposta la fillette. Skedi est mon ami, et si je lui trouve un endroit où il sera en sécurité, alors je pourrai aller trouver le roi et découvrir pourquoi ils ont infligé ça à ma mère et à nos gens. » Inara plongea la main dans la fourrure du dieu. Elle le traitait vraiment plus comme un lapin de compagnie que comme une divinité. « Skediceth fait partie de ma famille. Si on pouvait lui rendre sa liberté… j'aurais au moins réussi à sauver quelque chose. »

Elle vacilla alors, submergée par l'émotion, mais ses yeux demeurèrent secs et déterminés.

« Vous serez en sécurité ici, dit et signa Yatho. Tous les deux. » Elle lança un regard menaçant à Kissen, qui la toisa d'un air comparable. Inara secoua la tête avec véhémence.

« Je suis peut-être le secret de ma mère, mais je reste sa fille. Je ne peux pas rester assise ici en attendant que d'autres horreurs se produisent. »

Blenraden est une horreur permanente, intervint Telle.

Skedi retourna s'asseoir dans les bras d'Inara et dressa tant les bois que les oreilles. Ses moustaches frémirent. *Nous ne pouvons pas nous attarder ici éternellement.* Sa voix de dieu résonna dans la tête de chacune. *Plus nous resterons ensemble, plus nous risquerons d'être découverts. Nous avons le choix entre Blenraden maintenant, ou Blenraden plus tard. Si Inara pense qu'il faut y aller maintenant, je lui fais confiance. Elle mérite que justice soit rendue pour ce qui lui est arrivé, et je ne m'opposerai pas à elle.*

Yatho fronça les sourcils, hésitante.

« Yath, non », fit Kissen.

Je t'avais dit qu'elle était comme toi, répliqua son amie. Kissen fit la moue.

Non, la route est trop difficile, s'empressa d'intervenir Telle. *Surtout pour une enfant qui a déjà tout perdu.*

Mon amour, répondit Yatho en signant, *on sait ce que c'est de tout perdre. Cela nous a-t-il jamais arrêtées ?*

Kissen observa Inara, sans plus suivre la conversation gestuelle qui avait lieu entre les deux femmes. La fille soutint son regard, calme, résolue, furieuse. Kissen eut l'impression de contempler son propre reflet. Elle soupira.

« Ne me le fais pas regretter, *'tiote.* »

CHAPITRE 10

Inara

Yatho déboula en trombe pendant le petit déjeuner. « Une caravane de pèlerins part aujourd'hui. » Inara sirotait le thé noir et sucré que Telle lui avait servi tandis que Kissen bâillait d'un air maussade devant le feu. Elle avait dormi sur la chaise longue près de l'âtre, avachie tel un grand chat. Inara avait hérité du lit de la déicide, dans une chambre exiguë équipée d'une chaise, d'un édredon en patchwork et d'une tablette d'écriture brisée. Inara n'arrivait pas à imaginer qu'on puisse ne pas savoir lire et écrire.

« Tu es debout depuis combien de temps ? demanda Kissen, les yeux chassieux.

— Un petit moment. » À en juger par la lueur dans les prunelles de Yatho et ses cernes gonflés, Inara se demanda si elle avait fermé l'œil ou travaillé sur la jambe toute la nuit.

Kissen soupira. « Quelle heure ? » Elle avait plumé un poulet pour le dîner, déjà petit-déjeuné de kakis séchés trempés dans du miel et du sel, un délice que Telle avait rapporté à la maison la veille.

Au zénith, répondit Yatho par signes, avant de poursuivre à voix haute : « Le départ se fait à la fontaine aux visages. Ils devaient prendre la route en fin de semaine, mais ce fourbe de Canovan a avancé le transport. »

Je préférerais que tu ne fraies pas avec ce renard, intervint Telle après avoir lu sur ses lèvres. *C'est un nid à problèmes.*

C'est juste qu'il… en veut au monde entier, répondit Yatho. Puis, à l'intention de Kissen et Inara : *C'est l'aubergiste de* La Voie de la reine. *Il était marié à la ferronnière qui fabriquait ces petits oiseaux en métal qui chantent.* Les couleurs de Yatho adoptèrent un mauve triste, et Inara comprit que ladite ferronnière n'exerçait plus.

« Ce n'est pas lui qui déteste le roi ? réagit Kissen. Et il est d'accord pour envoyer une déicide à Blenraden ? »

Yatho lui retourna un sourire penaud. « Il n'a pas été facile à convaincre. En réalité, il a fallu que je signale que tu étais une veiga pour qu'il accepte. Il veut peut-être que tu te sentes redevable envers lui.

— J'ai une réputation à tenir, Yatho.

— La réputation d'être une bonne à rien au sale caractère. »

Telle agita sèchement la main pour leur reprocher leurs échanges d'amabilités. Inara s'efforçait de ne pas être choquée par la manière dont elles se parlaient. Crue et brutale, mais pas blessante ? Sa mère ne l'avait certainement pas préparée à cela. En fait, sa mère ne l'avait préparée à rien du tout.

Kissen haussa les épaules et se tourna vers la fillette. La déicide faisait montre de prudence avec elle, comme si elle redoutait de la briser en la poussant dans la mauvaise direction.

« Après tout, pourquoi pas ? » commenta Kissen.

Elle ne voulait pas savoir Skedi près de sa famille. De quoi avait-elle peur ? Qu'elles l'apprécient, ou qu'il les apprécie ? Son dieu, de la taille d'un chaton nouveau-né, était assis sur la table à se lisser les bois. Maintenant que tout le monde l'avait vu, il était plus téméraire que jamais. Sans cesser de se laver, il s'adressa à Inara.

Allons-y maintenant.

Il était sans doute encore trop tôt, non ? Inara se sentait vide et nauséeuse à cause du drame. Skedi, en revanche, était pressé de partir. Il avait flairé l'odeur de la liberté, et Inara peinait à réprimer la peur qu'elle éprouvait à l'idée de le voir la quitter. La veiga le terrifiait, et il ne voulait pas passer trop de temps en sa compagnie. Au moins, au sein d'une caravane de pèlerins, ils seraient entourés de personnes aimant tant leurs dieux qu'elles étaient prêtes à mettre leur sécurité en péril.

Pourquoi attendre ? ajouta Skedi avec douceur. *Quel intérêt ?*

Inara serra les dents en se rappelant que le fait que Skedi veuille être libre n'était pas une mauvaise chose.

« Je peux partir aujourd'hui », dit-elle en dépit de la froideur dans sa poitrine. Elle signa en même temps pour que Telle puisse la comprendre. Skedi agita le bord de son aile avec excitation.

Kissen acquiesça. « Yatho… »

Celle-ci se dirigeait déjà vers la porte. « Elle chauffe au soleil, prête à assembler », répondit-elle.

Telle se leva et lissa ses jupes avec un soupir. *J'ai peut-être des vêtements à ta taille,* dit-elle à Inara. Une ride de tension creusait son front, sa seule trace d'inquiétude. *Mais tu risques d'avoir besoin d'un manteau plus épais. Les nuits vont être froides avec les pèlerins : vous ne dormirez pas à l'auberge.*

Kissen se leva de son fauteuil et étira sa jambe amputée vers le côté, puis vers l'avant, et se pencha pour faire craquer le bas de son dos. Elle se rassit alors et délaça ses chausses. Inara se surprit à l'observer. La chair de la jambe avait clairement été brûlée en plus de coupée ; la peau était marbrée de tissu cicatriciel.

« Pourquoi nous joindre à une caravane de pèlerins ? s'étonna Inara. On ne ferait pas mieux de rester cachés ? »

Kissen tira un linge élégant de sa poche et ramassa la boîte d'onguent que Yatho avait laissée ostensiblement sur la table. Elle enduisit soigneusement le moignon du baume avant de le recouvrir à l'aide du morceau de coton. « Plus on sera nombreux, plus on sera en sécurité, répondit-elle. Et je ne suis pas très douée pour soudoyer les gardes. Il paraît qu'il faut verser une somme rondelette pour pouvoir pénétrer dans la ville, en plus d'avoir des relations haut placées. Je n'ai ni l'un ni l'autre. »

Elle replia délicatement le coton sur lui-même avant d'enfiler une autre couche de tissu plus épais par-dessus, à la manière d'un gant.

« Qu'est-il arrivé à votre jambe ? finit par oser demander Inara.

— Ça ne te regarde pas.

— Et si on se faisait attaquer sur la route par des bandits de grand chemin ou je ne sais qui ? Vous disiez que c'était dangereux. »

Kissen éclata de rire. « Si on se fait attaquer sur la route, tu fonces te planquer sans réfléchir. Ne t'en fais pas pour moi. »

Inara devait bien reconnaître qu'il avait fallu que le garçon jette sa faux dans la jambe de Kissen pour qu'elle se rende compte qu'elle n'était pas faite de chair. La déicide se battait comme un démon. Néanmoins, la fillette croisa les bras. « Vous ne pouvez pas sans arrêt me donner des ordres, dit-elle en essayant d'adopter l'air calme et assuré de sa mère. Je place mon sort entre vos mains, Kissen ; il faut que la confiance soit réciproque. » Sa mère aurait bien dit quelque chose dans cet esprit, non ? La phrase juste et impérieuse.

« C'est ton dieu qui t'a soufflé ça ? répliqua Kissen.

— Il ne me dicte pas mes paroles.

— Ah bon, répondit la première d'un ton léger, sans qu'il s'agisse d'une question.

— Que ça te plaise ou non, déicide, une caravane de pèlerins ne va pas nous laisser la rejoindre gracieusement, signala

Skedi. J'espère que tu as préparé un bon mensonge. Vous ne vous ressemblez pas assez pour être mère et fille. »

Kissen faillit s'étrangler. « Quel âge tu me donnes, petit dieu ? » s'étonna-t-elle alors que Telle reparaissait dans la pièce. *Telle, quel âge je fais ?*

Telle déposa dans les bras d'Inara les vêtements qu'elle rapportait. Ils étaient lourds et solides. *C'est une question piège ?* signa-t-elle ensuite.

Je suis un dieu, rappela Skedi d'un ton dédaigneux, *je n'entends rien aux âges humains.*

Kissen se tourna vers Inara, qui espérait échapper à l'interrogatoire. Entre son visage buriné, ses tatouages et ses blessures, elle supposait que Kissen devait avoir à peu près l'âge de sa mère. La déicide se renfrogna en découvrant son air paniqué.

« Bah, fit Kissen. J'ai vingt-six ans… » *De toute façon, personne ne croirait que nous sommes de la même famille,* ajouta-t-elle en signant. *Tu es clairement de haute naissance, alors que moi…* Elle se désigna en guise de conclusion. Inara ne sut comment répondre. Yatho revint alors, avec un objet ressemblant plus à une œuvre d'art qu'à une prothèse. Kissen se tourna vers elle. « Canovan se contentera bien d'un mensonge, non ?

— Canovan est prêt à mentir comme il respire pour peu qu'on le rémunère suffisamment », répondit Yatho avant de signer à l'intention de Telle, qui se fendit d'un sourire narquois en s'approchant de la jambe, l'air émerveillé.

« Tu as encore fait des miracles, on dirait », fit Kissen. Elle sautilla hors de son fauteuil et s'aida de la table pour gagner le tabouret près de Yatho. Celle-ci fit pivoter le membre de remplacement entre ses mains, en révélant les rouages. Le métal délicat jouait sous les plaques, semblant presque se contracter comme un muscle. Inara se rapprocha. L'intérieur ressemblait à un arc, mais lorsque Yatho rabattit la plaque du tibia, la prothèse adopta une forme de jambe parfaite.

« Essaie quand même de ne pas la laisser se déformer dans ta botte, déclara Yatho en tendant la prothèse à Kissen.

— C'est toujours mieux que d'avoir son compte », répliqua la déicide en relevant la botte incriminée. Elle en sortit un morceau de bois fatigué façonné tel un pied et y accrocha la nouvelle jambe. Puis elle détacha la rotule de la prothèse dans un bruit sourd et le fit glisser sous son genou, où elle l'attacha à l'aide d'une épaisse sangle de cuir pendant autour de sa cuisse et de deux fines bandelettes de tissu qui s'enroulaient derrière le mécanisme. Le sommet de cette rotule était doté de bandes de cuir encore plus fines qui remontaient à l'intérieur de ses chausses pour venir s'accrocher à la ceinture qu'elle portait au-dessus des hanches. L'angle de fixation lui permettait de remuer la jambe confortablement tout en lui maintenant solidement le genou. À l'évidence, Yatho avait également conçu la ceinture, si elle ne l'avait pas fabriquée elle-même.

« Tu fais allusion à ces gens qui veulent te faucher comme les blés ?

— Précisément.

— Mais tu as désormais acquis une réputation telle que tout le monde sait que tu n'as qu'une seule jambe.

— C'est donc d'autant plus important qu'ils ignorent laquelle est réelle. »

Kissen attacha le reste de la prothèse à sa rotule, puis se reposa dessus de tout son poids. Elle la plia, la fit pivoter, en testa l'équilibre, et se redressa, tout sourire. Inara s'était toujours dit qu'une tueuse de dieux devait être une personne monstrueuse, mais Kissen avait l'air d'un chaton avec un nouveau jouet.

Tu as toujours des douleurs ? demanda Telle en se penchant sur la table.

Kissen hocha la tête avant de sauter sur place.

« Quelles douleurs ? » s'enquit Inara, se contentant de signer *Quoi ?* en fronçant les sourcils.

Kissen fit mine de se fendre en avant, une épée à la main, puis s'accroupit et bondit.

« Tu es un vrai génie aux cheveux de sel, Yatho », la félicita Kissen. Elle n'eut pas besoin de traduire pour se faire comprendre : sa joie la trahissait. Elle parut presque juvénile pendant un instant, rayonnante, pleine d'allant. « C'est tellement... »

Équilibré ? compléta Yatho. *Tu as vu la précision ? Je travaille dessus depuis des semaines.*

Telle attira l'attention d'Inara. *Elle a toujours des douleurs dans la jambe,* expliqua-t-elle. *Dans les orteils, la cheville, le tibia, même si elle ne peut pas les toucher.* Elle désigna les cicatrices sur son visage. *Le corps n'oublie pas ce qui a existé.* Elle coula un regard triste vers Kissen avant d'ajouter de petits gestes. *Le cœur non plus.*

Inara considéra les vêtements dans ses mains. Elle portait toujours les collants et la jupe avec lesquels elle avait quitté le manoir, ainsi que sa veste en laine et son gilet à boutons. D'après sa mère, la nacre qui constituait ceux-ci provenait de l'une des robes de sa grand-mère. Ils comptaient beaucoup pour elle. Ils sentaient l'humidité des forêts et le cheval, mâtinés d'un soupçon de fumée. Mais à ces mauvais souvenirs s'adjoignaient la mousse de savon et les fleurs de pommier, la cire à bois et les murs de pierre après une pluie printanière.

« Vous pourriez être ma garde du corps », suggéra Inara.

Kissen la dévisagea, outrée. Telle la fit répéter. Skedi s'assit sur ses pattes arrière, ravi qu'elle ait élaboré son propre mensonge.

Parfois, nos domestiques envoient leurs enfants ailleurs pendant un mois ou deux, développa Inara. *Pour leur formation, prétendument. Mais j'ai bien écouté.* À quelles activités pouvaient bien s'adonner une enfant et un dieu, si ce n'était ramper, épier et apprendre ? *Ils les envoient recevoir des bénédictions. Nous pourrions raconter aux pèlerins que je suis là pour ça.*

« Je n'ai rien d'une garde du corps », protesta Kissen. Elle signa simplement *Non* avec humeur.

« Dans ce cas, autant expliquer à tous ces pèlerins que vous allez là-bas pour éliminer leurs dieux », reprit Inara de ce ton hautain que Tethis n'avait jamais supporté. Yatho éclata de rire.

« Tu es trop maligne pour être fille de nobles », souffla Kissen, suspicieuse.

Elle est intelligente, confirma Skedi en agitant une grosse oreille. Puis il ajouta avec assurance : *Plus que la plupart des humains que j'ai rencontrés.*

Inara le lorgna. C'était agréable de pouvoir le laisser sortir, mais ce n'était pas le moment d'asticoter une déicide avec des insultes. Il faisait désormais la taille d'un lièvre, plus gros que quelques instants auparavant.

Inara ne pourra jamais se faire passer pour une roturière, intervint Yatho avant que Kissen n'estime qu'elle avait été offensée. *Ses origines s'entendent dès qu'elle ouvre la bouche.*

Je peux les convaincre de presque n'importe quoi, assura Skedi avec morgue. *Si tu es trop fière pour jouer les gardes du corps, ça va être plus compliqué, et j'aurai besoin d'aide. Peut-être d'une mèche de cheveux, ou...*

« Si tu suggères qu'on te fasse une offrande, tu dépasses clairement les limites », répliqua Yatho pour éviter à Kissen de le faire. Skedi se ratatina en sentant s'assombrir l'humeur de la pièce. *Tu es ici parce que ma femme et moi offrons le gîte à des enfants perdus. Ça ne signifie pas que nous avons la moindre affection pour ceux de ton espèce.* Inara considéra Telle, dont le visage s'était fermé. Elle avait cru que le traitement plutôt cordial auquel ils avaient eu droit tous les deux suggérait une tendresse à l'égard des dieux que Kissen ne partageait pas.

J'ai besoin d'un refuge, plaida Skedi.

Tu es accueilli au sein du corps d'une fillette, répliqua Telle à gestes secs et rapides. *Elle n'a pas eu son mot à dire avant d'être liée à toi.*

Je suis lié à elle aussi ! fit valoir Skedi.

« Ce n'est pas sa faute », renchérit Inara.

Ce dieu pourrait avoir plusieurs siècles, reprit Telle. *Que ce soit volontaire ou pas, qu'il s'en souvienne ou non, il se sert de toi comme d'un bouclier. Nous avons toutes été témoins des dégâts causés par les dieux.*

Inara fut à la fois blessée et surprise. La famille de Kissen avait jusqu'alors fait preuve d'attention et de réconfort, mais elle comprit qu'il s'était au mieux agi de tolérance à l'égard de Skedi.

Telle agita la main pour détendre l'atmosphère. *Mais la petite a raison, de nombreuses familles envoient leurs enfants se faire bénir par des dieux encore en vie. La plupart ne se rendent pas à Blenraden, mais les plus pieux peut-être. Inara pourrait être la fille d'un grand négociant.*

Kissen roula des yeux en soupirant. « Je me demande si le roi des sanctuaires brisés est informé de ces petites transgressions.

— Il doit avoir des problèmes plus importants à régler, devina Yatho. Comme des manoirs mystérieusement réduits en cendres, ou le fait que ses lois divisent le peuple du Middren en deux camps : les croyants et les terrifiés. »

Tu penses que la révolte couve ? demanda Kissen à gestes brusques.

Yatho haussa les épaules. *On fait profil bas,* répondit-elle, les couleurs ternes. *Mais l'incendie de la maison Craier n'offre guère de réconfort…*

Telle se racla la gorge et jeta un regard appuyé en direction d'Inara.

Cette conversation n'est pas pour les enfants, estima-t-elle.

Pourquoi parlaient-elles de révolte ? Toutes les maisons avaient juré allégeance au roi Arren dans les jours qui avaient suivi la guerre. La mère d'Inara aussi. Elle avait même participé à son retour triomphal à Sakre, drapé dans sa victoire toute neuve. Inara se rappelait le faste des robes de sa mère, le soin apporté au carrosse Craier, repeint et enguirlandé de lierre, de jasmin et de reine-des-prés pour l'occasion.

Kissen se frotta le menton. *Je veux bien te servir de garde du corps,* annonça-t-elle à Inara. *Mais si tu t'avises de me donner des ordres, tu te débrouilleras toute seule pour rejoindre Blenraden.*

Telle secoua la tête. *Tu ne vas pas l'abandonner.*

C'était une plaisanterie, affirma Kissen.

Ce n'est pas comme la fois où tu nous as secourus, nous et les autres enfants de Mutile. Tu dois absolument garder ton sang-froid. Telle soupira et s'approcha d'elle. *Il faut que j'aille au travail. Kissen, promets-le-moi.*

Ça va aller, la rassura Yatho.

« Promets, dit Telle à haute voix, articulant consciencieusement chaque syllabe de son timbre enroué. Promets-moi que tu ne l'abandonneras pas. »

Kissen aurait pu s'en offusquer. Elle secoua légèrement la tête, mais finit par poser la main sur celle de Telle avant de la porter à sa poitrine. « Je te promets, sur la vie que mon père m'a donnée, de ne pas abandonner Inara Craier dans la nature. » Puis, avec un sourire en coin : « Même si j'en meurs d'envie. »

Moins d'une heure plus tard, Yatho les emmenait hors de l'enceinte de Lesscia pour acheter des provisions. Elle détourna l'attention d'Inara en lui désignant de petites choses qu'elle appréciait : le graveur qui produisait de magnifiques feuilles de papier réfléchissant la lumière, le relieur qui possédait tant d'outils intéressants issus de Curliu, la boutique qui vendait de beaux minerais de Bridhid et des amulettes anti-dieux. Skedi se cachait dans une sacoche que Yatho avait offerte à Inara. Il n'avait pas beaucoup parlé depuis qu'ils avaient quitté la maison, pas même à elle. Ses longues oreilles étaient aplaties dans son dos ; de la taille d'une souris, il restait aussi immobile qu'une pierre. Il boudait. Inara plongea la main dans son sac pour lui caresser doucement les bois dans l'espoir de le réconforter.

Une fois hors de la ville, ils s'arrêtèrent dans une boutique taliciane que Kissen connaissait bien. Son propriétaire, dont la peau claire avait l'aspect robuste et usé du cuir tanné, ne lui sourit pas ouvertement, mais il tendit la main pour lui saisir le poignet en guise de salutation. Elle lui parla brièvement dans un talic rouillé, que le précepteur d'Inara, Erman, lui avait appris à reconnaître. L'homme observa alors Inara de pied en cap. Kissen avait un accent prononcé, comme son interlocuteur. La fillette ne distingua qu'un seul mot : *douce*.

Il alla fouiller dans son chariot et en sortit un lourd ballot de tissu ; il l'ouvrit, révélant ainsi un manteau boutonné pas très différent de celui de Kissen. Après l'avoir déposé sur les planches de son étal, il prit les mesures d'Inara à l'aide du pouce, puis tailla deux bonnes longueurs de tissu au bas du vêtement. Il alluma alors un petit brasero et y passa l'ourlet irrégulier. Celui-ci crépita quand la flamme resserra la trame effilochée. Quand il eut terminé, Inara le regarda tendre les chutes et le manteau à Kissen, qui transmit le tout à la fillette avant de remettre à l'homme un lingot d'argent. Le vendeur le fit tinter contre les quelques dents qu'il lui restait avant de l'empocher, les couleurs grises et satisfaites.

« *Telic haar* », dit-il à Kissen. *Enchanté*. Puis il se rassit sur son tabouret.

Inara contempla le ballot d'un air suspicieux. Elle aurait pu le sentir à six pas de là, mais de si près cela lui piqua les yeux : chèvre et paraffine.

« J'ai déjà un manteau de voyage », signala Inara en frottant son vêtement du pouce quand elles reprirent leur route. Elle portait le pantalon en coton de Telle, aux jambes retroussées sur presque la moitié de leur longueur, par-dessus son collant et sa jupe. Sa veste matelassée était pliée dans les fontes de Jambes, mais elle avait gardé son gilet aux boutons si spéciaux, incapable de se résoudre à le remiser dans un endroit sûr.

« Il sera trempé en moins d'une nuit, pronostiqua Kissen. La personne qui t'a dit que c'était un manteau de voyage s'est payé ta tête. Donne-le à Yatho. »

Sa mère lui avait dit qu'il était fait pour les voyages, après qu'Inara l'avait tannée pendant des semaines pour l'accompagner à Sakre. Dame Craier revenait toujours avec des papiers, des cartes et des plans, sans jamais laisser sa fille y jeter un œil. Inara comprit seulement maintenant qu'elle lui avait acheté ce manteau pour l'apaiser. Elle n'avait jamais eu l'intention de l'emmener à la cour.

« Je veux pas », refusa Inara en regrettant que sa mère ne soit pas là pour contredire Kissen. Dame Craier aurait su remettre la veiga à sa place.

« Je peux le garder pour toi, intervint Yatho, mais elle a raison. Rien de tel que de la laine paraffinée taliciane. Tu seras heureuse de l'avoir pendant les nuits froides et humides, et tu regretterais de trimbaler deux manteaux. Jambes ne peut pas tout porter.

— Mais il pue.

— Tu t'y habitueras, riposta Kissen. Je ne t'emmène pas si tu n'es pas habillée correctement. »

Inara tâta une nouvelle fois le tissu de son manteau. Kissen avait peut-être raison : elle ressentait déjà un peu le froid, alors qu'elles n'étaient pas dehors depuis longtemps. Elle soupira, retira le manteau offert par sa mère, et le confia à Yatho, qui le plia soigneusement sur ses genoux. Elle n'était pas certaine de parvenir à s'y habituer. La laine paraffinée taliciane pesait bien plus lourd sur ses épaules, et le tissu était trop rêche au toucher.

Elles eurent bientôt acheté tout le nécessaire au marché : des fromages de chèvre bien secs, fourrés aux fruits et aux pistaches ; des gousses déshydratées ; des châtaignes toutes fripées et des champignons ; des biscuits pour sa sacoche. Kissen y ajouta de la viande fumée bien emballée et quelques légumes de saison qui supporteraient les cahots du voyage. Jambes resta calme pendant la balade, les laissant remplir ses sacoches sans broncher, ne flairant qu'occasionnellement les étals. Kissen troqua quelques pommes et des flocons d'avoine au miel pour sa monture contre les chutes de tissu issues du manteau. Inara estima qu'il devait y avoir là assez de matériau pour confectionner une paire de moufles puantes.

De retour en ville, elle put constater que les lieux étaient plus bruyants en journée, surtout sur les places ou devant les boutiques ouvertes. Des habitants se rassemblaient par grappes à des endroits inattendus, se disputaient, échangeaient des paroles ou du papier hors de prix dans une multitude de langues. Inara en reconnut certaines aux rudiments qu'Erman lui avait inculqués : l'irisien, le talic, le beltois et même de l'harisi du sud-est, où le père du précepteur était né.

La petite équipée suivit les ruelles jusqu'à l'extrémité ouest de la ville, où elle déboucha sur un parc immense, suffisamment vaste pour y planter un verger ou y faire courir des chevaux. Il y avait une foule incroyable, toute en couleurs, en humeurs, en discussions. Inara inspira profondément, tâchant de ne pas se laisser submerger par son environnement.

Il y avait là deux fontaines. La plus grande était ornée d'une haute colonne de pierre sur laquelle étaient sculptées des représentations des batailles de Blenraden sous un soleil levant, ainsi qu'une tête de cerf dans la pénombre. Le symbole du roi.

La fontaine aux visages était plus petite, presque quelconque en comparaison. Peut-être avait-elle un jour été spectaculaire, mais son lustre s'était estompé. De l'eau jaillissait en un jet net et puissant par un pilier tranché à peine plus haut qu'Inara. La pierre était marquée de volutes et d'inscriptions qu'elle reconnaissait vaguement, ainsi que d'une centaine de visages. Certains avaient les yeux fermés, d'autres grands ouverts. Un groupe de voyageurs était rassemblé non loin, ainsi qu'une grappe d'enfants à peine plus âgés qu'elle ; tous portaient des robes gris clair et écoutaient le sermon d'un archiviste tourmenté à la tenue plus foncée, semblable à celle que Telle portait.

De l'autre côté de la fontaine, un âne s'abreuvait copieusement au bassin, chassant de sa queue des mouches imaginaires. Un homme était assis près de lui, la chemise boutonnée jusqu'au cou, le col remontant bien haut. Il cracha dans l'eau, puis mit ses mains en coupe et y but à son tour quelques instants plus tard.

« Ho, Canovan », lança Yatho. Il redressa la tête et l'âne, alarmé, s'éloigna un peu. Canovan avala l'eau qu'il avait dans la bouche et se toucha le front en guise de salutation. « Tu as le bras qui saigne. »

Canovan étudia son bras, surpris. Une légère coulée de sang imprégnait le tissu de sa chemise. « J'ai dû me couper sur un morceau de verre. » Il avait arboré un sourire léger en avisant Yatho, mais son expression se ternit quand il remarqua Kissen et Inara. Il était doté d'un visage sérieux et colérique, ainsi que d'yeux sévères.

« Tu ne m'avais pas dit qu'il y aurait une gamine. » Ses couleurs étaient presque aussi éteintes que celles de Kissen, sauf qu'elles étaient nombreuses et nageaient tout près de la surface, tel un poisson de rivière. Inara ne parvenait pas à les distinguer.

« J'ai dit deux personnes, lui rappela Yatho. Ça pose un problème ? » Canovan s'essuya la bouche, contempla le ciel, puis le sol, puis Kissen. Inara se surprit à se ratatiner tout contre la déicide.

« Non, finit-il par répondre.

— Un cheval ? » Un autre homme avait rejoint le premier ; la brise soulevait sa barbe gris et châtain, révélant les colliers de pièces en étain normalement dissimulés par sa pilosité. Il bouillonnait presque d'agacement, ce qu'Inara percevait sous la forme d'éclats de couleur pêche autour de ses épaules. « Non. Ça vient pas avec nous. Un satané *cheval* ? Ça fait deux changements dans notre accord en moins d'une journée, Canovan. Je te rappelle que c'est à *moi* que tu dois de l'argent. Je ne vois pas pourquoi je te rendrais ces services.

— Je ne pensais pas que les chevaux étaient illégaux », intervint Kissen avec un sourire en coin.

Inara pouffa, et le pèlerin se déploya de toute sa hauteur, un peu comme Skedi quand il se gorgeait d'orgueil.

« Détends-toi un peu, Jon », lança Canovan au barbu. Il lui tapa dans le dos un peu trop fort. « Je te présente Yatho – tu as dû entendre parler de ses talents d'artiste ? Je la connais depuis qu'elle est toute petite. Elle suivait ma femme comme son ombre. »

Yatho adressa à Canovan un sourire bienveillant et mit les freins de son fauteuil. « Voici Tethis, la fille de mon client », annonça-t-elle en désignant Inara. Elles étaient convenues d'employer de fausses identités, et la fillette avait voulu conserver un souvenir de chez elle. « Mon amie Enna lui sert de garde du corps. » Kissen les salua de la tête.

Inara entendit les chuchotements distants de Skedi, qui imprégnait le mensonge de Yatho de sa volonté. Il avait beau bouder, il ne tenait pas à se faire prendre. L'irritation de Jon se dissipa.

« Plus on est de fous, plus je touche, marmonna-t-il, résigné. Et cette fois, je veux la somme complète.

— On en reparlera à ton retour », rétorqua Canovan laconiquement. Il hocha la tête en direction de Yatho.

« Je te dois une nouvelle enseigne en échange de ce service », annonça cette dernière. Les lèvres de Canovan se crispèrent, et il se tourna vers les autres pèlerins. Inara le vit poser les yeux sur un homme grand à l'épée longue sanglée dans le dos. Semblant avoir pris sa décision, Canovan déploya les épaules et adopta une expression plus affable.

« Ce qui est fait est fait, dit-il. Tu ne me dois rien, Yatho. »

Celle-ci pressa alors le bras de Kissen. Un geste pas aussi affectueux que lors de leurs retrouvailles, mais elle devait entretenir l'illusion. Une amie, pas un membre de la famille. « Prends soin de toi. » Puis, plus bas : « Et crache sur le seuil de Mutile de ma part. Ne le dis pas à Telle. »

Kissen sourit et lui tapota la main. « Je ferai tout pour toi.

— Rentre vite. On prendra soin de ton argent en ton absence.

— Ne t'en fais pas pour moi, je finis toujours par revenir. »

Yatho tendit le bras vers Inara, qui lui saisit la main. La paume de Yatho était bosselée de vieilles ampoules, ses ongles ébréchés ou tout bonnement manquants. « Bonne chance, lui dit-elle. On est toujours plus fort que les autres ne le pensent. »

Inara la serra très fort. « Merci, répondit-elle. À vous et à Telle. Je ne vous oublierai jamais.

— Ne te laisse pas hérisser par "Enna" : elle est plus tendre qu'elle n'en a l'air. »

Inara n'en crut pas un mot mais lui sourit quand même. Yatho pressa sa main une dernière fois, décocha un clin d'œil à Kissen, puis rentra rejoindre son travail et ses fourneaux.

Inara était triste de la voir partir. Kissen et elle parviendraient à se supporter jusqu'à leur séparation, elle en avait conscience et cela lui suffisait. Puis Inara se rendrait à Sakre, et trouverait le moyen de revendiquer ses terres et de venger sa maison et sa mère. Si seulement Yatho et Telle avaient pu les accompagner. Cela aurait rendu le voyage plus facile, plus agréable.

Inara observa alors les membres de leur caravane, qui attendaient tous avec divers degrés d'impatience. Ils semblaient plutôt bienveillants ; trois vieilles femmes d'allure robuste lui avaient déjà souri. Un jeune homme roux portant un sac de forme étrange fredonnait pour lui-même tout en contemplant la fontaine ; près de lui, un type anxieux et une femme se tenaient la main, leur nervosité produisant entre eux un éclat jaune-orangé. Celui que Canovan avait scruté se tenait à l'écart du groupe. Il se tourna d'abord vers Inara, puis vers Kissen. Ses émotions évoluaient lentement, mais il y avait une forme de méfiance dans sa façon d'étudier les autres. De temps à autre, ses couleurs viraient au doré, puis au bleu. Inara n'était pas certaine de savoir les décrypter.

« Rassemblement », ordonna Jon avec un geste impérieux. Quand ils furent tous autour de lui, il baissa la voix. Canovan prit du recul, ayant manifestement accompli sa part du travail. Il se retourna alors, et Inara vit dépasser de sa chemise des lignes d'encre, sombres et épaisses, traçant des formes vaguement familières. Toutefois, quand le reste du groupe se resserra autour d'elle, elle les perdit de vue.

« Notre objectif est d'atteindre le coteau d'Haar avant le coucher du soleil, expliqua Jon. Si quelqu'un nous interroge, nous sommes des musiciens ambulants accompagnés de quelques lessiveuses chargées de notre linge et de notre nourriture. » Il se tourna vers les vieilles femmes. L'une d'elles répondit d'un claquement de langue agacé. « Ça nous permettra au moins de nous protéger des chevaliers, insista-t-il avec fermeté.

— Vous parlez des gardes de la maison Yether ? » s'enquit l'homme à l'épée. Jon leva les yeux au ciel.

« Non, je parle des patrouilles du roi. » Il joua avec les étains dissimulés sous sa barbe, avant de les faire disparaître à l'intérieur de sa veste. « Ils sont nombreux sur les routes à traquer les pèlerins. Dans le meilleur des cas, ils nous fouetteront les pieds et nous jetteront à l'ombre pendant quelque temps. »

Inara fit la grimace. Se faire fouetter les pieds ne devait pas être très agréable.

« Vous aurez un certain nombre de règles à respecter, ajouta Jon.

— Manquait plus que ça », maugréa l'une des vieilles femmes, qui reçut un coup de coude de sa voisine. « Aïe, Svenka, siffla-t-elle.

— C'est important », intervint le jeune homme qui fredonnait. Il ne semblait pas plus rassuré qu'Inara.

« Vous êtes sûr qu'on fait bien d'en parler en public ? »

Jon attendit, l'air renfrogné, que le silence soit rétabli.

« On prie seulement quand je l'autorise. On ne discute avec personne, et on n'achète pas de saloperies. Le roi a des espions partout. On remplit sa gourde chaque fois que je vous le demande ; tous les ruisseaux ne sont pas sûrs. Si vous tombez malades, nous serons obligés de vous abandonner. Même chose si vous vous faites prendre. Pareil en cas d'agression. On ne jure pas », ajouta-t-il avec un regard courroucé en direction de Kissen, qui l'avait clairement déjà mis en rogne. Elle était douée pour cela, songea Inara. La déicide lui retourna un grand sourire tout en grattant le chanfrein de Jambes, révélant une canine en or. « On ne pleure pas… » Il fronça les sourcils à l'adresse d'Inara. « On ne sort pas des sentiers battus. » Il plissa les paupières pour lorgner la vieille femme qui avait grommelé plus tôt. « Si vous vous perdez, on ne vous attendra pas, alors gardez le rythme ou rentrez chez vous.

— Oui, monseigneur », marmotta Kissen. Inara la rabroua d'un claquement de langue. Néanmoins, son commentaire fit ricaner l'homme à l'épée, qui ne s'éloigna pas de la fontaine en même temps que les autres mais s'attarda pour observer Kissen plus longuement. Celle-ci l'étudia en retour, le jaugeant de la même manière. À la grande surprise d'Inara, Kissen se remit à sourire.

« Tu es quoi, mon mignon ? demanda-t-elle. Une sorte de chevalier ? »

L'homme cilla, et ses couleurs ondulèrent. « Je suis boulanger », rétorqua-t-il froidement, avant finalement de tourner les talons pour suivre Jon.

« C'est ça, oui, persifla Kissen. Et moi, je suis un pamplemousse.

— Ça vous arrive d'être aimable, *Enna* ? gronda Inara en insistant sur la fausse identité. C'est vous qui avez eu l'idée de vous joindre à ces gens.

— Je suis comme je suis », repartit Kissen en se mettant en route. Elle scrutait le dos de l'homme qu'elle avait qualifié de chevalier. Ses épaules étaient larges, sa démarche confiante et assurée.

Fais bien attention à celui-là, intervint Skedi. *Il porte le mensonge.*

CHAPITRE 11

Elogast

Elogast n'avait cure des adjonctions de dernière minute à leur caravane, même lorsqu'elles étaient lourdement armées ou équipées ; il se moquait également de la cicatrice blanche qui barrait le visage de cette femme ou de ce que racontaient ses tatouages. Il avait eu un aperçu de l'ample spirale d'encre qui se déployait au-dessus de la cuirasse de la Taliciane, juste sous sa gorge. Il était resté assez longtemps dans l'armée pour reconnaître un juron quand il en voyait un, et celui-ci indiquait *va te faire foutre* en talic.

En revanche, il était contrarié par le fait que le soleil ait déjà entamé sa descente quand ils prirent la route.

Il se souciait aussi que cette jeune fille, Tethis, semble nantie et peu habituée à marcher. Elle portait, sous son épais manteau talician, un gilet aux riches broderies et aux boutons assortis. Si elle les ralentissait, mieux valait qu'elle monte sur ce cheval. Ce n'était pas un voyage pour les fillettes.

Une étrange relation semblait s'être nouée entre cette fille de haute naissance et sa garde du corps. Si les familles nobles faisaient preuve de petites rébellions, envoyer leurs enfants sur des routes dangereuses pour obtenir la bénédiction des dieux était un nouveau signe de troubles latents. Elo se sentit coupable d'avoir pratiqué la politique de l'autruche en s'enterrant dans sa boulangerie d'Estfjor. Cette fille ne devait pas avoir plus de douze ans. Il n'était pas normal qu'elle entreprenne un tel périple avec une garde mal dégrossie qui, à l'évidence, n'avait que peu de respect pour elle, ou pour qui que ce soit d'autre.

Ce n'étaient toutefois pas ses oignons. Tant qu'elles ne lui mettaient pas de bâtons dans les roues, il ne s'occuperait pas d'elles.

Ils suivirent les canaux de l'intérieur de la ville jusqu'à la porte nord, qui donnait sur la route des Pèlerins, rebaptisée la Marche par Arren. Ils franchirent les remparts sans incident, par groupes de deux ou trois décidés par Jon, chacun racontant l'histoire qu'il leur avait attribuée, puis se regroupèrent de l'autre côté. Après quoi, pendant la première heure, ils avancèrent à un bon rythme, échangeant à peine entre eux le temps de traverser en hâte le marché périphérique. Il fallut une éternité avant que l'agglomérat de maisons témoignant des frontières fluctuantes de Lesscia cède le pas aux terres cultivées.

Ils étaient nombreux à emprunter cette même route, essentiellement des marchands menant leur procession de poneys et de chariots. Elo repéra cependant aussi de plus petits négociants et des cordonniers errants, ainsi même qu'un ou deux bergers en pleine transhumance. Deux hommes costauds armés de lourds bâtons les suivirent un moment, peut-être en quête d'une personne à détrousser, mais ils finirent par lâcher l'affaire en s'apercevant que leurs cibles étaient nombreuses, et que deux au moins portaient une épée.

« Qu'est-ce qui t'amène dans ce voyage, mon ami ? » L'homme du couple, dont le visage brun et chaleureux disparaissait derrière sa barbe noire, cala son pas sur celui d'Elo, cherchant clairement à s'attirer ses bonnes grâces. Il avait dû voir capituler les brigands aux bâtons lorsqu'ils avaient avisé la lame du boulanger. « Comment je dois t'appeler ?

— Elo. » Il ne répondit pas à la première question.

« Moi, c'est Berrick. Et voici ma femme, Batseder », ajouta-t-il avec fierté. Batseder, qui possédait la peau couleur d'amande du Middren méridional – où les lignées de la Négoce se mêlaient depuis des siècles – le salua d'un signe de tête et changea son paquetage de côté. Ils ne semblaient pas être habitués à voyager.

« Nous sommes venus pour une bénédiction de fertilité », expliqua Berrick en jetant un coup d'œil prudent à la ronde. Nul ne leur accordait la moindre attention. « C'est notre première fois loin du domaine Yether.

— Je suis sûr que c'est très commun », répondit Elogast. Il n'était pas certain de vouloir rencontrer de nouvelles personnes. Il avait déjà bien assez de soucis en tête.

« Oh, on cherche à la faire dissiper, précisa Berrick. Les parents de Batseder l'ont fait bénir dans cette optique quand elle était bébé, mais à présent la déesse accoucheuse est morte.

— Berrick, intervint Batseder, n'accable pas ce pauvre homme de nos soucis. »

Berrick haussa les épaules, paraissant plus heureux que réprimandé. « Tu sais que je ne peux pas te laisser prendre le pari des femmes. » Puis, à l'adresse d'Elo : « C'est comme ça que ma mère appelait ça. Ma cousine est morte en couches, ainsi que la sœur de Batseder, qui avait reçu la même bénédiction. »

Batseder poussa un soupir amer. « Je me demande si le roi a seulement pensé aux femmes avant de s'en prendre à la déesse accoucheuse.

— Arren n'a pas tué Aia », précisa doucement Elo. Il avait bondi à la rescousse d'Arren sans réfléchir. Batseder le dévisagea, mais celui qui fredonnait plus tôt devant la fontaine aux visages intervint.

« Le boulanger dit vrai. » Elo l'avait entendu se présenter comme Mikle. « Le dieu de la guerre a tué Aia pour se venger du roi qui s'était retourné contre lui. » Il se lissa les cheveux avec fierté. « Je vais à l'université, vous savez ? Nous étudions les chansons traitant de Blenraden.

— Oh, fit Batseder, qui ne semblait pas du tout intéressée.

— Eh bien, puisque tu connais si bien les chansons de Blenraden, pourquoi tu t'y rends ? demanda Berrick en sortant un ballot de tissu de sa poche. Tu penses pouvoir faire mieux que les cent bardes qui t'ont précédé ? »

Les oreilles de Mikle rougirent et il s'empressa de gagner l'avant de la caravane. Elo identifia l'étrange forme de son paquetage comme étant une harpe. Cela fit remonter Berrick dans son estime, plus perspicace qu'il n'en avait l'air.

« Tu en veux une ? » proposa ce dernier en lui tendant le tissu ouvert sur des boulettes de pâte bien charnues.

Cela redora un peu plus l'image de Berrick.

« Volontiers », accepta Elo en ramassant l'une des gourmandises, ravi de s'en emplir la main. Cela lui permettait de se recentrer sur lui-même. Il considéra l'offrande : pliée avec expertise et remplie de farce.

Il en croqua une bouchée et tenta de réprimer une grimace en sentant la lourdeur collante de la pâte. Décevante, même si la farce – un mélange de sauge et de champignons – était délicieuse.

« Pas mal, hein ? fanfaronna Berrick en en proposant une à Batseder. Je suis cordonnier, pas pâtissier, mais j'aime bien m'essayer à de nouvelles choses.

— C'est bon », fit Elo, feignant l'enthousiasme. Son ton fut suffisamment convaincant pour mettre le couple en joie.

Un tonnerre de sabots sur la chaussée les alarma. Tous se replièrent sur le côté de la voie pour laisser passer deux chevaliers arrivant de Lesscia ; ils portaient une livrée azur et or, pas le jaune des Yether.

« Place ! Place ! » s'écriaient-ils en dispersant les voyageurs sur leur chemin. Un colporteur portant un plateau de pièces d'étain semblables à celles de Jon poussa un cri strident en les apercevant et prit ses jambes à son cou. Les hommes du roi fondirent malgré tout sur lui, l'attrapèrent par le col et le jetèrent à terre. L'un d'eux descendit de selle et lui décocha deux coups de pied pour faire bonne mesure.

« Alors, on vend des insignes de pèlerin sur la route ? grogna celui qui l'avait cogné tandis que l'autre tenait la bride de sa monture. Tu crois que le roi Arren accepterait ça ? Tu penses pouvoir couvrir ton souverain de honte ? »

Les membres de la caravane de Jon se blottirent les uns contre les autres. Jon tira sur sa barbe pour dissimuler ses colliers, dont chaque pièce symbolisait l'un de ses pèlerinages. À l'évidence, il était trop obstiné pour les retirer.

Le camelot sanglotait, du sang plein les dents. Elo ne put se retenir d'intervenir. Ils se servaient du nom d'Arren comme d'un gourdin. Ce n'était pas juste. Il posa la main sur son épée, sentant sa paume épouser la forme de la tête de lion.

« Je ne ferais pas ça, si j'étais toi, lui souffla la femme rousse à la cicatrice et au cheval. Oublie ton honneur deux minutes, ou on y passe tous. »

Elle joua des coudes pour se frayer un passage, faisant avancer sa monture et la fillette juchée dessus. Elo eut alors l'occasion de mieux distinguer la cicatrice qui lui barrait le visage : les traînées blanches formaient une écriture toute en courbes et tourbillons. Une malédiction. Une malédiction morte. Il en avait vu de près, ainsi que des bénédictions, comme celle sur le torse d'Arren : la marque d'une divinité.

Elo sentit un frisson douloureux lui dévaler l'échine et contracta les abdominaux. N'importe qui pouvait être maudit, se rassura-t-il. Ce n'était peut-être rien. Toutefois, il y avait dans sa posture, dans son assurance, quelque chose de curieusement familier. C'était une combattante, peut-être une ancienne soldate ou une espèce de mercenaire. Avec une malédiction pareille, peut-être même une déicide.

Mais quelle cause pouvait pousser une veiga à se rendre dans la cité perdue des sanctuaires ?

En tout cas, elle avait raison. Il retira la main de son pommeau pour la fourrer dans sa poche afin de dissimuler les tremblements de ses doigts, puis il s'éloigna des gémissements du colporteur.

Lorsque les fermes alentours cédèrent le pas à des forêts, Jon leur fit quitter la route. La bruine soufflée à travers les arbres par un vent d'ouest les trempa bientôt, mais ils se sentaient plus en sécurité dans les bois ténébreux que sur la chaussée exposée, où n'importe quel chevalier risquait de revenir les chasser. Elo se sentit tout honteux de penser une chose pareille. Il suivit Jon, qui ne se reposait que sur sa mémoire pour avancer. Les seules preuves qu'ils progressaient dans la bonne direction étaient les petits cairns couronnés de figurines. Certains d'entre eux étaient destinés au dieu mort des havres sûrs, que ses fidèles tentaient de faire revenir à la vie en réaffirmant son amour pour lui. D'autres s'adressaient aux divinités des chemins, de la chance ou d'un ruisseau ; il y en avait même un à l'effigie du dieu des cordonniers, près de laquelle Berrick déposa sa dernière boulette. Ici, sur ces sentes paisibles, les autels demeuraient intacts.

Ils atteignirent le coteau d'Haar juste avant le coucher du soleil. La colline était un simple monticule aplati au pied duquel ils bivouaqueraient. Même d'en bas, Elo avisait les dernières ruines au sommet, dont les ombres s'allongeaient à mesure que la lumière déclinait. Apparemment, elles avaient été incendiées et abandonnées bien longtemps auparavant.

Un profond cours d'eau filait au pied du coteau, sans doute un affluent du Daes. Il y avait aussi là un petit sanctuaire, une maison en lierre sur laquelle avaient été noués des rubans pour une déité de la colline.

Les trois vieilles femmes, qui répondaient aux noms de Svenka, Haoirse et Poline, s'arrêtèrent péniblement sous le refuge du coteau, et Berrick s'interrompit pour les aider. Jon alla retirer quelques pierres éparpillées autour du petit temple enrubanné. « Nous pouvons allumer un feu, déclara-t-il. Je n'ai pas vu d'agression ici depuis un bail, et les chevaliers cherchent plutôt des proies faciles.

— Comme c'est rassurant, grommela Haoirse tout bas.

— Il peut tout de même y avoir des patrouilles, poursuivit Jon sans se laisser perturber, venues démolir les autels ou chercher des gens comme nous, alors on évite de faire trop de bruit ou de chanter. Nous ne sommes pas encore enfoncés assez profondément dans la nature. » Il se mit à marmonner et déposa les pierres en cercle, marquant chacune d'un symbole à l'aide d'un bâton de charbon trouvé dans sa poche. Un sort de protection. Elo lorgna la garde du corps, qui se contenta de rouler des yeux.

La fille, Tethis, se laissa tomber en ronchonnant sur le sol humide. Le soleil perçait péniblement les nuages à l'horizon, les nimbant d'une pâle lueur dorée.

Poline alla se pencher sur le cours d'eau. « Du poisson pour le dîner, annonça-t-elle après quelques instants d'observation. Si on s'y met tous.

— Je vais chercher du bois », décida Elo. Il ferait bientôt nuit noire. Mikle s'était assis près du ruisseau et extirpait sa harpe de son sac. Il se mit à en pincer les cordes tout en chantonnant à mi-voix.

« Je viens t'aider », lança Enna. Elle remontait à pas pesants vers Elo après être allée abreuver son cheval. « Tethis, occupe-toi du poisson avec les autres.

— Mais…

— Ou alors, tu peux chercher de quoi allumer le feu. »

Tethis se rembrunit et la congédia dédaigneusement de la main. Un geste de noble.

« Je m'en charge ! s'exclama joyeusement Berrick en suivant la veiga sur le sentier. Qu'est-ce qu'il faudrait, pour allumer ?

— Des racines de pin, répliqua Enna d'un ton sec.

— C'est quoi ce tatouage sur ton visage ? Ça veut dire quoi ?

— Ça veut dire fiche-moi la paix », rétorqua Enna d'un ton catégorique en s'éloignant de lui à grands pas. Le cordonnier haussa les épaules, mais Elo vit bien qu'il était un peu blessé.

« On sera assez de deux, Berrick, lui expliqua Elo. Et si tu préparais plutôt un emplacement avec Mikle ? » Le garçon à la harpe leva le nez d'un air penaud.

Elo suivit Enna, qui farfouillait au pied d'un pin à l'aide d'un couteau. Les nuages s'amoncelaient désormais devant le couchant, et l'eau restée sur les arbres et les buissons scintilla dans la lumière décroissante. La lame de la garde du corps refléta un rayon lorsqu'elle souleva une racine, et il en découvrit le métal terne : de la briddite.

« C'est un poignard intéressant », commenta-t-il quand elle se releva pour tasser du pied la terre au pied de l'arbre. Elle rengaina son arme et compta le nombre de racines tranchées, puis se tourna vers lui en dressant un sourcil interrogateur.

« Et c'est intéressant que tu en aies quelque chose à foutre », repartit-elle. Il comprit qu'il n'arriverait à rien avec elle.

« Pourquoi tu m'as retenu, avec les chevaliers ? voulut-il savoir.

— Quand tu t'apprêtais à déclencher une émeute alors qu'on tentait de passer inaperçus ? Aucune idée. »

Elo éclata de rire. « Un point pour toi. » Lui aussi avait déjà vu une simple prise de bec avec des chevaliers se transformer en bagarre générale, mais ils vivaient désormais en période de paix.

« Ça se passe toujours comme ça, maintenant ? Les chevaliers s'en prennent aux voyageurs sur la route ?

— Tu te cachais dans une grotte, ou quoi ? », ironisa-t-elle en jetant un coup d'œil à la ronde. Elo fit la grimace. « Bon, tu vas m'aider à chercher du bois, oui ou non ? »

Elle lui saisit la main et y posa les racines qu'elle avait rassemblées. Il sentit l'odeur de sève mêlée à celle de la sueur d'Enna, et un frisson d'espoir le parcourut. L'espoir de quoi, il l'ignorait. C'était comme lorsque le parfum du pain se modifiait dans le four, quand il commençait à devenir croustillant.

« Qu'est-ce que tu regardes ? grogna-t-elle. Remue-toi. »

Elo lui désigna les ombres et le soleil couchant. « Après toi. »

Ils finirent par regagner le campement avec le bois le plus sec qu'ils avaient pu glaner ; Berrick faisait déjà fumer un amas de mousse et de feuilles mortes, cependant que Batseder abritait l'amadou de la brise. Elo y ajouta les racines de pin, qui s'embrasèrent en crépitant, dégageant un parfum capiteux. Deux des vieilles femmes, Poline et Haoirse, apprenaient à la fillette à taquiner la truite ; la troisième, Svenka, était debout sur la rive, à en vider une déjà pêchée. Haoirse se tenait au milieu du courant, les jupons retroussés jusqu'à la taille. La scène était sympathique, agréable. Elo s'autorisa à se détendre, juste un peu.

Un cri de joie retentit sur le bord quand Poline fit sortir un poisson de l'eau, directement dans les mains de Svenka. La fillette était hilare. C'était la première fois qu'Elo la voyait sourire. Il ne s'y connaissait guère en enfants, mais il savait qu'ils n'étaient généralement pas aussi sérieux que Tethis. Celle-ci avait suspendu sa sacoche à la selle du cheval, mais Elo remarqua qu'elle y jetait des coups d'œil réguliers.

« Vous pourriez faire moins de bruit ? lança Jon, assis au milieu de son cercle de pierres.

— Vous voulez du poisson, oui ou non ? » rétorqua Haoirse, sur la défensive. Jon eut un claquement de langue désapprobateur cependant que Svenka vidait le deuxième poisson, répandant ses tripes dans le courant.

Elo trouva une pierre plate et la déposa près du feu ; il y déroula son tapis de découpe et le clairsema de farine. Pas le temps de faire lever sa pâte ce soir, il se contenterait de préparer de rapides pains plats. Leur nourriture de base, à Arren et à lui. Lorsque le premier avait dû prendre le commandement, la moitié des troupes de Bethine étaient mortes, la plupart des soldats restants avaient fui. Elo et Arren s'étaient attelés à tout planifier : le recrutement, le rationnement, les négociations avec les dieux dans l'espoir de mettre un terme à cette querelle sanglante dont Arren avait hérité. Quand les soirées étaient calmes, ils les passaient à faire du pain. Ils avaient besoin de ces plaisirs simples, de ces instants de détente entre les bains de sang et l'élaboration des stratégies. Même avant l'ultime bataille, alors qu'Elo avait annoncé son départ, ils avaient rompu le pain ensemble avant de se tourner contre le dieu de la guerre. Elo serra les dents en se remémorant ces souvenirs.

Berrick et Batseder agrémentaient à présent les poissons avec des herbes piochées dans leur besace ; quant à Mikle, il griffonnait quelque chose dans un classeur de cuir, les yeux brillants et les doigts remuant comme s'il jouait de la harpe. Le souper promettait d'être agréable. Elo regretta presque l'absence d'Arren : celui-ci aurait apprécié cette ambiance.

Les ombres longues du coteau se noyèrent dans la pénombre, et la faible lumière se fit crépusculaire. Le soleil était couché.

Elo mit un instant à prendre conscience que quelque chose clochait. Le clapotis de l'eau semblait plus fort, tout comme le bruissement des arbres dans la brise du soir : les oiseaux avaient fui ou s'étaient tus. Derrière l'odeur de fumée, Elo perçut des effluves plus sombres et profonds. Comme le sang et la mousse. Il fut pris d'un frisson. Il vit la « garde du corps » se lever ; elle semblait aux aguets, tel un limier ayant flairé une piste. S'appelait-elle seulement Enna ? Elo porta la main à son épée.

Il fut le premier à la repérer : une ombre glissant à l'orée du bois, trop basse pour être humaine – la taille d'un gros chien, voire d'un loup.

« Qu'est-ce que c'est ? Des chevaliers ? Des brigands ? » s'enquit Jon en s'accroupissant avec Elo au sein du cercle de pierres qu'il avait constitué. Ils étaient les deux seuls à l'intérieur. Batseder, qui venait d'en sortir, leva le front, interloquée.

« Je ne sais pas, avoua Elo. Restez calme. »

Il remarqua alors qu'Enna s'était dirigée vers le ruisseau et sa pupille, encore en train de pêcher avec Poline et Haoirse. « Tethis, ne bouge pas », ordonna-t-elle.

L'ombre dans les arbres glissa vers Elo et le cercle de pierres. Des ténèbres liquides. Puis Elo en aperçut les dents. Des os brillants, brisés et déformés formaient une vaste gueule profondément enfoncée dans la tête. La chose disposait de deux minuscules flammeroles pareilles à des braises en guise d'yeux, mais semblait croquer l'air comme pour goûter sa proie.

Mikle glapit et se figea, agrippé à sa harpe.

« Batseder, siffla Berrick tandis que la créature cherchait autour d'elle, reviens dans le cercle. » Sa femme ignora sa consigne et se campa près de lui, les poings serrés. Les poings ne l'aideraient pas. Elo dégaina son épée. Seule la briddite pouvait arrêter une créature des dieux.

CHAPITRE 12

Kissen

Ce n'était pas un dieu, mais cela avait été invoqué par l'un d'eux. À en juger par l'odeur, cela appartenait à un être au moins semi-sauvage, une divinité des bois ou des marais. Un dieu ancien, très vraisemblablement, s'il avait assez de pouvoir pour mander un démon d'ombre. Mais pourquoi ici, et après qui en avait-il ? Derrière elle, Inara sortait de l'eau avec les autres femmes. Kissen se déplaça pour la protéger de son corps, comme promis. Merde, et son petit dieu avec. Était-ce bien ce que Telle avait dit ? Que s'il mourait, la fillette le suivrait sans doute ?

La bête chargea droit sur le cercle au sein duquel se tenaient Elo et Jon, puis rebondit alors que les pierres du second se plièrent vers l'intérieur.

Inara poussa un hurlement et se précipita vers sa sacoche. Kissen était plus proche qu'elle ; elle l'empoigna en même temps qu'elle souleva la gamine et les éloigna toutes deux de la créature qui se relevait déjà. La bête recouvra l'équilibre et se rua sur la cible la plus proche : Mikle, toujours tétanisé par la panique.

« Fuis ! » lui cria Kissen, mais il était trop tard. L'invocation avait trouvé sa proie.

Son ombre engloutit presque Mikle quand ses crocs plongèrent dans le cou et l'épaule du garçon, interrompant son hurlement. La chose le secoua telle une poupée de chiffon. De rage, Kissen se rua vers l'avant tout en dégainant son épée longue en briddite et sectionna net le museau de la créature. Celle-ci battit en retraite avec un cri perçant, abandonnant ses crocs en os dans le jeune homme.

Le boulanger, Elo, tira le fer à son tour quand la gueule de la bête se reforma, et il l'acheva d'une estocade en plein ventre. Une fumée blanche et lourde s'en échappa, retombant vers le sol. Le démon siffla en se désintégrant, ses dents tombant une à une avant qu'il s'effondre en un tas de cendres claires.

Cette lame était en briddite. Kissen et le chevalier se toisèrent un moment. Il savait ce qu'elle était, et réciproquement. *Un chevalier et une veiga sur un chemin de pèlerinage sont attaqués par une créature divine.* Cela ressemblait au début d'une plaisanterie, sauf que personne ne riait.

Par chance, il ne révéla rien à personne. Il rengaina sa lame et se laissa tomber à genoux près du garçon. Mikle hoquetait et se convulsait ; du sang coulait par la déchirure à sa gorge et son épaule. Elo y plaqua les mains.

« Merde », siffla Kissen. Puis, se tournant vers Inara : « Ne bouge pas. » La fillette déglutit bruyamment, et Kissen alla s'accroupir près d'Elo pour maintenir Mikle en place, afin que le chevalier puisse obtenir une meilleure prise. Le barde pleurait, quoique incapable de parler. « Y a-t-il un guérisseur ? »

Tous deux savaient qu'il était déjà trop tard. Quand Elo croisa son regard, elle en eut confirmation. Combien de personnes avait-il déjà soutenues tandis que la vie les désertait ? Bien trop, concernant Kissen.

La plupart des membres de leur groupe étaient paralysés, horrifiés. Inara, les yeux écarquillés de terreur, serrait les mains autour de la sacoche renfermant le dieu.

« Je suis guérisseuse », fit savoir Haoirse qui se leva enfin de la rive avec l'aide de Svenka. Elle accourut vers le blessé, détachant ses jupons verts coincés dans sa ceinture. Elle s'en servit pour remplacer les mains d'Elo et faire pression sur la gorge de Mikle afin d'endiguer l'écoulement sanguin. Le tissu s'assombrit rapidement, détrempé. Mikle la contemplait, peinant à respirer, échouant à parler, crachotant seulement. Grands dieux, les uns et les autres n'entendaient plus que son souffle de plus en plus ténu. Haoirse pinça les lèvres en constatant que l'hémorragie ne cessait pas. Elle laissa retomber ses épaules et passa sa main libre dans les cheveux de Mikle.

« Ça va aller, mon garçon », dit-elle tandis qu'il tremblait. Son ton était chaleureux, maternel. « Calme-toi, maintenant, tu peux te reposer. »

Mikle gémit. Il tremblait toujours, le regard trouble.

« Mon père, essaya-t-il. Dites à mon père… » Inara se rapprocha, semblant vouloir l'aider.

« Recule », lui intima Kissen d'une voix tendue. Elle ne voulait pas que la fillette assiste à cela. Batseder vint tenter d'éloigner la petite, mais celle-ci retira sèchement son bras, réprima un sanglot et se précipita vers Jambes. Elle plongea le visage dans le cou de l'animal, qui la laissa faire.

Mikle s'arrêta de trembler, incapable de prononcer ses derniers mots. Ses râles se tarirent tandis qu'Haoirse l'apaisait. Kissen vit que le sang avait coulé au sol, imprégnant les genoux du pantalon d'Elo et le bas de sa chemise. Puis l'écoulement cessa.

Batseder et Berrick étaient dans les bras l'un de l'autre. Poline, toujours dans l'eau, tenait la main de Svenka. Jon s'était uriné dessus.

« Est-ce que... quelqu'un connaît son père ? » demanda Batseder en se tournant vers Jon. Celui-ci secoua la tête sans un mot.

Kissen se leva et donna un coup de pied dans les cendres laissées par la créature. Elle vit Elo ramasser la harpe du garçon, ses doigts souillés imprimant leur empreinte sur le bois. Deux cordes avaient claqué, la console était fendue.

Satanés dieux. Comme toujours, ils s'étaient précipités sur une vie parfaitement honnête et l'avaient brisée. Kissen se tourna vers Inara, qui sanglotait en silence dans la crinière du hongre, et aperçut l'oreille du dieu qui replongeait dans la sacoche. Les dieux étaient le chaos incarné. Et pourtant ces pèlerins, ce garçon, continuaient de vouloir leur réclamer des faveurs, le chevalier y compris. Elle dispersa les cendres davantage, mais la chose n'avait rien laissé de plus.

Elo déposa la harpe sur la poitrine de Mikle.

« Qu'est-ce que c'était que ce truc ? » finit par demander Haoirse pour briser le silence. Elle alla laver ses mains et ses jupes dans la rivière. Ses yeux étaient secs, mais Poline pleurait à chaudes larmes.

« Un truc des dieux », murmura Jon. Il étreignait ses colliers de breloques, petits trésors issus d'une vie de pèlerinages, comme si elles pouvaient lui être d'une utilité quelconque.

« C'était un démon d'ombre, expliqua Kissen. Une créature créée par un dieu sauvage. Je ne pensais pas qu'il en restait d'assez puissants pour invoquer une chose pareille. » Elle lorgna alors Elo, puis Jon. « Tu as énervé quelqu'un récemment, Jon ? »

L'intéressé avala sa salive. « N-non, répondit-il. Je n'exercerais plus ce métier si mes pèlerins ne rentraient pas sains et saufs. » Il avait perdu sa fibre de commandant. Il contemplait la dépouille de Mikle. Ce garçon dont il était responsable. Mort. Il releva alors les yeux vers Kissen. « Et d'abord, qu'est-ce que tu en sais, *garde du corps* ? » demanda-t-il d'un ton suspicieux.

Kissen hésita, mais, à sa grande surprise, Inara intervint d'une voix chevrotante. « Laissez-la tranquille. » Elle s'était éloignée de Jambes, le visage humide mais déterminé. « *Ma* garde du corps vient de *nous* sauver la vie à tous. Vous pensez que mon père m'enverrait recevoir une bénédiction accompagnée d'une escorte ne sachant rien des dieux ? » Kissen en fut impressionnée. Puis elle se concentra : derrière les mots d'Inara, elle *sentait* que son petit lapin employait sa magie pour les forcer à la croire, tel un souffle froid sur sa peau. Elle se rembrunit.

« Vous les avez coupées, insista Jon. Vos épées. » Il lança un regard noir à Kissen, puis le braqua sur le chevalier. « Elles sont en briddite. Façonnées pour tuer les dieux. »

Une ombre angoissée traversa l'expression d'Elo, rapidement supplantée par un sourire charmeur. « Ça semble logique de porter une épée en briddite par les temps qui courent, déclara-t-il d'un ton apaisant. Les routes sont dangereuses. »

Kissen lui lança un regard en coin qu'il saisit. Elle avait toutefois d'autres problèmes qui n'avaient rien à voir avec cet « Elo ». Des créatures pareilles ne se matérialisaient pas sans raison ; quelque chose devait les invoquer. Une chose sans doute encore vivante. Pourquoi s'en était-elle prise à leur petit groupe ? Les malédictions n'étaient pas communes ; la cible avait dû s'approcher d'un dieu.

Kissen étudia Inara, qui avait la main plongée dans sa sacoche. Une fillette et un dieu des mensonges. Pieux ou pas. Peut-être y avait-il autre chose derrière le mystère du manoir Craier. Et si la destruction en avait après eux ?

« Assez, intervint Poline. Arrêtez de vous battre. Un pauvre garçon vient d'être tué. » Elle grelottait d'être restée si longtemps dans le courant.

Kissen soupira. « Les morts sont morts, raisonna-t-elle. Nous devrions repartir tant qu'on tient encore debout. » Plus vite ils parviendraient à séparer la fillette et le dieu, mieux elle se porterait.

« Parle pour toi », lança Svenka.

Jon scrutait les arbres, s'attendant à voir les ombres remuer. Pour un homme qui avait effectué tant de pèlerinages, il ne semblait pas très à l'aise d'avoir vu l'invocation d'un dieu.

« On devrait l'enterrer, suggéra Elo. C'est la moindre des choses. » Il se rapprocha de Kissen. « Ils sont fatigués et ils ont froid. Ils ne tiendront pas toute la nuit. »

Kissen souffla. D'où sortait ce salopard plein de noblesse ? La plupart des chevaliers qu'elle avait eu le malheur de rencontrer étaient des sales types versant dans la brutalité ou des sales types vénérant leur roi contre toute raison. Elle était sur le point de protester, mais Inara la devança.

« Enna... s'il te plaît... On peut l'enterrer ? »

Kissen soupira. La fillette était ébranlée jusqu'à la moelle. Elle venait de perdre sa mère et était déjà témoin d'une autre mort. Qu'aurait fait Telle en pareille circonstance ?

« D'accord, faites comme vous voulez, capitula-t-elle.

— Jon, reprit aussitôt Elo, rebâtissez ce cercle de pierres, ça a bien marché la première fois. Poline, allez trouver un endroit séant pour le garçon. Batseder, Berrick... le sol doit être dur, allez chercher des pierres de rivière pour ériger un cairn. Enna... »

Kissen mit un instant à se rappeler sa fausse identité. Cet homme aboyait ses ordres comme s'il avait ça dans le sang. « Aide-moi avec la dépouille, dit-il en soutenant son regard. Nous autres *pèlerins* devons nous serrer les coudes. »

Kissen lui retourna un air mauvais. Ils avaient pris la mesure l'un de l'autre, à présent. Il ne lui restait plus qu'à maintenir son attention sur elle, afin de détourner les soupçons d'Inara. « Bien sûr. Ce serait trop dommage de croiser d'autres monstres dans cette forêt. Ou des chevaliers. » Elle lui décocha un sourire. « Ce sont toujours les pires sources d'ennui. »

CHAPITRE 13
Skediceth

Skedi sentit l'humidité du matin suivant faire pression sur sa sacoche tandis que le petit groupe d'humains se préparait à repartir.

La lune était levée depuis longtemps quand ils s'étaient finalement décidés à dormir la nuit précédente, grimaçant de douleur sur le sol dur à l'intérieur du nouveau cercle de pierres de Jon. Inara s'était écroulée d'épuisement, serrant contre elle le sac contenant Skedi, après avoir aidé à ensevelir le garçon. Toutes les couleurs de celui-ci avaient disparu ; ne restait plus que son corps. Inara allait-elle connaître le même sort un jour ? Ne devenir qu'un tas de chair dépourvu de couleurs ?

Le chevalier avait pris le premier tour de garde, Kissen le deuxième, et ils avaient alterné à intervalles réguliers, toutes les quelques heures, selon un accord tacite. Skedi sentait le chaos des émotions tout autour de lui. Les pèlerins avaient chuchoté de courtes prières, marmonnées pour eux-mêmes dans des éclats colorés, avant de s'évaporer vers le dieu qu'ils imploraient. Skedi avait jeté un coup d'œil hors de sa prison, les regardant disparaître avec mélancolie. Elles n'étaient pas pour lui.

Skedi savait, avait toujours su, qu'il n'était qu'un parmi une multitude d'autres, même lorsque le roi réprimait l'amour des hommes pour les dieux à force de lois. Il ne conservait toutefois aucun souvenir d'avoir un jour croisé une autre créature de pouvoir. Et l'ombre avait semblé puissante, chaotique. Il avait perçu le lien l'unifiant à quelque chose de plus gros et de plus fort encore. Il se demanda s'il y avait de quoi être plus effrayé. En tout cas, les humains qui l'accompagnaient l'étaient.

À présent qu'ils avaient repris la route, Skedi risqua un nouveau coup d'œil hors de sa cachette. Les prières silencieuses des pèlerins s'élevaient encore de leur bouche : leurs dons à d'autres divinités. Inara aussi était terrifiée. Il voyait bien qu'elle ne savait pas quoi faire d'autre que marcher et prier. Il n'avait pas choisi d'être attaché à elle, du moins il ne le pensait pas. Il se rappelait à peine son existence avant elle, seulement quelques bribes fugaces s'il y pensait très fort. Des tourbillons d'eau et des cris, des bêtes de cuir et de sang. Et la frayeur, les couleurs de l'épouvante. Puis, pis encore, quand toutes les couleurs s'étaient éteintes. Rien. Et finalement, Inara.

Tout ce qu'il voulait, c'était être libre de voler où il le souhaitait et expérimenter la chaleur des désirs des autres, afin de leur tisser les petits mensonges dont ils avaient besoin. Il voulait être aimé. Les dieux avaient besoin d'un but ; ils avaient besoin d'amour et de prières.

Il fallait qu'ils atteignent Blenraden. Il fallait qu'il recouvre sa liberté.

Skedi pointa son nez hors de la sacoche. De la taille d'un moineau, il resta dissimulé dans l'ombre du rabat.

Il étudia Inara. Ses yeux étaient humides, et elle jouait avec les boutons de son gilet. Skedi la sentait déplorer l'absence de sa mère.

La créature est partie, la rassura-t-il. *Nous sommes en sécurité, nous pouvons avancer.*

Je sais, lui répondit-elle en pensée. *De toute façon, je n'ai nulle part où retourner, ni plus personne vers qui me réfugier.* Son visage se froissa, et elle le baissa vers le sol afin que personne ne le remarque.

Tu n'as nulle part où retourner, convint-il, *mais je suis là.* Il avait promis de ne jamais mentir à Inara, mais ça ne signifiait pas qu'il ne pouvait pas être d'accord avec elle. *Survis à ceci, Ina. Nous surmonterons cette épreuve ensemble.*

Il ajouta une légère pression de puissance, de volonté, à ses paroles, le peu de pouvoir dont il disposait en l'absence d'un sanctuaire et d'offrandes. Sa volonté s'enveloppa autour des couleurs de la fillette, les modifiant, les stabilisant. Cela suffisait, c'était assez pour la soutenir. Elle laissa échapper un sanglot très discret, mais elle était plus calme, ses couleurs adoptaient un jaune voilé, comme celui de l'aube. Skedi fut enchanté par sa réussite. Kissen, qui marchait près d'eux, lorgna Inara avec inquiétude. Elle chercha dans son manteau l'une des sucreries à l'avoine et au miel qu'elle avait achetées sur le marché et l'offrit à Jambes, puis caressa la main d'Inara.

« Occupe-toi de Jambes, lui dit-elle. Il t'apprécie. Fais en sorte de le maintenir sur un terrain stable, je vais partir en éclaireuse. » Inara se redressa, se frotta les joues et acquiesça. Quand elle saisit les rênes de l'animal, ses émotions s'adoucirent un peu plus. Skedi trouva cela curieux. La veiga ne lui avait pas menti, ne lui avait pas dit que tout irait bien, ni n'avait tenté d'arranger les choses. Elle lui avait simplement donné une occupation.

Skedi porta alors son attention sur les autres pèlerins, devant eux dans la caravane. Les vieilles femmes, percluses de douleurs, étaient mal assurées. Batseder et Berrick échangeaient des murmures nerveux. Jon était ombrageux, et ne cessait de tripoter ses breloques en marmonnant. Skedi sentait qu'il croyait en de nombreux dieux, mais clairement pas assez pour s'en remettre à un seul d'entre eux. Il avait perçu l'éclat des insignes de pèlerins la veille au soir, les avait convoités avec envie. Peut-être qu'un jour quelqu'un porterait une pièce en son honneur.

« C'est trop risqué. Tu ne crois pas qu'on devrait faire demi-tour ? chuchota Batseder à Berrick, juste à portée de voix. Peut-être qu'Aia aura ressuscité ? Ou qu'on pourrait éviter une grossesse. Il existe des racines...

— Qui sont dangereuses aussi, l'interrompit Berrick. C'est ton corps, mon amour ; ta décision.

— Tu es sûr que c'est bien ce que tu veux ? »

Skedi perçut l'infime rosée de tristesse que Berrick ne pouvait pas lui dissimuler à l'idée de n'avoir jamais d'enfants à eux, avec leurs yeux ou leur menton, mêlée à l'amour profond qu'il portait à son épouse et qui supplantait de loin son utérus ou son sang. Ces sentiments, combinés à la peur, pouvaient s'avérer puissants. Voilà ce que Skedi désirait et voulait enfin sentir.

Il s'engagea alors sur la frontière ténue entre la vérité et le mensonge et apposa sa volonté sur les couleurs de Berrick. Les émotions complexes de celui-ci formaient comme une mer déchaînée qui faisait palpiter son cœur.

Ne sois pas triste, enjoignit-il à l'homme, réduisant sa voix au plus infime murmure. *Tu vas la faire culpabiliser avec ta tristesse.*

Les couleurs de Berrick changèrent lorsque les graines du mensonge prirent. Elles devinrent plus stables, plus lumineuses.

« J'en suis sûr, affirma-t-il. Quitte à risquer une vie, autant risquer les deux nôtres, ici, ensemble, plutôt que seulement la tienne de ton côté. »

Saurait-il qu'un dieu lui était venu en aide ? Offrirait-il une petite prière à un être tel que Skedi, son amour lui conférerait-il de la puissance ? Encouragé par sa réussite, Skedi s'intéressa alors aux vieilles femmes, qui avançaient aussi vite qu'elles le pouvaient malgré leurs membres fragiles et douloureux. Il était rare, en ce monde, de vivre si longtemps ; ce simple fait d'armes était, en soi, impressionnant.

« Hé, Poline, est-ce que ça va ? » demanda Svenka quand son amie piocha quelques miettes du gâteau qu'elles se partageaient à trois. Poline était ébranlée jusqu'à la moelle par la mort du garçon ; cela résonnait dans tout son squelette, et Skedi devinait la souffrance ainsi provoquée. Il contourna ses couleurs, les ailes douloureuses. Elle avait perdu quelqu'un, un enfant. Voilà pourquoi cette mort lui faisait tant de mal.

Ce n'est pas ton bébé, Poline, lui rappela Skedi avec toute la force de sa volonté. *C'est un autre garçon. Une autre vie.*

« Ça va, Svenka, arrête de fouiner. Et toi ? »

Dis-lui que ça ne fait pas mal.

Svenka souffrait de partout ; elle était en outre fatiguée et gelée, car la rosée s'était insinuée dans son col et ses manches, lui picotant la peau.

« Tout va pour le mieux, mentit Svenka d'un ton jovial. Heureuse que notre Haoirse soit là pour tout gérer. »

Haoirse rejeta ses propos d'une chiquenaude. Leur humeur à toutes les trois s'allégea.

Skedi sortit un peu plus de sa besace, grisé par le pouvoir. Il pouvait modifier les choses, petit à petit. Il pouvait changer les gens, apaiser leurs revendications, leurs besoins les plus fous, il pouvait les émouvoir. Skedi sentit le rabat de la sacoche se soulever et posa sur Inara son regard triomphant, avant de se rendre compte que c'était la veiga qui le toisait. Il battit en retraite, non sans qu'elle eût secoué le sac vigoureusement.

Attention à toi, vermine. Elle avait relâché sa garde pour lui parler en pensée ; ses couleurs adoptèrent un éclat si violent que Skedi sentit son corps se ratatiner. Il ne s'était pas rendu compte qu'il avait tant grandi, ses bois et son arrière-train tirant sur les sangles. Kissen lança la sacoche à Inara, qui l'attrapa avec stupeur.

« Fais attention à tes affaires », aboya Kissen avant de s'éloigner à pas furieux.

De rien, lui lança alors Skedi, qui se heurta à une muraille d'animosité. Il n'avait aucun accès à l'esprit de Kissen, aucun moyen de l'altérer. Ce n'était pas quelqu'un de sûr, ni pour lui, ni pour Inara. S'il parvenait à se trouver un sanctuaire, laisserait-il réellement son amie aux bons soins de cette massacreuse de dieux insouciante ? Pis encore : s'il n'était plus rattaché à Inara Craier, parviendrait-il encore à échapper au poignard de la veiga ?

Skedi posa les yeux sur l'homme à l'épée. Kissen l'avait traité de chevalier en face et, même s'il avait nié, ses couleurs l'avaient trahi. Elles étaient stables, la plupart du temps, mais crépitaient parfois d'émotions, tel un éclair fendant les nuages : une grande douleur, un grand regret. Puissants, une fois encore.

Skedi n'aurait pas daigné prendre en considération un chevalier comme ceux croisés sur la route, mais il avait vu celui-ci s'interposer. Il se rendait à Blenraden au mépris des lois du roi. Et il était plus aimable que Kissen. Mieux assorti à une jeune noble. Bien plus convenable pour un dieu qu'une veiga…

CHAPITRE 14

Kissen

Trois jours plus tard, ils avançaient toujours en pleine forêt, mais il était évident qu'ils gagnaient en altitude, car ils peinaient sur des pentes humides imprégnées des restes d'eau de fonte. Les journées et les nuits devenaient de plus en plus froides et les montagnes devant eux se rapprochaient. Kissen était agréablement surprise de constater que leur chaîne de pèlerinage chaotique était restée intacte après l'attaque du premier soir, car grâce à l'ingérence du petit dieu ou à la chance, personne n'avait capitulé. La déicide avait peut-être sous-estimé leur dévouement. Au moins, ils n'avaient pas croisé d'autre démon.

Kissen croyait aux coïncidences. Parfois, des choses survenaient sans raison, ou parce que quelqu'un, quelque part, commettait quelque chose de vraiment stupide – le plus souvent un individu avec plus de sang noble et d'argent que de cervelle. En revanche, elle ne croyait pas au destin, et se faisait un malin plaisir de réduire en lambeaux n'importe quel plan ourdi par les dieux. Le destin était un conte de fées de mauvaise qualité ; le destin pouvait bien aller se faire pendre ailleurs.

Toutefois, force était de constater que les coïncidences se succédaient trop vite et trop fort pour qu'elle n'en tienne pas compte : une déesse d'un bras mort de rivière annonçant la chute du Middren, une fillette au petit menteur à andouillers apparue à sa table, une grande maison réduite en cendres, puis un démon d'ombre claquant ses dents en os dans leur direction. Il ne s'agissait pas de simples coïncidences, mais d'un problème à résoudre. Quelque chose était en train de changer, sans qu'elle puisse déterminer quoi. Elle tapota l'ampoule scellée qui pendait à son cou.

Le pire dans tout ça était peut-être ce chevalier. Elle le soupçonnait depuis le début, depuis l'instant où il avait sauvé tout le monde en dégainant son épée. Quel genre de boulanger se promenait avec une lame pareille ? Imbécile. Comment avait-il cru pouvoir s'en sortir avec des âneries de ce genre ? *Croyez-moi, je suis boulanger, je suis beau et je sais faire du pain, je donne des ordres à tout va. Tout le monde devrait m'aimer.* Cela lui restait en travers de la gorge. Il n'était certes pas complètement inutile : il savait manier une arme. Ce qui n'était pas le cas de la plupart des autres chevaliers qu'elle avait rencontrés.

Et elle savait qu'il était en train de la surveiller, parce qu'il avait deviné lui aussi qu'elle n'était pas celle qu'elle prétendait. Fort bien. S'il la dénonçait aux autres, elle lui rendrait la pareille. Mais s'il s'avisait de s'intéresser d'un peu trop près à Inara, elle la ferait monter sur Jambes et retournerait à Lesscia à bride abattue. Elle y était préparée, raison pour laquelle elle ménageait sa monture, ne lui faisant jamais porter trop de poids. Elle avait trop souvent vu des chevaux poussés à l'épuisement comme de vulgaires produits remplaçables. S'ils devaient fuir, il serait prêt à le faire, bien reposé.

Contrairement à Kissen, qui se sentait épuisée et grognonne. Sa jambe droite l'élançait, comme prise dans un étau, ce qui l'empêchait de dormir la nuit. Son sommeil n'était pas facilité par le fait qu'elle devait garder un œil sur d'éventuelles créatures de la nuit, un autre sur le chevalier, et les sens qu'il lui restait sur leur bestiole à bois mensongère, qui tissait de discrets fils d'influence sur le reste du groupe. Le dieu modelait les pèlerins par petites touches, elle l'avait senti, et cela ne lui plaisait pas du tout. Il était si minuscule qu'en d'autres circonstances elle l'aurait écrabouillé comme un rat.

Au moins était-il prévisible. Le démon d'ombre, à l'inverse, défiait toute logique. Mélange de ténèbres, de sang et d'os, il n'avait rien à faire là. La plupart des dieux sauvages étaient censés être morts. Il ne pouvait s'agir d'une simple apparition solitaire.

Il n'existait cependant plus. Au rythme où ils avançaient, ils atteindraient Blenraden dans neuf jours ; elle trouverait alors le moyen de séparer le dieu des mensonges pieux de la fillette, puis elle l'abandonnerait ou l'éliminerait. Il retomberait en poussière avec les vestiges de la guerre.

Leur progression finit par s'améliorer quand ils bifurquèrent vers le nord-est, sans jamais croiser personne ou presque. Kissen craignait qu'Inara ait du mal à supporter la route, surtout après les horreurs du premier soir. La gamine, pourtant, dormait comme une souche et se réveillait déterminée. Elle était plus résistante que Kissen ne l'aurait cru.

Elle était aussi sacrément curieuse. Elle voulait tout savoir de la survie en pleine nature. « C'est quoi, ça ? se renseigna-t-elle en désignant un amas de fleurs jaunes près du sentier.

— De la srickwort, répondit Kissen. Tu peux en manger les feuilles, mais les fleurs te bousilleront l'estomac.

— Et avec quoi on mange les feuilles ?

— N'importe quoi », intervint Svenka. Kissen fermait la marche de la caravane, et les vieilles femmes se trouvaient juste devant. Elle aimait bien Svenka, qui lui avait dit qu'elle ressemblait à sa première femme et faisait une bonne glaneuse. Haoirse et Poline aussi, pour leur grand sens pratique. Elles se reposaient les unes sur les autres, partageant un amour plus long et profond qu'une simple idylle. Elles formaient une famille, quand toute autre famille était morte ou avait simplement disparu. Kissen se demanda si Telle, Yatho et elle ressembleraient à ça plus tard. Cette pensée fut fugace, car la plupart des gens dans son métier ne vivaient pas très vieux.

« Et ça ? voulut savoir Inara en désignant un buisson haut aux larges feuilles.

— N'en mange pas, la mit en garde Kissen.

— Pourquoi ?

— C'est dégueulasse. Mais tu peux t'en servir pour faire cuire d'autres choses à l'étouffée ; les feuilles sont épaisses. »

Berrick et Batseder avaient partagé leurs dernières petites boulettes, collantes et poisseuses. Kissen avait vu le boulanger-chevalier tordre le nez en y goûtant. D'un air critique. Kissen avait englouti la sienne avec enthousiasme, juste pour le faire bisquer.

« Et ça ?

— Ça t'arrache la main si tu poses trop de questions. »

Inara lui tira la langue en remontant sa sacoche contre elle, et Kissen aperçut l'œil malicieux de Skedi sous le rabat. Le petit dieu devait s'ennuyer. Le temps était lourd, humide, heureusement rafraîchi par une brise légère. Ils s'étaient éloignés du ruisseau pour traverser la crête venteuse d'une vallée forestière, effectuant un large détour pour éviter le village niché en contrebas. Tous les toits étaient couverts de pierres blanches pour éviter au chaume d'être emporté par les grands vents des montagnes ; Kissen voyait les villageois s'affairer, chasser les oiseaux des champs qu'ils labouraient et ensemençaient. Plusieurs preuves indiquaient que des gens montaient ici de temps à autre : des rubans de prière accrochés aux arbres, un autel dédié à un dieu berger accueillant des pièces et des desserts séchés en guise d'offrandes, juste à l'écart de la route. Les chevaliers ne s'aventuraient pas si loin dans la campagne pour éliminer ces signes religieux, et aucun de ces sanctuaires n'était assez puissant pour nécessiter l'intervention d'un déicide. Kissen les laissa intacts en passant. Ils n'en valaient pas la peine. Elle ne s'amusait pas à brûler les prières des pauvres gens pour le plaisir.

Plus ils gagnaient en altitude, moins les arbres les protégeaient efficacement du vent près des crêtes rocheuses. À l'est se dressaient les hautes montagnes vers lesquelles ils se dirigeaient. Kissen pouvait nommer certains de ces sommets, qui s'élevaient loin au-dessus des routes principales ; cet itinéraire leur permettrait de redescendre vers la côte sans se faire remarquer. Inara peinait sur les sentiers jonchés d'éboulis, mais semblait déterminée à tenir le rythme. Jambes détestait ce passage, n'hésitant pas parfois à déséquilibrer Kissen afin de pouvoir poser les sabots sur un sol plus ferme. Jon leur lançait des regards irrités chaque fois que le hongre poussait le moindre hennissement, mais si les villageois en contrebas les virent avancer, ils n'entreprirent jamais de les arrêter. Ce soir-là, ils s'installèrent enfin dans un recoin de vallée près de l'Arrenon, une rivière récemment rebaptisée en l'honneur de leur roi bienveillant. Quelle vanité.

Ils s'arrêtèrent avec des soupirs de soulagement. Jon entreprit aussitôt de retourner des pierres. Il en faisant autant à chaque bivouac. Si Kissen ne se trompait pas, ils se trouvaient non loin des chutes de Gefyrton, la célèbre ville-pont. Peut-être à une journée de marche. Le ciel était encore clair et les jeunes pousses vertes alentour resplendissaient de vie. Cependant, malgré sa grande beauté, le printemps était aussi la saison des dieux sauvages, ce qui mettait Kissen à cran. Les dieux sauvages étaient souvent plus vieux que vieux, leurs premiers sanctuaires, ensevelis sous la pierre et la terre, ayant depuis longtemps été oubliés. Ils étaient difficiles à tuer et, lorsqu'on y parvenait, il était encore plus compliqué de s'assurer qu'ils restent morts.

« L'eau est trop haute et le courant trop fort pour pêcher sans filet », annonça Poline en se laissant lourdement tomber sur la berge pour scruter la rivière, alimentée par la neige fondue des sommets. Kissen remarqua plus loin un esquif, dissimulé sous des buissons bas. Il était dépourvu de rames et enchaîné à la rive.

« Je peux fabriquer des pièges, proposa Batseder, mais c'est quitte ou double. On risque fort de ne rien attraper d'ici demain matin.

— Non, ça prendrait trop longtemps, intervient Haoirse.

— Canovan disait que tout le monde devait savoir attraper son propre gibier », leur rappela Jon en interrompant ses prières. Les soirs précédents, ils avaient le plus souvent partagé la nourriture, car personne ne voulait s'aventurer seul dans les bois le temps d'aller chasser, mais les produits frais commençaient à faire défaut.

Svenka, Poline et Haoirse échangèrent un regard ; elles se connaissaient si bien que toute conversation devenait inutile.

« Je sais chasser », déclara Kissen, soulagée d'avoir une excuse pour s'éloigner du groupe. Ce n'était pas un hasard si elle préférait voyager seule : la plupart des gens étaient d'un ennui sans nom. « Il y a des tas de lapins dans le coin. Viens, Tethis, il est grand temps que tu apprennes à te nourrir seule. »

Inara la dévisagea, estomaquée. « Je... Je ne... » Elle paraissait mal à l'aise. « Je ne pourrais jamais tirer sur un lapin.

— Mais tu en mangerais volontiers, non ?

— Eh bien... oui, mais...

— Alors, il faut que tu t'y fasses. Connaître les plantes n'est pas la seule chose essentielle à ta survie. »

Svenka dissimula son rire, et Kissen fut surprise de ne pas entendre Inara protester davantage. La déicide décrocha son arc de la selle de Jambes, puis ouvrit la gibecière à l'intérieur de laquelle elle enroulait la corde pour la préserver de l'humidité. Jambes poussa du nez le sac d'Inara, comme pour réclamer une pomme. À la grande surprise de Kissen, le fruit apparut, sans doute soulevé par les bois de Skedi. Sans s'en offusquer ni s'en plaindre, Inara transmit l'offrande au cheval, qui s'en saisit. Traître.

« Tu t'es déjà servie d'un arc ? » demanda Kissen en enroulant le boyau au sommet de la branche. Elle avait décidé de faire comme si elle n'avait rien vu. Elle n'aimait pas trouver de bons côtés à Skedi, mais ne pouvait pas non plus lui en vouloir d'avoir offert une pomme à Jambes. « Tu es sans doute trop petite pour encorder celui-ci. »

Inara s'offusqua et lui arracha l'arc des mains avec une moue dédaigneuse. Elle décrocha le boyau, le noua en bas, l'étira jusqu'au sommet, puis appuya sur le haut de la branche pour la plier. Kissen l'observa, bras croisés. Inara mit tout son poids sur le bois, le visage écarlate. Il lui échappa des mains et tomba dans les broussailles humides.

« Ouille !

— Première leçon, la serina Kissen en le ramassant. Ne jamais se croire plus fort qu'on ne l'est. »

Batseder éclata de rire en secouant la tête. « C'est déjà bien que tu aies essayé, tempéra Berrick.

— Mais beaucoup moins bien d'avoir plus de paroles que d'actes », repartit Kissen en achevant de monter l'arc. Puis elle confia le carquois à Inara. C'était ce que sa mère leur répliquait quand ses frères et elle avaient l'arrogance de se croire plus malins qu'elle. Penaude, Inara tordait ses doigts meurtris.

« Un peu cassante pour une garde du corps, non ? intervint Jon. Ce n'est pas elle qui t'emploie ? »

Inara et Kissen se figèrent. Elo se tourna vers elles, l'air suspicieux.

« Son père veut qu'elle soit bien préparée pour prendre la route », affirma Kissen. Le mensonge lui était venu naturellement.

En temps normal, elle ne se serait pas donné la peine d'inventer une excuse, mais elle le faisait pour Inara. « Alors, à moins que tu préfères une carcasse sèche au lieu de viande fraîche, garde tes réflexions pour toi. »

Jon haussa les épaules et continua de disposer ses pierres.

Oh, tu n'as donc rien contre un petit mensonge occasionnel ? La voix de Skedi résonna dans son cerveau sans y avoir été invitée, et Inara décocha à Kissen un regard impassible comme pour lui dire *Tu vois ?*

Va te faire foutre, sale bestiole, riposta Kissen.

Puis elle emmena Inara vers l'amont, sous le vent, guettant la moindre empreinte de lapin dans les ajoncs piquants.

« Je ne comprends pas pourquoi je dois apprendre à faire ça », dit Inara, plus hardie maintenant que les conversations des autres pèlerins étaient couvertes par le vent et le courant de la rivière.

Kissen ne sut que répondre. Qu'elle-même s'était retrouvée seule au monde ? Qu'elle voulait qu'Inara dispose des compétences qui avaient permis à Kissen de survivre ? « On ne sait pas à quoi ressemblera ta vie après ça, glissa-t-elle laconiquement. Tiens, ça, ce sont des empreintes, près du ruisseau. »

Inara suivit des yeux le doigt pointé vers un ru alimentant la rivière.

« Il faut qu'on reste sous le vent par rapport à notre proie, ou elle va nous sentir, expliqua Kissen. On suit les pistes naturelles, tu comprends ? Mets-toi à la hauteur des animaux et demande-toi où ils peuvent aller : vers l'eau, ou vers la sécurité. Ceux qui vivent à ras du sol adorent courir, mais ils aiment encore mieux se terrer. Ils pensent que s'ils restent immobiles, on ne peut pas les voir. »

Les meilleures herbes et les buissons les plus accueillants pour les lapins poussaient en plein soleil, Kissen ne fut donc pas surprise de voir les empreintes les mener vers une petite clairière. Inara parvenait à progresser sans bruit, et Kissen lui fit signe de s'arrêter et de venir la rejoindre.

« Tu vois ce lièvre ? » demanda-t-elle à voix basse. Malgré tout, la créature l'entendit et se figea. Elle était tapie dans un lit d'herbes et de pousses vertes. « Ils sont plus heureux dans les grands espaces. Je suis surprise d'en trouver un dans une forêt si dense ; ça veut dire qu'il doit y avoir des champs non loin. Tu vois la cambrure de son dos ? Ses oreilles ressemblent à des feuilles, mais son dos le trahit.

— Il a l'air d'avoir peur, chuchota Inara.

— C'est le cas, confirma Kissen en retirant lentement l'arc de ses épaules afin de ne pas faire fuir sa proie. Il sait que nous vivons un moment déterminant pour la suite de son existence. » Elle encocha une flèche, en lissa l'empennage et banda sa corde.

Elle lâcha. La flèche siffla en quittant le boyau. Le lièvre s'élança un instant trop tard. Le trait l'atteignit dans la poitrine et le cueillit en plein bond. Des créatures des sous-bois qu'elle n'avait pas encore vues, dont un ou deux lapins plus petits, se dispersèrent. Les pattes de sa victime tressaillirent une fois, et ce fut tout.

Inara déglutit. « J'ai déjà tiré sur des pommes, expliqua-t-elle. Sur des cibles. Mais jamais sur un être vivant. Et surtout pas un être vivant qui ressemble à Skedi. »

Kissen s'avisa alors que le dieu avait grimpé sur l'épaule de la fillette, et agitait ses ailes dans l'air de cette fin de journée. La déicide était vexée qu'il ne craigne plus de se faire tuer.

« Je ne connais aucune créature qui ne ressente pas la douleur, expliqua-t-elle en se relevant. Nous ne sommes pas si différents. Même certains humains se mangent entre eux pour survivre. » Elle se dirigea vers le lièvre et retira sa flèche, qu'elle essuya dans l'herbe puis sur son pantalon. Inara la regarda faire avec une moue. Kissen ramassa ensuite sa proie encore chaude. Le lièvre saignait encore un peu, et elle le retourna pour lui ligoter les pattes ensemble avant de l'accrocher à sa ceinture. « La douleur fait partie de la vie », conclut-elle.

Pour la première fois depuis longtemps, le visage de son père s'imposa à Kissen. Il lui avait offert sa vie, et toute la douleur qui allait avec.

« Bon, reprit Inara d'un ton bougon, on en a fini avec la leçon de chasse ? »

Kissen sourit. « Non. » Elle essuya sa corde à l'aide d'un chiffon et lui tendit l'arc. « À ton tour. »

Elle entraîna la petite plus loin dans les bois, suivant les sentiers jusqu'à un endroit où l'air était plus dense et silencieux. Kissen en profita pour ramasser champignons et racines, qu'elle fourra dans la sacoche de Skedi pendant que le dieu, de la taille d'une hirondelle, voletait près de la tête d'Inara.

Elles aboutirent enfin à une petite mare sous des branches basses. Trois lapins décampèrent en entendant les bruissements de l'herbe, mais les autres se figèrent. *Attends*, ordonna Kissen par signes. Les animaux se remirent à pâturer. Leur terreur s'était dissipée en un souffle de vent.

Kissen tira doucement une flèche et la tendit à Inara, qui encocha en soupirant. Elle bandait bien son arc, le tenant mieux que Kissen ne le faisait elle-même. Son épaule et son coude étaient parfaitement alignés, ses phalanges au niveau de sa bouche.

« Ceux qui ne bougent pas savent que nous sommes là, chuchota Kissen.

— Je suis obligée ? demanda la fillette en tendant la corde presque au point de rupture.

— Non, tu n'es pas obligée, répondit Kissen. Tu prends tes propres décisions, *'tiote*, je ne te forcerai pas. »

Inara avala sa salive, tira un peu plus et lâcha le boyau. La flèche transperça la gorge d'un lapin, le tuant sur le coup. Un meilleur tir que celui de Kissen. Les autres s'enfuirent. Skedi se laissa tomber d'une branche sur l'épaule d'Inara et jeta un regard noir à Kissen. Elle n'y réagit pas.

« Une mort très propre, commenta la déicide, surprise d'éprouver une telle fierté. Bravo, tu es une chasseuse née. »

Les flammes du feu de camp jaillissaient haut dans le ciel, même si le soleil n'était pas encore couché. Le dieu était retourné se cacher et Elo étirait de la pâte entre ses mains, se préparant à la faire cuire sur une pierre plate, à même son tapis de découpe badigeonné d'huile. Il incarnait avec beaucoup de zèle son rôle de boulanger. C'était quelque chose d'emporter de la farine, différentes huiles et de la levure pour un long périple, dans l'unique but de donner le change. Kissen vit Berrick l'observer avec fascination.

« Demain, on empruntera le bateau pour traverser la rivière, annonça Jon quand Kissen et Inara rejoignirent le reste du groupe. Son pilote va voir notre feu et nous apportera la clé de la chaîne à l'aube. Puis nous entamerons notre ascension du Tala. » Il désigna le sommet couvert de neige du côté du levant.

Haoirse se saisit des lapins qu'Inara lui tendait. « Beaux tirs », commenta-t-elle en les retournant entre ses mains. Il y en avait cinq en tout. Inara rougit de fierté et, après s'être balancée d'un pied sur l'autre, alla rejoindre les vieilles femmes et Kissen près de l'eau pour assister à la suite des préparatifs. La déicide sortit son couteau et dépouilla son lièvre en deux entailles : une fente le long du dos et autour du cou, avant de tirer d'un coup sec.

« Où est-ce que tu as appris ça ? lui demanda Inara, aussi écœurée que fascinée.

— Je le tiens d'un homme nommé Pato. J'étais son apprentie », précisa Kissen. Elle se demanda ce que ce vieux bouc aurait pensé de Skedi. *Du gâteau* fut la première réponse qui lui vint. « Il faut conserver les fourrures intactes si on veut les faire sécher pour s'en servir de vêtements. “Rien ne se perd”, c'est la devise d'un bon chasseur. »

Le lapin d'Haoirse nécessita un peu plus d'efforts ; elle avait opté pour une façon de faire plus propre, impliquant de dépiauter la bête peu à peu.

« Combien de temps il faut les faire sécher ? s'enquit Inara tandis qu'Haoirse rinçait la peau dans l'eau.

— Deux à trois jours », répondit-elle en l'étalant sur la rive avant de prendre le lièvre des mains de Kissen. Ses jointures étaient enflées, craquelées par les vents froids. « Puis il faut encore les tanner. On peut se servir de leur cervelle pour ça, ou de jaunes d'œufs. Demande à Batseder.

— La plupart des tanneurs ambulants voyagent avec leurs poules, confirma l'intéressée, occupée à remuer la marmite. Même si ma famille travaille essentiellement le cuir de vache. C'est d'ailleurs comme ça que j'ai rencontré Berrick le cordonnier. » Elle sourit à son mari quand Inara vint s'asseoir près d'elle pour lui remettre les champignons cueillis sur un arbre mourant. « Et c'est la raison pour laquelle mon père l'apprécie tant, ajouta Batseder.

— Pas de chaussures sans cuir », confirma Berrick, et elle éclata de rire.

Ils s'installèrent pour se repaître de leur ragoût de gibier aux champignons et des pains plats préparés par Elo. Kissen déchira le sien d'un air dubitatif, mais ses soupçons s'envolèrent lorsqu'elle y goûta : elle n'en avait jamais mangé d'aussi légers et délicieux.

« C'est toi qui as fait ça ? » s'étonna-t-elle.

Elo roula des yeux, exaspéré. « Je te l'ai dit, je suis boulanger. Bien sûr que c'est moi. »

Ils étaient largement meilleurs que les boulettes collantes que Berrick avait tenu à faire bouillir dans la marmite. Jon se sentit même contraint de partager sa réserve clandestine de vin de Curlish, qu'il biberonnait secrètement chaque soir lorsqu'il pensait que personne ne le regardait.

« C'est tellement différent de quand on était petites », finit par dire Poline pour rompre le silence qui s'était installé. Elle rongeait soigneusement l'un de ses os. « Chaque bourgade organisait un petit défilé pour accueillir les pèlerinages, et on nous escroquait un bout d'argent pour la moindre tasse d'eau.

— Ah, c'était le bon vieux temps, commenta Jon, tout sourire sous sa barbe qu'il tressait distraitement.

— J'imagine que vous n'étiez pas le dernier pour filouter », persifla Haoirse.

Il haussa les épaules. « J'ai marché depuis l'est de Talicia jusqu'aux montagnes du Middren, dit-il en portant la main à ses badges de pèlerin. J'ai pris des bateaux jusqu'à l'Irisia, l'Usic, la Restish, le Pinet, le Curliu et j'ai rejoint les mêmes endroits à pied. Mais aucun pays ne valait le Middren. Les légendes innombrables, les dieux insouciants, toutes ces choses qu'ils vous offraient. Les couches et épaisseurs des sanctuaires en arrivant à Blenraden. Quelle ville. » Il lança un regard circulaire à ses compagnons de route. « L'un d'entre vous y est déjà allé ? Avant la guerre ?

— Jamais, admit Batseder. Ma mère en avait peur.

— Comme beaucoup d'esprits médiocres, répondit Jon. Le prends pas mal, hein ? »

Batseder haussa les sourcils. « Euh si, quand même.

— C'était plein de voleurs et de dieux fous, intervint Berrick pour abonder dans son sens.

— Tss, fit Jon d'un air réprobateur. À tous les coins de rue, il y avait un dieu ou une prière, ajouta-t-il en observant les arbres, comme s'il pouvait y voir la cité d'antan. Un petit sanctuaire plein de babioles. Des dieux pour les boucles d'oreille perdues, les sandales brisées, les pièces égarées, les tire-laines ou les tisserands. » Il décocha un sourire à Kissen. « Tu te rappelles, pas vrai, Enna ? Ton garant m'a dit que tu étais de là-bas.

— Batseder a raison, répondit-elle. C'était une ville de voleurs, de dieux fous et de gens pires encore. La femme qui me logeait là-bas comptait là-dessus.

— Tu parles de Mutile ? » demanda Inara innocemment, en trempant un morceau de pain dans son ragoût. Kissen fit la grimace.

« Mutile ? s'étonna Jon, dont le regard s'affûta. Tu faisais partie des pupilles de cette sorcière de campagne ?

— Ne dites pas de mal des sorcières de campagne, le gronda Svenka.

— Elle est toujours vivante ? » se renseigna Jon.

Kissen se rembrunit. « J'espère que non. »

Poline la dévisagea. « Quelle horrible chose à dire !

— Elle recueillait les bâtards, les infirmes et les abandons, fit valoir Jon en jaugeant Kissen d'un œil qui ne lui plaisait pas, comme s'il cherchait à prendre ses mesures pour la mettre en cellule. Elle les envoyait harceler mes pèlerins pour quémander des pièces et des offrandes. Ces petits merdeux. Je me suis plusieurs fois fait taillader la poche *après* l'avoir payée pour qu'elle me foute la paix.

— Tu aurais dû faire plus attention à tes poches », répliqua Kissen.

Svenka s'interposa pour éviter que le ton monte. « Je me suis rendue à Blenraden à plusieurs reprises, et les gens de là-bas étaient plus fous et mesquins que des dieux.

— Pourquoi vous y retournez, alors ? » rétorqua Jon. Il était devenu susceptible depuis la mort de Mikle.

Svenka se tourna vers ses compagnes. Haoirse joua avec ses bracelets tandis que Poline rougit. « Parce qu'on n'aura peut-être pas d'autre occasion, admit-elle. Il ne reste plus de dieu au Middren susceptible d'entendre notre supplique. »

Berrick se tourna vers elles, intrigué par ces non-dits. Kissen était prête à parier qu'en lui achetant une paire de chaussures, il était possible de repartir en prime avec une besace pleine de ragots. « Et quelle est votre supplique ?

— Mourir, répondit Haoirse, plus brusque que jamais. Ensemble. Sans douleur. Dans notre sommeil. »

Inara s'étrangla. « Quoi ? Pourquoi ?

— Parce que tous nos enfants ou membres de notre famille sont loin ou morts, expliqua Poline d'un air triste. Nous ne voulons pas être séparées, ensevelies et oubliées. Aucune de nous n'a envie de survivre aux deux autres. » Elle soupira. « Mon fils unique est parti faire la guerre à Blenraden. Il est mort seul, et loin de tous ceux qui l'aimaient, comme Mikle. » Svenka lui prit la main. « Haoirse est partie pour essayer de le retrouver, mais elle n'a pu que tenir la main d'une centaine de chevaliers tandis qu'ils rendaient leur dernier souffle. Puis les maladies qui se sont propagées depuis la ville quand les habitants ont fui ont emporté les sœurs de Svenka. Nous avons vu notre lot de morts. Nous aimerions en demander une. »

Kissen observa Elo. Ses mains tremblaient légèrement, alors qu'il gardait résolument les yeux rivés sur le feu.

« Qu'est-ce que vous comptez offrir en échange d'un présent pareil ? demanda-t-elle. Les dons des dieux ne sont jamais gratuits.

— Tu parles d'expérience, n'est-ce pas ? » Kissen aurait dû la boucler. Haoirse lui toucha la joue pour indiquer sa cicatrice, mais ce fut la promesse d'Osidisen dans sa poitrine qu'elle ressentit. « C'est une malédiction, n'est-ce pas ? Une malédiction brisée.

— Je n'en avais encore jamais vu, affirma Berrick en se penchant vers elle avec curiosité.

— J'ai eu une vie intéressante », expliqua Kissen froidement, en espérant ne pas éveiller à nouveau les soupçons de Jon. Ni ceux du boulanger, d'ailleurs.

Le soleil, qui plongeait en diagonale le long de la rivière, ne pointait plus qu'à peine au-dessus de l'horizon ; chaque rayon qu'il lançait recelait de plus en plus de chaleur.

Kissen le sentit alors que la lumière glissait sur les collines. Un changement dans l'air, pareil à un contact sur sa peau, qui lui donna la chair de poule. Puis arriva l'odeur : la terre, la mousse et le sang. Elle bondit sur ses pieds en dégainant son épée.

« Quoi ? » s'inquiéta Jon en se mettant debout à son tour. Dans les bois obscurs, que le soleil n'éclairait plus, une ombre jaillit de l'ombre, dressée sur des pattes d'animal. Non, pas une ombre cette fois : deux. « Putain de moi et de tous les dieux, siffla Jon. Ça recommence. »

Des dents blanches, des yeux scintillants, des griffes opalines. Ténèbres et os. Kissen inspira un grand coup et le chevalier se leva précautionneusement. La puanteur du sang tapissait la langue de la déicide, lui évoquant des souvenirs de chair brûlée et de flammes.

Les bêtes chargèrent à l'unisson, frappant le cercle de Jon et passant directement au travers. La protection n'était pas assez robuste pour arrêter deux démons. Kissen repoussa l'une des créatures à l'aide de son épée, la forçant à se détourner, et l'autre s'en prit à Elo. La déicide donna un grand coup de lame pour éloigner le monstre et en profita pour remettre Inara sur ses pieds.

« Fonce voir Jambes ! lui dit-elle. Apaise-le ! »

Le cheval était en train de paniquer, menaçant de s'emballer. Inara s'empara de ses rênes et faillit décoller du sol quand il se cabra. Svenka se porta à son secours, tandis que Berrick cherchait une pierre ou une branche autour de lui. Il mit la main sur une bûche, l'arme la moins maniable qui soit, et la brandit au-dessus de sa tête. Haoirse peinait à se relever, et Batseder s'empressa d'aller l'aider à se rétablir.

La bête fonça sur Kissen, esquiva son coup de taille avec une vitesse d'ombre et plongea sous sa garde. Ses griffes atteignirent son armure, et la jeune femme recula pour chercher dans son manteau la première chose qui lui tomba sous la main : les cendres sacrées issues de l'autel d'Ennerast. Elle écrasa la fiole dans la gueule de la créature. Ce qui aurait fait l'effet d'une offrande pour une invocation d'eau était pareil à de l'acide pour ce démon. Il poussa un cri strident tout en lacérant de ses griffes le plastron de Kissen.

« Allez dans l'eau, tous ! lança cette dernière. Ils ne devraient pas vous suivre là-bas ; ils sont liés à la terre.

— Elle est trop profonde ! » protesta Jon. L'autre créature, aux prises avec l'épée d'Elo, huma l'odeur de la bénédiction. Acide ou non, c'était une odeur de pouvoir.

« Tous sur le bateau, bordel ! insista Kissen en reculant maintenant que les deux démons en avaient après elle. Inara, saute à bord. Laisse tomber Jambes ! »

Oubliant Tethis, elle avait appelé la fillette par son vrai nom. Il était trop tard, désormais ; elle n'était pas taillée pour mentir. La chair d'ombre de la bête brûlée avait été détruite, révélant ses dents en os, dont les tessons éclatants formaient un sourire déchiqueté. « Boulanger, avec moi. »

Elo bondit à son côté. « Comment nous ont-elles suivis ? Et pourquoi il y en a deux ?

— J'en sais foutre rien. »

Jon et Poline tiraient l'esquif dans l'eau, aussi loin que sa chaîne l'autorisait. Batseder, Berrick et Haoirse essayèrent de rassembler leurs affaires tout en se repliant vers la rive. Jambes était terrifié. Il renâcla bruyamment en s'éloignant de Svenka, et ce bruit attira l'attention des bêtes d'ombre. Kissen en profita pour charger. Les créatures se séparèrent alors, vives comme le vent, et l'une fonça droit sur Inara. Kissen jeta l'un de ses couteaux, qui se planta dans la patte arrière de la créature. Celle-ci hurla avant de reporter son assaut vers Haoirse, Batseder et Berrick. Ce dernier se plaça devant les deux autres en agitant sa bûche, les genoux tremblants.

« Non, ne fais pas ça ! » s'écria Batseder. Haoirse glapit ; elle poussa Berrick de côté, et les crocs de la bête se plantèrent dans son flanc.

Svenka oublia Jambes pour se précipiter vers elle en hurlant. Poline descendit du bateau, mais trébucha dans le courant et faillit tomber. Berrick recouvra l'équilibre et abattit sa bûche, qui ne fit qu'atteindre le sillage de la créature d'ombre.

Kissen dégaina une autre de ses lames en briddite et la jeta droit dans le cou du monstre. Celui-ci s'attaquait désormais à tout ce qui bougeait, tel un chien enragé. Il délaissa Haoirse pour foncer sur Kissen. Elle interrompit sa charge de son épée et le fit tomber de côté, l'entaillant légèrement ; cela permit à Berrick et Batseder de relever Haoirse, qui haletait de douleur.

« Toutes ensemble, Haoirse ! meugla Poline en luttant contre le courant pour se rapprocher de la berge. On est censées le faire toutes ensemble !

— Kissen ! » cria Inara, toujours accrochée à Jambes. Dans sa panique, elle aussi en oublia leurs fausses identités. Peu importait ; tout ce qui comptait, à présent, était de la mettre en sécurité.

« Laisse-le, Inara, monte dans le bateau ! »

Le démon fit claquer ses dents ensanglantées en direction de Kissen. Elle les accueillit d'un coup de lame. Le chevalier repoussait l'autre farouchement, offrant un temps précieux aux pèlerins.

« Berrick ! » appela-t-il en frappant. Le cordonnier avait atteint le bateau. « Ton eau est trop chaude !

— Quoi ? répondit Berrick. Rejoins-nous au bateau, boulanger, fuis !

— Ton eau est beaucoup trop chaude pour tes boulettes ! rugit le chevalier, qui sembla soulagé d'avoir dit ce qu'il avait sur le cœur. Ça les rend collantes ! Refroidis-la, la prochaine fois !

— C'est vraiment le moment, pauvre crétin ? beugla Kissen. Inara, maintenant !

— Et toi ? s'inquiéta la petite. Et Jambes ?

— Je vais les retenir, et Jambes peut se débrouiller tout seul. Va te mettre à l'abri, c'est un ordre. »

Jon fit montre de courage en rebroussant chemin pour aider Haoirse et Svenka à traverser l'eau. Batseder bondit dans le bateau et aida la blessée à y grimper. Sa tête pendait à un angle inquiétant. Berrick hissa ensuite Poline par-dessus bord, puis Svenka, qui pleurait de compassion.

Inara n'avait toujours pas lâché la bride. Jon essayait de prendre le large en forçant la serrure, le courant tirant déjà la barque vers l'aval. Sans Inara. Kissen gronda et mit toute sa force pour repousser le démon sur le côté. Elle courut vers la fillette, tournant le dos à la créature en dépit de tout bon sens, cependant que Jon parvenait à ses fins. Elle attrapa la gamine, comptant la jeter de force dans l'esquif. Batseder se leva et ouvrit les bras, prête à la réceptionner. La chaîne se libéra.

Inara agita les bras pour se défendre. « Tu as promis ! » s'écria-t-elle. Skediceth bondit alors de sa sacoche et frappa le visage de Kissen à coups d'ailes, surexcité par les émotions d'Inara. Kissen l'écarta d'une gifle, sans lui faire le moindre mal ; il revint aussitôt se porter à la défense d'Inara.

« Dégage, sale parasite ! » grogna Kissen. Le démon d'ombre qu'elle avait envoyé bouler s'était relevé et, indemne, leur fonçait déjà dessus.

Elo accourut et, d'une élégante estocade, lui enfonça sa lame droit dans la tête, puis dans le cœur. La créature se dissipa. La seconde se rua sur eux avec un rugissement inhumain, mais Elo l'attendait, campé sur ses pieds. Il enfonça à nouveau sa lame droit devant lui, brisant les griffes, les dents et la cage thoracique, transformant l'ombre en des volutes d'air.

Kissen se retourna vers le cours d'eau, mais le bateau était déjà trop loin. Batseder les observait depuis la poupe, abasourdie par le petit dieu apparu au-dessus de la tête d'Inara. Elle n'eut pas le temps de poser la moindre question que l'esquif fut aspiré par le courant au centre de la rivière et précipité vers l'aval. Ils restèrent seuls.

Kissen se tourna vers Inara. « C'est quoi, ton problème ?

— Qu'est-ce que j'aurais été censée faire une fois descendue du bateau ? rétorqua la fillette. Trouver quelqu'un d'autre pour nous emmener, mon dieu des mensonges pieux et moi, jusqu'à une ville morte ? »

Kissen retroussa les lèvres. « Tu aurais pu y rester, lâcha-t-elle. Ces créatures en ont après nous.

— Tu as promis, répéta Inara d'une voix rauque chargée d'amertume. Tu as promis de ne pas m'abandonner. »

Kissen en resta un instant muette de stupéfaction. « Je ne cherchais pas à t'abandonner, misérable ingrate, mais à te sauver la vie. Qu'est-ce que je deviendrais, si tu te faisais tuer, hein ?

— Tu pourrais reprendre ta petite vie minable, cria Inara. Mais moi, alors ? Je n'ai plus rien. Que veux-tu que je fasse toute seule ?

— Tu n'es pas toute seule, la détrompa Skediceth en se posant sur son épaule.

— Si je découvre que c'est toi qui l'as convaincue de rester… » grogna Kissen. Skedi agita dédaigneusement les ailes dans sa direction.

« Eh bien quoi ? Tu vas me tuer ? J'ai l'habitude de cette menace. »

Kissen entendit un toussotement poli derrière elle. Tous trois se retournèrent dans cette direction. Ils n'étaient pas tout à fait seuls. Elo se trouvait toujours là, avec eux.

« J'en déduis que tu ne t'es pas réellement reconvertie garde du corps, Kissen la déicide. »

CHAPITRE 15

Elogast

Comment avait-il pu ne pas s'en rendre compte dès qu'il avait posé les yeux sur elle ? À sa manière de se mouvoir avec une très légère claudication ; à ses cheveux roussâtres et indomptables ; à son sourire évoquant le grondement d'une bête ? Il n'y avait pas tant de Talicianes unijambistes au Middren. Et une seule d'entre elles s'était fait connaître en tant que veiga durant la guerre. Il avait lui-même passé en revue le nom des volontaires lorsqu'ils s'étaient désespérément lancés en quête de combattants. Kissen.

Et elle avait été là, pas seulement lors de l'assaut final contre les dieux sauvages, mais aussi après, durant cette nuit à laquelle il s'efforçait de ne plus penser. Elle avait su rester à l'écoute de ses ordres pendant que d'autres tremblaient et suaient. Tout lui revenait, à présent, ces choses qu'il avait longtemps enfouies pour éviter de s'écrouler. Il avait constaté à l'époque qu'elle avait à peine accordé un regard à Arren quand le prince couronné s'était joint à eux pour leur redonner courage, déterminé à se battre à leurs côtés face à leur allié de naguère : le dieu de la guerre. Kissen la déicide faisait partie des rares individus à n'avoir aucune crainte d'affronter les dieux ni la mort. Ses yeux disaient la même chose que son tatouage : *Va te faire foutre.*

À présent, elle l'étudiait de pied en cap avec un même air de stupéfaction.

« J'étais là lors de la bataille contre Mertagh, déclara Elo. Je commandais les veigas. Je vous ai vus, toi et les autres, abattre le dieu de la guerre. » Il lui en coûtait de l'admettre, de reconnaître que les déicides lui avaient sauvé la vie, qu'un dieu avait sauvé Arren, et qu'il avait échoué en tout point.

Kissen esquissa une moue dégoûtée. « Oh, merde. Je *savais* que tu étais un chevalier. Tu as fait quoi ? Chié dans ton froc, tourné le dos à tes amis ou pris tes jambes à ton cou ? »

Quelle horrible bonne femme. « Rien de tout ça », rétorqua-t-il laconiquement. Elle n'avait pas complètement tort, ils étaient nombreux à l'avoir fait, dans les ténèbres et le chaos de la rage divine. À l'évidence, elle ne se souvenait pas de lui. Il se rendit compte qu'il en était un peu déçu. Il portait un casque, à l'époque, cela venait peut-être de là.

« Eh bien, le roi et la moitié des soldats les plus intelligents ont tourné casaque, c'est donc une question légitime », fit valoir Kissen en lorgnant son épée. Elo se hérissa.

« Le roi était blessé… » Il se rattrapa. « C'est pour ça que tu es aussi acerbe à son égard ?

— Non, je trouvais que c'était une bonne idée qu'il se planque, étant donné qu'il était le dernier rejeton de sa mère à être encore en vie. Tu ne devais pas être très bon chevalier, si la moitié des vôtres sont morts et que tu es devenu boulanger. »

Elle le provoquait. Elle s'était avancée d'un pas pour dissimuler la fille, qui tenait toujours les rênes du cheval ; le dieu, de sa propre volonté, restait assis sur sa tête.

« Cette gamine n'est pas en sécurité avec toi, veiga.

— Qu'est-ce qui te fait dire ça ? » Elle sourit alors, et sa dent en or scintilla à la lumière des flammes.

Elo ne rengaina pas son épée. Il était incapable de prédire son prochain mouvement. Elle pouvait aussi bien décider de ranger son arme que de la lui planter dans le dos.

« Nous avons été attaqués à deux reprises par des démons de fumée…

— Des démons d'ombre, le corrigea-t-elle.

— Je ne vois pas ce qui aurait pu les attirer à nous à part une malédiction comme celle que tu portes sur le visage. »

La veiga éclata de rire. « Une malédiction blanche est morte, et une malédiction morte n'a plus aucun effet, le dédit-elle. Je le saurais si je les attirais, chevalier.

— Et pourquoi je te croirais ?

— Parce que je sais de quoi je parle. Une femme qui gagne sa croûte en éliminant les dieux doit bien avoir une petite idée de si elle est maudite ou non, tu ne crois pas ? Tu as regardé sur toi si tu ne portais pas la trace d'une malédiction ?

— Je n'ai plus été proche de qui que ce soit depuis des années », rétorqua Elo. Une malédiction nécessitait beaucoup de pouvoir, il fallait vraiment haïr quelqu'un pour essayer de lui en provoquer une. Il fallait au moins être prêt à offrir un doigt, son foyer ou une vie de servitude envers ce dieu. Nul ne se souciait suffisamment de lui pour le haïr à ce point.

Elo mit quelques instants à comprendre que l'expression sur le visage de la veiga était une forme de pitié amusée. Elle n'avait pas peur de lui. Le petit dieu sautilla dans la main de la fillette pour le dévisager. « Eh bien, reprit Kissen, c'est trop triste pour toi. »

Elo grommela. Ce n'était pas ce qu'il avait voulu dire. La petite se couvrit la bouche pour dissimuler un rire.

« Je ne serais pas étonnée que quelqu'un en jette une à Jon », ajouta-t-elle en contemplant la rivière. Leurs compagnons étaient déjà loin. « Je l'ai particulièrement mauvaise. Et je ne donne pas cher de leur peau si ça lui arrive.

— Kissen », la réprimanda Tethis. Ou Inara, puisque Kissen l'avait appelée ainsi.

« Je suis de mauvais poil », se justifia sa prétendue garde du corps. Puis elle se tourna vers Elo. « Bon, tu peux dégager, maintenant.

— Peut-être pourrions-nous mettre nos différends de côté pour la nuit et nous reposer un peu ? suggéra le dieu en agitant les moustaches.

— Tu passes tes journées assis dans un sac, rétorqua Kissen.

— Je ne parle pas pour moi », précisa la créature en désignant Inara d'un geste sec de l'aile.

Elo le dévisagea, puis considéra Kissen, qui eut la décence de paraître un peu penaude. « On peut t'expliquer.

— M'expliquer pourquoi une déicide voyage avec un dieu ? »

Elle eut une moue glaciale. « Et toi, tu peux m'expliquer pourquoi un chevalier se rend dans une ville qu'il a contribué à détruire ? »

Un partout. Inara prit la parole. « Le dieu est lié à moi. Kissen nous emmène à Blenraden pour nous libérer tous les deux. » Elle se tourna vers la déicide. « Skedi affirme qu'Elo ne nous veut aucun mal. On devrait peut-être lui faire confiance. »

Lié. Elo déglutit. Cela lui rappelait Arren et son cœur de brindilles. Il considéra la fillette. Elle semblait tout entière, en parfaite santé. Et le dieu se trouvait en dehors d'elle, pas dedans. Dans tous les cas, il avait sans doute intérêt à en découvrir davantage à leur sujet. Une déicide ne faisait pas une escorte acceptable pour une fille de haute naissance, et la route n'était pas non plus un endroit pour elle. Ils s'étaient déjà fait attaquer, et leurs compagnons d'infortune qui n'avaient pas été assassinés étaient soit blessés, soit en fuite.

« Ne t'ai-je pas déjà dit de ne te fier à personne ? lui répliqua Kissen d'un ton à peine courtois.

— Eh bien, tu vas devoir te fier à *moi*, décréta-t-elle. De toute façon, je n'irai pas plus loin ce soir. »

Elo crut entendre le jeune Arren, avec sa langue bien pendue et sa franchise frôlant l'impertinence. Cela le fit sourire en coin.

« Deux épées valent mieux qu'une, abonda-t-il en rengainant la sienne. En plus, nous allons dans la même direction.

— Quelle galanterie », persifla Kissen. Son cheval s'était quelque peu calmé. Il était à l'évidence bien entraîné, pour ne pas avoir détalé en traînant la fille derrière lui. Kissen alla le rattacher à un arbre, avec assez de mou sur la corde pour lui conférer une grande liberté de mouvement. La fillette entreprit de le bouchonner de nouveau. Il accepta la petite friandise qu'elle lui offrit, sans plus se soucier du dieu.

Inara épousseta alors ses jupons et alla s'asseoir près du feu, se servant de son épais manteau de laine plié comme d'un petit coussin. Kissen finit par aller la rejoindre avec l'enthousiasme d'un chat à qui on aurait demandé de partager son repas. La marmite de ragoût bouillonnait encore, plus bruyamment à présent que leurs compagnons n'étaient plus là pour la remuer. Elo considéra les décombres de leur campement. Cela lui avait plu, de voyager en groupe. Il n'avait plus fait de cauchemars depuis plusieurs jours, entre le sol dur et les bruits de la nuit alentour. Il repensa à Haoirse et à ses blessures, à Mikle et sa harpe, à la curiosité mal placée de Berrick et au pragmatisme de Batseder. L'un des survivants reviendrait-il de son périple ?

Elo alla s'asseoir à son tour, un peu trop triste à son goût. À présent qu'il n'avait plus à se cacher, le petit dieu se tenait debout sur les genoux d'Inara et étendait ses ailes tachetées.

« Comment tu t'appelles, petit dieu ? lui demanda Elo. Et dans quel camp étais-tu durant la guerre ? »

La créature le gratifia d'un claquement de sa longue oreille. Une tête de lièvre, mais des yeux jaunes d'oiseau.

« Mon nom contre le tien, chevalier. »

Kissen pouffa, puis parut agacée de s'être ainsi laissée aller. Elle déboucla sa cuirasse et constata les dégâts infligés par le démon d'ombre. Sa chemise s'ouvrit, révélant un peu mieux son tatouage, ainsi qu'un tourbillon d'écritures noires tournoyant comme des vagues au sein d'un cercle. De l'écriture aqueuse.

« Avant que tu me poses la question, déclara-t-elle en le voyant l'observer, ce n'est pas une malédiction, mais une bénédiction. Une aubaine que je n'ai pas utilisée et que je n'utiliserai pas. »

Elo s'assit prudemment de l'autre côté du feu. Si elle dégainait l'un de ses couteaux de jets, les flammes perturberaient sa visée.

« Je m'appelle Elo, et c'est la vérité, dit-il au dieu, qui parut ravi de se voir adresser la parole. Et toi ?

— Ce n'est pas ton nom entier. »

Elo hésita. « Elogast. »

Le dieu y réfléchit. « Je suis Skediceth, dieu des mensonges pieux. Je ne me souviens pas de la guerre, et il semble que nous ferions tous mieux de l'oublier. Je ne sais pas quel camp j'ai choisi, mais c'était le mien.

— Elogast, répéta doucement la fillette avant de redresser le front. Il paraît que le commandeur de la chevalerie du roi s'appelait Elogast de Sakre. Il a pris sa retraite. » Elle le lorgna d'un air perspicace. Les patronymes n'étaient guère répandus au Middren en dehors de la noblesse, même si, en Irisia, il aurait été identifié par le nom de ses mères : Elogast d'Ellac et Bahba. Arren était Arren Regna, mais Elogast était simplement désigné par sa ville de naissance. « Je t'aurais cru plus âgé. »

Elo s'agita, mal à l'aise. Il avait cru que cette petite célébrité dont il jouissait s'était tarie quand il avait renoncé à ses devoirs auprès du roi, mais peut-être que sa vie à Estfjor l'avait induit en erreur, à cause de la nature discrète et sans détour des villageois. Canovan l'aubergiste l'avait presque reconnu, ce qui l'avait fait paniquer. Elo en était à la fois fier et épouvanté.

« Les gens racontent toutes sortes de choses, répondit-il dans l'espoir de détourner la conversation.

— Il ment, affirma le dieu. Il se contente de semi-vérités. » Kissen le dévisageait également.

Un dieu des mensonges pieux. Bien sûr. Il avait oublié la faculté qu'avaient les dieux à discerner un mensonge au premier coup d'œil. Inara fit la moue.

Il se résigna. « Oui, j'ai été commandeur, mais je ne travaille plus pour le roi depuis des années. Je me suis bâti une vie paisible.

— "Le lion du roi" a été apprivoisé, railla Kissen. Comme c'est mignon. » Ainsi donc, elle l'avait bel et bien reconnu. Elo caressa du pouce la tête de lion dissimulée sous le tissu. Cet animal symbolisait Arren, pas lui ; il n'était pas un noble du Middren, mais les gens l'appelaient bien comme ils le voulaient. À présent, Arren avait adopté pour armoiries la tête de cerf du dieu de la guerre et le soleil levant. Elo ne comprenait pas comment il pouvait supporter d'observer son blason chaque jour. « Pourquoi le grand sire Elogast de Sakre a-t-il renoncé à ses titres ?

— J'ai fait ce que l'honneur m'a imposé de faire, rétorqua Elo, piqué au vif. Pourquoi une mendiante de Blenraden s'est-elle dressée contre des dieux furibonds ? » Il porta la main à sa joue pour lui rappeler sa malédiction. « Ou pourquoi a-t-elle choisi de se battre contre le dieu de la guerre avant de rompre les rangs dès que la situation a évolué ? »

Kissen se mordit la lèvre. « Mertagh était là pour se venger, expliqua-t-elle. Tes fameux rangs faisaient de nous des cibles faciles à cueillir. » Elo tressaillit. Elle avait raison. Une fois de plus.

« Tu n'aurais jamais accepté de l'affronter sans nous », dit tout de même Elo. Kissen ricana, mais elle ne nia pas.

« Bah, fit-elle. Écoute, je me fiche bien de savoir d'où tu viens ou ce que tu fais ici, mais je n'accorde aucune confiance aux chevaliers. »

Elo pouffa en haussant les épaules. « Je ne t'aime pas beaucoup non plus. »

Un silence pesant se déposa entre eux tandis qu'ils se mesuraient du regard.

« Pourquoi est-ce que tu détestes les chevaliers ? finit par lui demander Inara.

— Parce qu'ils appartiennent aux rois, répondit Kissen.

— Toi aussi, tu travailles pour le roi, fit valoir la fillette.

— Je travaille pour mon compte, comme tous les déicides. Nous sommes des mercenaires, pas des soldats saints. Le soutien du roi me permet simplement de gagner plus d'argent.

— Et pourquoi tu n'aimes pas les rois ? » insista Elo avec circonspection. Kissen prit un morceau de pain et le rompit entre ses mains.

« Parce que, répondit-elle en croquant dedans, dans notre monde, le pouvoir transforme même les gens bien en barbares sanguinaires.

— Alors ne devrais-tu pas te réjouir qu'il ait attaqué le dieu de la guerre, au péril de sa vie ?

— Est-ce que cet affrontement t'a réjoui, boulanger ? »

Elo fronça les sourcils. Inara poussa un profond soupir et s'empara d'un bâton pour secourir un morceau de pain tombé dans les flammes. « Et si vous me parliez de cette bataille au sujet de laquelle vous vous écharpez depuis tout à l'heure ? »

Elo et Kissen se détournèrent tous deux. Inara se rembrunit.

« D'accord. Alors, dis-moi comment tu t'es attiré cette malédiction brisée qui n'attire pas les démons. Ne faut-il pas se trouver proche d'un dieu pour être maudit ? »

Kissen se massa la poitrine au niveau de l'écriture aqueuse, comme si elle la faisait souffrir. Elle portait aussi autour du cou un pendentif de cuir ressemblant à une fiole. Les déicides qu'Elo avait croisés transportaient toutes sortes d'équipements : des bouteilles d'eau bénite, des ampoules de cendres ou de sang, des prières. Il avait remarqué que le manteau de Kissen produisait parfois des bruits métalliques lorsqu'elle se déplaçait.

« Il faut en effet se trouver tout près d'une déesse de la beauté pour la tuer », admit Kissen en récupérant l'un des bols abandonnés pour le passer à Inara, qui y plongea son pain. Elo en profita pour étudier son visage plus attentivement. L'écriture divine qui avait été brisée était l'empreinte fractale des dieux plus jeunes établis dans les villes ou les villages, contrairement à l'écriture sauvage, fluide et organique, des dieux des forêts, ou à l'écriture fluviale des dieux de l'eau ou des lacs. Ou de la bénédiction sur la poitrine de Kissen. Elo se détourna.

« Et pourquoi vouloir tuer une déesse de la beauté ? » demanda Inara en grignotant son pain plat. Elo était ravi de ne pas le voir gâché. Il était toujours difficile de cuisiner sans un four digne de ce nom. Il opta pour une gorgée de vin à la flasque que Jon avait abandonnée en partant. « Il n'y a rien de mal à vouloir être belle.

— Eh bien, cette déesse de la beauté était Wyria de Weild », répondit Kissen.

Elo ne s'était jamais rendu à Weild, même si la ville, sous la coupe de la maison Crolle, se trouvait non loin d'Estfjor. Les nobles y dirigeaient souvent leurs navires chargés de trésors brillants : or et pierres précieuses. Weild était célèbre pour ses bijoutiers et ses prostitués.

« Les habitants voulaient être beaux pour attirer les regards des seigneurs et des dames », expliqua Kissen. Elle avait décidé que son armure ne nécessitait pas de réparations et entreprenait de la remettre. Elle portait souvent sa cuirasse la nuit. Sur une surface dure et plate, ça ne devait pas être très confortable ; elle était toujours prête à fuir. « Elle redressait des nez, étrécissait des tailles, ou les rendait plus tendres ou plus épaisses. Elle ne réclamait en échange que des morceaux de sucre ou de fruits. De jolies douceurs.

— Ça n'a pas l'air bien grave, intervint Skediceth.

— Elle comptait tant d'adorateurs que certains d'entre eux avaient droit à un traitement particulier, poursuivit Kissen. Elle leur en réclamait davantage : leur petit déjeuner, leur repas du midi, celui du soir… Des enfants d'à peine douze ans se sont mis à jeûner pour s'attirer ses faveurs, et parfois elle décrétait que non, ça ne suffisait pas, qu'il en fallait plus. Elle est devenue replète et magnifique, pendant que ses fidèles se rendaient malades par amour pour elle. Deux fillettes et un garçon sont morts avant qu'ils réclament un déicide. Mon mentor, Pato, a accepté la mission.

— Ce n'est pas une histoire pour les enfants », intervint Elo. Elle ne lui plaisait pas non plus. Inara fronça les sourcils à son intention.

« Et comment elle t'a maudite, alors ? demanda-t-elle d'un ton insistant.

— C'était une maligne, répondit Kissen. Elle a envoyé ses adorateurs surveiller ses portes. Ils étaient si fragiles qu'il nous était impossible de passer sans leur faire de mal. » Elo perçut son dégoût et sa colère. Elle contemplait ses mains, fortes et couturées. « Pato m'a alors demandé d'élaborer un plan. C'était la première fois qu'il me laissait m'attaquer seule à une déité. Ainsi, je me suis mise à jeûner aussi, comme eux, pour lui apporter des offrandes. Chères. Des fruits confits et de la pâte d'amandes. De la viande fraîche et riche, encore dégoulinante de sang. J'étais une suppliante aux bras nus et unijambiste, et je lui ai demandé de devenir belle. Je lui ai dit à quel point j'étais désespérée, que je désirais ça plus que tout au monde.

— Elle a dû percer tes mensonges à jour », répondit doucement le petit dieu. Sa fourrure était toute hérissée tant il était troublé.

« Je ne mentais pas, le détrompa Kissen. J'étais jeune, balafrée, vilaine. La personne que j'aimais le plus en préférait une autre, et je les avais laissées dans une situation désagréable. Cela suffit à pousser quelqu'un à désirer ce qu'il ne peut pas obtenir.

— Yatho », devina Inara. Kissen la rabroua d'un claquement de langue, et la fillette rougit. Elle avait mis dans le mille.

« Wyria ne pouvait résister à une apprentie déicide venue l'implorer. Un vœu si grand, si doux. Toutes ces choses qu'elle pensait pouvoir m'arracher. Elle avait dévoré la moitié de mes bonbons avant de se rendre compte qu'ils étaient fourrés à la briddite. »

Elo avala son vin de travers. C'était particulièrement fourbe, même pour une veiga. Kissen lui sourit, l'éclat dans ses prunelles indiquant qu'elle savait précisément ce qu'il pensait.

« Bien sûr, quand elle a compris, elle avait déjà prononcé la moitié d'un sort d'extrême laideur. Je l'ai tuée avant qu'il ne porte, si bien qu'il ne me reste que cette jolie cicatrice.

— Tu n'es pas vilaine », la détrompa Inara. Kissen éclata de rire et interrogea Skedi du regard. Le dieu agita les ailes avec agacement.

« Bien sûr qu'elle ment », confirma-t-il, et Inara lui enfonça un bâton dans les côtes.

« Il exagère. Tu as une allure inhabituelle, voilà tout. Pas vrai, Elo ?

— Je refuse de me retrouver mêlé à ça. » Il le pensait vraiment : il n'était pas ici pour émettre un jugement sur la déicide ou ses méthodes. La duperie lui laissait simplement un sentiment amer, comme ce qu'avait fait Arren en détruisant les sanctuaires des dieux alliés. C'était déshonorant. Mais elle n'était certainement pas vilaine. Même s'il n'avait aucune intention de le lui avouer.

« On a le visage qu'on a, *'tiote,* dit Kissen en piochant un os dans la marmite pour le mastiquer. Je connais bien le mien, et il me reste presque toutes mes dents et mes deux yeux. Crois-moi, vu l'endroit où je suis née, je m'en tire plutôt bien. »

Inara se mordit les lèvres, plongeant ses yeux sombres dans la profondeur de la nuit. Le tumulte du courant qui avait emmené leurs amis leur emplissait toujours les oreilles, empêchant le silence de se faire. Kissen ne paraissait pas troublée. Elle regardait vers l'amont, arrachant des dents les derniers lambeaux de viande sur l'os.

« Et donc, tu es de noble extraction ? demanda Elo à Inara en embrayant sur le sujet de la naissance. Je connais peut-être tes parents. »

Inara lui décocha un regard à la fois inquiet et blessé, puis se tourna vers Skedi. Tous deux communiquèrent dans ce qui devait être le langage télépathique des dieux. Il se demandait comment elle pouvait le supporter : il n'avait jamais trouvé qu'entendre les voix des dieux dans son esprit soit une expérience agréable. Toujours cassantes, brutales.

« Son père est un marchand, déclara le dieu. Il est entré dans la famille Artemi par le mariage, et ils l'ont adoptée. Aucune chance que tu les connaisses.

— Essaierais-tu de me piquer mon rôle, boulanger ? demanda Kissen avant de cracher un nerf au sol. Ne suis-je pas d'assez haute naissance à ton goût ?

— Ce n'est pas ce que je fais, la détrompa-t-il. Mais ce n'est pas une mauvaise idée, au cas où il t'arriverait quelque chose.

— Je t'assure que je mettrai Inara en sécurité et que je n'hésiterai pas à te semer pour ce faire, rétorqua la déicide. Il y a de l'argent à se faire, et de moins en moins de dieux à trouver. »

Skediceth dressa une oreille dans sa direction.

« Le bien-être d'une enfant n'est pas une monnaie d'échange, gronda Elo.

— Heureusement pour moi, ce ne sont pas tes oignons. »

Elo serra les dents.

« Calmons-nous », déclara-t-il avec raideur. Il parlerait à Inara à un autre moment. « Je ne voulais pas te manquer de respect. Vas-tu reprendre la route demain ? »

Kissen se tourna vers la fillette, qui acquiesça. « Oui, confirma la déicide à l'adresse d'Elo. Sans bateau, le prochain lieu où traverser la rivière doit être Gefyrton.

— On a besoin d'un plan. Gefyrton est une grande ville commerciale. Il y aura probablement des gardes cherchant des pèlerins. Ce n'est pas pour rien que nous avons évité ce genre d'endroits jusqu'à présent. »

Kissen éclata de rire. « Détends-toi, ils sont habitués à tout, à Gefyrton. Cela dit, il nous faudra marcher presque toute la journée pour arriver là-bas. »

Elo soupira. Encore une journée de perdue. Plus de la moitié du mois accordé à Arren serait écoulée avant qu'Elo n'atteigne la cité des dieux. « Dans ce cas, nous ferions mieux de nous reposer pour repartir tôt. »

Il s'enroula dans son manteau et s'allongea face aux flammes, afin de pouvoir surveiller la veiga et le dieu. Il garda les paupières mi-closes, se reposant sans toutefois dormir. Kissen et Inara ne tardèrent pas à s'allonger à leur tour sur le sol inconfortable, mais le dieu resta éveillé, scrutant Elo de ses yeux jaunes et brûlants. Et alors que le chevalier se laissait gagner par le sommeil, son esprit se mit à divaguer. Il sentit croître le doute, né d'une graine de suspicion et désormais profondément enraciné dans la peur, au plus profond de son esprit.

Nous ne sommes pas en sécurité avec la veiga.

CHAPITRE 16

Inara

Ils entendirent Gefyrton avant de l'apercevoir, tard l'après-midi suivant. Le rugissement de la cascade résonnait jusque dans leurs os tandis qu'ils grimpaient les parois de granit envahies par la végétation, à l'abri des arbres et rafraîchis par les embruns. Inara avait lu un certain nombre de choses sur cette ville, véritable pont érigé par le dieu Gefyr par-dessus les rapides et les bords des grandes chutes de Salia, dans le cadre d'un pacte entre les clans belliqueux et leurs divinités locales. Si le lieu avait été rebaptisé après la guerre pour effacer des archives le nom du dieu des ponts, il se serait effondré. Dans ces contrées, un *Gefyr* était un pont de qualité, alors qu'un simple *pont* ne tenait guère.

La divinité de la cascade, dans les souvenirs d'Inara, était Sali. Les impressionnants monuments qui leur avaient été consacrés, à Gefyr et à iel, avaient été façonnés de manière à devenir les piles du pont ; celles-ci s'élevaient depuis une carrière au pied des chutes et se dressaient parmi les rideaux d'eau. De vastes bras de pierre taillée s'étendaient au-dessus des rapides, soutenant la ville. Cependant, même si leurs corps demeuraient, les têtes colossales des déités locales avaient été précipitées dans l'écume blanche de la rivière qu'elles dominaient.

Le petit groupe d'Inara rejoignit une longue file de voyageurs aux mollets boueux, qui atteignaient l'entrée de la ville par l'ouest des rapides. Les vantaux des portails étaient enguirlandés de fleurs, de rubans colorés et de jeunes feuilles vertes, en vue d'une fête ou d'une autre. Elogast lissa sa tenue dans l'espoir d'apparaître présentable. Kissen ne se donna pas cette peine.

Je l'imagine très bien en commandeur Elogast, dit Skedi à Inara. *Un homme d'honneur. Il a protégé les pèlerins.*

Inara l'imaginait elle aussi parfaitement dans cette fonction. Il était calme et posé, tout le contraire de Kissen. Skedi avait harcelé Inara toute la matinée pour lui faire savoir sa préférence pour Elogast, mais Inara n'était pas convaincue de devoir se jeter sur la première personne qui ne soit pas une veiga. *Kissen n'est pas celle qu'il nous faut,* ajouta Skedi. *Tu le sais bien. Tu n'oses pas lui parler des couleurs que tu vois parce que tu es sûre qu'elle va te détester.*

Elle n'a jamais cherché à nous nuire.

Pas encore. Mais on ne lui a pas tout dit.

Inara soupira. Skedi redoutait la veiga, elle pouvait le comprendre. Mais Kissen, en dépit de son manque de manières, était forte, fiable et même gentille, malgré ses allures un peu frustes. Skedi serait peut-être plus en sécurité avec Elo, mais Kissen leur était fidèle depuis que sa maison avait brûlé. Bourrue, caractérielle, mais fidèle. À présent que leur façade de pèlerin avait disparu, Inara devait bien admettre qu'elle était elle aussi terrifiée. Elo avait dit vrai : deux épées valaient mieux qu'une.

L'air humide se mit à scintiller quand le soleil perça derrière les nuages, et Inara sautilla sur la pointe des pieds dans l'espoir d'apercevoir l'autre côté des portes. Sur le domaine des Craier, ils célébraient les moissons chaque année. Inara n'avait jamais été autorisée à s'y rendre, mais sa mère allait y danser avec ses ouvriers après le coucher de sa fille. Il devait exister le même genre de festival à Ennerton, même si elle n'en avait entendu que des rumeurs. Il ne pouvait toutefois pas s'agir d'une fête des moissons, puisqu'on n'en était qu'au début du printemps.

L'accès à la ville était limité. Inara vit un oiseau prendre son essor à l'opposé de l'immense pont, au niveau des falaises, puis revenir là, sans doute pour annoncer des départs ; il fallait attendre qu'il se pose pour qu'un nouveau groupe puisse pénétrer dans la cité. Les ragots allaient bon train, et Inara entendit un couple qui avait beaucoup voyagé, avec un âne et sa charrette, discuter avec les personnes juste devant.

« Vous êtes au courant pour le manoir Craier ?

— Quoi ?

— Il a brûlé. Réduit en cendres. Le bâtiment comme ses habitants. Des voleurs, paraît-il. Personne n'a revendiqué l'incendie ni réclamé le titre. Pas encore, en tout cas. »

Ainsi donc, la nouvelle s'était répandue. Inara écouta cette conversation avec hébétude, comme si c'était arrivé à quelqu'un d'autre.

« Qu'est-ce qui se passe, ici ? » s'exclama Kissen à l'adresse de la femme devant elle, qui portait des brins d'ail des ours dans les cheveux. Il s'en dégageait une odeur pestilentielle. La veiga posa la main sur l'épaule d'Inara et serra. Une distraction.

Les dieux n'aiment pas les ragots, songea Skedi dans la tête d'Inara. Les membres du groupe se turent, même s'ils ne pouvaient pas savoir d'où provenait cette pensée ; il n'y avait pas mis assez de volonté pour que ce fût douloureux.

« Le festival de printemps », répondit la femme en réponse à Kissen. Inara essaya de faire comme si elle n'avait rien entendu. « On appelle ça Mutur, par ici. On célèbre le changement de saison, les jours qui rallongent.

— Je ne m'attendais pas à voir autant de monde. »

La femme agita la main avec jubilation, propageant des effluves d'ail des ours. « La maison Geralfi a décrété l'ouverture de la saison des faînes. La pâture ici sera meilleure dans trois ans, alors on cherche tous à réserver des parcelles pour nos bêtes.

— Si longtemps en avance ? » s'étonna Inara, bel et bien distraite par cette conversation. Elo observait la femme d'un regard acéré, une ride formée entre les sourcils. Les faînes tombaient plutôt à l'automne, pas au printemps.

« Des arbres bien nourris donnent des cochons bien nourris, qui donnent des humains bien nourris, expliqua la femme avec un clin d'œil. Grâce aux dieux, l'hiver sera bon. Je vais aussi trouver des marrons pour mes chèvres. Elles ont droit aux confiseries, le reste va dans mon sac.

— Il y a de la concurrence », remarqua Kissen en contemplant la foule alentour. L'autre acquiesça et les lorgna d'un œil méfiant, se demandant peut-être s'ils allaient essayer de lui voler des pâturages. Entre leurs épées, leur paquetage et leur cheval, ils ne ressemblaient pas à des fermiers de la région. Elle sourit alors, révélant six dents jaunes. « Si vous voulez traverser la ville, vous allez devoir y passer la nuit, expliqua-t-elle. Sinon, mieux vaut prendre un bateau en amont. »

Kissen haussa les épaules, mais Elo parut contrarié. « Pourquoi ça ?

— Les taxes. Le roi a décrété que les maisons ne pouvaient pas réclamer de droit de passage au Middren, mais elles peuvent vous forcer à payer pour le gîte et le couvert.

— Comment savent-ils que c'est déjà la saison des faînes ? » s'enquit Inara, que la capacité à prédire l'avenir intéressait plus que la perspective de passer la nuit ici.

La femme se toucha le nez, puis la tête, décocha un nouveau clin d'œil puis se retourna vers l'avant de la file, où quelqu'un jouait désormais du flûtiau.

Inara attira l'attention de Kissen, puis lui demanda en signant : *Qu'est-ce que ça veut dire ?*

Que des dieux sont encore en vie, répondit Kissen. *Les dieux sauvages de la forêt.* Inara battit des cils en observant autour d'elle. Contrairement aux abords de Lesscia, elle ne voyait là aucun chevalier en livrée azur et or patrouiller sur la route.

Tu ne vas pas faire d'histoires ?

Kissen pouffa. *Je choisis mes combats. Je serais déjà bien morte si je m'amusais à tuer tous les dieux qui croisent mon chemin.*

Inara se rembrunit. *Tu as essayé de tuer Skedi.*

Kissen haussa les épaules. *J'ai le chic pour m'attirer des ennuis.*

« Vous pourriez parler dans une langue compréhensible par tout le monde ? » s'offusqua Elo, tourné vers Kissen. Celle-ci lui répondit d'un geste, recourbant l'index contre le pouce. À en juger par le haussement de sourcils du chevalier, Inara comprit qu'il s'agissait d'une grossièreté.

« Il paraît que les fêtes organisées à Gefyr sont formidables, déclara Kissen. La bière va couler à flots, ce soir.

— Et on repart au point du jour », répondit Elo, qui n'avait pas l'air amusé du tout.

Ils finirent par atteindre le portail, et ils répondirent du tac au tac lorsqu'on leur demanda de signer le registre et d'indiquer combien de temps ils comptaient passer là.

« Il reste des places au *Havre du pêcheur* ? » s'enquit Kissen. Le garde, l'air éreinté, haussa les épaules. Il arborait sur la poitrine l'emblème de la maison Geralfi – un pont flanqué de deux bouquetins, l'un portant un collier de pin, l'autre du blé sur les cornes.

« Ils n'accepteront pas de voyageurs sans bonne raison, répondit-il. C'est une auberge pour les gens du coin. » Il considéra la queue derrière eux. « Vous avez de la chance, il ne reste plus beaucoup de lits pour la nuit. On va fermer les portes bientôt. Vous savez ce qu'on risque si on fait peser trop de poids sur les pilotis. » Il considéra Jambes. « Veillez à le mettre à l'écurie.

— Ça ne risque rien de séjourner sur un pont ? s'inquiéta Elo.

— Gefyr s'assure que… » Il blêmit en se rendant compte qu'il avait évoqué le nom d'un dieu devant des inconnus, ce qui aurait pu suffire à le faire jeter en prison. « Le pont est solide, mon ami, se rattrapa-t-il. La maison Geralfi prend bien soin de nous, et le roi veille. » Il leur désigna un portrait fort ressemblant du roi Arren, toujours avec le levant dans le dos et une tête de cerf près du pied. Il avait fière allure sur cette gravure, avec ses cheveux ondulés châtain clair. Inara coula un regard vers Elo, qui peinait à dissimuler son froncement de sourcils. Le garde les fit pénétrer, tout heureux d'être débarrassé d'eux, et priant probablement pour ne pas se faire dénoncer.

« Les Geralfi consultent toujours les divinités locales, commenta Elo surtout pour lui-même. Je savais que tout le monde ne respectait pas les lois, mais je ne pensais pas que ce serait si… manifeste.

— Ce ne sont pas nos affaires, fit Kissen en jouant des coudes pour se frayer un chemin au milieu de la foule amassée devant l'entrée de la ville.

— Ce sont *tes* affaires, signala le chevalier.

— Seulement quand on me paie pour ça. »

La cour dans laquelle ils avaient pénétré était clairement l'endroit où les emplacements étaient réservés pour le glanage. Des tables avaient été dressées un peu partout, avec d'épais registres de papier crème, tenus par des gens d'armes aux couleurs vert et indigo de la maison Geralfi. Un chevalier azur et or fumait une pipe contre un mur. Toutes les maisons se partageaient-elles désormais la garde avec les chevaliers du roi ? Il n'y en avait pourtant aucun sur les domaines Ennerton ou Craier.

Elle fut distraite par le passage d'un violoniste suivi de deux flûtistes qui sinuaient entre les tables, des rubans noués aux poignets et des grelots aux chevilles. Inara sentait d'ici l'odeur piquante de l'hydromel ou de l'eau-de-vie d'abricots pressés à froid sous les cascades. Les gens étaient ivres.

Alors qu'ils poursuivaient leur avancée, un cri de colère retentit. Une dispute avait éclaté entre la femme à l'ail des ours et une autre coiffée de fleurs de cerisier. Celui qui tenait le registre pour lequel elles se disputaient le leva en l'air, et un coup de corne résonna.

« Dame-héritière Geralfi ! Résolution, je vous prie. »

La querelle s'interrompit et les deux protagonistes emboîtèrent le pas au porteur de registre. Inara tenta de les suivre du regard, mais finit par les perdre dans la foule. Elle posa alors le pied dans l'étrier de Jambes pour grimper sur son dos. De là, elle put constater que la multitude s'ouvrait devant ce trio. Le registre fut apporté jusqu'à un trône, dont les bras formaient les cornes incurvées d'un bouquetin ; l'assise et le dossier étaient faits de bois jeune – du hêtre, du pin et du bouleau, dont les branches bourgeonnaient à peine. Une fillette d'environ l'âge d'Inara était installée dessus, portant une élégante tenue verte au brocart indigo et argent. Un homme plus grand – probablement son père, à en juger par son allure et sa prestance – se tenait debout près d'elle.

Tous deux attendaient que le livre leur soit présenté et que le scribe précise l'affaire. Le bruit ambiant empêchait Inara de bien entendre, mais il était question de chèvres et de cochons, de marronniers et de hêtres. La jeune dame Geralfi se tourna vers son père pour prendre conseil, et il se pencha pour lui chuchoter à l'oreille. Elle se retourna alors face aux quémandeuses et se leva.

« Les terres les plus hautes seront réservées aux chèvres, où les cochons ne pourront pas se rendre. C'est ce que déclarent les Geralfi. »

Il y eut une acclamation, et la corne retentit de nouveau. « Dame-héritière, quelle grâce ! »

Inara se surprit à rougir. La jeune Geralfi n'était pas cachée, contrairement à elle. Et son père se trouvait avec elle, alors qu'Inara se demandait à quoi le sien pouvait ressembler.

« Toi, là-bas ! On ne monte pas à cheval en pleine ville ! »

Inara se laissa glisser de sa selle pour regagner la poussière du pont. Rosalie, l'aubergiste d'Ennerton, ne savait même pas qu'elle était née ; pourtant, elle voyait là une jeune fille noble se mêler à la foule et prendre des décisions. Pourquoi la mère d'Inara l'avait-elle cachée ? Y avait-il un lien avec la cause de sa mort ? Ce pouvait-il que ce soit la faute d'Inara, d'une manière ou d'une autre ?

Nous allons le découvrir, lui assura Skedi en saisissant ses pensées. *Peut-être quand tu te rendras au Bief de Sakre. Peut-être que le roi saura.*

Kissen leur fit emprunter des allées les éloignant de la foule, par-dessus l'eau qui grondait en contrebas. Le bâton de marche calé sous son bras pour avancer, elle laissait à Inara la charge de mener Jambes par la bride. La jeune fille était heureuse que la veiga lui confie sa monture.

Des embruns les arrosaient au passage, ce qui n'empêchait pas un trop-plein d'habitants de se rassembler sur les poutres épaisses qui soutenaient la chaussée. Inara distinguait par les interstices sous leurs pieds, un marché bien achalandé et des ouvriers travaillant dans l'humidité des rapides. Un garçon au visage crasseux sautait de poutre en poutre, un balai à la main. Il s'arrêta sous un tuyau faisant saillie au-dessus du cours d'eau et y enfonça son balai pour le déboucher. Après deux ou trois bons coups de manche, l'écoulement reprit, et une odeur d'excréments humains et de légumes pourris s'en éleva. Inara se couvrit le nez. Elle avait bu dans cette rivière – loin des cascades, certes, mais elle préférait ne pas y penser.

Le majestueux centre de la ville apparut alors qu'ils franchissaient le pont. Du côté plus en amont, les chalands pouvaient amarrer, livrer leurs marchandises et remonter le courant. Un petit canal aménagé dans la rivière leur permettait de couper sans risques à travers les rapides. Convoyer des produits depuis le cœur du Middren jusqu'à la côte en passant par les grandes villes du sud devait être aussi passionnant qu'excitant. Solitaire, également. La maisonnée d'Inara ne célébrerait plus jamais le moindre festival ; ils ne danseraient plus les nuits d'été, ne seraient plus surpris à dormir dans le foin. Sa mère ne la coucherait plus, ne lui raconterait plus ses anecdotes sur la vie en mer, les vents chargés d'embruns, les valses à la cour, les fumées enivrantes de feuilles secrètes. Elle n'entendrait plus les creux dans ces histoires où son père pouvait se tapir. Où elle se sentait en sécurité. Comment était-elle censée venger une maison dont les membres ignoraient son existence, ainsi qu'une femme qu'elle comprenait finalement si peu ? Une femme qui cachait ses lettres, réduisait sa fille au silence. Une femme qui avait brûlé sans rien laisser ou presque derrière elle.

Inara n'était pas comme la petite dame Geralfi. Elle était radicalement différente. Toutes les questions latentes de son existence prenaient corps peu à peu. Skediceth, sa mère, son isolement au sein de la maison Craier, sa famille inexistante, son père inconnu. Les couleurs. Toutes ces morts. Le feu. Les invocations d'ombre. Tout cela s'était produit quand elle avait transgressé les règles imposées par sa mère.

Inara serra les dents pour éviter de se laisser submerger par les émotions. Elle devait s'élever au-dessus de cette vague, tel un bateau sur des flots déchaînés, pour atteindre sa destination. Elle était courageuse ; elle avait quitté la maison en compagnie de Skedi pour trouver la déicide. Elle avait décidé de se rendre à Blenraden, de rester au lieu de fuir.

Ils passèrent le centre du pont, et la ville devint plus petite, plus sombre, plus ramassée. Inara vit deux autres chevaliers portant les couleurs du roi patrouiller parmi les maisons, l'air hautain. Elo releva sa capuche avant de les croiser, mais rien n'indiqua que les uns ou les autres s'étaient reconnus. Kissen continuait de les guider vers la périphérie, où les bâtiments donnaient directement sur les chutes, où la chaussée vibrait légèrement à cause de la puissance du courant. Ce quartier était bâti tel un fort, avec des meurtrières dans la muraille pour les archers, des pavés volontairement saillants par endroits pour faire trébucher quiconque se mettait à courir. Elle se demanda contre qui ces défenses avaient été créées. Les livres de chansons et de cartes des Craier évoquaient des pillards talicians ayant été repoussés un siècle plus tôt le long des villes côtières, mais Gefyrton se trouvait loin dans les terres. Peut-être cherchaient-ils à se préserver de querelles de clans, de bandes de guerriers ou de voleurs descendus des montagnes voisines.

Le sommet de la falaise à l'est de la ville était teinté de cuivre à cause du sang issu des entrepôts, des tanneries et des abattoirs fumants agglutinés tout en haut. Inara en suivit le parcours le long de la pente jusqu'aux vagues écumeuses en contrebas. Ils devaient convoyer leurs marchandises le long des falaises, sans doute jusqu'à la prochaine ville en aval, pour éviter que les tonneaux ne se fracassent sur les rochers au niveau des chutes d'eau. Elle lorgnait les profondeurs tourbillonnantes quand elle s'avisa qu'un rocher avait une forme, une barbe, des yeux. La tête décapitée de l'un des dieux qui avaient soutenu le pont pendant des générations.

Elo vint se poster près d'elle et suivit son regard. Ses couleurs vacillaient, en proie à de fortes contradictions, alors qu'elles étaient généralement si stables.

« Pourquoi tu es triste ? » demanda Inara. Elo cilla, puis soupira.

« Ça semble… dommage, répondit-il doucement. Ils ne se sont pas battus à Blenraden, mais ils ont été punis quand même. »

Inara joua avec la bride de Jambes. « Tu ne détestes pas les dieux, toi aussi ? »

Elo fut surpris par cette question. « Non, admit-il d'un ton posé. On m'a enseigné que la foi était un choix propre à chacun. » Une réflexion étrange, pour un chevalier.

Kissen avait pris de l'avance sur eux, mais elle s'arrêta à son tour. Inara doutait qu'elle puisse les entendre par-dessus le fracas des cascades.

« Alors pourquoi tu les as combattus ?

— Pour protéger mon ami et sauver notre peuple, expliqua Elo. Et puis… et puis le roi Arren s'est mis à croire que la seule chance d'empêcher une autre guerre était de continuer de se battre. » Inara supposait que s'il n'y avait plus de dieux, il n'y aurait plus rien à affronter. Ou à défendre.

« Est-ce la raison de ton départ ? »

Ses couleurs adoptèrent une teinte dorée. Jambes trépignait sur les planches, contrarié par cette surface étrange et le mugissement des chutes d'eau sous leurs pieds. Elo se frotta machinalement le cou. « Oui, finit-il par admettre.

— Oh, lança Kissen, agacée. Vous préférez dormir ici ou dans un lit ? »

Elo redressa la tête et passa la main sur son crâne rasé avec un rire à moitié réprimé. Ses couleurs s'adoucirent, le violet foncé et les dorés se muant en un vert lumineux. « Je ne suis pas autorisé à me faire des amies ? » répliqua-t-il d'un ton lourd de sous-entendus.

Kissen renifla d'un air moqueur et s'approcha d'eux à grands pas pour venir se poster nez à nez avec le chevalier. Elle lui adressa un regard si intense qu'Inara se demanda si elle allait l'embrasser ou le tuer. À la grande surprise de la fillette, Elo ne se déroba pas, la contraignant même à baisser les yeux la première. Ses couleurs chatoyaient d'amusement plutôt que de colère. « Laisse la petite tranquille », le rabroua Kissen en esquissant un sourire mauvais. Elle prit alors la bride des mains de sa pupille et s'éloigna avec Jambes. « Le cheval aussi. »

Ils atteignirent bientôt une porte au bord du pont, où un gros héron semblait prendre son essor sur le verre coloré de la vitre. Le bâtiment paraissait petit, coincé entre deux grosses maisons où résonnaient des rires charmeurs et des tintements de verres issus de l'intérieur.

« Ça n'a pas l'air très grand, fit remarquer Inara.

— Ils louent des hamacs au-dessus de l'eau, expliqua Kissen. Et des sacs de couchage moyennant quelques pièces supplémentaires. L'année où ils ont eu des mites, ils ont brûlé toute la literie pour en changer. Je ne connais pas d'endroit plus confortable.

— C'est la loi, par ici, précisa Elo. Les mites s'attaquent au bois.

— Les gens ont tendance à choisir quelles lois ils décident de respecter, lui rappela Kissen. Plus on s'enfonce dans le Middren, moins l'influence de ton roitelet est importante. » À l'évidence, elle lui en voulait encore.

Elo contracta la mâchoire. « Tu ne sais rien de lui », dit-il en ouvrant la porte de la taverne. Inara sentit une bouffée d'air chaud sur ses joues, mais un courant d'air froid sur son menton. Elle baissa les yeux et découvrit un léger interstice entre le seuil et la rue. Elle voyait au travers les poutres du pont – et des grappes de ce qui ressemblait à des cocons de chenilles étendues entre elles –, reliées les unes aux autres par des cordes et des passerelles qui paraissaient humides et rebondissantes. Au moins ne semblait-il pas y avoir de ces tuyaux infects qu'elle avait vus – et sentis – plus tôt. Elle espérait ne pas avoir à se lever dans la nuit.

« Permis de passage », exigea un garçon à la table juste à l'intérieur, qui interdisait l'entrée dans la salle principale de l'auberge. Il semblait à bout de nerfs. Inara se rapprocha prudemment d'Elo, qui tendit les documents pliés qu'on leur avait remis à l'entrée.

« On n'accepte pas les voyageurs, répondit le garçon en les lui rendant. À part les artistes ambulants. Décision des Geralfi pour éviter les pèlerins. »

Ainsi donc, les Geralfi consultaient les dieux, mais faisaient tout de même passer des lois pour chasser leurs adorateurs. Inara plongea la main dans sa sacoche et posa son pouce près de Skedi, de la taille d'un galet. Il la lécha pour la rassurer.

« Nous sommes des artistes », affirma Inara. Elle sentit le petit dieu mettre le poids de sa volonté dans ce mensonge.

Le jeune gardien les considéra en clignant des paupières. « Et vous faites quoi comme numéro ? »

Tu lis les lignes de la main. C'est ton père.

« Je suis chiromancienne, mentit Inara. C'est mon père qui m'a appris. » Elle tira sur la manche d'Elo, qui sursauta légèrement. Inara sentit presque Kissen rouler des yeux derrière eux. « Il travaillait sous les auspices de la maison Yeset. » Elle laissait les murmures de Skedi s'écouler directement par sa bouche. « Mais à présent, nous rejoignons notre troupe à Arga. »

Arga était située à la pointe nord-ouest des terres des Craier. S'ils remontaient la rivière en amont des cascades, ils l'atteindraient à l'endroit où les eaux étaient les plus étroites et glaciales. Inara savait que sa mère avait encouragé les artistes et ménestrels à s'y réunir.

Un voile de doute recouvrit les prunelles du garçon quand il se tourna vers Elo. « Vous êtes son père ? Je ne vois pas l'intérêt d'avoir deux chiromanciens. »

Elo déglutit. « Je suis aussi chanteur », ajouta le chevalier avec un sourire plutôt charmant.

Il chante, il chante, il chante, insista silencieusement Skedi, et le doute se dissipa. Le gardien s'intéressa alors à Kissen, qui peinait à réprimer son fou rire.

« Et vous ?

— J'emmène mon cheval à l'écurie, répondit-elle. Et à mon retour, préviens Pourliche que Kissen la veiga est revenue. »

Inara se retourna fugacement vers la déicide, puis vers le garçon, désormais livide. Inara sentit Skedi trembler furieusement. Elle avait contrecarré son pouvoir, l'avait rejeté, ignoré, pour dire la vérité.

« Ah, oh, fit le gardien. Vous avez des documents pour le prouver ? »

Elle sortit un rouleau en cuir de son lourd manteau et lui montra un morceau de vélin déchiré, parcouru d'une écriture ornementée et d'un ensemble de cachets – des croix à trois pointes. Ils ressemblaient à des tampons de régisseurs, des signatures officielles. Inara comprit qu'il devait y en avoir un pour chacun des dieux qu'elle avait tués. Il y en avait tellement.

« Je... je ne sais pas si nous avons des couchages pour... pour...

— Tu ferais mieux de demander tout de suite à Pourliche, l'interrompit Kissen avec un sourire. Et on ne veut pas de ses paillasses trempées près des cascades. Sur l'extérieur, et sèches. Je reviens. » Après un coup d'œil sur Elo, elle s'adressa à Inara. « Tu peux m'accompagner pour aller installer Jambes. »

Je suis fatigué, Inara, objecta Skedi, même si la fillette avait bien envie de découvrir la ville un peu mieux. *Et toi aussi.*

Elle sentit effectivement le poids de la fatigue peser sur ses épaules. « Je vais rester avec papa », répondit-elle. Puis elle ajouta par signes : *Je peux en apprendre plus sur lui.* Kissen voulut protester, mais Elo saisit la main de la petite d'un air déterminé, n'ayant clairement toujours pas digéré la remarque de la déicide.

« Viens, Tethis », dit-il en se penchant pour passer sous le linteau de l'auberge. Le garçon ne chercha pas à les arrêter. Kissen resta dehors avec les sacoches de selle et le cheval. Elle les toisa d'un œil torve jusqu'à ce que la porte se referme derrière eux.

CHAPITRE 17

Elogast

Les yeux d'Elo étaient en train d'accommoder quand le gamin bondit de son tabouret, sans doute pour aller chercher ce fameux Pourliche. Elo nourrissait quelques doutes sur le mensonge pieux d'Inara, ou probablement de Skedi, mais Kissen aurait dû les prévenir qu'elle déclinerait sa véritable identité.

Au moins, le garçon semblait avoir mieux à faire que s'occuper d'eux, à présent. Elo remarqua derrière la table de l'entrée un panneau couvert d'avis, dont nombre de recrutements de déicides émanant des villes et villages voisins. C'était sans doute ainsi que les veigas comme Kissen trouvaient leurs proies. Certaines affichettes proposaient une poignée de pièces pour démanteler un sanctuaire, d'autres visaient les dieux eux-mêmes. Elo n'en vit aucun de sa connaissance, seulement un dieu farceur qui faisait tourner le lait, un autre du vent qui tourmentait un hameau depuis des semaines, ainsi qu'un dieu-arbre tout juste formé qu'un zélateur avait dénoncé.

L'ambiance des festivités ne se ressentait pas à l'intérieur du *Havre du pêcheur*, où seules quelques branches et herbes étaient suspendues aux poutres qui s'entrelaçaient au plafond d'un bout à l'autre de la salle. Le plâtre blanc appliqué entre elles était assez ancien pour que la fumée du feu mêlée à l'humidité des lieux y trace des sillons. L'endroit était chaud, exigu, étouffant, et il y régnait un mélange d'odeurs de poisson et de saumure. Les fenêtres étaient basses et étroites, la lumière qu'elles laissaient passer côté ouest était rasante et transformait les volutes aigres-douces de fumée de pipe en des monstres ou des dieux volants.

Elo repéra un fût vide faisant office de table près d'une croisée, à l'opposé du mur où étaient placardés les avis, et y entraîna Inara. Un bon endroit depuis lequel observer, facile à défendre, et loin de la trappe qui devait descendre aux couchettes. « Rustres » était un adjectif qui aurait pu définir tous les clients, peu soignés et gros buveurs. Certains arboraient des cicatrices apparentes ou portaient des rubans azur et or aux poignets ou à leur chemise. Étrange. Les couleurs d'Arren, pas celles de la maison Geralfi. Une tête de cerf accrochée au-dessus de l'âtre attira l'attention d'Elo ; ses bois étaient couverts d'encre, affichant le mot *Victoire*.

Le ventre d'Elo se serra. Il n'arrivait pas à y croire : c'était une taverne d'anciens combattants. La déicide cherchait-elle à le faire remarquer ?

Personne ne t'a reconnu, l'apaisa Skedi en chuchotant dans son esprit. *Je ne les laisserai pas faire.* Elo en fut interloqué : la voix du dieu était douloureuse, comme d'habitude, mais ses mots étaient amènes. Il se demanda où la petite créature était cachée – sans doute sous le manteau d'Inara ou dans sa capuche, à un endroit depuis lequel il pouvait voir ce qui se passait. Elo serra les dents et s'assit à la table, la tête basse.

« Qu'est-ce qui ne va pas ? demanda Inara.

— Cette veiga est suicidaire, marmotta-t-il. Ce bar est réservé à ceux qui se sont battus à Blenraden.

— Qu'est-ce qui te fait dire ça ? »

Elo observa une nouvelle fois la tête de cerf et frissonna. Il n'avait aucune envie de lui expliquer ça. « Je le sais, c'est tout. »

Un homme à la barbe tressée et jaunie par la fumée ne tarda pas à leur apporter deux cornes remplies de bière légère. « Moi, c'est Leir, annonça-t-il. Je suis le serveur. Vous voulez manger ? Squinque ou tourte ?

— Tourte, répondit Elo en se massant la tempe. Pareil pour ma fille. »

L'autre haussa les épaules. « Payez en partant », annonça-t-il en s'en retournant vers le comptoir.

Inara considéra Elo avec curiosité.

« La squinque, c'est une soupe de poisson ; c'est infect avec des poissons d'eau douce. » Il jeta un coup d'œil à la ronde, constata que personne ne s'intéresserait à eux et se détendit quelque peu.

« Chanteur, donc ? demanda Inara en faisant tourner nerveusement sa corne. Comment tu aurais fait s'ils t'avaient demandé de le prouver ? »

Elle avait l'esprit vif. Elo haussa les épaules et se frotta la nuque. « J'aurais chanté. » Il but une longue lampée de bière en espérant qu'elle ne lui reposerait pas la question. Le breuvage était froid et amer, rafraîchissant. Ils avaient dû rafraîchir les fûts en les suspendant sous les chutes d'eau dans des filets. « Dans quelle langue vous communiquez, Kissen et toi, avec vos mains ? » demanda-t-il dans le but de faire la conversation. Il devait bien admettre que la fillette et la veiga l'intriguaient. Kissen se montrait si protectrice avec elle.

« Au Middren, on appelle ça la langue des signes, tout simplement. » Elle plongea les lèvres dans sa bière et fit la moue. Elo éclata de rire : elle avait sans doute été habituée à des boissons plus douces. « Elle a été créée par des personnes sourdes, mais ma mère m'a dit que les pirates s'en servaient également. Ils appellent ça le parlemain. »

Elo se redressa sur son tabouret, surpris. « Ta mère doit avoir beaucoup voyagé pour avoir rencontré des pirates. »

Inara s'empressa de relever sa corne pour se cacher derrière, les yeux un peu écarquillés. Elo comprit qu'elle n'aurait pas dû se laisser aller à cette confidence. Il avait trouvé curieux que Skedi affirme que son père avait épousé quelqu'un de la famille Artemi. Ils étaient certes de riches marchands, mais ils habitaient dans le nord-ouest, alors que l'accent d'Inara provenait plutôt du centre du Middren.

Cet instant de gêne fut interrompu par l'arrivée des tourtes, accompagnées de pain, de beurre et d'olives. La croûte était dense et bien dorée. Elo la perça de la pointe de son couteau avec une attention toute particulière. La pâte croustillait magnifiquement ; elle se brisa en plusieurs couches craquantes. La garniture était constituée de poisson, de chou mariné et de câpres. Il y goûta, se servant d'abord de la croûte comme d'une cuillère, puis beurra un morceau de pain avant de le tremper dans le mélange. Le beurre était frais et crémeux, baratté avec des zestes d'orange et des graines de pavot. Il essaierait de reproduire cette recette quand il serait de retour à la boulangerie. Cela permettait d'adoucir le goût vinaigré très prononcé de la tourte et l'aigreur du pain.

Inara l'observa, sans toucher à sa propre assiette. « Comment tu es devenu commandeur de la chevalerie ? Tu devais être très jeune. Je croyais que c'était une fonction réservée aux vieux chevaliers. »

Elo jaugea les clients aux autres tables, mais personne ne les écoutait. Il prit le temps d'avaler sa bouchée. À l'évidence, elle voulait détourner l'attention d'elle-même. Il chercha à comprendre pourquoi. Son dieu, où qu'il se cache, le lui dirait s'il mentait.

« J'ai envie d'être honnête avec toi, pour que tu saches que je ne te veux aucun mal. Quoi qu'en pense Kissen. »

Inara croqua dans sa tourte, en tenant la croûte des deux mains. « Et pourquoi ne serais-tu pas honnête ? » demanda-t-elle innocemment. Elo perçut néanmoins l'éclat dans ses prunelles. Kissen exerçait une mauvaise influence sur elle, quelques jours en leur compagnie avaient suffi à l'en convaincre.

« Que te rappelles-tu du début de la guerre ? demanda-t-il.

— Pas grand-chose, admit Inara, la bouche pleine, en tentant désormais de se démêler les cheveux. Je me souviens que toutes les maisons ont envoyé leurs gardes au combat, y compris la nôtre. »

Elo acquiesça. « C'était la sœur du roi, Bethine, qui nous dirigeait. Nous ne savions pas ce qui était arrivé à la reine et à ses fils, mais, en leur absence, Bethine était la future héritière, et Arren le prochain de la lignée, alors j'ai rejoint sa garde personnelle. » Il soupira. « Malgré l'aide de toutes les maisons, il nous a fallu des mois pour assiéger Blenraden et remporter la chasse que les dieux sauvages menaient tout autour des murailles. Quand on a enfin réussi, la première priorité de Bethine a été de secourir les habitants piégés à l'intérieur. Elle a conclu un pacte avec Restish et le dieu des havres sûrs, Yusef, pour leur permettre d'évacuer.

— Des dieux se battaient de votre côté ? »

Tout le monde ne le savait pas ? « Oui… pendant un temps. » Il ne tenait pas à approfondir le sujet. Pas alors que la tête de cerf accrochée au-dessus de la cheminée semblait les surveiller. « Nous nous sommes frayé un passage jusqu'au port en passant par la Voie-Dieux. »

Les traits d'Inara se contractèrent. Ainsi donc, elle avait eu vent de cette bataille.

« La plupart des maisons, les commandeurs, dirigeaient l'évacuation, emplissaient les bateaux, pendant qu'Arren et moi protégions le palais. Les dieux sauvages étaient retournés dans leurs sanctuaires des falaises, à l'est de la ville. Pour panser leurs plaies. C'était du moins ce que nous pensions. »

Il ferma les yeux un instant, alors qu'une déferlante de souvenirs et de douleur s'abattait sur lui. Il posa les mains à plat sur la table pour les empêcher de trembler, s'imaginant malaxer de la pâte pour se calmer.

« Ils ont attaqué les navires, murmura Inara.

— Même le grand dieu des havres sûrs n'a pas pu les repousser tous, confirma Elo. Les dieux sauvages ont tout massacré, de la coque jusqu'aux mâts. Y compris Bethine. »

Inara baissa le nez vers son assiette. S'imaginait-elle ce que cela représentait ? Des milliers de personnes, noyées dans une tempête démentielle. Sous les yeux impuissants d'Arren et Elo.

« La majorité des officiers ont été tués ou blessés, reprit le boulanger. Nombre de combattants en état de se battre ont déserté. C'est comme ça que j'ai été nommé commandeur de la chevalerie. Ni réel talent ni véritable expérience. Nous comptions juste parmi les rares survivants. »

Inara picora dans son assiette. « Ma mère… elle était là. Elle a été blessée. »

Ils se rapprochaient de la vérité. Elo ne voulait pas trop insister. Peut-être qu'il ne le devait pas. Peut-être que cela ne le regardait pas. Il ne pouvait toutefois pas s'empêcher d'être curieux.

« Comment l'avez-vous emporté ? demanda Inara en reniflant. Après tout ça. C'étaient des dieux.

— Nous avons reconstruit l'armée avec des dieux et des humains. Des volontaires, des roturiers. » Il observa à la dérobée ces anciens combattants affichant à leur bras les couleurs du roi. Ils avaient réclamé vengeance. Pour la reine, pour leurs défunts, pour tout ce sang versé. Vengeance contre ces dieux qui s'étaient retournés contre eux.

« Et ensuite… ?

— Ensuite… »

Ensuite, Arren s'en était pris aux dieux.

« Arren a fait ce qu'il pensait juste, ce qu'il jugeait nécessaire pour protéger son peuple. Ton père en ferait autant pour toi.

— Ma mère, le corrigea-t-elle. Je n'ai jamais connu mon père. »

Voilà.

« Ce n'est pas ton père qui t'a envoyée à Blenraden avec une veiga ? »

Inara redressa subitement la tête, livide. « Je... » Elle porta la main à son épaule. « *Skedi* », siffla-t-elle.

Quoi ? C'est toi qui l'as dit. Elo l'entendit également. Skedi l'incluait volontairement dans la conversation. Elo adressa un sourire rassurant à Inara, qui se calma et referma son autre main autour des boutons de son gilet brodé.

« Quel est ton véritable nom ? » demanda Elo.

Inara se couvrit le visage, rouge de honte. « Inara Craier.

— Craier ? » s'étonna Elo. Une sacrée lignée. « Je m'en doutais bien. Tu as pile le bon âge, et tu ressembles à ta mère. » Il se mit à rire. « Pour tout te dire, Inara, nous nous sommes déjà rencontrés. »

CHAPITRE 18

Inara

D*éjà rencontrés ?*

Inara baissa les mains. « Tu me connaissais déjà ? s'étonna-t-elle, oubliant que Skedi venait de la laisser trahir le mensonge élaboré ensemble.

— Bien sûr. Ta naissance a été annoncée à la cour quelques années avant la guerre », expliqua Elo. Ses couleurs ne révélaient aucune surprise. Il savait déjà qu'elle mentait. « Nous avons entendu beaucoup de récits concernant dame Craier. Elle avait un don pour les langues et beaucoup voyagé. Les Craier la surnommaient la Sauvage, ajouta-t-il dans un éclat de rire. Arren aimait beaucoup ça. »

Il semblait si calme, si sûr de lui.

« Nul n'a jamais évoqué de père, ajouta-t-il. Je m'en souviens bien. Mais ça n'avait aucune importance. Quand ta mère s'est rendue à la cour, elle a laissé Bethine te prendre dans ses bras. Bien sûr, elle s'est pavanée partout avec le petit bébé Craier, comme si tu étais un trophée. »

Elle était déjà allée à la cour. Une princesse couronnée l'avait portée durant son éphémère régence. Inara n'était pas une totale inconnue. Elo connaissait son existence.

Tu vois ? lui dit Skedi. *Il peut nous aider. Beaucoup mieux que Kissen.*

« Pourquoi t'a-t-elle envoyée avec cette femme ? voulut savoir Elo. Cette route est dangereuse, et Blenraden aussi. »

Dis-lui la vérité, Ina ; ça ne fera pas de mal.

« Ce n'est pas elle, avoua Inara d'une toute petite voix. Elle est morte. »

Elo se décomposa. « Je suis sincèrement navré, dit-il. Que s'est-il passé ? » Il n'avait pas dû écouter les rumeurs en entrant dans la ville, trop préoccupé par ses propres problèmes.

Dis-le-lui. Il nous aidera.

Inara était de plus en plus convaincue que Skedi avait raison. Cette idée écrasait peu à peu tous les doutes qu'elle pouvait nourrir, les broyait, les réduisait en bouillie. Skedi avait raison. Elo les aiderait.

« Inara, qu'est-ce que tu me caches ? insista Elo.

— Je... notre manoir, nos gens... Ils ont été attaqués. Ils ont tout brûlé.

— Qui a fait ça ?

— Je l'ignore. C'est pour ça que nous voyageons dans le plus grand secret. Kissen pense qu'ils pourraient en avoir après moi, s'ils découvraient que je suis vivante.

— La déicide combat les dieux, pas les humains. Elle aurait dû t'amener voir le roi Arren.

— Et Skedi, alors ?

— Chiromancienne ! »

Le garçon de la porte s'empara du siège vacant qu'Inara réservait pour Kissen. « Tethis, c'est bien ça ? Tu voyages avec la veiga. » Il s'étreignit la gorge, mimant une profonde détresse. « J'ai failli me faire dessus, mais Pourliche m'a dit qu'il la connaissait et m'a laissé repartir. » Il posa les coudes sur la table. Il tenait dans sa main une chope grosse comme sa tête et à moitié vide. « J'ai enfin fini ma journée. Je n'ai plus à me faire moquer, rabaisser, soudoyer, cajoler ou cracher dessus, Arren soit loué. » Il décocha à Inara un immense sourire. « Je m'appelle Nat. Tu veux bien me lire l'avenir ? Je te paierai. Dis-moi que je ne vais pas finir ma vie comme ça. »

Il laissa tomber sa main à plat sur le fût. Inara la contempla. Elle se sentait troublée et étourdie, comme dans un rêve. Une femme avait commencé à chanter près du feu, sur un semblant de scène, mais personne ne l'écoutait.

Tu ne travailles pas gratuitement, glissa Skedi, et Inara se surprit à lui répondre.

« Je ne suis pas donnée. » Le garçon la dévisagea en cillant, puis plongea la main dans une poche et en tira une minuscule pièce d'argent frappée d'un côté du portrait du roi, de l'autre des armoiries Geralfi. Une pièce toute neuve ; Inara n'en avait jamais vu de pareille. Elle était grosse comme son ongle d'annulaire. Kissen payait essentiellement en lingots, en morceaux d'argent – une devise illégale – et en cuivre. Il y avait là de quoi régler le gîte pour la nuit. Elle sentit Skedi grossir. Une offrande.

« Va voir ailleurs, gamin, dit Elo, mais Inara leva une main.

— *Un juste prix pour une lecture.* » Skedi parlait par les lèvres de la fillette, et celle-ci sentit qu'elle avait perdu la maîtrise de sa voix. Malgré tout, elle préférait cela. Elle pouvait prendre tranquillement du recul et profiter du spectacle. Skedi avait pris les rênes. Elle se saisit des mains de Nat, les retourna. Il rayonnait. Inara sentit Skedi glisser le long de sa capuche pour retourner dans la sacoche, afin de pouvoir scruter le visage du garçon sans risquer d'être vu.

Il a faim, dit Skedi. Inara le voyait aussi. Les couleurs étaient là, frémissantes, intenses, roses et vermillon. Il avait peut-être deux ans de plus qu'elle, avec une tignasse de cheveux noirs et bouclés en bataille. Un câble de cuivre passait au travers des bijoux qui ornaient ses oreilles percées. Ses couleurs changeaient, se modulaient, comme la lumière du soleil traversant du verre.

Du violet, à présent. Pour Inara, il s'agissait là d'une couleur sérieuse ; sa mère en portait pour les occasions particulières. Mais pour le garçon… *Imaginatif*, affirma Skedi. *Pas très brillant.*

« *Ta ligne de vie est puissante* », dit le dieu avec le timbre d'Inara. Elle indiqua au hasard un point de sa paume gauche. « *Tu atteindras un âge respectable* ». Un papillonnement turquoise au niveau de son front. Cela confirmait un soupçon qu'il avait : on vivait vieux, dans sa famille.

Tous les souhaits sont accompagnés d'avertissements, songea Skedi dans l'esprit d'Inara.

« *Sois prudent* », articula-t-elle malgré elle, sentant les mensonges doucereux de Skedi tapisser ses paroles. Nat se pencha en avant quand Inara lui désigna une ligne qui changeait de trajectoire sans se briser. « *Cela indique une chute ou un accident, susceptible de t'estropier, de te rendre dépendant des autres. Tu seras un homme fier, et ta déchéance sera violente.* »

Nat fronça les sourcils en soupirant. « Oui, c'est ce qui arrive à la moitié des gens sur ce pont branlant. » Elo s'efforçait de conserver un air neutre, mais Inara percevait aussi ses couleurs. Des étincelles argentées synonymes d'étonnement, un nuage de soupçons corail.

« *Ce n'est pas ici que tu cours le plus grand danger* », poursuivit Skedi. Inara lui montra un trait autour de son majeur. « *Tu peux choisir de rester ou de partir.*

— Est-ce que je vais devenir chevalier ? » s'enquit-il, tout sourire. Elo se suçota une dent presque imperceptiblement.

« *Non*, le détrompa Skedi. *Tu n'y crois pas toi-même.* » Le dieu avait raison : quand il avait posé la question, l'éclat gris du doute avait chatoyé autour de Nat. « *Mais tu connaîtras la richesse. Concentre-toi sur une opportunité plus près de chez toi.* » Inara désigna l'endroit de sa paume où les lignes se croisaient, formant un triangle. « *Si tu es attentif et appliqué, tu pourras te bâtir la vie dont tu rêves.* »

Nat s'assit, le bleu profond de la satisfaction s'estompant pour laisser place à un sentiment plus sombre. Il contempla ses paumes en cillant. Les coutures de la sacoche de Skedi s'étirèrent quand il grandit.

« Alors… je devrais continuer à travailler ici ? » se résigna Nat.

Inara retira ses mains. C'était la première fois que Skedi parlait à travers elle. Au début, cela ne lui avait pas fait grand-chose, mais plus l'expérience se poursuivait, plus elle se sentait étrange. Dissociée d'elle-même, comme si elle dormait à moitié.

« La chiromancie ne permet pas de répondre à des questions spécifiques, intervint Elo. Tu as eu ta séance ; maintenant, file.

— Mais combien je vais avoir d'enfants ? insista-t-il. C'est ça l'occasion que je dois chercher ? Tu peux me donner un indice ? »

Inara serra les dents pour empêcher Skedi de répondre. Elle sentit les mots lui couler sur la langue, la voix surexcitée de Skedi dévaler de son crâne à sa bouche.

Dis-lui qu'il aura trois enfants. Demande-lui de chercher le lièvre doré avec des bois et des ailes, et il lui montrera quelle opportunité saisir. Dis-lui de démissionner car il existe de meilleurs emplois. Dis-lui de prier le dieu des mensonges pieux. Que je pourrai lui obtenir ce qu'il désire.

« La lecture est terminée », décréta Inara, tant à l'intention de Nat que de Skediceth. Elle plongea la main dans sa sacoche et pinça sa fourrure le temps de lui envoyer une pensée. *Tu m'as promis de ne jamais te servir de tes pouvoirs sur moi.*

Je ne m'en suis pas servi sur toi, songea-t-il en retour.

Si Kissen avait été là…

Ce n'est pas le cas, et tant mieux.

Inara se surprit à partager son opinion. Elle ne savait pas trop pourquoi, mais au moins n'avaient-ils pas été pris à raconter de tels mensonges.

« Attends, insista Nat, interrompant leur conversation silencieuse. Tu ne peux pas t'arrêter quand ça te chante. Je t'ai donné un argent plein.

— Elle a dit non, petit, intervint Elo d'une voix grave et froide. Elle te l'a dit poliment. Je te suggère de partir, où j'y mettrai moins de formes.

— Je posais juste une question, plaida-t-il. J'ai payé. » Sa moue ne dura qu'un instant, puis il carra les épaules devant Elo dans l'espoir de reprendre le dessus. « Quel genre d'artiste menace un client payant ? » Il récupéra la pièce qu'il avait déposée sur la table pour Inara et l'empocha. « Et quel genre de chanteur porte une épée ? » Il plissa les paupières. « Je vous suggère de faire étalage de votre talent, ou je demanderai au serveur de prévenir la garde Geralfi. »

Les couleurs d'Elo s'embrasèrent avec un mélange d'inquiétude, de hâte et de colère qui fit pétiller ses prunelles – un peu comme Kissen lorsqu'elle sentait une bagarre couver. Quel était le pire : se faire arrêter ou risquer d'être reconnu ? Il sourit, sa décision étant prise.

« Je n'ai jamais vu un garde arrêter un chanteur profitant d'un bon repas, rétorqua-t-il. Mais comme tu voudras, petite crevure. Il faudra juste que tu expliques à cette musicienne que tu n'aimes pas son style, et que tu préviennes Pourliche et Leir du changement de programme. »

Il appuya volontairement sur le nom que Kissen avait glissé plus tôt et sur celui du serveur qui s'était présenté à eux. La barde sur la scène persistait à chanter vaillamment, même si un autre orchestre armé d'un pipeau sifflotait quelques notes dans le coin, détournant le peu d'attention qu'elle pouvait susciter. La chanteuse en était jaune d'agacement.

Nat, en revanche, était en proie à des émotions contradictoires. Il se mordait la langue et scrutait Elo en plissant les paupières. L'agressivité du garçon se matérialisait par un bleu-gris orageux. Il voulait humilier Elo, à cause de la honte que lui-même éprouvait. Elo avait accepté de relever le gant, ce qui motivait Nat à le contrarier davantage. Son instinct de conservation se dissipait rapidement.

Skedi, qu'est-ce que tu fais ? s'inquiéta Inara en orientant ses pensées vers le dieu, cependant qu'Elo et Nat poursuivaient leur duel visuel. Les couleurs de Nat étaient parcourues d'accès de rose, tandis que celles d'Elo se teintaient d'indigo en périphérie.

Je ne ferais rien qui puisse te causer du tort, Ina, la rassura-t-il. Il devint tout petit et, profitant de la distraction de Nat, émergea de la sacoche pour venir se blottir dans la paume de son amie. Sûr, réconfortant. Elle se détendit un peu. C'était son Skedi, son ami ; il ne lui ferait jamais de mal.

Nat comprit alors qu'Elo ne fléchirait pas. Il repoussa brusquement son siège et se dirigea vers la barde. Il dut se hisser sur la pointe des pieds pour lui murmurer à l'oreille. Elle bloqua les cordes de son petit luth, leva les yeux au ciel et se dirigea vers le comptoir, laissant dans son sillage un crépitement de colère orangé. Nat croisa les bras et désigna Elo d'un geste du menton.

« Il ne peut pas te forcer », intervint Ina en pressant le bras du chevalier. Malgré la brume d'euphorie et de lassitude qu'elle traversait, elle se rendit compte du danger potentiel. Elle ne voulait pas qu'Elo obéisse au garçon. Elle voulait que Kissen revienne et renverse une table. Elle voulait que le serveur ou la musicienne reprochent à Nat sa grossièreté. Où était ce Pourliche dont Kissen avait parlé ? Sa mère lui manquait.

« Ne t'en fais pas », lui dit Elo, qui se leva en se massant la gorge. Il retira son épée et la posa près de son siège. « C'est un bar d'anciens combattants. S'il te plaît, bouche-toi les oreilles. »

Il se dirigea vers la scène, installée contre le mur. Nul ne lui accorda la moindre attention, entre le rugissement de l'eau, les tintements des os sur l'étain et les sifflotements incessants de l'autre orchestre. Néanmoins, Elo adressa une révérence moqueuse à Nat.

Ina, bien sûr, écouta très attentivement.

« *Comme j'étais un soldat arpentant les murailles de la ville,* commença Elo,

» *Et que toutes mes maîtresses étaient bien loin de moi*
» *Et que les dieux de l'amour faisaient n'importe quoi*
» *Je ne savais plus trop quoi faire de ma vie*

» En arpentant les murailles de la ville. »

Il avait une voix de ténor étonnamment riche et puissante, comme celle des ménestrels qui se présentaient au solstice d'hiver. Le rythme lent de la mélopée capta vite l'attention de la foule. Deux buveurs épuisés cillèrent dans sa direction. Le pipeau s'interrompit, et l'homme qui en jouait de son seul bras restant afficha un large sourire, révélant trois uniques dents. Elo entama alors le second couplet, accélérant le tempo maintenant qu'il se savait écouté. L'air restait le même, comme celui d'une comptine.

« Comme j'étais un soldat arpentant les murailles de la ville
» Et que toutes mes maîtresses étaient bien loin de moi
» Et que les dieux de l'amour faisaient n'importe quoi
» Je ne savais plus trop quoi faire de ma vie
» Devais-je embrasser n'importe quelle mendigote
» En arpentant les murailles de la ville ? »

Toutes les conversations avaient désormais cessé. Plusieurs têtes s'étaient tournées et au moins trois personnes avaient fredonné la dernière strophe en chœur avec Elo. Pour le troisième couplet, trois femmes portant leur arc dans leur dos se joignirent au chant depuis leur place, plus près des cascades ; l'une d'elles portait des cicatrices blanches semblables à celles de Kissen, une sorte d'éclair lui descendant dans le cou. Elles semblaient plus intéressées par la chanson que par le chanteur.

« Comme j'étais un soldat arpentant les murailles de la ville
» Et que toutes mes maîtresses étaient bien loin de moi
» Et que les dieux de l'amour faisaient n'importe quoi
» Je ne savais plus trop quoi faire de ma vie
» Devais-je embrasser n'importe quelle mendigote
» Coucher avec tous les cloportes
» En arpentant les murailles de la ville ? »

Inara rougit. Elle se rappelait distinctement avoir entendu les vieux gardes du domaine de sa mère plaisanter sur la guerre après avoir rapatrié dame Craier, blessée lors de la bataille du port. Ceux qui étaient revenus avaient évoqué les « mendigots », des parasites qui suivaient l'avancée de la guerre, souvent des propres à rien ou des mécontents, en quête de restes de nourriture ou de choses à voler. Pas le genre de personne qu'on souhaiterait embrasser. Et coucher ? Les « cloportes » étaient ces marchands qui suivaient la caravane, installaient leur campement et leurs étals près de l'audience captive des assiégeurs.

Elo chantait une chanson *paillarde*.

Leir, debout au comptoir, se mit à battre la mesure de ses mains. Le joueur de pipeau se joignit à la fête, et l'un des petits groupes venus réserver ses emplacements pour la saison des faînes, qui s'était mêlé à de vieux compatriotes, commença à taper des pieds en rythme. *Devais-je embrasser n'importe quelle mendigote ? Coucher avec tous les cloportes ? Défourailler ma grosse épée ? Voir combien rapporte le tapin ? En arpentant les murailles de la ville.*

La taverne tremblait à présent dans le chahut ambiant, chaque couplet ajoutant une strophe, plus grossière que la précédente. Nat observait désormais la porte donnant sur l'arrière-salle ; un vieil homme la franchit, des poils plein les oreilles et une moue sur le visage. Il était accompagné de Kissen, dont la mâchoire manqua de se décrocher quand elle découvrit qui était sur scène.

« Arrêtez ! beugla l'homme. Tapez pas des pieds ! Faites pas tout trembler ! Gefyr est à la limite du point de rupture pendant le festival. »

Les planches grinçaient, et Elo lui-même s'entendait à peine tant les chœurs étaient puissants. La chanteuse qui l'avait précédé, et qui buvait désormais une eau-de-vie, arborait un air suffisant.

« Non ! » L'homme qui accompagnait Kissen monta sur scène, ses cheveux voletant telles des bannières blanches. « On ne tape pas des pieds, on ne danse pas ! Je n'ai pas la licence pour ça. Gardez vos grivoiseries absurdes pour vos hamacs, héros de guerre sainte ou pas. »

Les spectateurs agitèrent les mains en riant, puis retournèrent à leur boisson, certains poussant encore la chansonnette en ricanant.

« Qui a réclamé ça ? » demanda le patron en dardant sur Elo un regard noir. Inara devinait qu'il s'agissait de Pourliche, à en juger par le rouge autoritaire qui flamboyait autour de son crâne. Elo resta muet. Nat battit nerveusement en retraite. La barde éconduite leva son verre.

« C'est le petit Nat ! » le dénonça-t-elle.

Le garçon semblait sur le point de s'évanouir. Il s'éloigna d'un grand pas, mais ne fut pas assez prompt pour éviter que Pourliche le saisisse par la chemise et le fasse décoller du sol. « J'en toucherai deux mots à ton vieux, Nattino Barkson. »

Ils sortirent pour regagner le pont. Les clients se dispersèrent en différents groupes, et l'interlude musical fut essentiellement oublié.

Elo descendit de scène pour aller rejoindre Ina. On le suivit des yeux. Il était grand, si grand qu'avec un peu plus de cheveux il aurait touché le plafond ; il ressortait au milieu de la taverne mieux qu'une flamme dans l'obscurité.

« Tu ne t'es pas bouché les oreilles, constata-t-il.

— Comment pouvait-elle deviner que tu chanterais une chanson cochonne ? » demanda Kissen en venant les rejoindre. Elle lui tapa dans le dos. « Ça m'a surprise, et pas qu'un peu. Par le sang et le sel, boulanger, je ne pensais pas que tu avais ça dans le ventre. »

Une inconnue venue d'une autre table s'approcha en applaudissant. « Vous ! Vous êtes… euh, comment il s'appelle, déjà ? Le commandeur Elogast ? »

Kissen referma sa main sur l'épaule d'Elo, regrettant peut-être de l'avoir mis dans cette position.

« Oh, putain, ça ne va pas recommencer, pesta-t-elle à voix haute. C'est un boulanger, pas un foutu chevalier. S'il savait se servir de son épée, ou s'il avait les couilles d'aller à Blenraden, je le saurais, non ? »

Pas un chevalier, pas un chevalier, pas un chevalier, insista Skedi, et le mensonge prit. Il le propagea plus loin ; Inara sentit sa volonté s'étendre dans toute la taverne, amplifiée à travers elle.

Quelques soupçons moururent, la curiosité se tarit. Malgré tout, Elo portait toujours sur Kissen un regard sévère.

L'autre femme leva les mains. Ses joues étaient rosies par l'alcool. « Pardon, pardon, je savais pas qu'il était pris. » Et elle s'éloigna.

Elo chassa la main de Kissen d'un mouvement brusque de l'épaule, puis désigna Inara et Skedi du menton. « Merci à tous les deux », dit-il. Puis, à l'adresse de Kissen : « Pourquoi tu as choisi cet endroit ?

— Inutile de te mettre sur la défensive. À moins que tu cherches une histoire de cœur, auquel cas… » Elle embrassa la salle d'un geste du bras. « Choisis qui tu veux. Nous, les petites gens, voyons rarement de beaux hommes comme toi. »

Elo rougit. « Veiga, tu nous as amenés ici en sachant que quelqu'un risquait de me reconnaître. Pourquoi ? »

Kissen haussa les épaules et s'assit sur le siège déserté par Nat. Inara aurait aimé voir les couleurs de la veiga, comprendre ce qu'elle pensait.

Est-ce qu'une personne de confiance se cacherait de toi ? demanda Skedi.

« Pour en apprendre un peu plus sur toi, répondit Kissen en buvant une longue lampée de bière dans la corne d'Elo, comprendre pourquoi tu te rends secrètement dans une ville illégale que tu as toi-même assiégée. Et pour passer une nuit dans un hamac au lieu de dormir d'un œil à même le sol, ajouta-t-elle d'un ton entendu. Tous les lits en ville sont occupés, et *mon* ami Pourliche a dégagé quelques tire-au-flanc pour nous offrir un endroit au chaud. Tu as de la chance que je ne t'aie pas fait virer aussi. » Elle marqua une pause. « J'avoue y avoir pensé avant de t'entendre chanter ta paillarde.

— Parle moins fort, bordel, s'emporta Elo avant de se pencher vers elle. Et si les démons venaient ici ? Tu aimerais être responsable de la mort d'autres personnes ? »

Kissen fit la moue.

« Les dieux ont leurs limites, affirma-t-elle. Des démons ont surgi la première et la cinquième nuit. Si je ne me trompe, ça veut dire qu'il leur a fallu quatre jours pour recouvrer assez de forces pour invoquer de nouvelles créatures. Ça n'arrivera pas ce soir.

— Et donc… on risque d'en retrouver dans trois jours ? » s'inquiéta Inara. Si le même schéma se reproduisait, cela pouvait aussi signifier qu'ils seraient encore plus nombreux : peut-être trois ou quatre. Cela ne semblait pas réjouir Elo.

« Je n'ai aucune confiance en ton jugement, déclara-t-il froidement. Ni au sujet d'Inara, ni au sujet des démons. Nous perdons déjà du temps par rapport à notre voyage. Plus tôt nous atteindrons Blenraden, mieux ce sera. »

Il ramassa son épée et déserta la table. Kissen arborait un petit sourire narquois. Inara trouvait qu'il n'y avait pas de quoi se réjouir. Elle avait fait confiance à cette femme, faute d'alternative. Mais elle en avait une, à présent.

Pourliche s'approcha alors et posa la main sur l'épaule de la veiga. « On peut compter sur toi pour ramener des bardes mal embouchés », déclara-t-il. Puis il se tourna vers Inara. « Ah, coucou, petite chiromancienne. Bienvenue au *Havre du pêcheur*. Tu as de la chance de voyager avec une veiga. » Il afficha un large sourire. « Kissen a droit à un couchage gratuit ici jusqu'à la fin de sa vie, pour la remercier d'avoir sauvé la mienne. La nourriture et les boissons sont aussi à ma charge. Profites-en. »

Inara voulut lui demander de l'eau, tant elle se sentait confuse et désorientée, mais elle avait vu les excréments plonger dans la rivière. La bière était sans doute plus sûre. Elle se fendit d'un sourire de remerciement, et Pourliche se retourna vers Kissen.

« Le barde ? » l'interrogea-t-il. Inara la dévisagea. Elle n'allait tout de même pas trahir Elo, si ?

« Un autre visage croisé à la guerre, répondit Kissen. Je ne le connaissais pas très bien. Il est aussi tendu que les cordons d'une bourse. »

Pourliche branla du chef. « Bon, passez une bonne nuit. Et la prochaine fois, reste un peu plus longtemps, pour qu'on puisse boire un coup pour célébrer la mort de Mertagh. » Il jeta un coup d'œil à la tête de cerf et cracha sur le nom du dieu, avant d'abattre sa semelle sur le sol pour disperser sa bave dans la poussière. « Fini les guerres. » Puis il retourna vers le comptoir en sifflotant.

« Elo n'a pas digéré que tu nous amènes ici », glissa Inara à Kissen. Elle était sûre d'avoir autre chose d'important à lui dire, mais cela ne cessait de lui échapper. La fatigue l'accablait, et Skedi, malgré sa taille réduite, lui pesait dans la main.

« De toute façon, il ne m'aime pas », lâcha Kissen avec une pointe d'agacement. Aspirait-elle à être appréciée ? Elle ne le montrait guère.

« Il aurait peut-être changé d'avis si tu ne l'avais pas mis à l'épreuve, répondit Inara. Il commençait à revoir sa position.

— Qu'est-ce qui te fait dire ça ? » s'étonna Kissen.

Les couleurs qu'il diffusait, cet éclat vert clair. Elle ne le mentionna pas. Pas à Kissen.

Ne lui fais pas confiance. Ne va pas croire qu'elle ne peut pas retourner sa haine des dieux contre toi comme contre moi.

Je ne suis pas une déesse, Skedi.

« Je lui ai dit », avoua-t-elle à haute voix. Elle avait fini par saisir cette pensée qui lui échappait, plus fuyante qu'une anguille. Pourquoi ? « Il sait qui je suis. »

Kissen posa le front sur la table en grommelant.

« Tu vas avoir ma peau, gamine.

— Je pense qu'il est fiable, expliqua Ina. Skedi le pense aussi.

— Oh, dans ce cas… » répondit-elle d'un ton dégoulinant de sarcasme.

Tout va bien, Inara, la rassura Skedi. *Prends tes distances avec la déicide. Va rejoindre Elo. Elo peut nous aider.*

« Je crois qu'il peut m'aider, reprit Inara. Il connaît mon nom, ma mère. Mieux que toi. On peut lui faire confiance.

— Les gens de confiance peuvent se retourner contre toi en un clin d'œil. »

Inara était agacée. Elle ne trouvait pas les mots, n'arrivait pas à forcer Kissen à l'écouter. À la comprendre. À se soucier de ce qu'elle voulait. Skedi était en colère, lui aussi. Il n'aimait pas Kissen, ne voulait pas d'elle. Sa volonté était plus forte que celle d'Inara.

« *Et qu'est-ce que tu en sais ?* » Skedi s'exprima à travers elle. Inara tenta de le calmer, mais se retrouva incapable de parler. Sa langue ne lui appartenait plus, son esprit était envahi par la confusion, la fatigue, le doute, la suspicion. Les mensonges. Mais Skedi s'était servi de sa voix. Kissen devait penser que la question émanait d'elle.

Les couleurs de la déicide chatoyèrent un instant au-dessus de sa peau, ce qui prit Inara de court. Elles étaient ternes et sombres, grises, comme la mer et les nuages d'orage, avec un liseré orange flamboyant. Elle irradiait de colère. « Parce que c'est déjà arrivé, rétorqua-t-elle. Fin de la discussion.

— *Peut-être que ce ne serait pas arrivé si tu n'étais pas une grosse brute méfiante* », suggéra Skedi par le truchement d'Inara.

Les traits de Kissen se durcirent. Les couleurs disparurent en elle quand elle se renferma, colmatant ainsi toutes ses vulnérabilités. Tout ceci ne plaisait pas à Inara. Ce n'était pas juste. Pas ce qu'elle pensait.

À quoi est-ce que tu joues, Skedi ? Libère-moi.

Skedi ne répondit pas.

« *Je refuse de poursuivre le voyage avec toi,* mentit Skedi par la bouche de la fillette. *Je ne me sens pas en sécurité avec toi.*

— J'ai fait une promesse, Inara, lui rappela Kissen. Je ne prends pas les promesses à la légère, et je ne reviens jamais dessus.

— *Je partirai avec Elo, et je veux que tu nous laisses tranquilles. Retourne tuer tes dieux à Lesscia, mais n'approche pas tes couteaux de Skediceth.* »

Skedi supplantait complètement la volonté d'Inara. Son seul ami venait de prendre le contrôle d'elle, de son propre esprit. Elle essaya de l'appeler de nouveau, de bouger, mais il ne se laissa pas fléchir et refusa même de lui répondre.

CHAPITRE 19
Skediceth

Qu'avait-il fait ? Il lui était déjà arrivé d'imposer en douceur sa volonté à Inara, d'ensemencer ses couleurs de son influence, ainsi qu'il l'avait fait avec les pèlerins. Kissen était un danger pour eux.

Il avait été obligé de le faire. Il ne voulait pas se trouver près d'elle, quoi qu'en pense Inara. Kissen n'avait aucun respect pour lui, sa vie ou ses désirs. Il ne pouvait plus le supporter. C'était un dieu, après tout.

Puis ce garçon lui avait fait une offrande et avait adoré ses mensonges. Inara l'avait accueilli, l'avait laissé s'exprimer à travers elle. Depuis qu'il avait goûté à cet instant, il avait du mal à s'en passer. Il lui suffisait de creuser plus profondément en Inara, d'intriquer sa volonté avec son cerveau. Maintenant qu'il était là, il entendait y rester, juste un moment, le temps qu'ils soient tous deux en sécurité.

Tu finiras par comprendre, Inara.

Il la fit dormir. Il se rendit compte qu'il pouvait y parvenir en imposant des mensonges pieux apaisants à son esprit : elle n'entendait pas le tumulte des eaux, tout ceci n'était qu'un rêve, elle était chez elle, sur son matelas en plumes. Le lit était en réalité un hamac couvert, comme une cosse de pois, doublé de fourrures et de laine rugueuse. Les peaux posées dessus empêchaient l'eau d'y pénétrer, mais ne pouvaient rien contre les odeurs d'humidité ou de sueur des anciens pensionnaires. Skedi se roula en boule sur la poitrine d'Inara et lui suggéra de sentir le jasmin, le vieux bois et les fleurs fraîches. Éprouvait-il de la culpabilité ? Un peu. Il devait beaucoup à Ina ; il l'adorait. Il essayait de ne pas fouiller dans ses émotions, de ne pas y voir la terreur et la trahison. Il était un dieu des mensonges pieux, et il s'était servi de son pouvoir pour les protéger tous deux.

Il se réveilla avant l'aube. Une visiteuse du matin faisait sa tournée pour tirer du lit ceux qui avaient demandé à être réveillés aux aurores. Skedi entendait le grincement des cordes quand certains remuaient ou faisaient tomber une douche d'eau sur le voisin du dessous. Ces ruissellements n'avaient pas de manières. Parfois, il s'agissait d'un martèlement régulier de gouttes ou d'embruns, avec un plic-ploc prévisible provenant de la couchette du dessus. Puis, quelque chose changeait, une bourrasque, la pression sur la toile, et l'on se faisait pilonner.

C'est l'heure de partir. Pour moi, Ina.

Elle se plia à sa volonté, rassemblant ses affaires. Elle hésita avec le manteau en laine paraffinée, mais finit par le draper autour de ses épaules. Son esprit était un chaos de bourdonnements, mais il en prit les rênes.

Skedi s'installa dans sa capuche pendant qu'Inara bouclait ses affaires et descendait l'échelle lui permettant de regagner le plancher humide. Il était dissimulé par ses cheveux, bien au chaud et en sécurité.

Par ici.

Il avait repéré où Elo dormait. Il la fit circuler entre les hamacs, l'allure ralentie par son absence d'ailes. Non, Elo ne dormait plus : il remuait, les épines grises de la méfiance hérissant ses mains. Il les entendit venir, sentit le basculement du poids sur les planches tandis qu'ils se rapprochaient. Peut-être qu'il tenait un couteau. Peut-être que Skedi précipitait Inara au-devant d'un grand danger.

Skedi voleta jusqu'à l'ouverture du nid d'Elo, au plus loin de la distance dont il pouvait s'éloigner d'Ina. Le chevalier étouffa un cri.

« N'attaque pas, chevalier, c'est nous ! »

Elo considéra Skedi en clignant des paupières, puis baissa la tête vers Ina.

« Qu'est-ce qu'il y a, Inara ? Qu'a fait Kissen, encore ?

— *Rien*, répondit Skedi par la bouche de la fillette, avec sa voix. *On veut partir avec toi, maintenant, avant qu'elle se réveille. C'est elle qui attire les démons, j'en suis sûre. Je ne veux pas mourir.* »

Skedi se rendit compte qu'Inara pleurait. Des larmes ruisselaient depuis ses yeux jusqu'à son menton.

Arrête, lui dit-il. *Je fais ça pour nous. Je te promets de te libérer quand on sera sortis d'ici.*

« Je... » Elo hésita, ses émotions tournoyant autour de lui. Le doute, en abondance. Il doutait de lui-même. Et la loyauté. Une loyauté d'azur, étouffante, dévorante, capable de submerger tout le reste. « Inara, je suis lancé dans une quête importante... Je ne peux pas... »

Il était vulnérable. Sa volonté n'était pas clôturée comme celle de Kissen. Il était possible de la modeler.

Elle sera plus en sécurité avec toi, lui souffla Skedi en apposant son esprit contre celui de l'homme. *Elle est comme le roi Arren, n'est-ce pas ? Arren voudrait la voir protégée, Bethine aussi. Veille sur elle.*

« *S'il te plaît* », ajouta-t-il à haute voix. Volontairement ou non, les larmes d'Inara infléchirent Elo. Skedi enveloppa de sa volonté les couleurs du chevalier, percevant son anxiété, l'apaisant, l'étouffant. Il pouvait le faire, il pouvait les manipuler tous les deux, car il s'agissait de petits mensonges qu'ils avaient presque envie de croire. Le sens de l'honneur teinta de la nuance pêche de l'aurore les couleurs d'Elo, qui acquiesça.

« Très bien », dit-il. C'en était presque touchant : il croyait sincèrement au fait d'aider les autres. Il attrapa son paquetage et bascula hors du hamac. Skedi retourna jusqu'à Inara et lui fit faire demi-tour, la fourrure hérissée par son propre pouvoir ; il sentait presque ses bois prendre de l'ampleur. Les humains étaient tellement crédules ! Aussi vulnérables que des poissons dans ses rets, lorsqu'il les tenait. Il avait pris le contrôle de leur destin joint, à Inara et à lui, pour la première fois depuis qu'ils s'étaient rencontrés et se retrouvaient contraints de vivre dans la peur. Il leur demanderait des offrandes pour les remercier de les avoir secourus de la veiga et des démons. Il deviendrait un véritable dieu.

Ils gravirent les marches jusqu'à la taverne, et Skedi replongea dans le capuchon d'Inara avant qu'ils émergent par le sol de la salle principale. Quelqu'un faisait du raffut dans la cuisine, et les odeurs d'un feu naissant s'élevaient de l'âtre. Un couple était assis près des flammes, à manger du ragoût aux prunes acides tout en faisant sécher leurs vêtements trempés par les embruns.

Elo fit signe à Inara de le suivre dehors. Contrairement à la fillette, il était tel un jouet sur ressort ; il avait suffi de le remonter à l'aide d'un bon mensonge pour le voir bondir. Skedi laissa ses ailes exprimer toute son excitation. Plus ils s'éloignaient de Kissen, mieux il se portait.

Ils atteignirent la pierre de l'avenue centrale du pont. Des marchands ambulants avaient déjà remonté une pêche matinale de la rivière et répartissaient les poissons dans des cageots. Deux enfants s'attelaient à les vider, et la rue étroite empestait les écailles et le sang. Inara et Elo durent patauger dans les abats pour gagner le côté est de la ville.

À cet endroit, les portes étaient basses et étroites, comparativement à celles de la rive ouest, mais tout aussi décorées de guirlandes. Skedi jeta un coup d'œil à travers la chevelure d'Inara. Ceux qui n'avaient pas pu s'offrir un lit étaient agglutinés là, ramassant déjà leurs affaires de couchage pour se placer dans la queue des partants. Certains remuaient de petites cuves de soupe d'orties ou grignotaient des biscuits broyés avec du sel et des baies séchées.

Devant les vantaux à demi ouverts, un scribe éreinté rayait des noms sur un registre et ajoutait ceux des nouveaux arrivants. Skedi apercevait déjà les arbres élagués et la route de dehors. La plupart voyageaient à pied, mais quelques-uns allaient à cheval.

La déicide comptait parmi ceux-là.

Sa tignasse était retenue en arrière par une bande de tresses ; elle était bien habillée, ne semblait pas hors d'haleine, avec son paquetage sur l'épaule et la main sous les naseaux de Jambes. À dire vrai, elle semblait mieux reposée que n'importe lequel d'entre eux. Elle leur sourit. Skedi se ratatina malgré lui. Des femmes pareilles lui faisaient remettre en question son immortalité.

Les émotions d'Inara s'emballèrent. Skedi les réprima tout en maintenant un effort de volonté sur Elo, piégeant ses convictions dans un amas de mensonges pieux. Skedi exerçait son pouvoir à l'extrême limite de ses capacités. Mais que pouvait-il faire de plus ? Ils ne pouvaient plus rebrousser chemin. Ils pourraient causer un esclandre, mais ils risquaient alors d'être découverts, arrêtés, interrogés. Skedi ne pouvait se permettre de mettre Inara en danger, non plus que lui-même. Telle n'était pas son intention.

Il fit avancer la petite, et Elo et elle signèrent pour sortir de la ville ; une fois leurs fausses identités rayées, ils rejoignirent Kissen sur la route.

« Vous n'êtes pas bien rapides, ce matin », commenta-t-elle. Elo posa la main sur l'épaule d'Inara.

« Elle vient avec moi, annonça-t-il. À sa demande. Tu es libérée de ta mission, tu peux donc reprendre ta route.

— Ce n'était pas une mission, le détrompa Kissen en posant ses yeux gris de mer sur Inara. C'était une promesse. » Elle ignorait que Skedi était à l'œuvre. Elle ne pouvait pas le savoir. Il se cachait derrière le cou de la petite. « Allons, boulanger, ne nous disputons pas ici. »

Elo porta doucement la main à son épée, sans la dégainer. Un arc-en-ciel de contradictions agitait ses couleurs : le vert clair indiquant la sympathie qu'il commençait à éprouver pour Kissen, le bleu symbolisant sa fidélité et son honneur couleur pêche, le tout hérissé de prudence grise et de pointes dorées – dangereuses, violentes –, qui se renforcèrent quand il observa les voyageurs alentour. Il y avait trop de monde. « Non, confirma-t-il. Pas ici. »

Ils suivirent la foule de gens qui quittait Gefyrton. Skedi n'avait pas besoin de percevoir les couleurs de Kissen pour savoir que tous deux bouillonnaient, prêts à exploser. Le gris et l'or qui se succédaient autour d'Elo faisaient se hérisser tous les poils de Skedi. Palpitant. Il avait accompli cela. Elo l'emporterait en combat singulier : il était bien entraîné, posé. Et il avait un dieu de son côté.

Les pavés de la route les menèrent jusqu'à un chemin de terre battue bordé d'arbres effondrés et de vignes mal entretenues. Il y avait désormais beaucoup de chevaux et de bétail, si bien qu'il était difficile de semer les autres voyageurs. La plupart d'entre eux bifurquèrent vers la côte au premier croisement, mais ils furent tout de même nombreux à s'enfoncer plus profondément dans les montagnes, piquant vers le nord entre les prairies verdoyantes et les pentes de fougères noircies par l'hiver. De la neige se cachait encore dans des recoins ombragés, derrière les premiers boutons des bouleaux. Inara avait cessé de lutter contre Skedi, tandis qu'Elo s'était placé entre elle et la déicide et sa monture. Kissen le lorgnait de travers, ayant pris comme une insulte qu'il ait envisagé de s'enfuir avec la gamine. Peut-être en était-ce une. Peut-être en ferait-elle autant elle-même à la première occasion.

Ils restèrent cependant silencieux. Ils ne tardèrent pas à rencontrer deux chevaliers portant les couleurs du roi, à l'endroit où la route se rétrécissait entre deux affleurements rocheux. Ils semblaient plus alertes que le garde fumeur de pipe qu'ils avaient croisé au portail la veille. Ils avaient placé à terre un signe cabalistique : un morceau de bois sur lequel était gravée une forme de branche d'arbre, ou un trident. Ils rassemblaient les voyageurs pour les forcer à marcher l'un après l'autre sur la planche, ce qui causait un encombrement. Il devait s'agir du symbole d'un dieu, qu'on leur demandait de piétiner afin de prouver qu'ils n'avaient aucune loyauté à son égard. Kissen, Elo et Inara reçurent l'ordre d'en faire autant, et tous s'exécutèrent sans l'ombre d'une hésitation, le conflit latent entre eux étant bien plus important que les excentricités croisées sur la route.

Ils ne s'étaient éloignés que de quelques pas quand ils entendirent une échauffourée. Skedi jeta un coup d'œil par-dessus le capuchon d'Inara et vit les chevaliers s'emparer d'une vieille femme qui avait refusé de marcher sur la trace.

« Pitié ! plaidait-elle. C'est le symbole de Lethen. Elle guide les voyageurs égarés pour leur permettre de retrouver leur chemin.

— Le roi est ton seul guide, gronda l'un des soldats.

— Je suis une marchande ambulante. Vous ne pouvez pas me demander de la fouler au pied au risque de provoquer une calamité ! »

L'homme qui avait parlé la cogna violemment de sa main gantée, avant de l'attraper par le cou pour lui écraser la figure sur le symbole. Skedi sentit Elo hésiter, sa détermination se heurtant à sa colère. Il s'arrêta net, son propre désir menaçant de supplanter celui du dieu.

Tu ne peux rien pour elle. Et ton pèlerinage ? Que pourrais-tu faire pour changer ce qui est déjà fait ?

Les pensées d'Elo étaient claires comme de l'eau de roche. Arren ne voudrait pas cela. Arren ne ferait pas cela. Ces pensées s'estompèrent, jusqu'à ce qu'il ne reste plus que : Arren ; frère ; ami ; aider.

Aide Inara, chuchota Skedi. *Aide-moi.*

Aide-nous.

Pour la deuxième fois de son périple, Elo tourna le dos à ceux qu'il aurait naguère pu appeler ses camarades, fulminant de rage, de honte et de regrets.

À peine une lieue plus loin, ils tombèrent sur un panneau en pierre couvert de lichen jaune. Ses flèches désignaient diverses villes d'importance au nord, à l'est et au sud. Au sommet, une longue fissure barrait l'écriture ; de gros morceaux avaient été taillés et la pierre en profondeur apparaissait plus claire qu'en surface. Les seules lettres restantes étaient la première, la moitié d'un *B,* et le ventre d'un *d*. Blenraden.

Ils suivirent cette route en silence, face au soleil. Celui-ci atteignit son zénith avant qu'ils dévient de la chaussée pour emprunter une sente grimpant vers la montagne. La forêt se densifia autour d'eux, et de jeunes faons et leurs mères se dispersèrent dans les bois à leur passage. La lumière se faisait de plus en plus tamisée à mesure que l'après-midi avançait et qu'ils s'élevaient sur les pentes des Bennites, jusqu'à se retrouver sur un terrain rocailleux. Ils aboutirent à une clairière, tout humide de neige fondue et de pluies printanières. Les couleurs autour d'Elo se modifiaient, s'apaisaient.

Ils se retrouvaient pour la première fois complètement seuls.

Elo fut le premier à s'arrêter. Il dégaina son épée à la terne lame de briddite ; ses émotions étaient sombres.

« Attends, Elo… » surgit la voix d'Inara. Skedi lui planta les griffes dans l'épaule, veillant à ce que son esprit reprenne le dessus sur celui de la fillette. Elle n'était qu'une humaine, encore une enfant ; elle ne pouvait pas résister à la pression intense d'un dieu.

Mieux vaut que tu restes silencieuse, souffla Skedi. *Je te promets que c'est pour le mieux. Je te le promets.*

« Veiga », lança Elo tandis que Kissen emmenait Jambes paître sur une étendue herbeuse. Elle dégrafa son manteau et le laissa tomber sur la selle, avant de tapoter affectueusement l'animal et de caresser ses oreilles soyeuses. Elle considéra rapidement Inara et Skedi, puis se tourna vers Elo. Pouvait-elle voir la manière dont il était prisonnier de la volonté du dieu, qui polluait son esprit de mensonges ? S'agissait-il toujours de mensonges pieux, s'ils risquaient de nuire à cette femme ? Ils n'étaient en tout cas pas prononcés dans ce but-là. Skedi se défaussait de toute responsabilité.

« Chevalier », répondit Kissen avec un salut militaire chargé de dérision. Sans son manteau, elle paraissait étrangement plus imposante ; ses épaules étaient larges, tout en muscles. Elo la dominait toutefois d'une tête et demie ; elle n'avait aucune chance de remporter un combat contre lui.

« Assez joué, déclara Elo. La petite ne veut plus voyager avec toi. Laisse-nous tranquilles.

— Honnêtement, répondit Kissen en retroussant nonchalamment les manches de sa chemise, je n'aimerais rien tant que me débarrasser d'une lutine à problèmes et de sa petite bête sournoise, mais j'ai promis de ne pas l'abandonner, et je tiens toujours mes promesses. »

Silence, insista Skedi auprès d'Inara, déployant ses ailes pour mieux exercer son pouvoir. Elle garda les lèvres scellées. Il pouvait peut-être tirer un meilleur profit d'elle, la faire parler, forcer Kissen à partir, mais il préférait s'assurer que la veiga ne revienne pas. Il aurait dû faire cela des jours plus tôt, des années, même. Dès après cette stupide promesse de ne jamais employer ses pouvoirs contre Ina. Elle ne lui avait rien offert en échange, cet engagement n'avait donc aucune valeur de contrainte, ce n'était pas une aubaine. Ils auraient pu se trouver n'importe où à présent. Il aurait pu l'attirer à Sakre, convaincre sa mère de l'y emmener, se mêler aux menteurs et aux politiciens, aux soldats et aux marchands, découvrir les doux secrets que dame Craier devait coucher dans ces lettres qu'elle refusait de montrer à sa fille. Il aurait pu venir à Blenraden des années plus tôt, tenter de découvrir ce qu'il était advenu de son sanctuaire, pourquoi il se retrouvait ainsi prisonnier et impotent. Il ne serait pas en train d'errer sur ce minuscule sentier entre deux endroits plus petits encore.

« Inara Craier sera plus en sécurité avec moi, affirma Elo. J'ai grandi à la cour de Sakre ; je suis un chevalier du royaume. »

Kissen éclata de rire. « Je croyais que tu étais boulanger ? » Elo plissa les paupières et resserra les doigts sur le tissu qui recouvrait son pommeau ; Kissen effectua son geste favori, enroulant l'index et le pouce de manière à former une spirale identique à celle qu'elle avait tatouée sur la poitrine. *Va te faire foutre.*

« Tu es un danger pour elle et pour toi-même, veiga. Laisse-la m'accompagner et affronte tes démons toute seule.

— Je ne crois pas que ça va se passer comme ça, répondit Kissen.

— Kissen, s'il te plaît ! » plaida Inara entre ses dents serrées. *Silence. Laisse parler les adultes.*

« Je ne te le redemanderai pas, insista Elo. Je ne veux pas te faire de mal.

— Alors ça va me simplifier la tâche », répondit Kissen.

Elle s'avança vers lui en dégainant sa lame. Pas son épée longue, toujours sanglée à Jambes, mais une arme plus courte, à une seule main : un sabre. Son fer tinta contre celui d'Elo lorsque le chevalier para l'assaut et enchaîna d'une riposte. Le lustre de la lame de Kissen reflétait la lumière dorée de cette fin d'après-midi. Elle se fendit rapidement, repoussant l'épée plus longue d'Elo tout en pivotant le buste pour contre-attaquer. Son épaule percuta le torse du prétendu boulanger et le rejeta en arrière.

Elo recouvra aisément l'équilibre pour adopter une position ferme et puissante. Il contra les assauts suivants, qui visaient alternativement ses bras et ses jambes. Ses gestes étaient raffinés, posés. Il répondait aux attaques de Kissen avec force, mais sans gaspiller d'énergie. Seul un dieu pouvait se rendre compte qu'il était troublé par les compétences de la déicide, car il n'en montrait rien tant il était concentré. Skedi constata qu'aucun des deux adversaires ne cherchait à tuer – seulement à blesser, à mettre l'autre hors d'état de nuire.

Elo se fendit en avant pour chasser le pied d'appui de Kissen, perturbant son allonge plus courte. Leurs fers se croisèrent à nouveau, et ils appuyèrent chacun de son côté, se rapprochant ainsi. Ils étaient désormais assez près pour s'embrasser. Elo cligna des paupières, puis crocheta du talon la fausse jambe de Kissen. Celle-ci tenta de reculer, mais pas assez vite pour éviter le coup puissant contre sa garde lorsqu'elle fut déséquilibrée. Elle relâcha sa prise et Elo parvint à la désarmer. Le sabre heurta la rocaille avec fracas.

Bien.

Le tissu de mensonges de Skedi se densifiait. Il les avait rapprochés jusqu'à cet instant. Il observait, alors que ses bois poussaient et que ses ailes s'étiraient. Il perçut vaguement la détresse d'Inara, le cri qu'il l'empêchait de pousser. Elle s'accrochait à son gilet, enfonçant les doigts dans les boutons.

Elle va ravir l'enfant, chuchota Skedi à Elo. *Elle va l'emmener loin d'ici. Elle veut lui faire du mal. Inara a besoin de toi. Ton roi a besoin de toi.*

Kissen recula et dégaina un long couteau rangé dans une gaine à sa cuisse. Sa dent en or scintilla lorsqu'elle sourit. Cela ne plut pas à Skedi. Elle avait perdu son sabre, elle n'aurait pas dû être en train de sourire.

Elo visa sa bonne jambe, espérant l'entailler et mettre ainsi un terme à l'affrontement. À l'évidence, il avait remarqué sur laquelle elle s'appuyait. Elle esquiva plus promptement cette fois, contourna la lame, qui manqua sa chair. Grâce au cuir de son brassard, elle bloqua la lame et se rapprocha pour lui poignarder la base de la hanche. Elo l'évita de justesse et lui décocha un coup de coude dans la mâchoire. Elle réagit en lui abattant la paume en pleine figure, ce qui lui tordit le cou en arrière. Cela ouvrit la garde du chevalier, et elle put s'approcher un peu trop. Les épées étaient faites pour porter de grands coups et maintenir l'ennemi à distance, pas pour le corps à corps.

Non, tu vas bien, chevalier. Tu dois l'emporter.

Elo recouvra ses esprits et chercha à attraper le poignet qui tenait le poignard pour jeter Kissen à terre, mais elle se tortilla et parvint à le repousser, changeant ce faisant son couteau de main, le contraignant à parer de sa poignée.

Stop. La voix d'Inara, franchissant les barrières de Skedi. Ce n'était pas censé se produire.

Kissen avait réussi à empoigner le revers du chevalier et à le faire basculer en avant de manière à pouvoir lui décocher un coup de genou en plein thorax, suivi d'un violent coup de tête. Elle avait pris l'avantage. Elle allait l'emporter.

Arrête ça, Skedi.

Il va s'en remettre.

Non. La volonté d'Inara était de plus en plus forte. Skedi la sentait le repousser. *Arrête.* Elle était désespérée. Elle ne voulait pas d'autre blessé, ne voulait pas se retrouver seule. Elo battait en retraite dans l'espoir de reprendre l'avantage.

Laisse faire les choses, Inara.

Elle lui jeta un regard menaçant qui le fit trembler. Son contrôle lui échappait. Pourquoi ? Il était un dieu, elle n'était qu'une fillette. Mais ses yeux étaient furieux… puissants. Elle se tourna vers Elo et Kissen.

« Arrêtez-vous ! » cria-t-elle. C'était plus qu'un cri : c'était une injonction. Il jaillit d'elle une couleur que Skedi n'avait jamais vue chez un humain, une couleur pareille aux profondeurs de l'océan ou aux confins du ciel, bordée de lumière. Sa volonté. Elle supplanta le pouvoir de Skedi, faisant voler en éclats l'emprise qu'il exerçait sur elle. Lui-même se sentit diminué, comme soufflé par une intense chaleur. Le pouvoir déferla jusqu'à Kissen et Elogast, les dépouillant de leur colère et de leur animosité, dissolvant les mensonges pieux qui embrouillaient l'esprit du chevalier.

La lumière s'estompa, et la force qu'Inara venait de libérer se dissipa. Elle chancela, et Skedi se mit à trembler, terrifié à la simple idée de la regarder.

« Arrêtez de vous battre, reprit-elle. S'il vous plaît. »

Elo abaissa son épée, troublé. Kissen, le nez et les lèvres en sang, était toujours en position de frapper ; elle retint son coup. « Tu as de la chance, chevalier, que je ne tue pas les humains, finit-elle par lâcher.

— Je ne le pensais pas, dit Inara d'une voix étranglée. Kissen, je ne… »

La déicide la dévisagea avec méfiance. Puis, en découvrant l'expression de la fillette, elle se radoucit. « S'il était si facile de se débarrasser de moi, je ne serais pas aussi douée dans ce que je fais, affirma-t-elle en rengainant son couteau avant de s'essuyer le nez d'un revers de manche. Vous vous laissez trop facilement embrouiller par un dieu minuscule. »

Skedi replia ses ailes pour tenter de se faire discret, mais Inara se retourna brusquement et le fit tomber de son épaule jusqu'au sol. Skedi dégringola à ses pieds, surpris, battant des ailes avec fougue.

« Inara… » plaida-t-il. Puis il essaya dans son esprit : *Inara.*

Non. L'accès lui était fermé. Skedi aplatit ses oreilles contre son crâne.

« Comment as-tu pu ? lui lança la jeune fille en reculant. Comment as-tu pu faire une chose pareille ?

— Nous manipuler », déclara Elogast avec un mélange d'ahurissement et de colère. Il remit son épée au fourreau et souffla longuement. De l'or palpitait dans ses couleurs, désormais chamboulées. Il souffrait d'une blessure à la lèvre et d'une plaie à la main, là où la lame de Kissen l'avait atteint.

« Vous mentir », abonda Kissen.

Skedi sentit tous les yeux rivés sur lui. Il se ratatina autant que possible, les ailes serrées contre lui, le menton rentré. Il tenta une nouvelle fois d'apaiser Inara. *Ina, je voulais juste…* Le lien était glacial. Elle avait bloqué toutes ses couleurs, exactement comme Kissen.

« Je peux essayer de le tuer maintenant, si tu veux », proposa la déicide.

Inara hésita, ce qui terrifia Skedi plus que n'importe quoi. Plus que le feu, plus que la veiga : la foi d'Inara était la seule chose dont il avait vraiment besoin. La seule chose qui le maintenait en vie.

« Ina…, essaya-t-il à haute voix, mais elle secoua la tête.

— Non. » Elle se tourna vers Kissen. « S'il te plaît. » Elle fit un pas en avant, qui l'éloigna de Skedi. « S'il te plaît, on pourrait juste arrêter ? »

Kissen interrogea Elo du regard. Qu'allait-elle faire ? Elle était furieuse, cela se voyait à la manière dont cette cicatrice blanche et austère ressortait sur son visage pâle ; le doute creusait son front, mais elle semblait aussi quelque peu… amusée ? Après un instant d'hésitation, elle finit par tendre la main. « Pacte ? » proposa-t-elle. Dans le jargon du Middren, cela signifiait à la fois *paix* et *promesse*.

Elo déplia lentement les doigts restés autour de la poignée de son épée et lui serra doucement la main, la mine perplexe. « Je… » Il raffermit sa prise. « Tu es douée à l'épée, avoua-t-il.

— Et toi meilleur que prévu, pour un boulanger », répliqua Kissen. Elle tendit alors la main à Inara. « Ina ? »

Inara serra les poings et déglutit, puis jeta les bras autour de la taille de la déicide.

« Je suis désolée. Tellement, tellement désolée. »

Ce n'était pas ainsi que Skedi voulait voir leur lien s'affaiblir : en perdant son amour. Il avait fait cela pour elle, pour eux deux. Cela suffirait-il à les séparer ? Il allait disparaître, il le savait, et Inara redeviendrait une simple fillette qui ne voudrait plus de lui. Une simple fillette qui, quelques instants plus tôt, avait brisé le pouvoir d'un dieu.

CHAPITRE 20
Elogast

Ces dieux sournois avec leurs jeux fourbes. Cela faisait des années qu'Elo n'avait plus été confronté au pouvoir d'un dieu, si longtemps qu'il ne s'était même pas rendu compte que Skedi le pliait à sa volonté. Il était faible, tout comme à l'époque. Si cela lui avait échappé, à côté de quoi d'autre était-il passé ? Il pouvait se mesurer à une veiga, mais il ne s'était pas préparé à affronter des dieux. Il risquait de faire une nouvelle fois défaut à Arren.

« J'ai besoin de toi pour un dernier combat, Elo. Juste un. Je t'en prie. Ma vie, mon sang, mon cœur, j'ai besoin de toi ce soir. »

Pour cette dernière et terrible nuit à Blenraden. Elo avait déjà annoncé à Arren qu'il raccrochait l'épée. Il n'en pouvait plus de démanteler les sanctuaires de divinités vénérées par des personnes innocentes. Tuer les dieux sauvages lui avait suffi.

Puis Arren était revenu le supplier, et Elo avait décidé de lui accorder cette dernière faveur, en tant que frère : détruire le sanguinaire dieu de la guerre. Le dieu à tête de cerf.

« Chevalier. »

Elo sursauta, soudain ramené dans le présent par la voix de Kissen. Son épaule l'élançait comme si elle était à peine soignée ; sa poitrine comprimée lui faisait mal également. Il se sentait nauséeux. Ses mains tremblaient, sa respiration était laborieuse. Chaque fois qu'il fermait les yeux, il revoyait l'armure d'or de Mertagh, la puissance de son marteau, la mort et le sang, le feu couvant à l'endroit où s'était trouvé le cœur de son ami. Un cœur désormais mourant. Elo s'était montré impuissant face aux dieux, faible ; il avait échoué.

Et aujourd'hui, il avait failli échouer à nouveau. Il avait laissé une déité jouer avec son esprit, l'éloigner du droit chemin. Son chemin était celui d'Arren, destiné à rectifier l'erreur commise tant d'années auparavant. Il devait trouver le moyen de le sauver, repérer les dieux puissants susceptibles, d'une manière ou d'une autre, de réparer son cœur défaillant. Peut-être qu'il trouverait alors des raisons de dépasser la douleur, les souvenirs. Qu'il trouverait la force de revenir se battre pour un pays qui semblait sur le point de s'effondrer.

« Est-ce que tout va bien ? » lui demanda Kissen. Elo se força à prendre une grande inspiration, puis une seconde. C'était un souvenir, cela n'aurait pas dû le faire souffrir, il était plus fort que ça. Il était accroupi sur les racines d'un bouleau, qu'il entreprenait d'arracher pour s'en servir comme bois d'allumage. Il ne faisait pas tout à fait nuit, et leur petit groupe s'était arrêté dans une clairière abritée, après quelques heures de marche dans une atmosphère très particulière. C'était souvent le cas, quand on avait tenté de s'entre-tuer juste avant.

Elo se releva brusquement pour faire face à Kissen. Il croisa les mains dans son dos pour tenter d'oublier cette douleur imaginaire qui refusait de le laisser en paix. Elle le scruta de près. Inara et Skedi n'étaient nulle part en vue.

« Je vais bien, mentit Elogast. Et toi ? »

Le nez de Kissen semblait gonflé, mais elle se mit à rire. « J'ai connu pire, mon petit pétale. »

Elo se surprit à sourire, et se sentit plus ancré dans le présent par le tiraillement à sa mâchoire. Cette femme plus obstinée qu'un taureau était meilleure bretteuse qu'il ne l'aurait cru. À un contre un, épée contre épée, il aurait eu le dessus sur elle. Elle l'avait compris, et s'était adaptée à la situation pour jouer sur les points faibles de son adversaire. Cette victoire stratégique l'impressionnait.

Elle savait qu'elle devrait l'affronter tôt ou tard, et que Skedi l'avait poussé dans ce sens en altérant son état d'esprit. Elle avait deviné l'issue de cette manipulation. S'il l'avait blessée et abandonnée dans cette nature sauvage ainsi qu'il en avait eu l'intention, elle serait sans doute morte. Et lui se trouverait toujours entre les griffes d'un dieu.

« Je suis désolé, avoua-t-il sincèrement. Et merci.

— Je n'ai que faire de tes excuses ou de tes remerciements, répondit la veiga en haussant les épaules. J'ai envoyé la petite chasser.

— Toute seule ? Est-ce bien raisonnable ? » Le dieu l'accompagnait forcément, et il venait de tenter de prendre le contrôle d'Inara. Kissen croisa les bras en haussant un sourcil inquisiteur. Peut-être n'était-ce pas le meilleur moment de mettre en question la sagesse de la déicide, alors qu'il venait d'essayer de la planter.

« Je ne m'en fais pas trop pour eux, révéla-t-elle. La trahison fait recouvrer la raison à quiconque plus brusquement qu'un coup de fouet. Et ça nous donne l'occasion de discuter. En toute franchise. Viens t'asseoir avec moi. »

Il était épaté par sa façon de faire passer cette demande pour une menace. Il prit une grande inspiration et s'essuya le front.

Il transpirait, même si sa peau était glaciale, mais les souvenirs de son combat contre Mertagh retournèrent se tapir dans les tréfonds de son esprit, en attendant de mieux lui bondir dessus au pire moment possible. La veiga s'installa sur une souche écroulée en tapotant la fiole qui pendait à son cou.

« Je partirai demain, annonça Elo. J'ai une mission à accomplir.

— Je ne te demande pas de partir », répondit-elle. Elle remplit ses poumons d'air, comme pour s'armer de courage. « On va toujours dans la même direction. Malgré tout ce qui s'est passé, je pense qu'on devrait rester ensemble. » La pénombre du soir obscurcissait son expression, adoucissait ses traits. Elle avait un visage très intéressant, très animé.

Elo battit des cils. « Dans quel but ? » Il sourit. « Est-ce que tu… m'apprécierais, veiga ?

— Ne t'emballe pas non plus, chevalier. J'aimerais que tu restes parce que certaines choses me semblent encore obscures. Ton espèce de quête, pour commencer… »

Elo secoua la tête. « Je ne peux pas…

— Je ne te demande pas de me révéler tes plus sombres secrets, l'interrompit-elle. Je te demande simplement ton aide. Quelle que soit la nature de cette satanée quête, il y aura du danger sur la route, et du danger en ville. Je préférerais avoir deux paires d'yeux pour surveiller cette petite et cette espèce de dieu. J'ignore quels démons tu combats… » Elle l'étudia de pied en cap, et Elo se sentit rougir. Elle lisait en lui comme dans un livre ouvert. « … mais ceux qui nous suivent ont les dents plus acérées. »

Elo soupira. « Tu es sûre qu'ils reviendront ? »

Kissen scruta les arbres et baissa la voix. « Presque certaine. Trois jours d'attente, et ils frapperont le soir suivant. Et ils seront plus nombreux qu'avant. Si ce n'est pas toi ni moi qu'ils suivent, alors je commence à me dire que quelqu'un souhaite *vraiment* la mort de la jeune Craier. Tu étais prêt à tuer pour l'aider…

— J'ai été piégé.

— C'est accessoire ; c'est ton instinct de tueur que je convoite, pas tes excuses. »

Elo se surprit à rire. Il aimait bien cette femme. Il y avait fort longtemps qu'il n'avait plus discuté avec quelqu'un prêt à le découvrir tel qu'il était. Un ancien chevalier, pétri de secrets et de terreurs enfouies. « Qu'est-ce qui te fait croire qu'ils en ont après la fille ? »

Kissen tapotait distraitement son plastron, juste sous sa gorge. Elo remarqua qu'elle avait des taches de rousseur sur les mains, entre les brûlures. « Tu n'as pas senti tout à l'heure ? demanda-t-elle. Elle a brisé le pouvoir d'un dieu. Je n'avais encore jamais rien vu de pareil. »

Elo ne pouvait pas nier qu'il avait perçu un changement dans l'atmosphère avant que la foudre frappe.

« Tu tiens à elle, pas vrai ? » s'enquit-il.

Kissen s'agita et se frotta le menton, clairement mal à l'aise à l'idée d'avoir laissé paraître un point faible dans sa carapace. « J'ai moi-même été une petite fille perdue un jour, finit-elle par répondre en se touchant la poitrine. Nul ne mérite de rester seul en ce monde. »

Elo résista à la tentation de lui tapoter le bras, de lui avouer que lui aussi se sentait perdu et seul. Tellement seul que c'en était insupportable.

« J'ai envie de l'aider, ajouta Kissen dans un haussement d'épaules. J'ai peur pour elle. » Elle se fendit alors d'un sourire de travers. « Et maintenant, j'ai aussi un petit peu peur *d'elle*. »

Cela fit rire Elo. Ils entendirent alors du mouvement dans les arbres et virent Inara, un lièvre et une volaille dans la main. Skediceth voletait d'arbre en arbre derrière elle, mais elle l'ignorait superbement. Elle marqua un temps d'arrêt en les trouvant ensemble, puis s'arma de courage et approcha, déposant ses proies devant eux. Elo ne lui avait jamais vu l'air aussi sévère. Elle lui rappelait Arren pendant la guerre, après la mort de Bethine, alors qu'il savait que la seule solution était de continuer à avancer.

« Ma quête passe avant tout le reste », déclara Elo à leur intention à toutes les deux. Il devait bien ça à son ami ; il devait le sauver, comme Kissen voulait sauver Inara. Mais, accablé par le manque de sommeil, il ne serait pas mécontent de savoir qu'une personne si douée au sabre et au couteau surveillait ses arrières. « Mais si nous maintenons notre pacte jusqu'à Blenraden, je devrai m'adresser à un dieu une fois là-bas. Un dieu puissant. » Il coula un regard de biais en direction de Kissen. « Tu sais à qui demander conseil, pas vrai ? Une déicide de Blenraden ayant rejoint une caravane de pèlerins doit certainement disposer d'informations utiles. »

Kissen soupira. « Je pense à une divinité en particulier, admit-elle. Ancienne et discrète, mais puissante.

— Hestra ? » questionna Elo, dont le cœur s'emballa à l'idée de trouver cette déesse qui avait placé les flammes dans la poitrine d'Arren. Kissen le considéra d'un air étrange.

« Non, une déesse fluviale. » Elle prépara un ballot de brindilles, prit le petit bois des mains d'Elo et y glissa un silex pour allumer le tout. « Si c'est un conseil que tu cherches, elle saura t'orienter. »

Elo regarda la déicide préparer le nid qui deviendrait le cœur de leur foyer, le même genre de fagot qui occupait la poitrine d'Arren. Les étincelles embrasèrent la mousse, qui se mit à rougeoyer, et Kissen se pencha pour souffler dessus, la main toujours posée sur la fiole à son cou.

« Alors c'est parfait », dit Elo, secrètement soulagé. Il sourit à Inara, qui tenta de lui répondre. La déicide avait raison : cette fillette dégageait quelque chose de très étrange. Comment s'y était-elle prise pour briser la volonté de Skediceth ? Pourquoi sa maison avait-elle été réduite en cendres, et pourquoi des démons la traquaient-ils ? Elle avait pourtant l'air d'une petite fille normale dans une situation difficile, raison pour laquelle Elo l'avait prise en pitié. « Je reste avec vous. »

CHAPITRE 21

Inara

Ils avancèrent rapidement au cours des deux jours qui suivirent, empruntant les sentiers moins fréquentés des hauteurs des Bennites, ceux que Jon leur aurait fait prendre, loin de la route costale.

« Je suis déjà passée par là, expliqua Kissen en les guidant vers l'est sur les pentes venteuses. Après que le dieu des havres sûrs a été tué, les routes de Blenraden se sont retrouvées infestées de bandits de grand chemin tentant leur chance auprès de malheureux transportant toute leur existence sur leur dos. Il était alors plus sûr de suivre les passages plus discrets, en altitude. La pauvre Yatho a dû rester tout du long sur le dos de Jambes. »

Inara regarda Kissen flatter l'encolure de sa monture, qui acceptait l'exercice avec courage, portant l'essentiel de leurs bagages. Jambes n'aimait pas les pentes rocailleuses, mais il adorait mastiquer les bourgeons frais des bouleaux qu'Inara abaissait pour lui. Les nuages progressaient lentement à l'horizon, laissant dans leur sillage des voiles mauves de neige sur les sommets. Ce sentier avait dû être insupportable pour Yatho. Kissen elle-même semblait peiner quand la déclivité était trop importante, et avait dû récupérer son long bâton sur le dos de son cheval pour ne pas perdre l'équilibre.

« Je lui ai parlé un jour, intervint Elo d'une voix discrète. À Yusef. » Il semblait moins taciturne depuis Gefyrton. Inara le soupçonnait d'être plus à l'aise lorsqu'il avait un plan, un peu comme sa mère. « Avant la bataille du port. Il avait le visage d'un homme affable, un Restishien parmi tant d'autres… » Il se racla la gorge et se tourna vers Inara.

« Je ne te l'ai encore jamais dit, mais ta mère s'est battue avec beaucoup de bravoure ce jour-là. Elle a fait tout ce qu'elle a pu pour essayer de sauver Yusef. Et lorsqu'elle est partie soigner ses blessures, elle a demandé à sa garde de rester sur place pour défendre le roi. Nous lui en avons tous été très reconnaissants. C'était une femme courageuse. »

Elo essayait juste d'être gentil, et Inara s'en sentit plus mal encore. Elle s'était laissé abuser par Skedi, l'avait laissé rouler Elo dans la farine, ce qui aurait pu coûter la vie au chevalier ou à Kissen. Son dieu, toujours petit et silencieux, chevauchait Jambes. Elle ne lui avait pas adressé la parole depuis deux jours. Elle ne voulait pas qu'il s'approche, qu'il la touche, et elle était malheureuse d'en avoir le cœur si lourd.

Et lui, regrettait-il ce qu'il avait fait ? Il avait bien tenté de dire qu'il était désolé, mais elle ne savait plus si elle pouvait le croire. Il lui avait volé sa voix, sa volonté. Skedi avait toujours été là pour elle, à travers toutes les épreuves, mais il avait fini par se retourner contre elle.

Elle ne s'était jamais sentie aussi seule.

« Il y a un lac sur le plateau un peu plus haut, annonça Kissen en massant le genou de sa jambe amputée tout en leur désignant le sommet suivant. C'est le point culminant de notre voyage. On devrait l'atteindre bien avant le coucher du soleil.

Ça nous laissera largement le temps de monter le camp et de nous préparer à accueillir les démons d'ombre.

— Tu as un plan ? demanda Elo.

— Des lames de briddite bien affûtées, répondit Kissen. Voilà mon plan.

— Je pensais qu'une veiga avait d'autres tours dans son sac que des épées tranchantes et des manières brusques », railla Elo. Kissen sourit.

Le mont Tala, dont les versants étaient à moitié dans l'ombre, les dominait encore quand ils atteignirent le plateau, où le lac évoqué par Kissen rutilait d'un éclat argenté dans cette soirée naissante. Il restait encore quelques autels, que Skedi renifla lorsqu'ils s'en approchèrent – des sanctuaires consacrés à des divinités de l'eau, de la route, de la chance, de la pêche ou de la chasse. Il subsistait même un arbre enrubanné en l'honneur du dieu Yusef dont Kissen et Elo avaient parlé plus tôt. Il reviendrait sans doute bientôt à la vie, songea Inara. Il renaîtrait, tel un être nouveau, sans se souvenir de sa mère ; il ne pourrait pas lui parler de cette femme qui avait survécu en se battant à ses côtés, avant de succomber à des flammes.

Kissen sembla ne même pas remarquer les petits lieux saints, et força Skedi à les suivre en les guidant jusqu'à une large éminence rocheuse ressemblant à un troll penché, les épaules voûtées pour se protéger.

« Le soleil va bientôt se coucher », dit Kissen. Elle tira une petite pince de son manteau pour ajuster une vis minuscule entre sa rotule et son mollet. « Inara, va chercher un endroit où te cacher. Emmène Jambes, il a bien mérité de se reposer. »

Inara inspira un grand coup et retira l'arc de Kissen de la selle au lieu de lui répondre. Elle s'empara ensuite du carquois.

« Qu'est-ce que tu fais ? s'étonna la déicide.

— Je ne me cacherai pas, répondit la jeune fille, tout heureuse de ne pas entendre sa voix trembler. La pointe de ces flèches est en briddite, et en plus je tire mieux que toi. »

Elo ne put réprimer un rire, et tenta de le masquer en scrutant les environs. Kissen fit passer sa langue sur sa dent en or et soupira. « Les invocations sont des morceaux de dieux, expliqua-t-elle. Elles ont les mêmes faiblesses et se laissent facilement distraire. Elles ne sont pas très à cheval sur leur cible, tu as bien vu ce qu'elles ont fait à ce garçon. »

Inara déglutit. Non, elle ne se laisserait pas effrayer. Elle pouvait se défendre seule.

« Je reste ici », décréta-t-elle. Kissen leva les mains en signe de capitulation. Ses couleurs discrètes chatoyèrent d'inquiétude, puis disparurent.

« D'accord », fit-elle en dardant un regard lourd de sens sur Elo, qui haussa les épaules pour faire valoir son impuissance. « Va au moins attacher Jambes là-bas pour qu'il ne s'emballe pas, et bouchonne-le un peu. »

Inara noua les rênes autour d'une branche robuste, et l'animal posa le museau dans ses cheveux avant de hennir affectueusement.

« C'est une mauvaise idée, Inara », lui souffla Skedi depuis le dos de la monture. Inara ne releva pas, et passa la brosse aux poils rêches sur les flancs de l'animal pour en déloger la boue du voyage. Puis elle plaça l'arc et le carquois sur son épaule. « Inara..., tenta à nouveau le dieu. C'est dangereux. »

La jeune fille se tourna vers Kissen et Elo. La première avait sorti un cordon de perles de son manteau ; aux yeux d'Inara, les pierres brillaient légèrement, pleines de couleurs. Des prières. Une offrande que Kissen avait dû récupérer sur un autel brisé par ses soins. Skedi effectua un demi-pas en direction de la veiga, puis ses ailes papillonnèrent désespérément et il battit en retraite vers les chevilles d'Inara. La tentation des prières l'avait instinctivement attiré vers elles.

« On devrait se poster plus en hauteur », suggéra Elo en désignant l'éminence. Kissen lui retourna un regard assassin, détestant qu'on lui donne des ordres. Elle récupéra néanmoins l'arc que tenait Inara, et l'encorda avant de le lui rendre et de se diriger vers le rocher. La jeune fille voyait son souffle se condenser devant elle tandis qu'elle les suivait dans leur ascension, s'accrochant de ses doigts déjà froids aux angles saillants de la pierre. Skedi voleta après eux puis se jucha sur ses pattes arrière, tendant les oreilles dans toutes les directions.

Depuis le haut du rocher, ils disposaient d'une vue dégagée sur tout le lac, jusqu'au minuscule feu de l'autre côté indiquant la présence d'un deuxième campement. Inara frissonna et resserra les pans de son manteau autour d'elle. Elle pensa aux autres pèlerins et se demanda s'ils étaient eux-mêmes assis autour d'un feu, sans plus penser aux ombres, au sang et aux os.

Elo s'installa, l'épée en travers des genoux, et prit de longues et lentes inspirations pour se calmer. Kissen était accroupie, prête à adopter une position de combat. Le chevalier était tourné vers l'eau, la déicide vers les bois.

La pénombre s'étendait sur le plateau et remontait le long des pentes, tel un vêtement lentement enfilé. Le vent se leva, mordant les cous et les mains que plus rien n'abritait du haut de cette roche. Inara oublia de faire jouer ses doigts, qui finirent par s'engourdir. Skedi, assis près de sa botte, grossit jusqu'à obtenir une taille de chiot, peut-être dans le but de protéger les jambes de la petite fille.

« Peut-être qu'ils ne viendront pas », suggéra Inara sans trouver la volonté de s'éloigner du dieu. Elle avait bien trop froid pour ça. La flèche qu'elle avait encochée glissait le long du bois.

« Mmm, fit Kissen, dont le nez était rougi par l'air glacial.

— Reste concentrée », dit Elo.

La lumière finit par s'évanouir complètement.

Là. L'ombre s'agitait. Se déplaçait, prenait forme, s'éveillait. Prenait vie à partir des ténèbres. Une, deux, trois. Quatre.

« Merde, jura Kissen en parcourant son chapelet. Je déteste avoir raison. »

Skedi aurait alors pu intervenir pour la traiter de menteuse.

Les créatures glissèrent dans la nuit juste en dessous d'eux, pareilles à des nuages ténébreux rassemblés par un vent mauvais. Inara banda son arc de ses mains engourdies et décocha sa première flèche. Elle érafla l'épaule d'un démon sans lui causer de dégâts. D'un geste sec de la main, Kissen jeta une perle. Celle-ci tomba au milieu des apparitions, qui giclèrent en tous sens et formèrent une masse en tentant de retrouver la prière. Inara craignait à moitié que Skedi se lance lui aussi à sa recherche, mais il resta près d'elle.

Elo bondit du rocher tandis que la jeune fille encochait une autre flèche, les mains tremblantes et la bouche sèche. Kissen descendit à son tour en se servant de ses bras. Inara tira, et la pointe en briddite perça le membre de l'une des bêtes. Celle-ci gronda en claquant des dents en direction de son assaillante invisible, et Elo en profita pour la frapper à la tête. Le démon s'écroula dans l'inexistence.

« Reste là-haut ! » lança Kissen à Inara. Une invocation fonça sur elle, attirée par le son de sa voix. Kissen l'accueillit d'un coup qui l'envoya rouler de côté. Elle atterrit tel du liquide dans de l'eau, révélant ses dents brisées.

« Viens te battre, saloperie », lança la déicide.

La créature chargea derechef. Inara chercha une autre flèche tandis que les crocs devenaient plus longs, plus acérés, que les os se brisaient pour donner plus d'amplitude à la mâchoire, que les yeux minuscules rougeoyaient. Kissen s'écarta d'un bond. Sa jambe droite glissa sur les pierres de la berge, et elle se rattrapa de justesse. Elle donna un coup de taille, et sa lame atteignit la créature en plein torse. Le monstre hurla, une ombre d'encre se dissolvant de son côté.

Inara gardait l'arc bandé. Et si elle atteignait Kissen ? Ou Elo ? Le chevalier affrontait deux des créatures. Il utilisait sa lame plus comme un bâton, en attrapant le plat de sa main faible pour la propulser trois fois plus vite en direction des démons. Inara tira quand l'un d'eux recula, mais il fut trop rapide pour que son trait touche au but.

La créature s'éloigna d'Elo en ondulant pour se diriger vers le rocher. Inara encocha une autre flèche mais banda l'arc trop vite, et le projectile ricocha sur la pierraille. La bête grimpait toujours.

« Ina ! » s'écria Kissen en décochant l'un de ses couteaux de jet. Inara chercha une autre flèche à tâtons. Les griffes du monstre firent jaillir des étincelles du rocher quand il en atteignit le sommet. Ina n'avait pas sorti d'autre flèche, n'était pas prête à tirer.

Inara.

Skediceth bondit en avant, adoptant la taille d'un loup, la forme la plus imposante qu'elle l'ait jamais vu prendre. Il se propulsa sur la chose, les bois devant. Sa ramure atteignit le cou du démon, que Skedi martela de ses ailes. La bête grogna et se débattit ; des plumes volaient en tous sens cependant que Skedi rugissait et secouait la tête, rassemblant toute sa puissance pour jeter la créature au bas du rocher.

Skedi…

Je ne suis pas blessé. Un mensonge pieux, car son aile était déchirée, mais guérissait déjà. Elle n'aurait pas imaginé que les dieux puissent affronter d'autres dieux sans briddite. *Et toi, tu vas bien ?*

Oui.

Kissen se tenait prête quand le monstre tomba. Elle le poursuivit quand il recouvra l'équilibre et jeta une nouvelle perle au sol. Lorsque la bête plongea dessus, la déicide s'élança et, d'un grand geste du bras, lui ouvrit le ventre en deux. L'invocation mugit en se désintégrant.

Kissen roula sur les genoux quand la première créature qu'elle avait blessée revint à la charge. L'invocation démoniaque se jeta sur elle à l'aveuglette, montrant les crocs. Kissen releva son épée pour se défendre. Trop tard.

Elo s'interposa entre Kissen et l'ombre. Les mâchoires de celle-ci se refermèrent sur le bras du chevalier, plutôt que sur le cou de la déicide. Il beugla de douleur en enfonçant son épée dans la gorge de la chose. La bête qu'il avait délaissée pour sauver Kissen voulut en profiter, mais cette fois, la flèche d'Inara teignit l'air d'argent avant de percer la tête de sa cible. Le trait toucha le sol, laissant un sillon ténébreux derrière son empennage, et le démon se décomposa.

Elo était blessé. Inara dégringola du rocher, puis poussa un petit cri quand un élancement au cœur l'arrêta dans son élan, immobilisée par une ancre invisible. Skedi. Il était tombé derrière, de nouveau avec sa taille de lièvre, et clopinait en attendant de guérir.

« Viens », fit Inara en lui tendant le bras avec une grimace. Skedi lui sauta sur l'épaule. Elle reconnut son poids familier, la façon dont il adoucissait son atterrissage pour ne pas lui faire de mal, et avala sa salive.

Le hennissement de Jambes attira son attention, car il fut aussitôt suivi d'un cri perçant. Inara fit volte-face. Un homme l'avait détaché et tentait de l'entraîner dans les sous-bois, ce qui ne plaisait pas au cheval. Il se cabra sur ses jambes arrière, tira d'un coup sec sur les rênes et volta. Il reposa les pattes avant et lança une ruade, atteignant le voleur malheureux en pleine poitrine. Jambes trépigna alors en tournant sur lui-même pour marquer son territoire, semblant défier quiconque d'essayer à nouveau de le monter sans permission. Inara fut surprise de le découvrir si farouche, alors qu'il se montrait tellement docile avec Kissen.

Des bruits retentirent dans la forêt. La déicide saisit son couteau par la lame et lança. Elle se planta dans l'écorce d'un arbre, projetant des échardes dans la figure d'une autre brute aux cheveux graisseux, qui tomba en arrière en hurlant. Deux autres voleurs firent alors leur apparition, l'arme au clair.

« Oh, regardez, fit Kissen avec un sourire doucereux. Je l'ai manqué. »

Les brigands la dévisagèrent. Celui que Jambes avait envoyé voler gisait toujours près du lac en gémissant. Elo saisit son épée de son bras valide et la tendit devant lui, alors qu'Inara encochait une autre flèche pour mettre les intrus en joue.

« Vous voulez quoi, bordel ? aboya Kissen.

— On pensait... », commença un Talician roux et maigre comme un clou. Ses couleurs étaient vertes et sournoises, avec un lustre d'agressivité jaunâtre. « On pensait que vous vous étiez entre-tués. »

Inara faillit éclater de rire. Skedi se disait sans doute que n'importe quel individu doté d'un demi-cerveau aurait plutôt menti en prétextant avoir voulu aider.

« Parce que tu trouves qu'on a l'air morts, crâne de flamme ? » gronda Kissen. Le bras d'Elo saignait abondamment. Inara dut fournir un gros effort pour ne pas s'empresser d'aller le soigner. Malgré tout, il gardait sa lame parfaitement droite et immobile. « Si vous pensiez qu'on s'était entre-tués, pourquoi vos poignards sont sortis ? »

Elle disait vrai. Tous exhibaient une lame rutilante, à l'exception de celui que Jambes avait à moitié assommé et qui peinait à se relever.

« On ne vous voulait aucun mal, affirma crâne de flamme. On voulait juste aider, vous comprenez ? » Ça y était. Ils ne semblaient pas décidés à partir.

« On n'a pas besoin d'aide, cracha Kissen. Dégagez. »

C'était une bravade. Inara devinait leur raisonnement. Ils avaient affaire à une fillette, un homme blessé et une femme. Même si l'un des leurs était affalé contre un arbre, ces bandits savaient qu'ils avaient leurs chances, que le jeu en valait la chandelle si cela pouvait leur permettre de récupérer un cheval, plusieurs épées et de l'argent.

Inara sentit Skedi s'agiter, patte par patte. Puis, recouvrant une nouvelle fois son courage, il sauta à terre en grandissant de nouveau. Au moment de l'atterrissage, il faisait la taille d'une petite biche.

Pardonne-moi, Inara, lui dit-il simplement.

Il déploya ses ailes désormais brillantes ; sa plaie était pleinement guérie. Aux yeux d'Inara, ses bois possédaient un lustre de pouvoir condensé, le pouvoir d'un dieu. Il ne possédait pas de couleurs, contrairement aux humains : Skedi *était* la couleur. Ses yeux se mirent à briller.

« Mêlez-vous des affaires d'un dieu et devenez les affaires d'un dieu », gronda-t-il de sa voix la plus tonitruante, tout en imposant ces mots directement dans leurs esprits. Il alla se placer devant ses compagnons pour les protéger tous. Si une lame était lancée, il serait atteint le premier. « Dites-moi, où étiez-vous à la chute de Blenraden ? »

Crâne de flamme s'enfuit avant même qu'il eût fini sa phrase. Les deux autres détalèrent parmi les arbres en gémissant, ne s'arrêtant que le temps de ramasser le voleur de cheval. Leurs couleurs devinrent aussi d'un blanc laiteux, démontrant à la fois la peur et la capitulation.

La fourrure de Skedi ondula quand il rétrécit de nouveau jusqu'à la taille d'un lièvre, éreinté. Il avait le nez baissé, mais Inara avisa le tressaillement satisfait de ses moustaches lorsqu'il replia ses ailes. Il les avait protégés, elle en particulier, une deuxième fois, semant la terreur dans le cœur des bandits. Même quand il rétrécit, Inara ne pouvait pas oublier la couleur de la peur instillée. Pour elle, Skedi était un compagnon, un ami. D'autres le considéraient comme un dieu. Un être dont il fallait avoir peur. Pourtant, Skedi ne voulait pas qu'on ait peur de lui : il voulait être aimé. Il voulait survivre, plus que tout au monde, et il venait de courir un grand risque pour elle. Parce que… il l'aimait, et malgré tout ce qui s'était passé, elle l'aimait également.

Je vais essayer de te pardonner, lui promit-elle.

CHAPITRE 22

Kissen

Seule Kissen percevait le tremblement de la lame d'Elo qu'il tendait devant lui. Il la laissa retomber dès que les voleurs éconduits furent repartis, et Inara s'empressa de venir les rejoindre.

« Ça va aller », assura Elo en dégageant son bras. Cherchait-il à ne pas effrayer Inara ? La petite venait de blesser une bête d'ombre, avait failli se faire déchiqueter, en avait tué une autre, puis avait braqué sa flèche sur un homme.

« Laisse-moi en juger, chevalier », répliqua Kissen en lui saisissant le poignet pour l'examiner. Le canon d'avant-bras avait contribué à retenir les dents de la créature, mais plusieurs morceaux d'os brisés restaient plantés dans la peau. Il ne saignait pas assez pour qu'elle redoute qu'il perde son membre. « Qu'est-ce qui t'a pris de te servir de ta chair comme bouclier ? le rabroua Kissen. Ils ne vous apprennent rien, dans vos écoles de chevalerie ? Ina, Skediceth, allumez un feu sous le rocher. »

Skedi hésita, les yeux rivés sur elle. Elle se rendit alors compte qu'elle s'était adressée à lui directement.

« Exécution », ajouta-t-elle en rengainant son épée. Elle n'avait pu rejoindre Inara à temps. Le dieu avait sauvé la petite, écopant même d'une blessure au passage. Elle n'avait jusqu'alors jamais vu un dieu agir de façon… désintéressée. Comme Elo. Et elle n'avait pas l'habitude d'être surprise. « Et apportez-moi les sacoches de selle. »

Jambes avait fini par se calmer. Il arriva en trottinant, toujours aux aguets. Ses ruades ne pardonnaient pas ; le malheureux voleur qui en avait reçu une en plein thorax n'oublierait pas de sitôt ses côtes cassées. Kissen caressa le chanfrein de l'animal, qui hennit affectueusement. Un ami fidèle.

Elo tirait déjà sur son gambison et son capuchon, et elle l'aida à retirer le tout.

« Aïe », geignit-il tandis qu'elle débouclait le brassard. Elle roula des yeux tout en palpant la plaie à la recherche des dents toujours logées à l'intérieur. N'y voyant pas grand-chose dans cette pénombre, elle le traîna près du feu naissant. Par chance, ils avaient chargé Jambes de petit bois dans la dernière forêt qu'ils avaient traversée.

« Ça va, veiga », lui assura-t-il. Kissen dégaina son plus petit couteau et l'approcha du cœur des flammes, cependant que Skedi l'alimentait en bois en poussant des bûches à l'aide de sa ramure. La lame mettrait un temps certain à chauffer, et les mains couturées de la déicide n'étaient pas suffisamment habiles pour qu'elle parvienne à extraire l'os. Elle se pencha pour se servir de ses dents et finit par trouver le plus petit fragment, qu'elle cracha au sol en même temps qu'une bonne quantité de sang. Elle fit plus attention pour ôter le morceau le plus important, le tirant tout doucement avant de le laisser tomber dans sa paume.

« Tu reconnais ? » demanda-t-elle en lui montrant le croc de démon. Elo la dévisageait en serrant les dents, clairement troublé. Il lui avait révélé que personne, depuis un moment, ne s'était suffisamment rapproché de lui pour lui infliger une malédiction, et elle se fendit d'un petit sourire satisfait. Quel plaisir de mettre un aussi beau chevalier dans tous ses états. Il secoua doucement la tête avant d'examiner l'éclat brillant.

« Je ne consacre pas beaucoup de temps à l'étude des dents.

— Ina, tu reconnais, toi ? » Le dieu s'était assis à distance respectable, mais elle avait besoin de tous leurs yeux. « Skediceth ? »

Il tressaillit en entendant son nom, et se dressa sur ses pattes arrière, vaguement surpris, avant de venir voir. « Ça ressemble à un carnage », commenta-t-il.

Inara avait rapporté les fontes. Elle se pencha sur le fragment blanchâtre, qui s'effrita alors en une poussière d'os. Kissen soupira et s'essuya la bouche.

« Putain de dieux », jura-t-elle en faisant pression sur la blessure d'Elo pour endiguer l'hémorragie. Inara se détourna ; Skedi remonta sur l'épaule de la fillette, et Kissen fit claquer sa langue.

Quand le couteau eut rougi, elle le retira des flammes.

« C'est mieux avec du boyau et une aiguille, fit remarquer Elo en lorgnant la lame.

— Je ne suis ni guérisseuse ni musicienne, rétorqua Kissen. Et je viens juste de tomber à court de boyaux de chat. Tu veux un coup de gin ? »

Elle sortit une petite gourde en cuir de l'une des sacoches. Elle la réservait pour une très mauvaise journée, et celle-ci semblait remplir tous les critères. Il hésita un instant, puis se saisit de l'offrande et but une rasade. Dès qu'il eut avalé son alcool, Kissen lui immobilisa le poignet et apposa la lame brûlante sur la plaie, cautérisant la blessure. Elo serra les dents en gémissant quand elle releva le couteau avant de s'attaquer à un autre endroit où les chairs étaient déchirées. Inara observa la peau brûler avec fascination.

La lésion était refermée, l'hémorragie interrompue.

« Imbécile », maugréa Kissen en laissant refroidir son couteau contre une bûche. Elo laissa échapper un soupir tremblant. Ce genre d'opération faisait un mal de chien, Kissen était bien placée pour le savoir. Elle siffla à son tour une gorgée de gin.

« Tu ne comptes pas me remercier de t'avoir sauvé la peau ? » demanda Elo avec un sourire ironique. Il avait une légère fossette près de la bouche, qui se creusait lorsqu'il souriait.

« Je ne risque pas de te remercier d'avoir commis un acte aussi stupide, répliqua Kissen, qui détestait le fait de se sentir attirée par un joli visage.

— Mmm… » Il récupéra la gourde pour arroser la blessure d'alcool. Kissen farfouilla d'une main dans son sac pour en sortir un pot de cataplasme irisien acheté sur un marché de Sakre l'année précédente, après avoir vu un dieu de la bonne fortune dépouiller aveuglément de pauvres gens dans les taudis. Elo s'en saisit.

« L'une de mes mères fabriquait ce genre d'onguents, dit-il. Ça coûte une fortune, aujourd'hui. Tu as acheté ça plutôt que du boyau ?

— Je subis plus de griffures que de morsures.

— C'est un produit de bonne femme.

— Tu en veux ou pas ? »

Elo souleva le couvercle pour humer le contenu du bocal. Il éclata de rire. « Désolé, veiga, il est rance. »

Kissen se pencha pour le renifler à son tour. L'odeur était toujours la même. « Comment ça, rance ?

— Ce genre de cataplasme doit être utilisé dans les six mois. Dans les trois, c'est encore mieux. »

Kissen se rembrunit et, se rendant compte qu'elle lui tenait toujours le poignet, s'empressa de le lâcher. « Ingrat, pesta-t-elle. Dans ce cas, tu n'auras qu'à te contenter d'eau froide. » Celle du lac paraissait fraîche et accueillante ; la surface réfléchissait toujours la lumière du crépuscule, même si les montagnes alentour étaient plongées dans les ténèbres. Le rougeoiement des flammes caressait le sommet des ondulations. Kissen ne s'était pas lavée depuis près de deux semaines, et il était plus que temps de s'y résoudre. Elo fit jouer ses doigts en suivant le regard de la déicide, sachant exactement ce qu'elle ressentait.

Kissen saisit le bras valide du chevalier et l'aida à en retirer le canon avant de se dépouiller de son plastron. Elle avait conçu cette armure en cuir de manière qu'elle lui écrase les seins sans trop limiter le mouvement de ses bras, mais, par le sel, qu'il était doux de la retirer et de pouvoir respirer librement. Elle la laissa tomber près du feu et récupéra son bâton, coincé sous les fontes. Puis elle s'attaqua à sa jambe, débouclant d'abord son genou sous ses chausses avant d'ôter la prothèse en se tortillant, sa béquille coincée sous l'aisselle.

« Et si ces hommes revenaient ? s'inquiéta Inara, qui préférait à l'évidence voir Kissen sur deux jambes plutôt que sur une seule.

— Pour se frotter à un dieu ? » répondit la déicide en protégeant la jambe sous son manteau. Il était agréable de s'en défaire. Le froid chatouilla son genou mis à nu, et elle sentit le fantôme de son membre l'élancer au niveau de la cheville et du mollet, surtout au-dessus de la malléole. « Dans un lieu à moitié sacré comme celui-ci ? ajouta-t-elle. Ça me semble peu vraisemblable. »

Elle croisa le regard de Skedi et se figea. Il ne savait pas où il se trouvait, et elle non plus. C'était bien pensé de flanquer une trouille bleue à ces brigands. Tous deux se détournèrent en même temps.

« Viens avec nous, Inara », lança Kissen en défaisant sa ceinture pour retirer son pantalon. Elle n'aimait pas la façon dont cette sangle lui corsetait les hanches, mais c'était le meilleur moyen de bien attacher ses lanières. « Tu ne fleures pas la rose, pour une noble. »

Inara rougit et essaya de renifler discrètement ses vêtements. Elo se dirigeait déjà vers l'eau dans sa chemise ensanglantée, mais pas assez vite pour empêcher Kissen de remarquer ses cuisses musclées. Reluquer un peu ne faisait de mal à personne. Il fallait bien qu'elle trouve des avantages au fait de voyager avec ce boulanger-chevalier.

Kissen conserva aussi sa tunique pour aller se baigner et clopina sur son bâton jusqu'à la rive, avant de sauter parmi les cailloux. Sa fiole pendait toujours autour de son cou ; couverte d'un sceau de cire, elle ne risquait pas de prendre l'eau et reposait contre la promesse d'Osidisen. Le froid lui cingla les côtes, lui provoquant un frisson qui partit du cou et descendit jusqu'à la plante de son pied. Sa peau fourmillait de vie, ses deux jambes se mirent à la picoter. Les nobles pouvaient profiter de bains chauds et parfumés ; Kissen préférait un bain froid sous le mont Tala à n'importe quel autre plaisir ou presque. Les étoiles commençaient à scintiller ; la lune décroissante pointait par-dessus l'ombre des montagnes. Elo lavait son bras brûlé et couvert de sang.

Inara les considéra comme deux déments et échangea un regard avec Skedi, qui attisait le feu à l'aide de ses ailes.

« Je vais rester ici, c'est assez près de l'eau, dit-il. Les dieux ne se baignent pas.

— Ils devraient peut-être le faire. »

Cette taquinerie lui fit agiter joyeusement les ailes, mais il garda la tête basse. Inara lambina encore quelques instants avant de se dépouiller de ses vêtements, ne gardant que sa combinaison. Elle s'approcha du lac sur la pointe des pieds et glapit lorsque l'eau lui lécha les mollets. Kissen la regarda danser quand elle en eut jusqu'aux genoux et que son habit lui colla à la peau. Ce serait l'occasion idéale de chercher sur elle une quelconque malédiction. Peut-être quand ils sortiraient se sécher. Elle essaierait d'aborder le sujet plus tard. Elle ne voulait pas effrayer la fillette plus qu'elle ne l'était déjà. Il fallait se trouver à proximité d'un dieu pour écoper d'une malédiction susceptible d'attirer les démons à soi ; comment cela aurait-il pu se produire sans que Skedi le remarque ? Le dieu des mensonges pieux aurait certes eu le pouvoir de s'en charger lui-même, mais il se serait alors délibérément mis en danger en même temps que la petite. Ce qu'il ne souhaitait pas : il s'était au contraire précipité à la rescousse d'Inara, si peu de temps après l'avoir trahie. Il avait dû se résoudre à prendre la décision extrême d'enlever Inara et d'influencer Elo uniquement parce qu'il n'aimait pas Kissen. Elle pouvait le comprendre : elle ne l'aimait pas non plus.

« Je ne sais pas nager, alerta Inara, toujours sur la pointe des pieds.

— C'est inutile, répondit Kissen en s'efforçant de ne pas rire. Enfonce-toi jusqu'au ventre, ne bouge plus, et laisse-toi flotter.

— Elle est froide.

— On ne s'en rend plus compte quand on est dedans », affirma Elo, immergé jusqu'à la taille, en se frictionnant le torse et la tête. Il ne s'était pas rasé depuis plusieurs jours et commençait à frisotter. Inara frissonna, puis s'avança un peu plus, hurlant quand l'eau lui atteignit le cou. Elle battit rapidement des membres en prenant de petites inspirations saccadées. Kissen resta près d'elle, au cas où elle se mettrait à paniquer. La lune se leva et les ténèbres s'amassèrent, pommelant la surface du lac autour d'eux.

« Chiasse alors, qu'elle est froide », s'exclama Inara. Kissen faillit s'étrangler, tandis qu'Elo éclata de rire, à sa grande surprise. Elle pensait qu'il allait lui reprocher d'exercer une mauvaise influence sur la gamine. « Oh, Kissen », reprit Inara. Elle observait désormais les pentes qui les entouraient, oubliant provisoirement le froid. « Les montagnes luisent ! » Kissen suivit son regard vers les parois aux verts, argents et blancs lumineux. Cela suffisait à les éclairer tous trois dans l'eau. Kissen sourit. Lors de son premier voyage avec Pato, après que celui-ci l'avait acceptée comme apprentie, il se plaignait quotidiennement qu'elle le ralentissait, lui coûtait une fortune en nourriture et était insupportable à former. Au bout de quelques semaines, il avait cessé, et Kissen comprenait désormais pourquoi. Après tant d'années passées à travailler seule, partager la route avec d'autres personnes rendait le monde plus lumineux.

Elle reporta son regard sur Elo, qui avait désormais retiré sa chemise et l'agitait dans l'eau pour en déloger la crasse du voyage. Son bras semblait avoir cessé de saigner. Une vilaine balafre lui parcourait l'épaule, fendant presque son dos en deux ; le tissu cicatriciel formait une corde noueuse sur sa chair.

Kissen cilla en avisant quelque chose de plus sombre au milieu de ses stigmates, au-dessus de sa clavicule. Un tatouage, ou un marquage. Non. Une écriture divine, comme la sienne, mais irrégulière, enchevêtrée : une graphie sauvage, s'étalant depuis une trace centrale plus petite et plus sombre, de la taille d'un ongle de pouce. Cela formait comme un carrefour routier, un trident semblable à celui de la planche que les soldats les avaient forcés à piétiner à la sortie de Gefyr. Le symbole de Lethen des voyageurs.

« C'est quoi, ce bordel ? » jura-t-elle.

Elo se tourna vers elle, surpris. Elle nagea jusqu'à lui, puis se servit de son épaule pour se hisser sur son pied et étudier la marque de plus près.

Une malédiction. L'écriture qui rayonnait depuis le symbole descendait dans son dos où elle se propageait. Comme du poison.

« Et toi qui me reprochais la présence de ces démons, chevalier. »

Il faillit s'éloigner brusquement, mais se ravisa, ne voulant pas lui faire perdre l'équilibre. « Ce n'est pas drôle, dit-il.

— Qu'est-ce qui se passe ? » s'inquiéta Inara en barbotant vers eux. Elle claquait des dents, et ses boucles humides lui collaient aux oreilles. Elle grimaça au moment même où Skedi émit un gazouillis de douleur : elle s'était trop éloignée de lui. Le petit dieu prit son essor, déployant ses ailes sous le clair de lune, et vint se poser sur la tête d'Inara, pas très stable. Kissen restait concentrée sur l'épaule d'Elo et la malédiction.

« C'était toi, commenta Skedi, sincèrement surpris.

— Non », protesta Elo. Il tordit le cou dans l'espoir d'apercevoir la marque, finit par y parvenir. Kissen ne réussit pas à décrypter son expression dans la pénombre, mais il se figea tout à fait. Quelques instants plus tard, il s'éloigna et pataugea jusqu'à la berge. Kissen plongea pour le rejoindre, nagea jusqu'à son bâton ; Inara suivit avec force éclaboussures. Elo était déjà à moitié sorti de l'eau, nu comme au premier jour, sa chemise à la main. Sa blessure au bras semblait s'être rouverte. Il regarda encore à la lumière des flammes. L'écriture était distincte.

« Je ne comprends pas », souffla-t-il doucement. Puis, furieux : « Ça n'a aucun sens. »

Il enfila ses chausses sur ses jambes encore humides, puis pesta après sa morsure douloureuse.

« Merde alors, dit Kissen en se drapant dans son manteau avant de s'installer près du feu. Viens voir. Assieds-toi.

— Je ne…

— J'ai dit assieds-toi. Je croyais que les chevaliers obéissaient aux ordres. »

Elo la dévisagea, puis se laissa tomber près de Kissen, qui sortit des bandages de ses sacoches de selle et les déchira à mains nues.

« Qu'est-ce qu'on va faire ? s'inquiéta Inara en sautillant d'un pied sur l'autre pour se réchauffer.

— Tu vas commencer par remettre tes nippes et alimenter ce feu, répondit Kissen.

— Mais…

— Ina. »

Inara obéit à contrecœur. Elo, sous le choc, avait les yeux dans le vague. Être maudit n'était pas un défaut. Ne pas s'en rendre compte, en revanche, relevait de la stupidité. Ce con aurait dû se baigner plus tôt.

Kissen nettoya une nouvelle fois la plaie à grand renfort de gin, regrettant intérieurement tout ce bon alcool gâché, puis lui pansa le bras. Ce n'était pas Ina. Tant mieux. Mais maintenant, quoi ?

« Tu vas attraper froid », lui signala Elo. Elle ne réagit pas. Elle avait déjà froid. Elle devait réfléchir. Elle devait remettre sa jambe en place. Elle préférait se tenir prête à fuir.

« Veiga... », commença-t-il. Il lui immobilisa la main. « Je ne t'ai pas menti. »

Kissen le chassa d'une tape. Elle avait baissé sa garde et laissé le danger les approcher. Elle s'était fiée à un dieu, à un chevalier. Quelle imbécile, elle ne valait pas mieux que les autres.

« Demande au dieu, si tu ne me crois pas, insista Elo.

— Je n'ai pas besoin de demander à un menteur s'il pense que tu dis la vérité », répliqua Kissen en achevant de nouer le bandage. Le sang suintait déjà au travers. « Maintenant, laisse-moi regarder. »

Elle le fit pivoter pour examiner son dos. Elle n'avait encore jamais vu une malédiction pareille. Elle était simple, brutale, profondément incrustée. Une malédiction comme celle qu'elle avait subie au visage était censée la défigurer, mais une fois brisée elle lui avait simplement laissé une marque blanche sur la peau. D'autres malédictions constituaient des promesses : si tel individu reposait le pied sur cette terre, il serait transformé en biche, ce genre de choses. Là, il s'agissait d'une malédiction de mort : lente ou rapide, la mort surviendrait sur la route, sous la forme d'une ombre. « Elle va continuer à s'étendre, déclara-t-elle.

— Tu arrives à la décrypter ?

— Non, mais les lignes vont du sombre au clair. Dans quatre jours, elles seront plus longues, et d'autres bêtes se jetteront sur toi. Sur nous. »

Elle le libéra. Elo se prit la tête à deux mains. « Je vous ai tous mis en danger, se lamenta-t-il.

— Sans déconner ?

— Ce n'est pas ta faute, Elo, le rassura Inara.

— Qui est-ce qui ment, maintenant ? marmotta Skedi en s'ébrouant pour assécher ses ailes.

— Il ne le savait pas », rétorqua Inara. Elle essaya de suspendre la marmite au-dessus du feu tout en se réchauffant, puis revint voir la malédiction. « J'ai déjà vu ça quelque part, dit-elle.

— On a marché dessus il y a quelques jours, rappela Kissen.

— Non… Avant ça.

— Merde, fit Elo en redressant subitement la tête. Canovan.

— Quoi ? demanda Kissen.

— Celui qui nous a envoyés faire ce pèlerinage avec Jon. » Il secoua la tête. « Je crois qu'il m'a reconnu, et il avait ce symbole tatoué sur le bras. Sur tout le corps, même. » Il porta la main à son épaule, comme pour tenter de se souvenir de l'instant où il avait été maudit. « J'ai cru avoir affaire à un rebelle me soupçonnant de vouloir infiltrer les pèlerins. Mais maintenant, je me pose la question. Son auberge s'appelait *La Voie de la reine*, et il y avait là une femme… Elle écrivait à l'aide de jus de citron.

— Quel rapport avec du jus de citron ?

— Écrire au jus de citron permet de dissimuler l'encre jusqu'à ce que la feuille soit placée au-dessus d'une flamme. Une technique qu'utilisent les dissidents pour transmettre des messages secrets. On s'en servait pendant le siège, et Arren disait qu'une révolte couvait au Middren, que certaines des maisons en étaient à l'initiative. » Il partit d'un rire incrédule. « *La Voie de la reine* est peut-être un lieu de rendez-vous pour ces dissidents. Pas étonnant qu'ils aient tous paniqué en me voyant entrer. »

Inara sursauta et battit en retraite. Skedi voltigea jusqu'à son épaule.

« Qu'est-ce qui te fait croire qu'ils prévoient une rébellion ? demanda la fillette.

— Puis Canovan a posé la main sur mon épaule », poursuivit Elo sans répondre. Il massa l'endroit concerné, comme s'il pouvait palper l'erreur ainsi commise. « J'ai senti une odeur de mousse et de sang, comme sur les bêtes. Et il *pensait* seulement que j'étais chevalier. »

Kissen secoua la tête. « On s'en cogne, des rebelles. Comment Canovan aurait-il pu placer une malédiction ? » Elle avait vu des humains en porter pour le compte de leurs dieux, mais c'était généralement douloureux, et évident. Elo ne semblait pas bête à ce point.

« Je... Je n'en suis pas sûr. » Il fronça les sourcils. « Il n'y avait aucun autre signe. »

Kissen se souvint pourtant d'un détail. « Mon amie Yatho a remarqué que Canovan saignait du bras. » Elle fronça les sourcils. « Il pourrait s'agir d'un sacrifice de sang. Mais il aurait quand même fallu que tu croises un dieu assez puissant pour placer une malédiction pareille. Et il nous aurait tous tués. Alors pourquoi ? »

Tu ne m'avais pas dit qu'il y aurait une gamine. Voilà ce qu'il avait dit à Yatho quand Inara et elle s'étaient pointées. Son expression et sa moue trahissaient sa culpabilité ; Kissen avait cru qu'il craignait simplement de se faire prendre, mais elle se trompait. « Il a dû penser... que j'étais un bonus, devina-t-elle en se tournant vers Inara. Une veiga sur un de ses pèlerinages, où une malédiction était déjà semée. Les autres étaient là en sacrifice. »

Un garçon était mort, ainsi peut-être qu'une femme âgée, dans l'unique but d'éliminer un chevalier qui ne lui revenait pas ? Lethen n'était pas une enfant de chœur ; elle prélevait des sacrifices animaux sur la mousse d'ormes entourés de perles. Une déesse ancienne, et à moitié sauvage, qui ramenait les voyageurs chez eux ou les égarait ; elle ne s'était toutefois pas battue à Blenraden, si la mémoire de Kissen ne lui faisait pas défaut. Malgré tout, son monde avait changé. Moins de sacrifices, moins d'adorateurs, les fidèles punis sur la route...

Mais pourquoi Canovan et elle seraient-ils allés jusqu'à maudire Elogast ?

« Skedi, tu reconnais cette marque ? » demanda Inara.

Skedi cligna des yeux ; sa fourrure s'agita. La fillette fronça les sourcils, déglutit, s'assit. Il avait dû répondre directement dans sa tête. « Non », dit-il en évitant leurs regards. *Menteur*, songea Kissen.

« Je vais partir, dit Elo, sans remarquer l'échange silencieux. Accordez-moi juste un jour ou deux d'avance, et vous serez tranquilles. »

Kissen n'allait pas laisser cet imbécile s'en tirer si facilement. Il y avait là des trames, des liens qui lui échappaient, qu'elle ne comprenait pas. « Explique-nous ce que le roi a perdu à Blenraden. Que vas-tu faire là-bas qui mérite qu'un inconnu te maudisse ? »

Elo contempla ses mains et réfléchit à sa réponse en faisant jouer ses doigts. Il s'était remis à trembler, et il s'empoigna l'épaule, peut-être en proie à une douleur fulgurante. Il eut d'abord l'air passionné, puis distant, comme cela lui arrivait parfois. Il se rappelait quelque chose, des traumatismes anciens. Il pensait parvenir à bien le cacher ; même si c'était le cas, Kissen reconnaissait cette douleur.

« Je ne peux pas vous le dire, affirma-t-il. Et je peux vous assurer que je n'en ai pas non plus parlé à ce Canovan.

— Sauf si tu as menti, intervint Skedi. S'il entretient un lien fort avec une déesse, peut-être qu'elle était là avec lui. Elle a alors pu lui dire que tu mentais. » Il s'assit, les ailes à moitié déployées.

« Je l'aurais vue, répondit Elo avec hésitation.

— Tu ne m'avais pas vu, moi, fit valoir Skedi.

— Oh, bordel de merde, jura Kissen. Alors dis-moi au moins ça : pourquoi maintenant ? »

Elo leva les yeux vers le ciel, puis les posa sur son épée avant d'affronter le regard sombre et grave de la déicide. Il s'était reconcentré sur le présent. « Arren ne va pas bien, avoua-t-il. Et le temps lui manque. Entre ça, cette rébellion et les Restishiens qui empiètent sur nos côtes, il redoute que le Middren soit sur le point de tomber. »

CHAPITRE 23

Inara

Ce symbole. Inara l'avait déjà vu avant la planche sur la route. Ce jour-là restait gravé dans sa mémoire : le jour où elle avait quitté sa mère. Inara était entrée dans le bureau de dame Craier, qui consultait une lettre à la lumière d'une bougie. Une lettre frappée du symbole de Lethen et dont s'élevaient des effluves de citron. Le signe d'une divinité sauvage sur une terre qui avait banni les dieux. Elle l'avait aussitôt caché à sa fille.

« En partant maintenant, dit Elo en redressant les épaules pour saisir sa chemise de sa main valide, je peux les attirer loin de vous.

— Pour quoi faire, aller mourir plus loin ? » demanda Kissen. Cela ne semblait pas la déranger tant que ça, quelques jours plus tôt. « Tu ne peux pas affronter ces démons tout seul.

— Je pensais disposer de peu de temps, mais j'en ai encore moins que prévu. Et si ces rebelles sont prêts à envoyer des démons sur une caravane de pèlerins pour un seul chevalier, je n'ose imaginer de quoi d'autre ils sont capables. »

Le nombre de démons avait doublé chaque fois. D'ici quatre jours, il pourrait y en avoir huit. Huit contre le seul Elo, déjà blessé.

« Tu ne peux pas faire ça », dit Inara tandis que Kissen s'asseyait en croisant les bras. Elle contempla le feu en fronçant les sourcils, puis se retourna vers le chevalier en tirant sur sa jambe. « Kissen, on ne peut pas le laisser faire ça. »

Kissen attachait ses sangles. Inara et Elo s'étaient rhabillés, mais la déicide était toujours simplement drapée de son manteau. « Ce n'est pas ton combat », répondit-elle à Inara en cessant de s'équiper. Puis elle se tourna à regret vers Elo. « J'ai promis de veiller à sa sécurité.

— Et si c'était effectivement mon combat ? » protesta Inara.

Inara, la mit en garde Skedi, *on ne sait pas de quel côté elle était.*

Sa mère ne lui avait rien dit. Sa mère était partie, alors qu'Elo était toujours vivant, et elle devait absolument l'empêcher de se faire tuer.

« Ma mère était impliquée. » Elle serra les boutons de son gilet. « Dame Craier. Dans la rébellion. J'en suis certaine. »

Kissen et Elo la dévisagèrent.

« Elle écrivait des lettres comme ça », expliqua Inara. Quelle quantité d'informations Lessa Craier cachait-elle à sa fille ? Elle avait provoqué leur mort à tous, laissant Inara orpheline ; tout ça pour quoi ? Les larmes lui brûlaient la gorge. « Des lettres avec ce symbole. Son bureau embaumait le citron. Chaque fois qu'elle écrivait. Et elle se rendait régulièrement à Sakre ; les domestiques disaient qu'elle cherchait à regagner les faveurs du roi. »

Elo et Kissen échangèrent un regard. « Inara, fit la déicide, penses-tu qu'elle travaillait pour cette... rébellion... ou contre elle ?

— Je… Je l'ignore. Ce symbole était sur une lettre, j'en suis sûre, mais c'est tout ce que je sais.

— Tu disais… qu'ils avaient brûlé le manoir Craier », intervint Elo. Inara hocha la tête d'un air hébété. « Arren ne cautionnerait jamais une chose pareille. Jamais. Elle devait travailler pour lui, essayer de découvrir ce qui se tramait d'autre, et les rebelles l'ont traquée. » Son regard se fit alors distant, pensif. « Ta maison est puissante, Inara. N'avoir personne à sa tête affaiblit Arren. »

Les couleurs d'Elo demeurèrent parfaitement stables, aucun signe de mensonge. Elle le croyait. Son cœur s'emplit de soulagement. Sa mère n'était pas une rebelle. Elle se battait pour son roi, comme Elo.

« Et puis…, reprit-elle. Il est de mon devoir de vous aider.

— Inara… » Kissen et Skedi l'avertirent d'une même voix, avant de s'interrompre tous deux, agacés.

« Kissen, insista la fillette d'un ton plus affirmé. Tu disais connaître une déité puissante. Tu penses qu'elle pourrait casser la malédiction d'Elo ? »

Kissen hésita. « Les briseurs de malédiction sont rares, répondit-elle en secouant la tête tout en enfilant son pantalon. Puissants. La plupart des dieux anciens ne pourraient même pas annuler l'anathème d'un autre à moins de recevoir une offrande de puissance égale. » Le cœur d'Inara se serra, et Kissen grommela tout bas. Elle porta la main à l'ampoule autour de son cou. « Toutefois, ajouta-t-elle avec lassitude, une déesse de l'eau sait tout ce que l'eau sait. Elle pourrait nous aider. » Elle suçota sa dent en or en contemplant Elo, puis se retourna vers Inara.

« On ne devrait pas s'en mêler, ajouta-t-elle. Tu voulais que je te mette en sécurité. Que ça te plaise ou non, ces démons vont revenir, et nous ne parviendrons pas forcément à les terrasser tous. »

Elle a raison, Inara, intervint Skedi. *Nous avons eu de la chance, la dernière fois. Et je ne suis pas un dieu taillé pour la guerre.*

Dans ce cas, heureusement qu'on se séparera en ville, rétorqua-t-elle. Skedi se ratatina légèrement en aplatissant les oreilles. *Tu veux être en sécurité, Skedi, tu veux un foyer. Tu sais quel chemin tu veux suivre. Il est temps que je choisisse le mien.*

Mais, Ina…

Inara n'écouta pas la suite. Elle lui offrait ce qu'il désirait, ce pour quoi il l'avait trahie. Mais elle était la fille de la maison Craier, et elle avait supplanté le pouvoir de Skedi. Elle voulait *agir*, prendre le contrôle de son destin. « Je sais que c'est dangereux », affirma-t-elle. Elle soutint le regard de Kissen, et quoi que la déicide vît en elle, elle la comprit.

Kissen se tourna alors vers Elo, encore hésitant, puis lui tendit la main.

« Ce n'est qu'une petite fille, rappela le chevalier.

— Les petites filles grandissent vite », répondit Kissen.

Elo saisit alors la main offerte, et elle faillit le faire basculer en tirant sur son bras pour se mettre debout. À la lumière des flammes, Inara vit les couleurs d'Elo ondoyer d'émoi. Kissen sourit. Nul ne recula. « J'ai bien l'intention de ne pas te laisser tomber non plus, déclara-t-elle enfin. Je n'ai aucun amour pour ceux qui brûlent au nom de leurs dieux. Si je le peux, j'aiderai la jeune dame Craier à éviter que cela se reproduise. »

Inara rougit. Dame Craier. Kissen avait raison, ce titre lui revenait, désormais. L'héritage de sa mère.

CHAPITRE 24

Elogast

Il aurait dû partir, rester seul, ainsi qu'il en avait l'habitude. Ils passèrent une nuit morne et froide sous le rocher près du mont Tala, et alors même qu'il montait la garde près du feu, Elo sentait le poids terrible de la malédiction sur son épaule. À présent qu'il savait qu'elle était là, il était certain de la sentir grossir ; chaque instant lui apparaissait dès lors tel un grain de sable le rapprochant de son dernier jour. Il se surprit à se sentir presque... soulagé, puis coupable. Non, il fallait qu'il vive. Pour Arren.

Ils ne pouvaient toutefois pas avancer dans la nuit. La lune leur éclairait le chemin lorsqu'elle brillait, mais dès que des nuages l'obscurcissaient, les ténèbres devenaient profondes et périlleuses. Kissen avait dit que les chemins étroits qui descendaient de la montagne causeraient leur mort avant l'aube s'ils s'y aventuraient transis par le froid et la fatigue.

Comment avait-il pu être aussi stupide ? La main de Canovan sur son épaule, l'anormalité de ce contact. Il avait relégué ça sur le compte de sa vieille blessure de guerre qui l'élançait dès que ses souvenirs l'assaillaient, mais non. Il avait laissé cette malédiction l'accabler, puis un garçon était mort, et voilà qu'il ne disposait plus que de quelques jours pour sauver son ami. Il avait déjà échoué à le faire la fois précédente : il l'avait abandonné pour vivre une petite vie tranquille cependant que la rébellion couvait. Il ne devait pas se rater de nouveau.

Un bruit le tira de ses pensées. Un râle, suivi de bribes de conversation. Kissen. Il avait appris à reconnaître son sommeil agité, à force de nuits passées près d'elle. Elle était emmitouflée dans son manteau en laine paraffinée, ses cheveux ébouriffés dépassant de sous son capuchon. Elle grelottait. Elle était restée trop longtemps dans ce lac à panser son bras et examiner sa malédiction, trop longtemps sans vêtements pour la réchauffer.

Kissen, nue. Non, il ne pouvait pas penser à cela. Ce n'était pas le moment.

Elo raviva le feu dans l'espoir de la réchauffer, mais les crépitements subits la tirèrent du sommeil. Elle se redressa brusquement, dégainant un couteau dans le même geste, et observa alentour en montrant les dents.

« Tout va bien », la rassura Elo. Inara dormait encore ; son dieu avait regagné le droit de se blottir dans ses bras, les paupières closes et les ailes repliées avec soin. Même au grand air, la fillette semblait pouvoir dormir sans aucun mal. Elo ne se souvenait même pas de la dernière fois où il avait si bien dormi. Sans doute avant la guerre, quand le monde était plus simple.

Kissen se focalisa sur lui et se détendit, rangea son couteau et se remit à frissonner. « Merde », jura-t-elle en se frictionnant la poitrine. Le vent qui soufflait sur le lac était plus tranchant qu'une lame assaillant les joues et le cou d'Elo.

« Tu as froid ? demanda-t-il.

— Non, s'empressa-t-elle de répondre. C'est ta faute.

— Je sais », admit Elo. Il tisonna une nouvelle fois le feu sous le regard suspicieux de Kissen, qui saisit son ampoule des deux mains. « C'est quoi, cette fiole ? demanda Elo.

— Une précaution, répondit-elle. En dernier recours. Pato l'a négociée avec un dieu, et j'en ai hérité à sa mort. » Elle se rapprocha des flammes et resserra les pans de son manteau autour d'elle.

« C'est l'homme qui t'a formée, non ? » Elle avait déjà mentionné ce Pato.

« Il n'a pas vraiment eu le choix. J'ai fui Blenraden et l'ai suivi jusqu'à ce qu'il accepte.

— Est-ce qu'il est mort à la guerre ? »

Kissen se frottait les mains pour les réchauffer. « Plus ou moins. On était au beau milieu du Middren à traquer une divinité du sommeil quand trois dieux sauvages cherchant un veiga à tuer nous sont tombés dessus. Mara, déesse des loups, en faisait partie. » Elo avait déjà entendu ce nom. « Pato était vieux, et même à nous deux, nous n'étions pas de taille à en affronter trois. J'ai survécu, pas lui. » Elle haussa les épaules. « Il m'a dit que c'était la vie. »

Elo fronça les sourcils. « Mara. On l'a chassée dans la ville.

— Je sais, répondit Kissen. J'étais là. » Elle esquissa un sourire froid. « Après avoir fait franchir cette même montagne à ma famille, je suis retournée m'engager auprès des autres déicides un peu suicidaires ou ayant des comptes à régler.

— Tu voulais te venger. »

Kissen enroula ses bras autour de ses jambes et posa le menton sur son genou. Ses lèvres étaient légèrement bleues, et ses yeux tremblotaient à la lueur des flammes. « Il faut une vie entière pour se venger, répondit-elle doucement. Parfois...

il faut savoir se contenter de ce qu'on peut obtenir. » Elo avait la sensation que son histoire ne se résumait pas à la mort de Pato, mais elle s'était remise à grelotter.

« Je peux t'aider, dit-il, soulagé de pouvoir se rendre utile.

— À faire quoi ?

— Combattre le froid. » Elle lui jeta un regard soupçonneux, et ses yeux s'écarquillèrent un peu quand elle comprit ce qu'il suggérait.

« Les chevaliers ne sont pas censés faire vœu de chasteté, ou un truc dans le genre ? »

Elo partit d'un rire discret. « Non, la détrompa-t-il. Mais même si c'était le cas, je ne suis pas chevalier, et je te propose juste un peu de chaleur. » Ce n'était pas tout à fait vrai. Il aurait aimé lui offrir beaucoup plus.

Non. Il avait une mission, une quête.

Kissen se frictionna de nouveau la poitrine, le regard tourné vers le feu. « D'accord », consentit-elle.

Elle se leva et se laissa tomber devant Elo avec un raclement de gorge agacé, de manière à ce qu'ils se retrouvent tous deux face aux flammes. Il ouvrit les bras et les serra par-dessus son manteau, autour de sa poitrine et de ses épaules. Elle le laissa faire, quoique avec raideur. Elle était gelée jusqu'à la moelle, cela se voyait à sa façon de s'asseoir et à la contraction de ses muscles. Il l'étreignit avec précaution, jusqu'à ce qu'elle finisse par se laisser aller à s'adosser contre son torse. Elle frissonnait encore de temps à autre, mais moins fort. En s'unissant de la sorte, ils parvinrent à se réchauffer mutuellement. Il voyait scintiller sur son cou la cicatrice de ses brûlures et distinguait la tache blanche de la malédiction brisée. C'était une femme courageuse. Et puissante.

« Merci, dit-il doucement.

— Pour quoi ? » s'étonna-t-elle d'une voix légèrement étouffée par son manteau. Le vent siffla, ravivant les flammes.

« Tu aurais pu me laisser partir, répondit-il. Inara t'aurait écoutée. »

Kissen demeura silencieuse. « Cette gamine n'écoute personne.

— Ça me rappelle quelqu'un », souligna Elo d'un ton plein de sous-entendus. Kissen éclata de rire, et le chevalier resserra son étreinte.

« Eh bien, se justifia-t-elle, tu n'es pas trop nul pour un chevalier, et tu te débrouilles plutôt bien comme boulanger. »

Elo sourit et eut la hardiesse de poser le menton sur le sommet du crâne de Kissen, qui le laissa faire. À sa grande surprise.

Une facette de la déicide qu'il ne pensait pas avoir déjà aperçue : elle était peut-être plus vulnérable qu'elle ne voulait bien l'admettre. Les gens les plus durs en apparence cachent parfois les blessures les plus profondes. S'il vivait ses derniers jours, Elo entendait bien en profiter pleinement.

« J'ai compris pourquoi Inara voulait m'aider, reprit-il. Elle aussi veut se venger, se séparer du dieu pour prendre la tête de sa maison. Mais toi, Kissen ? Tu affirmes être mieux seule, ne pas aimer le travail en équipe, détester les rois. J'ai failli te tuer, j'ai attiré des démons jusqu'à toi. Pourquoi vouloir rester ?

— Je pense d'abord à mes intérêts, comme toujours, chevalier, répondit-elle à mots choisis. Si personne ne se bat pour toi, alors tu apprends à te défendre seule. » Elle ne cherchait pas à mettre de gants, il avait fini par s'y habituer. Elle n'admettait aucun compromis, suivait son propre code d'honneur.

Il attendit qu'elle poursuive, mais elle resta silencieuse. « Mais… ? l'encouragea-t-il.

— Mais… » Elle soupira. « Je suis née à Talicia. » Il sentit une légère crispation passer entre ses épaules, puis se dissiper. Il éprouva alors un accès de compassion à son égard. Talicia était devenu une terre cruelle sous la mainmise d'un dieu cruel. C'était le seul pays à avoir refusé d'apporter son aide au Middren durant la guerre. Même la Restish, qui pouvait tirer profit de l'affaiblissement de son voisin sur la mer du Négoce, avait offert des navires et de la nourriture. « Et maintenant, le

Middren est mon pays. C'est là que vivent les gens que j'aime. » Il la sentit remonter les mains jusqu'à sa poitrine pour les apposer à l'endroit où la promesse du dieu était inscrite sur sa peau. Elo était curieux de connaître la nature de cette promesse et du sacrifice consenti en échange. « Et nous avons tous vu assez de monde mourir pour les dieux. Alors, j'ai envie de t'aider. Et la fillette aussi. Si j'y arrive. Si cela peut empêcher une guerre. »

Elo sourit, puis ajouta doucement : « C'est la seule chose qui te motive à rester avec moi ? »

Kissen resta silencieuse, sans détourner les yeux des flammes. Peu à peu, elle reposait sur lui de plus en plus lourdement – à cause du sommeil qui l'accablait, peut-être, ou simplement parce qu'elle se sentait à l'aise. Derrière la lumière du feu de camp s'étendaient des ténèbres absolues, comme si le monde entier s'était replié pour les laisser seuls. Kissen adopta bientôt une respiration profonde et régulière, et il comprit qu'elle s'était endormie. Il garda les bras serrés autour d'elle, se sentant profondément seul. Il n'avait plus longtemps à vivre, si cette malédiction ne pouvait être levée, et plus qu'un combat à mener : celui d'Arren. Mais au moins, et enfin, il avait désormais quelqu'un avec qui le mener, même s'il n'aurait jamais soupçonné qu'il s'allierait un jour avec un dieu, une déicide et une enfant.

CHAPITRE 25

Inara

Ils consacrèrent les trois jours suivants à redescendre des Bennites, les pentes exposées au levant se réchauffant enfin. Les arbres se raréfièrent, le décor de neige se mua en un mélange de pierres et de fougères noires et humides. L'air était vif et pur, le vent puissant. Il dissipa la brume accrochée aux montagnes pour révéler avec une clarté étonnante la mer qui dansait à l'horizon. Ils en apercevaient des parcelles d'un bleu éclatant entre les cimes, au détour des sentiers sinueux.

Plus ils descendaient, plus les chemins s'élargissaient, jusqu'à ce que les arbres disparaissent complètement. Le flanc des montagnes apparaissait éventré, dévasté, lacéré pour en extraire la pierre ; les carrières étaient désormais brunes, broussailleuses, à l'abandon. De nouvelles pousses se réappropriaient les parois, depuis longtemps dépourvues de leurs arbres, réservés au fameux bois de Blenraden et aux chantiers navals. En contrebas, la plaine s'étendait depuis les falaises en bord de mer jusqu'à l'intérieur des terres ; des fermes et des champs, désormais hérissés des traces étrangement ondulées d'une végétation non contenue.

Ce fut au troisième jour qu'Inara l'aperçut au loin, juchée sur les falaises sous les montagnes, dominant une vaste baie azur : Blenraden. La ville aux mille autels, dont les parois de calcaire luisaient au soleil de midi et dont les tours caressaient les nuages. Debout et fière malgré la dévastation. Kissen et Elo marquèrent tous deux une pause, rendus muets par la vue de ce lieu qui recelait tant de souvenirs, de morts et de dieux. Inara y était enfin arrivée, l'arc à la main, avec une veiga, un chevalier et son dieu des mensonges pieux.

Elle se trouva envahie de souvenirs avec sa mère. C'était Lessa qui lui avait appris à tirer à l'arc avant la guerre, avant Skedi. Dès qu'elle avait été en âge de marcher.

« Ma petite chérie, on ne sait jamais quand les combats peuvent nous tomber dessus », lui avait-elle dit.

Peut-être aurait-elle dû tenir mieux compte de ses propres conseils.

L'arc de Kissen n'était pas comme celui qu'elle avait à la maison, même si sa mère le lui changeait chaque année, à mesure qu'elle grandissait. Les siens étaient en bois tendre et sculpté, magnifiquement vernis, conçus sur mesure. Les flèches étaient garnies de plumes de dindon sauvage, car il fallait ce qu'il y avait de mieux pour la fille de la maison. Celles de Kissen étaient en plumes d'oie, l'arc était usé à force d'être manipulé et oint d'une substance qui n'embaumait pas la cire d'abeille. Inara se demanda ce que sa mère aurait pensé en la voyant maintenant. Hors de ce manoir gigantesque aux trop nombreuses pièces jamais occupées, tandis que sa mère travaillait en secret. Inara se trouvait en pleine nature, à forger sa propre destinée. Sa mère serait-elle fière ? Effrayée ? Inara ne le saurait jamais.

Skedi se laissa tomber de son perchoir et atterrit sur le cheval, qu'Inara guidait. Jambes renâcla sans toutefois s'arrêter, heureux de retrouver des sentiers plus plats et dépourvus de neige. Ils approchaient du niveau de la mer, et la fillette distinguait la route principale qu'ils auraient suivie si la ville était encore vivante ; la chaussée longeait la côte, où elle devait traverser chaque bourg construit dans les ports naturels du Middren.

« Je te sens tracassée, Ina », dit Skedi à haute voix. Il marchait encore sur des œufs avec elle. Tant mieux. « Qu'est-ce qui ne va pas ? »

Ils n'avaient pas beaucoup parlé de ce qui s'était passé entre eux. Inara n'arrivait pas à oublier la terreur ressentie lorsqu'elle avait perdu toute maîtrise de sa langue ou de son corps. Ni le sentiment qu'elle avait éprouvé en brisant la volonté du dieu. Un claquement, une explosion de couleurs le privant de son contrôle. Puis il l'avait défendue, protégée. L'amour compensait-il la trahison ?

« Qu'est-ce que tu penses de ta nouvelle maison ? » demanda Inara en contemplant la ville. Skedi resta silencieux de longues secondes, peut-être piqué au vif.

« Tu penses à ta mère, c'est ça ? » l'interrogea-t-il.

Elle se mordit l'intérieur de la joue tout en jouant avec les boutons de son gilet. « Je lui en veux, avoua-t-elle enfin. Elle m'a gardée enfermée dans la maison, elle m'a caché les lettres, ne m'a rien expliqué de ce qui se passait. Pourquoi ? »

Skedi y réfléchit quelques instants. Ses moustaches tressaillirent, renvoyant la lumière du soleil. Derrière eux, Kissen et Elo marchaient sans bruit, perdus dans leurs propres pensées.

« Peut-être pour la même raison qui t'a poussée à me cacher, suggéra-t-il. Pour ne pas te mettre en danger. C'est pour ça que les gens ont besoin de mensonges pieux, tu ne crois pas ? Pour se prémunir d'une vérité douloureuse.

— Dans ce cas, pourquoi est-ce que *tu* m'as menti ? » Elle le connaissait tellement bien, aussi bien que sa propre main. Il faisait partie d'elle. Les pouvoirs qu'elle avait développés provenaient-ils de leur connexion ? Était-ce grâce à cela qu'elle pouvait voir les couleurs ? À quoi la vie ressemblerait-elle sans elles ? « Tu m'as fait du mal, Skedi. Tu m'as privée de mon libre arbitre.

— Et tu as brisé ma volonté, fit-il valoir.

— Ce n'est pas pareil.

— Non », souffla-t-il. Il secoua la tête. « Je suis désolé, Inara Craier. Nous sommes enchaînés l'un à l'autre contre notre gré, et je me suis emparé du tien. » Il aplatit ses oreilles. « J'ai eu peur de mourir. J'ai toujours peur. Mais c'était une erreur. Je ne recommencerai jamais.

— Non », confirma Inara. Elle descendit d'un pas, entraînant Jambes dans son sillage. Kissen lui accordait désormais toute confiance vis-à-vis de sa monture. « Parce que tu seras ici, et moi partie. »

Elle devrait alors affronter le monde toute seule, sans ses couleurs, sans son dieu. Elle ne verbalisa pas cette pensée, tenta même de l'enfouir. Skedi ne dit rien, mais rapetissa un peu.

« Je suppose que oui », admit-il. Il se ressaisit et décolla du dos de Jambes pour voleter un peu. Il profita de chaque courant d'air pour s'élever le plus haut possible. Était-il déjà monté autant ? Inara n'en était pas certaine ; il lui paraissait si loin dans le ciel. Il n'y avait personne dans cette région à moitié sauvage, où le vert du printemps commençait juste à percer au travers de la végétation pourrie de l'année précédente. Inara sentit le tiraillement douloureux au niveau de son cœur lorsque le vent l'emporta trop loin, et il revint flotter au-dessus d'elle.

« Faites attention où vous mettez les pieds, déclara Elo quand ils atteignirent les premiers champs abandonnés au pied des montagnes. Quand les habitants ont fui, ils ont laissé des tas de choses derrière eux : des charrues, des armes, des pièges... »

Les terres qu'ils traversèrent, dévastées par à peine quelques années d'abandon, étaient couvertes de fougères et de ronces entremêlées. Les jeunes arbres, autrefois soigneusement taillés, déployaient à présent des branches irrégulières autour de leur tronc grêle ; ils croulaient sous les oranges de printemps qui finiraient par briser leurs rameaux, assoiffées de lumière et refusant d'attendre. Personne n'était là pour leur dire de pousser lentement mais sûrement. Les corps de ferme et les manoirs devant lesquels ils passèrent étaient éventrés, les panneaux de verre retirés ou brisés. Inara aperçut une grappe blanche au pied des marches d'une maison. En y regardant de plus près, elle constata qu'il s'agissait d'os, blanchis par l'air marin.

« Les funérailles sont pour les vivants, dit Kissen en suivant le regard d'Inara. Les morts se moquent du sort que le monde leur réserve. »

La jeune fille se détourna en tâchant de ne pas penser aux os de la maison Craier reposant à ciel ouvert.

Ils s'arrêtèrent pour manger devant l'une de ces bâtisses. La ville se trouvait de nouveau dans leur champ de vision. De plus près, la présence des ruines semblait plus évidente. Les murs étaient écroulés par endroits. Des bannières bleues pendaient encore à certains d'entre eux, claquant mollement, déchirées par le vent. Elles étaient recouvertes du soleil et des bois sombres d'un cerf, nouvel emblème du roi.

« Je n'aurais jamais pensé revoir un jour ces murailles », déclara Elo. Kissen hocha la tête, affairée à curer les sabots de Jambes.

« Quelqu'un monte la garde », fit-elle remarquer. Inara suivit son regard. Du mouvement parmi les décombres, plus que le seul tremblement d'une bannière dans le vent du sud. « Les pauvres couillons de faction ici. Ah, un peu de patience, mon grand. » Jambes avait essayé de retirer son pied, manifestement lassé du curetage. « On ne sait pas par quelle route Jon comptait arriver, et on ne bénéficie plus de la protection d'une caravane de pèlerins. » Elle se tourna vers Elo. « Et toi ? Tu connais une entrée secrète ? On n'a pas trop le temps de passer la nuit en cellule. »

Elo rompit une miche de pain. « Oui », répondit-il. Il ne s'était pas laissé décontenancer par l'annonce de sa mort prochaine. Il semblait au contraire concentré, déterminé. « Je connais un passage.

— Je le savais.

— Mais… il ne convient pas aux chevaux », précisa-t-il.

Inara contempla Jambes. Elle ne s'imaginait plus avancer sans sa présence discrète. À en juger par l'expression de Kissen, la déicide ressentait la même chose. « Tu en es sûr ? » l'interrogea la fillette.

Elo haussa les épaules, et Kissen pinça les lèvres en relâchant le sabot de Jambes. Celui-ci se tourna alors pour la pousser affectueusement du museau, quémandant une récompense. Quand elle leva la main pour lui gratter le chanfrein, il se recula en renâclant, contrarié. Elle soupira. « Bon, d'accord. Merde alors. Ça a intérêt à en valoir la peine. »

Ils laissèrent Jambes dans l'un des corps de ferme abandonnés. À sa grande confusion, ils remplirent une mangeoire de nourriture et un abreuvoir d'eau fraîche puisée au moulin voisin, de quoi tenir quelques jours. Kissen refusa de l'enfermer à l'intérieur, laissant la porte entrouverte. Elle lui retira sa bride et sa selle, qu'elle dissimula dans les fourrés.

« Et s'il s'enfuit ? » s'inquiéta Inara quand Kissen le gratifia d'une dernière caresse.

Kissen haussa les épaules. « Je lui dois plus qu'une lente agonie dans une cage. S'il s'enfuit, il s'enfuit, et bon vent à lui. De toute façon, tu as vu quel sort il réservait à ceux qui tentaient de le chevaucher sans le lui demander poliment. » Jambes hennit doucement, et Kissen lui flatta l'encolure. « Bon cheval, ajouta-t-elle. Je reviendrai te chercher, je te le promets. »

Ils laissèrent aussi leur équipement le plus encombrant, comme le bâton de Kissen, leur matériel de cuisine ou les sacs volumineux. Elle fourra le tout avec la selle.

Quand Jambes fut installé, les regardant partir avec un hennissement, ils s'en remirent au commandement subtil d'Elo pour s'approcher discrètement de la ville, jusqu'à ce que celle-ci se dresse devant d'eux. Il les guida à travers les broussailles jusqu'au mur le plus proche du palais, à l'opposé du port et au sommet d'une longue pente. Inara savait que, jadis, les tours du château de Blenraden dépassaient largement l'enceinte de la cité. Il ne subsistait à présent que de rares tours de guet, à moitié dépouillées des étais de bois qui les maintenaient debout.

Skedi voletait, aussi petit qu'un pouillot. Il revint se poser sur l'épaule d'Inara. « Deux chevaliers sur le chemin de ronde, annonça-t-il. Ils sont assis, en train de boire.

— Les imbéciles, maugréa Elo.

— Leur incompétence joue en notre faveur, fit remarquer Kissen.

— Ça reste des chevaliers. »

Skedi, aussi minuscule que possible, chuchotait *Vous ne pouvez pas nous voir, vous ne pouvez pas nous voir, vous ne pouvez pas nous voir* au monde environnant, drapant les esprits alentour de sa volonté, comme il l'aurait fait d'un manteau.

Elo contourna la muraille jusqu'à une fosse de drainage. De l'eau stagnante s'y était accumulée ; Inara voyait le canal qu'elle suivait ruisseler le long de la colline. Ce qui l'alimentait avait cessé de couler ou avait été détourné autre part. Elo se glissa dans la mare, puis aida Inara à le rejoindre. Elle s'enfonça dans l'eau boueuse jusqu'à la taille. La barbotière n'était pas aussi glaciale que le lac situé sous le mont Tala, mais elle empestait.

Kissen marmonna tout bas en soulevant au-dessus de ses épaules son lourd manteau rempli d'outils de déicide pour les suivre dans l'égout et s'infiltrer sous le mur. Inara se demandait ce qui, dans tout ce bric-à-brac, ne devait pas être mouillé. Elle se retourna alors que la lumière se reflétait sur les cheveux roux de Kissen, glissant sur son crâne avant de s'éteindre.

À l'intérieur de la canalisation, les ténèbres étaient absolues. L'odeur y était encore plus nauséabonde, fétide. Inara écarta les bras pour ne pas perdre l'équilibre et réprima un haut-le-cœur quand ses doigts effleurèrent la paroi et le limon visqueux qui la recouvrait. Elle suivit les clapotements produits par Elo pendant une petite éternité avant que… silence. Elle s'immobilisa, et perçut le bruit de paumes sur du métal.

Inara trouva à tâtons la cape d'Elo, puis progressa jusqu'à la grille qu'il étreignait. Ils étaient pris au piège.

« C'était ça, ton super plan ? marmotta Kissen.

— Suivez-moi », dit-il. Il entreprit d'escalader la grille, retenant son souffle quand sa blessure l'élança. Même dans l'obscurité Inara distinguait ses couleurs. La douleur était du même doré que la panique. Elle se demanda ce qui avait pu lui arriver pour que l'or devienne une couleur aussi effrayante pour un chevalier.

Inara sentit Kissen lui attraper le coude pour l'aider à grimper. La grille se craquelait sous ses doigts, faisant pleuvoir des flocons de fer et de rouille.

Elle suivit les pieds d'Elo, consciente qu'il se trouvait juste devant elle. Puis il disparut. Elle heurta alors un plafond de pierre presque aussi poisseux que les murs et se mit à paniquer.

« Elo ? » Elle n'aima pas le son de sa voix dans les ténèbres. Elle paraissait si fluette. Kissen s'arrêta en dessous d'elle.

Derrière toi, souffla Skedi qui, de la taille d'une souris lovée dans sa capuche, se faisait aussi léger que possible.

« Tout va bien », la rassura Elo. Elle sentit une main sur son bras. « Je vais t'aider. »

Il la souleva vers l'arrière, jusqu'à une saillie qu'elle ne pouvait pas voir. Le plafond était bas, trop pour qu'elle puisse se tenir debout. « Continue d'avancer », lui dit-il. Ils sursautèrent tous deux en entendant un bruit sourd et le juron étouffé de Kissen. « Je vais aider la veiga.

— La veiga n'a pas besoin de ton aide », rétorqua l'intéressée entre ses dents serrées.

Elle s'est cogné la tête, songea Skedi, amusé. Inara ravala un sourire et progressa à l'aveugle. Elle finit par trouver un rebord taillé dans la pierre, et un second juste au-dessus. Une échelle creusée dans la paroi. Elle suivit les saillies grossièrement burinées. Puis elle atteignit un revêtement en bois.

Elo monta à sa suite. Tous deux tenaient tout juste dans l'étroit passage. Il apposa son épaule contre le battant et le poussa en grognant. Le vantail bougea à peine. Inara déglutit. Qu'allaient-ils faire si la trappe restait bloquée ? Il finit cependant par la faire pivoter.

De la lumière. Pas énormément, la pénombre d'une pièce fermée agrémentée d'une petite lucarne, avec le jour qui se reflétait sur un morceau de bronze poli. Juste assez pour y voir.

Skedi remonta le long du bras d'Inara et sauta au sol en agitant le nez. La jeune fille et Elo le suivirent.

Le cellier dans lequel ils avaient émergé était rempli de fûts vides et brisés. L'air était imprégné d'alcool, les murs couverts d'une épaisse couche de moisissure noire. L'idéal pour une cave à vin. Celle des Craier possédait le même revêtement, et les distillateurs en étaient ravis. Toutefois, le contenu de cette pièce avait disparu depuis longtemps.

« Nom d'une pisse salée, il va falloir que tu m'expliques comment tu connaissais cet endroit », murmura Kissen en se hissant hors du conduit. La trappe et le sol étaient en bois. Une fois refermé, le battant disparaissait parfaitement parmi les planches.

« Ce sont les caves du château, annonça Elo. Cet égout coule juste en dessous des écuries et des cuisines pour venir jusqu'ici. Il a été construit comme une issue de secours. Quand nous avons assiégé la ville, il nous a fallu des mois pour nous rapprocher suffisamment des murailles pour pouvoir l'atteindre. Après quoi, nous avons pu attaquer de l'intérieur, ce qui nous a permis de faire entrer nos bataillons par les portes de la cité. » Il marqua une pause. « Et Arren et moi sommes sortis par là un soir pour aller nous enivrer en ville avant la guerre.

— Un seul soir ? répéta Kissen, dubitative.

— Peut-être quelques-uns. On ne passait jamais beaucoup de temps à Blenraden ; la reine n'y accueillait généralement que ses favoris.

— Hum, et il y a combien de tunnels comme ça ?

— Ce serait cafarder. »

Elle pouffa. « Moi qui pensais tout savoir de cette maudite ville. J'aurais dû me douter que les nobles étaient encore plus sournois que les mendiants. »

Inara fut déconcertée d'imaginer ces deux-là dans une même ville. Elogast avec le prince, faisant le mur pour boire et faire la fête, et Kissen, faisant la manche et détroussant les passants.

La porte de la cave voisine était entrebâillée, et ils suivirent les escaliers jusqu'à gagner des voûtes plus larges et imposantes. Cette zone était dépourvue de fenêtres, mais Inara percevait l'espace qui les entourait, l'entendait dans l'écho de leurs pas. L'odeur d'alcool se fit plus forte, mais ne suffisait plus à camoufler celle de la pourriture.

« On ne pouvait descendre ici qu'avec des lanternes couvertes, expliqua Elogast, que le peu de lumière permettait de distinguer. Il est peut-être encore trop dangereux d'y allumer une flamme.

— En ce qui me concerne, je ne préfère pas mourir brûlée, répondit Kissen. C'est particulièrement désagréable. » Inara frémit dans l'obscurité. « Te souviens-tu assez de tes virées et du siège de la ville pour nous ramener à l'air libre, chevalier ?

— Possible », répondit Elo d'un ton pensif. À l'exception des quelques rayons émanant de la pièce en contrebas qui faisaient apparaître leurs silhouettes respectives, tout était noir. Inara repensa alors aux démons d'ombre, qu'elle avait l'impression de sentir rôder dans les parages. Huit d'entre eux s'en prendraient sans doute à Elo le lendemain, pour l'éliminer. La jeune fille chercha les mains de Kissen à tâtons. La veiga sursauta, surprise, puis elle lui pressa les doigts et avança d'un pas.

Son pied heurta quelque chose. Elle fit une embardée, jura, tituba, et Inara dut la retenir pour lui éviter de dégringoler l'escalier.

« Chut, fit Elo.

— Je ne perçois pas les obstacles aussi facilement que toi avec deux jambes, souligna-t-elle. Et quelqu'un m'a forcée à laisser mon bâton.

— Ah... » Il rebroussa chemin et lui tendit la main, ses doigts à peine visibles grâce aux rayons de soleil qui filtraient d'en dessous. « Suis-moi. »

Kissen observa la main tendue, et finit par accepter de la saisir avec un soupir. Elo les guida dans l'obscurité, progressant à une allure régulière sur une pente légère. Il repoussa de côté les débris qui jonchaient leur passage avant qu'Inara et Kissen puissent les atteindre. Il ne lui fallut pas longtemps pour trouver ce qu'il cherchait.

« Ils se servaient de ces glissières pour faire sortir les charrettes du château », expliqua-t-il. Du bout du pied, Inara trouva un sillon métallique ménagé dans le sol de pierre. « Elles nous guideront jusqu'à la porte. »

Celle-ci se trouvait au sommet d'une autre volée de marches ; elle s'ouvrait sur un grand et lumineux couloir au plafond en voûte. Des niches étaient creusées de part et d'autre. Les hautes fenêtres laissaient pénétrer le soleil de ce début de soirée, qui mettait en valeur les hauts-reliefs marquant l'entrée de chaque nouvelle voûte. De petites grappes de baies pendaient tel du raisin poussant dans la pierre. Des cratères de roche explosée étaient visibles dans les interstices.

« Je n'avais jamais vu de sculptures faire office de lieux saints, déclara Kissen en suivant son regard. J'imagine qu'ils étaient consacrés à Tet. »

Elo acquiesça. « Le dieu du vin était représenté partout dans ces couloirs. Les statues qui ne se sont pas fendues quand il est mort en même temps que les autres dieux sauvages ont été détruites par les chevaliers. »

Kissen s'avisa qu'elle tenait encore la main d'Elo et s'empressa de la lâcher, avant de libérer aussi celle d'Inara. Elo et Kissen échangèrent un regard, et le premier sourit. La déicide était-elle en train de *rougir* ?

Ils continuèrent leur progression, dépassant six portes avant d'aboutir à celle que le chevalier cherchait. Inara s'attendait à découvrir un autre corridor, mais de nouvelles marches se trouvaient là, permettant de grimper jusqu'à une pièce à ciel ouvert.

Une vaste chambre, au toit fracassé, aux poutres explosées, fracturées comme les côtes d'un cadavre. L'on devinait encore la forme de ce qui devait être naguère des arcs brisés ; les niches murales accueillaient, à intervalles réguliers, des autels aux symboles détruits, où des calices recelaient encore des cendres.

Le vent s'était invité céans. Il tournoyait dans les angles, agitait les feuilles et soufflait entre les pieds d'une table branlante, qui accueillait encore des assiettes dorées et brillantes, des coupes de vin vides, les os d'une biche et d'un agneau, parfaitement rongés et lavés par la pluie. Une partie de la nourriture avait permis l'émergence de nouvelles formes de vie, petites plantes et arbustes qui avaient dû naître de graines abandonnées par des oiseaux de passage. Nul n'était venu piller cet endroit.

Inara inspira un grand coup. Quelque chose agitait l'air : du pouvoir. Une volonté colossale et une énergie crépitante qui résonnaient encore depuis les murs et s'installaient à la table, luttant contre le vent. Un sentiment de terreur persistait également, telle une encre délavée. En y regardant de plus près, Inara aperçut des traces de sang entre les feuilles qui jonchaient le sol. Le vent et la pluie n'avaient pas suffi à les apaiser.

« C'est ici que ça a débuté, n'est-ce pas ? » demanda-t-elle. Elo contemplait la scène d'un air inexpressif.

« C'est ici que la reine organisait ses banquets, expliqua-t-il. Les combats entre les dieux sauvages et les nouveaux dieux ont commencé ici. Nous avons dégagé les corps pour les ensevelir, mais tout le reste… Ça ne semblait pas bien de déplacer ces vestiges.

— Je ne comprends pas ce qui a pu pousser les dieux à s'affronter de façon si cruelle, fit Inara en observant le carnage autour d'elle.

— L'amour et le pouvoir, intervint Kissen en retroussant la lèvre. Les combats entre dieux étaient fréquents à Blenraden, car ils étaient avides d'attention. Les anciens dieux, les nouveaux dieux, les dieux marchands, les dieux sauvages… J'ai assisté à plus d'une rixe ayant coûté des membres à ses protagonistes. Ce n'est qu'une fois que ces querelles ont atteint les seigneurs et les dames qu'on a commencé à s'en soucier.

— Mais pourquoi sont-ils devenus violents ? s'enquit Skedi, dont la fourrure ondulait dans la brise.

— Parce que le négoce et les richesses dans une ville comme celle-ci ont attiré les humains vers les nouveaux dieux de la fortune, comme Agni le Doré, les détournant de dieux sauvages comme Tet. Les gens n'ont plus besoin de dieux sauvages quand ils sont gras, riches et opulents. Et les dieux n'apprécient pas d'être oubliés. »

Tet avait forcé les adorateurs d'Agni à lacérer leur idole, puis à s'entre-déchirer. La reine comprise. Inara se demanda quelles traces de sang étaient les siennes. « Mais les dieux ont besoin des humains, intervint Skedi. C'est… cruel.

— Eh bien, ça n'a pas plu non plus aux nouveaux dieux de la ville, l'informa Kissen en regardant autour d'elle. Les plus jeunes et plus puissants s'en sont pris aux sanctuaires de Tet, puis les plus vieux se sont vengés. Tout cet endroit est devenu dingue, ce qui a causé d'innombrables victimes.

— Tout ça à cause de cette satanée vanité », pesta Elo. Il se massa l'épaule, celle qui était maudite et couturée. « Il faut qu'on avance. »

Inara n'aimait pas cet endroit. Tous ses sens lui indiquaient qu'il était néfaste. Rempli d'âmes perdues et de terreur. Skedi n'était pas si contrarié : il battit des ailes et alla fureter avec intérêt parmi les autels morts, en cherchant peut-être un qui lui paraissait familier.

« Est-ce qu'on pourrait sortir d'ici ? » demanda Ina. Les couleurs de l'effroi semblaient sourdre depuis le sol. Tant de personnes avaient cru ce lieu sûr. *Skediceth,* appela-t-elle. Il fit volte-face et retourna dans ses bras.

Qu'est-ce qu'il y a ?

Cet endroit ne te fait pas peur ?

Skedi la considéra avec curiosité. *Le pouvoir qui subsiste ici ne peut pas te faire de mal,* affirma-t-il. *Mais les pierres s'en souviennent, et le vent tente de les calmer.*

Ça me met mal à l'aise.

Je suis un dieu des mensonges pieux, lui rappela Skedi doucement. *Pas un dieu de l'effroi et de la terreur. Ce qui reste ici ne m'appartient pas.*

Elo leur fit dépasser la longue table pour gagner une autre salle, moins endommagée que la précédente, mais tout aussi dépouillée de son contenu. Les couleurs du chevalier virèrent au cobalt et au lilas, à cause de la foi et de la tendresse qu'il éprouvait. Arren ; il pensait à Arren. « C'est là que les gardes et… les héritiers moins… appréciés dînaient pendant les banquets. Ils y dormaient, aussi. »

Ils sortirent par une haute porte donnant sur une cour pentagonale ornée d'une fontaine et dont des tours incendiées et effondrées marquaient les angles. La fontaine était envahie de mauvaises herbes ; derrière elle s'élevait un gros portail, dont la maçonnerie avait été noircie par les flammes. Les vantaux fissurés pendaient de guingois. On pouvait admirer au travers l'éclat du soleil scintillant sur la mer, si proche.

Du mouvement. Des couleurs.

Une personne.

Skedi rétrécit entre les bras d'Inara, et Kissen porta la main à son épée. La fillette se rendit compte qu'elle-même avait déjà empoigné l'arc de la déicide, prête à l'affrontement.

J'ai vu son blason, annonça Skedi. *C'est un chevalier.*

CHAPITRE 26

Elogast

Elo regrettait de ne plus prier.

Un chevalier. Il n'avait pas eu besoin que Skedi l'avise de ce détail : lui aussi avait remarqué le soleil et le cerf sur le blason de l'inconnu. Il ne s'était pas attendu à trouver le palais gardé. Il n'y avait plus rien ici. Par chance, le chevalier ne regardait pas vers l'intérieur.

Elo adressa un signe à Kissen, qui s'avançait à pas de velours, la main sur son épée. *Stop.* Il se désigna du doigt. C'était lui qui les avait attirés ici, lui qui veillerait à les faire sortir. Ils ne pouvaient pas se permettre de se faire prendre, pas maintenant. Qu'ils n'aient pas encore été repérés relevait toutefois du miracle. Si le chevalier se retournait maintenant, il les verrait sans doute.

Elo fit jouer son bras blessé, puis se glissa plus près du portail ouvert. La Voie-Dieux, la route qui reliait le château à la ville à proprement parler, s'étendait en dessous. La vue était aussi magnifique que dans son souvenir : quoique craquelée et abandonnée, elle formait comme une rivière pâle sinuant à flanc de colline. Jadis, le palais avait servi de forteresse pour se préserver des pillards venus de Talicia, puis il était devenu la pierre angulaire du négoce maritime. À présent, ce n'était plus qu'une beauté déchue, ravagée par la guerre.

Le cœur d'Elo tambourinait contre sa poitrine, pas à cause du garde, mais de son retour dans cette ville, sur ce chemin, dans ce lieu accueillant tant de fantômes de son passé. Son épaule l'élançait et de la sueur perlait à son front. Il prit une longue inspiration tremblante, puis une seconde. Le chevalier ne se trouvait qu'à quelques pas de lui.

Elo souffla pour se reconcentrer. Le garde s'ennuyait, à en juger par l'angle de ses épaules, mais il se tenait debout, contrairement à ceux qu'ils avaient repérés sur la muraille. L'uniforme n'était pas aussi propre qu'il aurait dû l'être, la cape toute froissée étant négligemment rejetée en arrière. Il ne portait pas de casque, seulement un chapeau large qui laissait apparaître des tresses serrées et une peau aussi brune que celle d'Elo. Sans doute pratique par ce temps, mais cela offrait un point de vulnérabilité inestimable pour un assaillant.

Elo se faufila par l'ouverture et se glissa derrière le chevalier. L'homme pivota de côté, suivant la course du soleil à l'ouest, et son profil apparut clairement à Elo, qui se figea.

« Benjen ? »

L'intéressé sursauta et se mit en position de combat, la main sur le manche de son épée. Elo paniqua et se jeta sur lui sans lui laisser le temps de dégainer, et tous deux se retrouvèrent à rouler sur le sol.

L'armure de Benjen l'encombrait. Tandis qu'il tentait péniblement de se relever, Elo se glissa derrière lui pour s'emparer de son arme, grognant quand les entailles à son bras se rouvrirent. Il parvint cependant à tirer le fer de son adversaire en se remettant debout. Il tenait l'arme basse, assez basse pour frapper, et Benjen le savait. C'était un vieux truc.

« Rends-toi, dit Elo en espérant que son bras blessé ne se mettrait pas à trembler.

— Sire Elogast », hoqueta le chevalier, enfin sur ses pieds. Il était désarmé, à court de mots, et contemplait Elo comme s'il avait vu un fantôme. Il finit par adopter un sourire étonné, les yeux rivés sur l'épée dans la main d'Elo. « Vous n'avez pas changé. »

Elo relâcha un peu sa prise, partagé entre l'envie de serrer Benjen dans ses bras et le regret de ne pas l'avoir assommé par derrière pour poursuivre son chemin. « Écuyer Benjen », répondit-il, puis il libéra la tension entre eux en éclatant de rire. Avec un peu de chance, Kissen l'entendrait et comprendrait que tout était sous contrôle. « Tu as perdu ton épée.

— C'est sire Benjen, à présent », le corrigea le chevalier avec fierté. Elo inclina la tête.

« Sire Benjen. Tu as largement mérité ton titre. »

Elo ne lâcha pas la lame. Il n'aimait pas l'éclat qu'il voyait dans les prunelles de son ancien protégé – après tout, il l'avait lui-même formé. Benjen n'avait pas trouvé Elo bonne poire lorsqu'il était sous son commandement, et cela ne risquait pas de se produire maintenant.

« Qu'est-ce que vous faites ici, sire Elogast ? » Cela ressemblait davantage à une accusation qu'à une question.

Elo ne sut comment y répondre. « Tu sais que je ne suis plus chevalier. »

S'étant remis de sa surprise, Benjen se décala légèrement pour se placer dos au soleil, afin que les rayons du jour se réfléchissent sur son armure. Elo en fut aussi fier qu'exaspéré. « Je sais aussi que personne ne peut mettre le pied à Blenraden sans l'autorisation du roi.

— Et donc, tous ces pèlerins qu'on laisse entrer moyennant un pot-de-vin disposent de cette autorisation ? » rétorqua Elo. La bouche de Benjen tressaillit. Il avait marqué un point.

« Laisse-moi passer, Benjen. Je ne ferai pas plus de mal qu'eux. »

L'ancien écuyer jeta un regard de biais et bougea les pieds. Il finit par secouer la tête avec une ombre de ressentiment et de colère. « Vous nous avez abandonnés, dit-il. Après avoir convaincu de simples roturiers comme moi de prêter allégeance au roi ; de lui offrir notre vie, notre sang, notre cœur. Nous avons tout sacrifié pour combattre à ses côtés, à *vos* côtés. Juste ici, sur cette place », ajouta-t-il en indiquant un endroit dans la ville. De là, ils ne pouvaient pas la distinguer, mais Elo savait précisément de quel endroit il parlait. Chaque jour, ce lieu ressurgissait dans sa mémoire telle une plaie suppurante. Benjen faisait partie des hommes recrutés en désespoir de cause après le massacre du port. « Vous nous avez laissés. Pourquoi ?

— Je ne te dois aucune explication.

— Je me suis battu pour vous. J'étais prêt à mourir pour vous. Mais vous nous avez tourné le dos et vous avez fermé les yeux sans rien faire. »

Cette attaque l'atteignit bien plus profondément que Benjen ne pouvait l'imaginer.

« Vous ne vous êtes plus battu ni pour Arren ni pour les dieux. Vous avez simplement rendu les armes. »

Elo tressaillit. La culpabilité et la solitude qui emplissaient son cœur lui pesaient plus qu'un tombeau. La douleur était physique, il la sentait dans la contraction de ses poumons, dans l'élancement de son épaule ; dans la honte d'avoir abandonné son armée, Arren, ses soldats et chevaliers, ce pays désormais sur le point de sombrer à nouveau dans la guerre. À cause de lui. De sa négligence.

« Je ne peux pas vous laisser enfreindre les lois du roi, sire Elogast. Vous moins que quiconque. » Benjen tira le poignard passé à sa ceinture. « Vous devriez rendre votre épée, comme vous en avez l'habitude. »

Elo réprima un juron. Que devait-il faire ? Que ferait Kissen ? Le temps pressait. S'il n'y prenait pas garde, la déicide finirait par sortir et provoquer une scène, puis tout Blenraden leur tomberait dessus. Le mois dont bénéficiait Arren touchait presque à son terme, et il venait tout juste d'arriver en ville. Et dès le lendemain, de nouveaux démons d'ombre reviendraient l'attaquer. Il n'avait pas un instant à perdre.

« Fais bien attention, sire Benjen, dit-il en relevant son arme. C'est de ta propre épée que tu devrais te soucier. »

Benjen ne pouvait pas l'emporter, il le savait. L'ancien écuyer blêmit, sans toutefois battre en retraite. « Ma vie, mon sang, mon cœur appartiennent au roi. C'est vous-même qui me l'avez enseigné. »

Il bondit en avant et frappa fort, pour tuer. Elo para, repoussant Benjen à bonne distance. Il n'avait pas affaire à Kissen ; ce type ne pouvait pas affronter une épée, et encore moins deux, avec un poignard, mais Elo ne voulait pas lui faire de mal. Il contra un nouvel assaut, puis tournoya autour de la jambe de Benjen pour lui faire un croc-en-jambe. Le garçon tituba, sans tomber. Il se rattrapa à temps et se rua de nouveau à l'attaque.

Kissen apparut alors derrière lui, attrapa sa cape d'une main et le tira en arrière. Benjen glapit en perdant l'équilibre. Elle lui fit alors une clé de cou qui l'empêcha de hurler. De sa main libre, elle tordit violemment la main qui tenait le poignard. Le chevalier lâcha sa lame afin de lutter contre cet avant-bras puissant qui l'étranglait. Benjen étouffait en crachotant.

« Ne le tue pas, plaida Elo. S'il te plaît.

— Par le sang des dieux, qu'est-ce que je t'ai déjà dit ? » pesta-t-elle. Elle lâcha le poignet, le frappa violemment sur la tête, puis raffermit sa prise. Benjen pâlit, les veines saillant à ses tempes. Ses yeux se révulsèrent, et tout son corps se relâcha. Elle le maintint quelques instants encore, pour être sûre, puis le lâcha. Il ne bougeait plus, mais respirait encore.

« Je ne tue pas les gens, se répéta-t-elle en toisant sa victime avec mépris. Mais on ferait mieux de le ligoter. »

CHAPITRE 27

Kissen

Les marches de la Voie-Dieux étaient trop exposées. Le chevalier « ami » d'Elo finirait par se libérer des cordes dont ils s'étaient servis pour l'attacher, ou quelqu'un le retrouverait. Dans tous les cas, ils disposaient au mieux de quelques heures avant que les autres chiens renifleurs en armure ne rappliquent. Quelle que soit la manière de voir les choses, le temps leur manquait.

Kissen les guida donc par un chemin secondaire autrefois utilisé par les domestiques. Une petite route pour les chariots et les charrettes parcourait le terrain d'exercice, où avaient lieu les parties de pêche et de chasse. Les autres devaient se contenter des marches. Même les nobles.

Il leur fallut une éternité pour traverser le terrain de chasse jusqu'à la ville proprement dite, puis se faufiler parmi les places imposantes qui jalonnaient la ceinture intérieure de la cité. Kissen évita la place de la Victoire, où s'était trouvé le plus grand des sanctuaires consacrés à Mertagh, le dieu de la guerre. Elle était à peu près sûre que les raisons qui avaient mené Elo ici avaient un lien avec cette bataille et ne voulait pas lui voir cet air déchirant ni les mains tremblantes que provoquaient chez lui ces réminiscences. Le roi Arren avait été blessé ce jour-là, elle le savait. Elle n'avait plus vu grand-chose de l'affrontement après l'extinction des torches, mis à part le doré de l'armure du dieu, l'éclat de la chaîne qu'elle-même tenait et la proximité des autres veigas.

Ils s'enfoncèrent plus avant dans la ville morte, où le vent et les oiseaux étaient les seuls signes de mouvement. Aucune cloche ne sonnait pour marquer le changement des heures, aucune lumière ne s'allumait aux fenêtres pour lutter contre les ombres grandissantes. Les odeurs des pots de chambre de la journée ne dégoulinaient pas le long des murs jusqu'aux égouts. Malgré tout, Kissen savait où ils se rendaient ; elle aurait pu arpenter ces rues les yeux fermés.

« Qu'est-ce que c'est que ça ? » demanda Inara. Kissen regarda droit devant. Là. Une ombre. Elle passa sur la rue en flottant lentement, sauf que rien au ciel n'était là pour la projeter. L'espace d'un instant terrifiant, elle crut que l'un des démons était arrivé un soir plus tôt que prévu, mais le soleil n'était pas encore complètement couché, et l'ombre ne paraissait pas s'intéresser à eux. L'être ne possédait aucune substance, mais elle entendait sa voix à la manière d'un clou enfoncé dans sa tête.

Enfile la chaîne, soulève le métier, écrase la trame avec les dents du peigne…

Kissen s'arrêta net, retenant Inara par l'épaule. Skedi était tout hérissé, les ailes déployées. Elle avait entendu parler de ces créatures, de ces dieux ayant perdu leur sanctuaire principal mais en possédant encore d'autres, plus petits, dissimulés ailleurs. Les fidèles de celui-ci avaient dû disparaître eux aussi. Pourtant, il s'accrochait à la vie, se souvenant à moitié de lui-même.

Approche les couleurs, répartis-les au cœur de la laine du tisserand...

Sa volonté passée, égarée, fit tressaillir les doigts de Kissen, lui donna envie de saisir du tissu et du fil. Un dieu tisserand. C'était en tout cas ce qu'il avait été jadis. Il s'immobilisa, leur barrant la route, sentant peut-être leur présence à proximité.

« Ne vous approchez pas », avertit Kissen en empoignant son épée. Qu'arriverait-il s'ils se rapprochaient un peu trop de sa volonté non maîtrisée ? Il risquait fort de les attirer dans ses rêveries, de les emplir de ses pensées jusqu'à ce qu'ils oublient tout sauf le dieu.

Peut-être devrait-elle le tuer, pour abréger ses souffrances. Elle se tourna vers Inara pour réclamer son arc, mais avisa Skediceth. Les ailes et les oreilles de celui-ci étaient retombées, et il s'était ratatiné pour observer le dieu d'un air terrifié. Ce tisserand avait vécu un jour, comme Skedi.

« Venez », décida Kissen en se surprenant à les attirer plutôt dans une ruelle, hors du chemin du dieu estompé. Le jeu n'en valait pas la chandelle. Elle leur fit traverser le quartier des encreurs, parcouru par un canal qui n'avait jamais été aussi propre, pour gagner les rues des épices, pleines de couleurs perdues. Venait-elle d'éprouver de la compassion pour un dieu ? Un dieu des mensonges pieux ? Elle se ramollissait. Ses sentiments à l'égard de ses compagnons devenaient confus, complexes. Skedi avait révélé ses faiblesses, ainsi que son amour pour Inara. Elle haïssait les dieux, tous les dieux, mais c'était la première fois qu'elle apprenait à en connaître un.

Sur ce qui avait naguère été la place du Cadran-Solaire, au croisement des rues des épices, un immense encensoir reposait là où il avait été retourné, répandant une épaisseur de cendres grosse comme le poing. Kissen avait l'impression de pouvoir sentir encore les effluves nés de milliers d'offrandes. Les petits autels en bois du marché jonchaient le sol, fracturés, brisés, cependant que des ombres ricochaient entre eux. Subitement, plusieurs d'entre elles détalèrent telle une horde de rats, et Elo souleva Inara pour bondir par-dessus.

Ils ne tardèrent pas à croiser une autre divinité, une ombre plaquée contre le mur d'une allée. La silhouette atteignait à peine la hauteur du genou d'Inara. Kissen porta une nouvelle fois la main à sa lame, mais l'être resta parfaitement immobile. La déicide poursuivit son chemin, jusqu'à ce qu'Inara la rappelle.

« Attends !

— Ina, nous n'avons pas de temps à perdre, lui rappela Elo.

— Juste un instant. » Elle se tourna vers l'ombre. Skedi était toujours aplati sur son épaule. Le petit dieu avait été particulièrement excité d'atteindre les portes du palais, mais à présent il avait peur.

« Bonjour ? » fit Inara. Ils lui avaient confié l'épée courte à lame de briddite récupérée sur Benjen, mais elle ne l'avait pas dégainée. De toute façon, l'arme était trop lourde pour elle.

« Non… », l'interrompit Kissen, mais il était trop tard. L'ombre, si fine qu'elle passait presque pour une salissure sur le mur, prit forme, attirée par l'attention qu'on lui portait. Elle rétrécit également, s'assombrissant au passage pour révéler sa véritable forme. Son visage était taillé dans un bois lisse et délicat ; on eût dit une tête de souris posée sur un corps de fourrure doté d'une longue queue et équipé de serres d'oiseaux en guise de pattes. Kissen scruta les recoins plongés dans la pénombre et finit par le repérer : un minuscule sanctuaire, intact, avec pour totem une chaussure au talon gravé en forme de souris. Une déité des sandales brisées.

Le dieu minuscule se tourna vers eux en inclinant la tête. Il ne parla pas. Peut-être avait-il perdu cette faculté, mais Kissen savait ce qu'il désirait : la même chose que tous les autres. Une offrande. La créature s'approcha des pieds d'Inara, et Kissen s'apprêtait à la tirer en arrière quand la fillette leva la main.

« Vous n'êtes pas un peu tristes pour eux ? » demanda-t-elle. La divinité atteignit ses pieds et tira sur ses chaussures. Des bottes, pas des sandales. Son pouvoir était limité.

Kissen éprouva effectivement une pointe de compassion. Elle avait pitié de cette chose, autant que d'un chaton privé du lait de sa mère – même s'il risquait de se transformer en tigre s'il en buvait.

Inara s'accrochait aux boutons nacrés de son gilet. Kissen avait déjà remarqué qu'elle y puisait une forme de réconfort. Elle referma les doigts sur l'un d'eux, légèrement détaché, et le retira complètement pour le passer au petit dieu.

« Comment tu t'appelles ? » lui demanda-t-elle.

L'être ne répondit pas mais se dressa sur ses pattes arrière pour se saisir du bouton, avant de se précipiter à son autel. Il paraissait déjà un poil plus tangible, comme si la lumière ondulait sur lui pour lui conférer sa forme. Il déposa l'offrande près de sa sculpture et la disposa avec soin pour mettre en valeur ce minuscule hommage.

« Le soleil se couche », la pressa Elo.

Inara se détourna. Le dieu peinait à se rappeler comment être un dieu. Kissen les guida plus loin, mais un murmure minuscule se fit alors entendre.

Kelt.

Kissen suçota nerveusement sa dent en or. Elle savait que Blenraden était un lieu dangereux. Un dieu des sandales brisées était une chose, mais qu'en serait-il s'ils croisaient un dieu des voleurs ? des assassins ? Un dieu ayant été assez puissant, un dieu ayant reçu des offrandes de sang plutôt que de simples babioles ?

« Vous n'avez pas été très exhaustifs, hein ? lança Kissen à Elo, en espérant que sa remarque égaierait son humeur.

— Non », répondit-il doucement.

Vousêtesquoioùvousallez ? Paroù vousallez ? Paroù ?

Kissen tressaillit quand la voix de l'étrange divinité s'enfouit dans sa tête. Ils avaient atteint un nouveau croisement enténébré. Les fenêtres encore présentes du bâtiment reflétaient la lumière du soir, mais le réverbère à l'intersection était éteint. Kissen dut cligner des yeux à deux reprises pour apercevoir le dieu à sa base, son ombre se fondant dans l'obscurité ambiante.

Vous venir ici ?

L'être se retourna, des flammes vacillantes dans les prunelles. Kissen comprit alors. Son sanctuaire installé sous le lampadaire avait été détruit, mais pas son totem : le poteau d'éclairage lui-même. Les lumières qui éclairaient naguère les nuits sombres ne brûlaient plus que dans les yeux du dieu. Il les voyait car ils se trouvaient sur son domaine.

Reposez, reposez ici, reposez avec moi… reposezvospiedsreposez votreâme et… restez.

Des os de rat jonchaient le sol au pied de la lampe, ainsi que la dépouille désagrégée d'un renard. L'apparition se rapprocha, ses pieds informes déposant des traces de cendre dans son sillage.

Ne continuez pas, seule la terreur plus loin.

Des ossements plus gros se trouvaient à ses pieds, un crâne humain.

Kissen et Elo dégainèrent en même temps. Un enfant, peut-être égaré dans la ville, qui avait pu fuir pendant les combats avant d'être arrêté, attrapé, détenu par le dieu sans sanctuaire. Cette divinité-ci était dangereuse, un piège prêt à se refermer. Ses yeux flamboyèrent de plus belle, comme si de l'huile avait été ajoutée aux flammes. Kissen leva son épée.

« Ne le touche pas », la mit en garde Inara.

Elle avait raison. Il voulait que Kissen se rapproche pour qu'il puisse l'entraver, l'avaler. L'attention qu'elle lui portait lui conférait du pouvoir, de la volonté.

Seule la terreur plus loin. Restez ici un peu, juste un moment. C'est lieu de bavardage. De rire et… d'échanges. Si agréable de rester.

Sa forme s'effondra. Il s'étendit de part et d'autre, autour de l'intersection, dans l'espoir de les cerner.

« On va passer au travers », dit Elo en se mettant en position de combat. Il comprit cependant ce que Kissen avait déjà saisi : se battre contre un adversaire aussi informe reviendrait à affronter la mer : ils finiraient engloutis.

Vous n'irez pas.

Kissen jura. Elle devait essayer. Elle plongea la main à l'intérieur de son manteau, mais Inara s'avança devant elle.

« Arrête », dit-elle. Non, elle l'exigea, d'une voix ferme et farouche. Le dieu déchu s'immobilisa net. Il dévisagea Ina, le feu couvant toujours dans son regard. Kissen inspira faiblement. Cette chose, ni esprit ni déité, se rassembla, se condensa, devint plus petite. La déicide n'avait pas l'habitude de ces dieux égarés de Blenraden. Ils n'avaient plus rien à perdre et tout à gagner, n'avaient pas besoin de raison ni d'échange ; ils n'étaient que des amas de désir sans structure. Quelle différence pour eux entre un bouton et une vie ? Nul ne pouvait les arrêter. Sauf Inara.

« Vite », dit-elle en s'empressant de passer. Kissen échangea un regard avec Elo avant de la suivre. Le chevalier n'avait pas rengainé sa lame, toujours inquiet.

De l'autre côté du carrefour, la volonté de l'entité se dissipa. Inara marqua une pause, la main sur la poitrine, le temps de reprendre son souffle. Skedi voleta autour de sa tête, ne sachant trop où atterrir. Il se décida finalement pour l'épaule de Kissen au grand agacement de celle-ci ; elle n'eut toutefois pas le cœur à le chasser. Il voulait pouvoir observer Inara. Adossée contre un mur, la fillette n'avait pourtant pas changé d'aspect.

« Comment tu as fait ça, Ina ? lui demanda Skedi à haute voix.

— Je ne sais pas », avoua la fillette en se tournant d'abord vers Kissen, puis vers le dieu sur l'épaule de celle-ci. Elle rougit. « Je voulais juste qu'il s'arrête.

— Il aurait pu te tuer.

— On ne pouvait pas le tuer, ou tous les dieux alentour l'auraient senti. Ils ont besoin d'un but. Si on l'avait éliminé, leur but aurait été de nous retrouver.

— Comment le sais-tu ? » intervint Elo.

Inara considéra Skedi, qui remua avec gêne. « Je... » Elle baissa les yeux. « C'était une simple hypothèse. »

Un mensonge ? Kissen n'en était pas certaine. Elle ne perçut aucun chuchotement émanant du petit dieu, qui n'aurait probablement pas couru ce risque si proche de son épée. Cet épisode troubla Kissen, surtout après avoir vu la gamine supplanter la volonté de Skedi. Était-ce l'effet qu'avait ce dieu sur elle ? Sûrement pas : il ne l'aurait pas volontairement laissée le dominer, et un dieu des mensonges pieux ne pouvait pas commander une autre déité, contrairement à ce qu'Inara venait de faire avec celle de l'intersection.

« Je crois qu'un merci s'impose », déclara Elo en remettant son épée au fourreau. Il étudia le ciel rougeoyant, où les derniers rayons du soleil semblaient compressés, intensifiés par leur proximité avec la surface. Le temps filait, et Kissen jura tout bas. Comment avait-elle pu se retrouver dans les ennuis jusqu'au cou en compagnie de trois imbéciles ? Peut-être que c'était *elle*, la plus grosse imbécile.

« Bon, finit-elle par dire, allons-y. »

Elle suivit les routes qu'elle connaissait, coupant au travers de son propre quartier, celui où elle avait été vendue après avoir été recueillie à Talicia et suffisamment rafistolée pour valoir un petit quelque chose à Blenraden. Nombre de bâtiments étaient éventrés et en ruine, roussis par les incendies ou dévastés par les dieux. Il existait tant de divinités mineures dans les quartiers aussi pauvres, tant d'espoirs et de promesses, tant de croyants à recruter.

Ils passèrent dans sa rue, devant son taudis. Elle s'arrêta. Yatho lui avait demandé quelque chose.

La façade de son ancienne maison était tombée, le toit n'était plus qu'une carcasse de chevrons. Les croisées restantes étaient encore munies de leurs barreaux, et l'enseigne à moitié carbonisée au-dessus de la porte annonçait toujours *Orphelins de Mutine*.

« Mutile » lui allait mieux.

« C'est ici que tu vivais ? » devina Inara, toujours perspicace. Elo la considéra avec surprise.

« C'est ici que je travaillais, tempéra Kissen. Mutile achetait ses gamins, les retapait juste assez, ou les brisait un peu plus, avant de nous envoyer rapiner. » Elle s'approcha de la porte en se raclant la gorge, puis cracha sur le seuil pour respecter le souhait de Yatho. « Elle a balafré le visage de ma sœur Telle pour qu'elle rapporte plus de pièces et attire moins l'attention. Elle a enlevé Yatho à ses parents en compensation d'une dette. Rien n'est gratuit, par ici. Et n'oubliez pas où on va ensuite. » Elle fut soulagée qu'Elo ne lui demande pas ce qui l'avait amenée ici la première fois. « Suivez-moi. »

Ils sentirent les sources chaudes avant de les voir. L'une des rares odeurs qui subsistaient du Blenraden d'avant. Les bains étaient installés en retrait de la rivière, sur une place bordée d'arbres aux bourgeons épais prêts à éclater. Une lampe brillait sous le passage voûté permettant l'accès au complexe, et le lierre qui s'accrochait aux murs avait été taillé. Courageux. Apparemment, les pèlerins qui payaient pour entrer en ville recevaient l'assurance de ne pas être dérangés par les chevaliers durant leur séjour. Elle fut étrangement soulagée de constater qu'au moins une partie de la ville vivait encore. Les cyprès devant l'entrée principale avaient pris un peu d'ampleur, mais le chemin menant au portail avait été balayé récemment.

« Rejoins ta personne, petit dieu », dit Kissen quand ils pénétrèrent dans l'enceinte. Skediceth décolla de son épaule et s'empressa d'aller se cacher sous les épais cheveux noirs d'Inara. Ils étaient désormais presque aussi désordonnés que ceux de Kissen, ramassés en une tresse grossière. Ses joues brunes portaient les morsures du soleil et du vent glacial. Elle arborait désormais un air d'assurance particulièrement seyant. Comme si elle s'était recentrée sur elle-même et y avait puisé de la force.

Kissen décida d'en éprouver plus de fierté que de crainte.

Derrière cette porte se trouvait un atrium permettant d'accéder aux couloirs des bains à proprement parler. Dans cette cour intérieure, un filet d'eau s'écoulant depuis le haut du mur alimentait un grand bassin. Un étalage de chaussures de voyage usées reposait tout près, alors que des robes en coton avaient été suspendues juste au-dessus. Ceux qui entretenaient l'endroit se souciaient manifestement des moindres détails. Tous se lavèrent pour chasser la puanteur des eaux croupies sous le palais ; Inara et Elo se vêtirent des robes disponibles, accrochant leurs propres habits près de la porte pour les laisser sécher. Kissen hésita à les imiter, mais finit par remettre son plastron et garder son manteau à la main. Aucun d'eux ne laissa ses armes. Même cet endroit apparemment paisible n'était pas sûr, à en juger par les épreuves qu'ils avaient surmontées pour arriver là.

« Par ici », indiqua Kissen quand tous furent prêts. Deux tunnels permettaient de gagner les bains. Les publics, gratuits et à ciel ouvert, étaient situés sur la gauche. Les privés, plus anciens, étaient réservés à ceux qui n'aimaient pas se promener nus au milieu du commun des mortels. Ils coûtaient autrefois leur pesant d'argent, mais plus personne à l'entrée ne réclamait quoi que ce soit.

Kissen les emmena sur la droite, savourant cette possibilité d'arpenter des chemins qui lui avaient jusqu'alors toujours été interdits. C'était également là que se trouvait le bassin auquel elle voulait accéder. Le couloir était éclairé grâce à un plafond de verre et de pierre, le ciel nocturne illuminant de vert, de violet, de bleu ou d'orange les trous minuscules qui y étaient ménagés. Il y avait juste assez de lumière pour indiquer la voie.

Ce long corridor donnait sur une salle immense, où des cloisons de calcaire taillé délimitaient des bassins fumants. Kissen se sentit oppressée par la vapeur qui saturait l'air, lesté des effluves de roche et de terre profonde.

Les sources étaient anciennes, plus vieilles que la ville ; les petits dieux comme les fidèles pèlerins se retrouvaient souvent dans ces sanctuaires. Il y en avait d'ailleurs plusieurs dans ces bains. Kissen remarqua l'éclat doré d'une déité mineure, qui dessinait sur les pierres la forme d'un minuscule dragon. Une autre flottait dans la vapeur, parée d'un manteau d'herbe et de piécettes. Des dieux guérisseurs. Ceux-ci disposaient de plusieurs sanctuaires, et ils étaient nombreux à se réunir dans ce genre de bassin, où les médecins étaient à l'œuvre et où le quidam venait apaiser ses maux. Kissen avait rarement eu maille à partir avec un dieu guérisseur.

Les galeries qui séparaient les piscines privées résonnaient d'éclaboussures et de bavardages lorsque quelqu'un se glissait dans l'eau ; s'ensuivait alors souvent un soupir d'aise ou un rire léger. Pendant qu'ils avançaient, une voix retentit derrière une cloison, et un baigneur se dirigea vers un autre compartiment sans chercher à dissimuler sa nudité. Tous étaient égaux en ce lieu saint.

Kissen les emmena jusqu'au fond, passant devant un dieu en forme d'ours roux aux oreilles blanches et pointues, en pleine conversation avec trois pèlerins. Un peu plus loin, un esprit informe flottait au-dessus de l'eau, près d'un autel tout neuf déjà couvert de bibelots. Il ne tarderait sans doute plus à prendre forme, peut-être pour adopter celle de la petite figurine de colibri trônant au centre du sanctuaire.

À l'autre bout des bains, les eaux froides se mélangeaient dans un cercle formé autour d'un bassin brûlant et profond. Elles provenaient de l'Aan, un fleuve prenant sa source au cœur des Bennites, à la frontière entre Talicia et le Middren, et s'écoulant, pas toujours en souterrain, jusqu'à la côte. La source chaude naissait dans les profondeurs de la ville. Ce bassin-là était protégé par une épaisse cloison intérieure, mais le mur extérieur s'était écroulé sur lui-même, révélant un jardin envahi par la végétation. La brise marine, pure et franche, entrait par cet endroit.

Kissen leva la pointe de sa longue épée pour s'entailler la main, puis tendit son poing fermé au-dessus de l'eau. Une goutte de sang finit par tomber.

« Aan », appela-t-elle simplement. Cela ne prendrait pas longtemps. Aan était partout où se trouvait son fleuve.

Tu me cherches une fois de plus, déicide ?

De l'eau déborda des ruisseaux froids pour plonger dans le bassin, y produisant l'image de la déesse. Aan était une divinité pleine de chair et de vie, aux bras aussi ronds et souples que des fruits d'automne. Son ventre aussi était doux et accueillant. Elle avait un corps qui donnait envie de l'embrasser, depuis sa nuque ravissante jusqu'à la ligne ondoyante qui reliait son abdomen à son sexe, en passant par les poils de ses bras.

« Tu as déjà rencontré des dieux sans les tuer ? » s'étonna Skediceth depuis l'intérieur du col d'Inara. Aan éclata d'un rire qui bouillonna hors du bassin pour résonner entre les murs.

« Tu crois qu'elle en serait capable, gouttelette ? » persifla la déesse du fleuve.

Kissen se rembrunit. Retourner ses autels ne causait aucun mal à Aan, et les appâts des déicides ne suffisaient pas à la tenter. Elle se mêlait rarement des chamailleries entre jeunes dieux et humains éphémères, et semblait n'accepter de négocier que pour le simple plaisir de la chose.

« Aan », répéta Kissen, cette fois en guise de salutation. Elle porta la main à son cœur et inclina la tête. Aan avait raison, et Kissen espérait n'avoir jamais à en faire une proie. Elle était sans doute aussi dangereuse qu'elle était belle.

« Tu portes toujours ce don que tu as volé », remarqua Aan en laissant sa main dériver dans l'eau pour venir enrouler ses longs cheveux noirs. La bouche de Kissen fut prise d'un tic nerveux, et la déicide sentit le poids de l'ampoule à son cou. Elle n'était pas volée : elle appartenait à Pato.

« J'en ai hérité, la corrigea-t-elle. Que voulais-tu que j'en fasse ? Que je l'enterre avec lui ?

— Et maintenant, tu reviens me voir avec cette même épée qui a éliminé mon imbécile de jeune cousine », poursuivit Aan sans s'offusquer de son interruption. Elle plongea ses yeux d'une profondeur insondable dans ceux de Kissen. « La colère d'Ennerast s'est propagée jusqu'à la mer. »

La déicide hésita. Le courroux des dieux anciens était des plus imprévisibles. « Elle est dans son fourreau et n'en sortira pas, affirma-t-elle. Je ne regrette pas de l'avoir tuée. Et de toute façon, je suis venue réclamer, pas prendre. »

Aan rit de nouveau et Kissen laissa échapper un soupir de soulagement en coulant un regard vers Elogast. Il paraissait aussi fasciné qu'elle. « J'en ai vu tellement naître et disparaître, déclara la déesse. Ce qui est fait est fait. Agenouillez-vous. » Se mettre à genoux était aussi inconfortable que compliqué pour Kissen, et Aan le savait. La déesse posa les coudes sur le rebord du bassin et le menton dans ses mains, adressant un sourire doucereux à Kissen, parfaitement consciente de ce qu'elle venait d'exiger.

Elo obtempéra gracieusement, et Inara l'imita. Kissen serra les dents et fit jouer ses rotules du mieux possible. Le sourire d'Aan s'élargit.

« Si vous êtes venus demander quelque chose, j'espère que vous m'avez apporté de quoi mériter votre réponse, dit-elle en portant son attention sur Elo. Qui est ce jeune homme ? Il est à toi ? C'est mieux que ce vieux bouc hirsute qui t'accompagnait la dernière fois. » En toute honnêteté, Pato était particulièrement hirsute. Elo rougit.

« Il a besoin d'une briseuse de malédiction, Aan, expliqua Kissen. Et vite. »

La déesse haussa les sourcils sans détourner les yeux d'Elo, qui s'agita, mal à l'aise. Kissen eut la nette impression que, s'il avait eu le choix, ce n'était pas sa vie qu'il aurait sauvée en premier : la quête qu'il menait pour Arren semblait plus importante. Malgré tout, il déboutonna sa chemise pour révéler le noir de sa malédiction, dont l'écriture sombre se propageait de l'autre côté de l'épaule. Aan y porta les doigts, pour en suivre le tracé avec une moue.

Puis elle reporta son regard sur Kissen, avant de s'intéresser à Inara. Elle inclina la tête.

« Et quel genre de créature es-tu, petite dévideuse ? » demanda-t-elle en se laissant flotter vers Inara, contemplant la fillette ainsi qu'elle l'aurait fait d'un insecte fascinant tout juste sorti d'un bourbier. « Qu'es-tu venue réclamer ? »

Intimidée par tant d'attention, Inara se tourna vers Kissen tout en portant la main à son dieu. « Nous aimerions que vous libériez Skediceth », expliqua-t-elle d'une voix ferme. Kissen fut impressionnée de la voir conserver son sang-froid face au regard scrutateur d'une déesse ancienne.

« Nous voulons dénouer la malédiction qui nous unit, abonda Skediceth, dont les moustaches tremblaient. Dis-nous pourquoi elle a été jetée, ce qui est arrivé à mon sanctuaire, et comment je peux vivre sans. »

Aan cilla, puis se retourna vers Kissen. « Et toi ? »

La déicide haussa les épaules. « Je les accompagne. »

L'eau froide des ruisseaux autour du bassin d'Aan se mit à écumer et tournoyer. « Te moquerais-tu de moi, petite ? » Quoique la voix de la déesse fût douce, la peau de Kissen se couvrit de chair de poule. « Tu m'apportes les créations d'autres dieux dans l'espoir que je les brise ? Tu sais que ça ne compte pas au nombre de mes talents. »

Kissen se rembrunit. « Tu as brisé la malédiction de Pato. »

C'était d'ailleurs comme ça qu'elles s'étaient rencontrées pour la première fois, à la source du fleuve. Pato avait été piqué par un dieu ancien qui avait fait enfler ses chevilles.

« Une petite créature de rien du tout, répliqua la déesse. C'était de la guérison, pas de la révocation. Mais ces promesses-là sont puissantes, comme la tienne. »

Kissen fit claquer sa langue contre ses dents. « Alors que peux-tu faire ?

— Nous n'avons pas beaucoup de temps, renchérit Elo.

— Je vois ça, répondit Aan en agitant la main d'un geste dédaigneux. Pour toi, je peux limiter le pouvoir de la malédiction, mais pas l'arrêter. Il te faudrait un dieu plus puissant que moi, ou un sacrifice colossal. » Kissen se hérissa. « Ce que je ne réclamerais jamais, naturellement. »

Elle s'adressa ensuite à Inara et Skedi. « Quant à vous, ce n'est pas une banale promesse ou une simple malédiction qui vous lie. La seule chose que je puisse vous donner est un conseil. » Elle se rencogna, une moue aux lèvres. « Mais ce ne sera pas gratuit.

— Qu'est-ce que tu désires ? demanda Elo.

— Rien de ta part pour le moment. » Aan se tourna alors vers Kissen, qui porta la main à son ampoule. Elle la transportait depuis des années. Le don que Pato avait acheté à Aan, et dont elle avait hérité. Elle se demandait parfois s'il avait toujours pensé le lui transmettre, même si elle était à l'époque trop fière pour accepter quoi que ce soit de la part d'une divinité. Elle décrocha la fiole de son cou.

« Conseille la fille, et je te la rends, dit-elle. Le chevalier peut payer son écot lui-même.

— Attends, non, intervint Inara à la grande surprise de Kissen. Ce conseil ne t'est pas destiné.

— Que puis-je offrir ? demanda Skedi en voletant au bas de l'épaule d'Inara pour adopter la taille d'un lièvre. Il s'agit de ma vie. Laisse-moi payer moi-même. »

C'était bien essayé, mais Aan pouffa avec la dérision que Kissen redoutait.

« Tu es un dieu. Que pourrais-tu m'offrir que je ne possède déjà ? Tu me devras un service, petit menteur. »

Les oreilles de Skedi tressaillirent, mais il acquiesça. Aan pivota alors vers Inara.

« Je n'ai presque rien, confessa la fillette. Et je suis assez renseignée pour savoir que je ne dois pas m'engager à l'aveugle. » Kissen s'efforça de ne pas sourire. Aan inclina la tête.

« Pour un simple conseil, je ne vais pas te ponctionner jusqu'à la moelle. Tout ce que je veux, c'est un cheveu.

— Un cheveu ? s'étonna Inara. De ma tête ?

— D'où tu voudras, ma chérie, répondit Aan.

— Ina », l'avertit Kissen, mais la fillette lui saisit la main pour la presser d'un air rassurant. La déicide déglutit. La main d'Inara lui paraissait si petite et si froide… Elle connaissait cette enfant depuis à peine un mois, mais s'il lui arrivait quelque chose, Kissen n'hésiterait sans doute pas à aller jusqu'au meurtre.

« Que comptes-tu en faire ? demanda la gamine à la déesse. Skediceth me le dira si tu mens.

— Tant d'affection à l'égard d'une personne qui déteste notre espèce », commenta Aan en désignant l'endroit où leurs mains étaient jointes. Elle s'enfonça un peu plus dans le bassin. Elle sourit de nouveau, révélant cette fois ses dents et ses gencives noires. « Je veux l'un de tes cheveux afin de pouvoir te voir si je le désire, te trouver si j'en ai besoin. » Comme Kissen lui décocha un regard assassin, elle ajouta : « Je jure que je ne vous souhaite aucun mal, à toi ou à tes proches. D'ailleurs, j'irai même jusqu'à t'offrir une chose qui m'appartient pour sceller cette promesse. »

Elle s'arracha alors un long cheveu ondulé. Si Kissen avait été dotée d'yeux divins, elle aurait sans doute pu le voir luire d'une lumière intérieure. Aan le tendit à Inara. « Alors, marché conclu ? »

Inara se tourna vers Kissen. Cet accord lui paraissait équitable. Aan n'avait pas besoin du cheveu d'Inara pour l'épier selon son bon vouloir : il lui suffisait d'aller voir partout où l'eau coulait. « Je ne t'en empêcherai pas, dit-elle. Aan est avisée, et sa proposition est équitable.

— Vile flatteuse », commenta Aan tandis qu'Inara se saisissait de l'offrande. Kissen sortit une fiole vide de son manteau et la donna à Inara, qui y glissa le cheveu. Kissen se chargea de boucher l'ensemble. Une telle relique devait valoir une somme folle ; elle lui permettrait de communiquer avec la déesse depuis n'importe quel endroit, même sans sanctuaire. Kissen le lui dirait plus tard. Inara s'arracha à son tour un cheveu, qu'Aan s'enroula autour des doigts. Sa chair chatoya un instant, et le don disparut.

Kissen attacha l'ampoule d'Inara à un morceau de ficelle. Une fois scellée à la cire, elle ressemblerait comme deux gouttes d'eau à la sienne. Inara plaça ce pendentif improvisé autour de son cou. Aan sembla ravie ; l'eau des écoulements froids ondula joyeusement.

« Ton sanctuaire est brisé, dit-elle en s'adressant au petit dieu, ou tu pourrais t'éloigner d'elle. Tu as malgré tout survécu, et une enfant est devenue ta gardienne. Un tel lien ne peut être créé que par un engagement très puissant. S'il n'émanait pas de toi, alors il provenait d'un autre dieu. Un dieu puissant. Tu dois te souvenir de ton passé, dieu des mensonges pieux, afin de t'en libérer.

— Mais je ne me rappelle rien de ce qui s'est passé avant Inara, plaida Skedi.

— Je te dis ce que je sais, pas ce que tu ignores, répondit Aan. Mais je peux t'apprendre ce que l'eau raconte. »

Elle fit glisser sa main à la surface de l'onde, dont le niveau s'éleva en formant des vagues. « Tu n'es pas fait d'eau, dieu, mais elle te connaît. » Le bassin adopta la forme d'un navire défiant les flots ; au-dessus flottait une gouttelette, une petite créature ailée.

Skediceth.

Il plongea vers le pont du vaisseau, qui retomba dans les houles. Le bassin redevint lisse. « Nos souvenirs de dieux sont conservés dans nos sanctuaires, reprit Aan. Ils nous enracinent dans ce monde. Quand nos autels sont brisés, nous le sommes également. Nous disparaissons. » Elle annonça cela sans amertume, de façon très factuelle. « Si ton sanctuaire a été brisé et que tu es venu à la fille, alors je soupçonne que cet engagement ait été créé par quelqu'un de son sang, afin que son cœur devienne ton foyer.

— Les gens ne peuvent pas servir de sanctuaire, intervint Kissen, qui n'avait cependant aucune certitude à ce sujet.

— Pas les gens comme toi », confirma Aan. Elle tendit le bras hors de l'eau pour saisir la main libre d'Inara. Mais il est rare que je voie un phénomène pareil. » Elle sourit. « Va peut-être demander à cette mère qui t'a mise au monde quels étaient les secrets de ta conception. »

Kissen sentit son cœur se serrer. Ce n'était qu'une enfant, une fillette avec un problème de dieu. Inara lâcha d'abord la main d'Aan, puis celle de Kissen.

« Ma mère n'est plus parmi les vivants, expliqua Ina.

— Alors peut-être qu'avec un peu de chance tu es la fille de ton père. »

Skedi agita confusément les ailes quand Inara et lui échangèrent un regard. Kissen éprouva la même chose que ce que Telle devait ressentir quand d'autres personnes communiquaient trop vite par la parole pour qu'elle puisse lire sur leurs lèvres. Aan patienta. Elle avait tout le temps du monde. Pas Elo, qui se tenait l'épaule en s'efforçant de ne pas perdre patience.

« On nous a dit qu'il pourrait trouver un autre sanctuaire », déclara Inara.

Aan haussa les épaules. « Pour changer de sanctuaire, le petit dieu des mensonges pieux doit trouver une autre divinité prête à formuler la même promesse que toi : partager son propre autel, ses offrandes, son amour. Il y a à peine assez d'amour pour tous les dieux, même ici. Personne ne lui offrira ce qu'il vous faut. »

Kissen devina que Skedi devait penser à Kelt, tout à fait estompé malgré son sanctuaire intact. Les bains étaient remplis de divinités, mais quel usage pouvaient avoir les pèlerins d'un dieu des mensonges pieux ? Les pèlerins cherchaient à assouvir un désir, à trouver une vérité.

« Tu dois leur donner plus que ça, intervint Kissen. C'est le seul endroit du Middren où certains dieux sont encore assez puissants pour l'accueillir. » Elle avait exposé Inara à mille dangers et démons pour trouver un refuge à Skedi, mais même Kissen n'était plus certaine qu'ils aient accompli le bon périple pour cela. Skedi accepterait-il de rester tout en sachant qu'il disparaîtrait vers l'oubli en une poignée d'années ? Ou qu'il se transformerait en une ombre mentant à tous les passants ? Inara pouvait-elle lui infliger cela ? Il l'avait certes trahie, mais il l'avait aussi sauvée.

Le pire était que même Kissen n'estimait plus qu'il méritait un sort pareil.

« Je donne ce que je donne, conclut Aan, dont les yeux perdirent de leur éclat. Je dis la vérité, qu'elle vous plaise ou non.

— N'existe-t-il pas d'autre moyen ? » demanda Skedi doucement. Aan inclina le menton avec une forme de pitié.

« Il existe des moyens, confirma-t-elle. Devenir assez célèbre pour vivre tels les dieux sauvages de l'ancien temps, si proche des souvenirs des gens qu'ils passent leur temps à en appeler à toi, réduisant l'importance de ton autel.

— Je ne suis pas un dieu ancien.

— Tout ce qu'il te faut, c'est être désiré. Va là où l'on a besoin de toi, et tes liens avec Inara Craier se déliteront. C'est tout ce que je peux te dire. » Elle tourna la tête vers Kissen. « J'ai donné mon conseil. J'ai tenu ma promesse. Mais je pourrais raconter d'autres histoires si tu le souhaites, déicide. Je perçois ta curiosité à l'égard de cette fillette. Je peux te dire ce qu'elle est, et tu décideras si elle mérite que tu t'occupes d'elle, et réciproquement. »

Kissen fit claquer sa langue. Encore une déesse cherchant à lui refourguer ce dont elle n'avait pas besoin. « Je n'ai besoin de savoir d'Inara que ce qu'elle est prête à me révéler », affirma-t-elle, presque sincère. Elle entreprit de se relever. « On en a terminé.

— Tu ne veux rien savoir de la guerre qui s'approche. »

Elle la tenait par les tripes. Aan convoitait son ampoule, voulait récupérer son don.

« Elle a dit qu'ils en avaient terminé, intervint Elo en remarquant son hésitation. Et j'ai d'autres questions à te poser. En privé.

— Oh, quelle franchise, répondit Aan. Tu comptes me demander de ralentir ta malédiction ? Ou de t'accorder une mort rapide ?

— Elogast... », commença Inara.

Le visage du chevalier était troublé, mais il demeura calme et immobile. Sa main était posée sur le pommeau enveloppé de son épée. « Tu as obtenu tes réponses, Inara, dit-il. J'attends encore les miennes. Va trouver un nouvel autel pour ton dieu. »

Elo n'accorda pas un regard à Kissen, restant entièrement concentré sur Aan ; Kissen fit alors l'impensable : elle décida de lui faire confiance.

« Bon, dit-elle en achevant de se mettre debout. Skedi, Inara, on y va.

— Mais Kissen..., plaida la fillette.

— Il n'y a pas de mais. » Elle glissa l'ampoule sous son plastron, afin qu'elle repose contre la promesse d'Osidisen ; ses deux présents divins. Elle n'avait quémandé ni l'un ni l'autre, mais elle les possédait quand même.

Quand ils sortirent des bains, la plupart des autres compartiments étaient désormais silencieux, les pèlerins discrets étant partis rejoindre les lits qu'ils avaient négociés parmi les ruines. Les dieux s'étaient repliés vers leur sanctuaire ou étaient allés divaguer ailleurs, grisés par leur petite dose d'adoration.

« On ne peut pas le laisser ici, insista Inara.

— Tu crois qu'il baisserait sa garde en notre présence ? » demanda Kissen tandis qu'ils regagnaient l'atrium. Elle retira son plastron et sa robe de coton afin de pouvoir renfiler ses habits habituels. Elle adressa à Skedi un regard appuyé. Le dieu cilla. Kissen ravala sa fierté. Elle dut pour cela fournir un gros effort. « Jusqu'où *pouvez-vous* vous éloigner l'un de l'autre ? »

CHAPITRE 28

Skediceth

Skedi retourna discrètement aux bains, traversant les autels de dieux ayant encore des adorateurs. Il n'aimait pas ces panaches vaporeux ni sentir l'humidité sur ses plumes. Beaucoup trop chaud pour lui. Il voulait retrouver l'air frais de l'extérieur. Mais se pouvait-il qu'un dieu ait une petite place pour lui, par ici ? Assez d'amour pour subsister ? Il resta au sol, pointant le bout de son nez par les ouvertures ménagées dans la pierre. Dix pas, vingt, vingt et un. Ils pouvaient s'éloigner l'un de l'autre un peu plus qu'avant. Était-ce parce qu'Inara l'aimait moins ? Ou parce que Kissen et Elo tenaient plus à lui ?

Une femme, qui se baignait toujours dans la pénombre silencieuse avec un dieu en forme de renard blanc pur, le lorgna fugacement ; ses couleurs étaient d'un argenté cloisonné, signe qu'elle ne voulait pas être interrompue. Il poursuivit son chemin. Un autre dieu, en forme de crapaud, était assis dans le mur, pareil à une pierre. Plus petit que Skedi, mais plus âgé.

Skedi le voyait à cette solidité, cette radiance qui ne pouvait émaner que d'un dieu ayant vécu longtemps, à l'instar d'Aan. Il le dévisagea en silence.

« Tu n'es pas le premier à venir implorer dans les sources, lança le dieu crapaud. Il n'y a pas de quoi partager. »

Skedi ne discuta pas. La promesse d'un sanctuaire à Blenraden avait perdu de son attrait. Encore plus maintenant qu'il avait endommagé la confiance qu'Inara plaçait en lui. Il avait eu une vie courte, mais agréable, en compagnie d'une personne qui l'aimait, et il avait tout mis en péril pour… ça ?

Il progressa encore un peu, sentant s'étirer le lien qui les unissait, Inara et lui, mais pas de façon douloureuse. Kissen lui avait demandé quelque chose, sans le menacer de mort. Quelques jours auparavant, il aurait peut-être refusé, mais lui aussi voulait découvrir ce qu'Elo comptait réclamer, et si le chevalier obtiendrait une réponse plus utile qu'Inara et Skedi.

Une promesse, avait dit Aan. Quelle promesse pouvait bien le lier à une enfant ? Même une enfant telle qu'Ina. Il essaya de repenser au temps d'avant, cherchant à rassembler des souvenirs ayant dérivé dans le néant. Il avait flotté au-dessus de navires. L'eau l'avait connu. Cela lui semblait conforme, même s'il détestait être mouillé. Alors pourquoi l'aurait-il fait ? Dans quel but des matelots auraient-ils eu besoin d'un dieu des mensonges pieux ? Il essaya de se figurer l'air, les vagues, et il saisit une lointaine réminiscence, des titans s'affrontant dans le ciel, un goût de sel.

Vole. C'était un ordre qu'il avait reçu. *Vole, petit Skediceth.*

La voix d'une divinité amie. Qui avait eu besoin de lui.

« Il est vivant ? » Skedi dressa les oreilles en se ratatinant pour adopter la taille d'un oiseau. Trente-trois pas pour atteindre le sanctuaire d'Aan ; le lien avec Inara le tiraillait à peine. Il ne pouvait toutefois pas aller beaucoup plus loin. Elogast était en train de parler, cerné de ses couleurs constantes, de ses eaux profondes. Un flamboiement cobalt et lilas ; il se renseignait sur Arren. Aan avait la main posée sur l'épaule du chevalier, et son eau tournoyait autour de la malédiction.

« Il semblerait, confirma-t-elle.

— Dans ce cas, il y a encore de l'espoir.

— La volonté d'un dieu sur une personne n'est pas facile à défaire. Pas sans le contentement des deux, comme la fillette et le menteur. Cela pourrait le tuer sur-le-champ. » Elo hocha la tête, et ses couleurs furent fendues d'un doré ensanglanté témoignant de sa peur. Son épée reposait dans son giron, le pommeau découvert, et Skedi constata que celui-ci n'était pas constitué d'un soleil ou d'un cerf, mais d'une tête de lion. Les couleurs autour des doigts d'Elo étaient si lumineuses qu'il était difficile de les contempler. Cette lame, ce pommeau était tout pour lui. Skedi aurait offert n'importe quoi en échange d'une telle offrande. Apparemment, Elo avait accepté la proposition d'Aan pour ralentir sa malédiction, mais l'objet qu'il tenait devait valoir bien plus que ça.

Skedi se rapprocha discrètement.

« Il a besoin de temps, dit le chevalier. De guérir. C'est pour ça que je suis ici.

— Une blessure pareille ne peut pas être soignée, lui répondit Aan en se rapprochant. Je suis même surprise qu'une déité quelconque ait décidé de le sauver et y soit parvenue. Si tu veux le voir vivre, tu dois remplacer l'offrande reçue par une autre plus durable, par le cœur d'un dieu moins exposé à un changement de foi au Middren. »

Skedi aplatit ses ailes et ses oreilles. Un cœur ? Était-ce cela que le roi avait perdu ? C'était impossible. Quel dieu l'aurait sauvé ? Elo observa un long et douloureux silence. Puis : « Pourrais-tu lui créer ça ?

— Je ne le ferai pas, quelle que soit l'offrande, répliqua-t-elle. Je refuse de me lier à un mortel.

— Cela pourrait mettre un terme à une guerre civile.

— Ou pas. » Aan avait désormais les bras croisés sur le rebord du bassin, le menton posé dessus. Ses cheveux noirs flottaient derrière elle et ses mollets fumaient à l'endroit où ils émergeaient, pareils à des îles délicates sous un nuage. « Les dieux n'incarnent pas toujours l'ennemi ; même ta déicide le sait. Les humains façonnent les dieux et, pour le meilleur ou pour le pire, les dieux façonnent les humains. Nous nous révélons les uns aux autres tels que nous sommes réellement. Des êtres pleins de désir, cherchant désespérément l'amour, le pouvoir, la sécurité. » Elle marqua une pause. « Et puis, ton frère-roi a vécu sur ce cœur pendant trois ans. Le dieu qui le lui a donné réchauffe son sang, prend sur sa propre vie pour alimenter la sienne, et il ne s'agit pas d'un cœur d'eau. Je le saurais. L'eau communique avec elle-même, d'une goutte, à un bassin, à une rivière, à une mer. Je ne peux pas t'aider. En revanche, tu dois bien réfléchir au genre de cœur qu'il lui faut. »

Elo fronça les sourcils, et Aan pencha la tête de côté. « Au-delà de ça, seuls les dieux anciens subsistants disposent d'un tel pouvoir et d'une telle insouciance. C'est encore mieux s'ils sont en partie sauvages et vivaient déjà avant vos petites villes. » Skedi se ratatina jusqu'à obtenir la taille d'un petit lingot. Aan tendit la main pour caresser le visage du chevalier. « Tellement fidèle, dit-elle. Assez pour briser ton propre cœur. Pose-moi ta prochaine question.

— De quoi un dieu aura-t-il besoin en retour ?

— Je pense que tu connais déjà la réponse, sire Elogast, répondit doucement Aan. Une vie pour une vie. Une vie à laquelle tu tiens. Les dieux adorent les martyrs. »

Skedi recula d'un pas. Un sacrifice. Elle évoquait un sacrifice. Elo inclina la tête et serra les mains autour de son offrande.

« Tu dois donc décider, Elogast, chevalier, boulanger, homme d'honneur et d'amours divisés. Quel cœur vaut celui de ton roi ? »

Skedi en avait assez entendu. Il retourna en hâte à la porte. Il ne pouvait pas se laisser surprendre à espionner Elo. En un instant, il retraversa le couloir en volant et se réfugia dans les bras d'Inara, assise, les pieds dans l'eau, ses vêtements de voyage sur le dos.

« Il faut partir », dit-il. Il fit jouer ses ailes et regarda Kissen, appuyée contre la porte pour observer le soir, prête à reprendre la route. « S'il te plaît. »

Inara se redressa en percevant sa terreur, même si elle ne la comprenait pas.

Pour Ina, insista-t-il dans l'esprit de Kissen, y mettant tant de volonté qu'il parvint à percer les défenses de la déicide. Elle sursauta puis le dévisagea, semblant hésiter un instant. Skedi avait redéployé ses ailes pour voleter jusqu'à l'entrée de l'atrium, où il prit la taille d'un gros chat. Un sacrifice, Elo avait besoin d'un sacrifice. Et ils étaient les seuls à proximité.

Un fracas retentit dans le jardin à l'extérieur des bains. Ils se retournèrent et virent trois chevaliers remonter l'allée à cheval, l'épée au clair. Kissen posa la main sur son arme. Skedi était là, à l'air libre, parfaitement visible. Il se figea.

« Vous ! » lança le premier cavalier. C'était Benjen, visiblement contrarié. Il lorgnait Kissen et Skedi d'un œil soupçonneux. Inara hésita à l'intérieur, hors de vue. Benjen ne les avait pas vus au château, mais la fillette portait encore son épée. S'ils la remarquaient, ils les arrêteraient tous. « Avez-vous vu un homme grand, à la peau sombre ?

— En quoi ça vous importe ? » demanda Kissen.

Ils se désintéressaient totalement de Skedi. Évidemment. Il se trouvait dans la ville des dieux. Benjen se rembrunit.

« Ça m'importe assez pour que je m'oppose au fait de vous envoyer croupir dans les geôles de Sakre. Vous faire fouetter les pieds serait alors le cadet de vos soucis. »

Kissen arbora un sourire menaçant, et Skedi se dressa sur ses pattes arrière. « Un Irisien est passé par ici, dit-il. Puis il s'est dirigé vers les quais et le port. »

Il plaqua sa volonté derrière son mensonge, le poussant en direction du groupe. Le message fit mouche aisément. Ils cillèrent et descendirent la colline vers la mer. Skedi se tourna vers Inara, qui poussa un soupir de soulagement. Son sanctuaire, son amie.

Il devait la sauver, et Kissen également. Il l'avait vue se rapprocher du chevalier ; et si ce dernier choisissait de la sacrifier, elle ? Skedi prit alors conscience qu'il ne voulait plus envisager un monde sans Kissen pour les protéger.

« Veiga ? »

Trop tard. Elo venait d'émerger du couloir dans l'atrium. Il avait conservé son épée. Skedi trouva étrange qu'Aan l'ait laissé la garder, mais il constata que la tête de lion avait disparu du pommeau. L'épée elle-même n'était pas la source de l'affection : celle-ci provenait du symbole du jeune lion. L'ancien blason du roi. Skedi se hérissa, mais la main d'Elo ne reposait pas sur la poignée ; il n'était pas venu pour se battre. Des nuages de déception et de tristesse flottaient tout autour de lui. Il soupira et jeta un coup d'œil vers la mer. « Il est trop tard pour accomplir quoi que ce soit d'autre ce soir.

— Je te croyais pressé ? » répliqua Kissen, suspicieuse.

Elo contemplait l'horizon ; ses couleurs avaient adopté un gris étrange, chargé de regrets. Sa chemise était ouverte, et Skedi aperçut une écriture assez semblable à celle qui recouvrait la poitrine de Kissen, des points minuscules émaillant l'encre noire pour la contenir. L'écriture aqueuse d'Aan, de quoi amoindrir le pouvoir de la malédiction. Cela allait-il conférer plus de temps à Elo ou simplement réduire le nombre de démons qui s'en prendraient à lui ? Kissen remarqua elle aussi le tatouage. Skedi ne pouvait toujours pas distinguer ses couleurs, mais il commençait à savoir interpréter ses expressions faciales. Celles-ci passèrent de l'agacement au soulagement. Les humains étaient compliqués.

« Que pourrais-je trouver dans une ville éteinte au milieu des spectres et des décombres ? demanda Elo en haussant les épaules. J'aime autant passer une dernière soirée avec des amis. »

Il n'allait donc pas les affronter maintenant. Pourquoi ? Préférait-il attendre qu'ils soient tous endormis ? Sa démarche était moins précipitée qu'avant, mais sa détermination était toujours présente, immuable. Il allait sauver le roi. Skedi ne voulait pas dormir près d'un homme en quête d'un sacrifice. Mais que pouvait-il dire sans risquer d'attirer de nouveau les chevaliers ? d'effrayer Ina ?

« C'est sûr, répondit Kissen en coulant un regard de biais vers Skedi. Je connais un endroit qui devrait être encore debout. En tout cas, il n'était pas rasé durant les derniers jours de la guerre. Tu as trouvé ce que tu cherchais ? »

Elo y réfléchit un moment. « Oui », répondit-il.

Qu'est-ce que tu as entendu ? demanda Inara. Skedi fut tenté de lui mentir.

Rien de positif.

Kissen les guida jusqu'à une imposante maison, à six rues de l'orphelinat de Mutile. Elle était même dotée d'un haut clocher. La porte avait été arrachée à ses gonds, sans doute par des pillards, mais l'intérieur avait conservé l'essentiel de sa splendeur. Ils gravirent l'escalier et traversèrent plusieurs salles remplies de longues tables, de bureaux et de banquettes, jusqu'à en trouver une à leur goût.

« Je voyais cette école depuis chez Mutile, expliqua Kissen. Elle m'a toujours semblé si lumineuse et chaleureuse. J'ai séjourné ici après la bataille contre Mertagh. » Elle se tourna vers Elo, qui ne réagit pas. Généralement, le simple fait d'évoquer cette bataille provoquait dans ses couleurs une vague de terreur, de colère, de peur et de culpabilité qui lui faisait trembler les mains. Cette fois-ci, rien.

« Assure-toi qu'il n'y ait personne dehors, Skedi, dit Elo. Je vais faire du feu. »

Le dieu se replia à contrecœur jusqu'à une fenêtre. De là, il distinguait effectivement la maison de Mutile, grâce à sa bonne vision nocturne. Plus loin, la mer se déployait, grise et terne sous le ciel enténébré.

Il grimpa plus haut en se demandant si d'autres chevaliers s'étaient lancés à la recherche d'Elo ou s'il pourrait en profiter pour repérer des endroits en ville susceptibles d'accueillir son sanctuaire. Il se rendit compte qu'une trouée entre les bâtiments lui permettait d'apercevoir le port. Les hautes digues de Blenraden avaient été broyées, les tours qui avaient naguère guidé les bateaux ne formaient plus que des moignons de pierre. Entre eux, Skedi remarqua les vestiges de plusieurs navires, si déchiquetés et pourris qu'ils s'étaient transformés en un véritable cimetière marin.

Les pauvres hères à bord avaient dû être terrifiés de voir les dieux sauvages fondre sur eux pour avoir osé quitter la ville. Il percevait encore les échos de leur peur. Une telle puissance, une telle dévastation, pour occire un dieu et un millier d'âmes.

Puis le dieu des havres sûrs s'était élevé pour prendre leur défense. Un nouveau dieu immense contre toutes les forces de la nature.

Les souvenirs tiraient sur les moustaches de Skedi telle une brise onirique.

Le sel et l'orage. La rage et le hurlement des vents, des dieux et des cauchemars, ainsi que d'un millier de personnes en train de hurler. Sur la berge, les soldats du Middren combattaient telles des souris confrontées à un raz-de-marée. Au milieu de tout cela, des mensonges, de petits mensonges leur soufflaient qu'ils ne risquaient rien, qu'ils allaient s'en tirer, que tout irait bien. Des mensonges qui resteraient à jamais des mensonges.

« Skediceth. »

Skedi bondit et prit conscience que ce n'était pas Inara qui l'appelait, mais Kissen. Il était accroché à la fenêtre. Kissen lui fit signe de descendre, et il voleta jusqu'à la table près d'elle tandis qu'elle tirait les rideaux.

Skedi se retrouvait seul avec la déicide, et une fois de plus à la croisée des chemins. Quelques jours plus tôt, il avait été prêt à trahir Inara, à laisser Kissen se faire tuer, afin de pouvoir s'allier avec le chevalier. À présent, Inara était occupée à déplacer des meubles avec un homme maudit voulant un sacrifice. Un cœur. Les couleurs d'Elo n'avaient pas beaucoup changé, toujours pleines de douleur et de danger, mais cela perturbait Skedi de le voir plus léger qu'avant, se moquant même de l'agacement d'Inara en la voyant se débattre avec un lourd fauteuil.

« Tu ne ferais jamais de mal à Inara, si ? » demanda doucement Skedi à Kissen. Il en était certain. « Tu veux la savoir en sécurité, la protéger comme les autres enfants de Mutile. » Il dressa ses bois pour la regarder en face. « Moi aussi. Est-ce que tu me crois ? »

Kissen y réfléchit. « Je pense que tu tiens à elle, répondit-elle. Je pense que ce n'est pas complètement désintéressé.

— Et toi ? demanda Skedi. Qu'est-ce que tu retires de tout cela ? »

Kissen lui tendit la main. Skedi contempla ses doigts : durs, usés, calleux.

« Ce n'est pas mon genre de laisser une enfant seule face au monde. Alors dis-moi ce que tu as entendu, et j'envisagerai de te croire. »

Skedi lui grimpa dans la paume, et elle le souleva jusqu'à son épaule, où il s'installa. De là, il pouvait voir la lanière de cuir reliée à l'ampoule que convoitait Aan. S'il le désirait, il pourrait presque l'arracher, s'enfuir et l'échanger contre ce qu'il lui fallait pour partager un sanctuaire. Il pourrait aussi mordre la gorge de la déicide et se débarrasser d'elle, brisant ainsi le cœur d'Inara avant de disparaître dans un terrible fait d'armes.

Non, cela ne lui ressemblait pas. Ce n'était pas son genre. Les mensonges pieux visaient à adoucir, à aider, à faire changer ou à rendre complice. La déicide lui avait tendu la main, il devait lui rendre la pareille.

Skedi considéra Elo. Il s'était assis avec Inara pour lui enseigner à battre le briquet.

« Il a besoin d'un sacrifice. Un cœur contre un cœur, pour sauver celui du roi. C'est ce qu'Aan lui a dit. »

Les couleurs de Kissen échappèrent à sa garde, blanches de colère. Elle le croyait.

« Ina, reviens ici », lui lança-t-elle. La fillette la dévisagea en cillant. « Maintenant. »

Inara se leva mais n'alla pas bien loin. « Pourquoi ? » demanda-t-elle. Elo aussi avait les yeux rivés sur elle, jusqu'à ce qu'il remarque Skedi.

« Tu as envoyé le dieu m'espionner ? devina-t-il.

— Je n'ai pris aucun engagement envers toi, répliqua Kissen.

— Tu n'as rien à craindre de moi, affirma-t-il.

— Il faut toujours se méfier du désespoir. »

Elo se mit debout, et Skedi se redressa.

« Je vous ai entendus, dit-il en levant haut ses ailes. Tu lui as offert le pommeau de ton épée. Elle t'a dit qu'il te fallait un cœur de dieu pour remplacer celui d'Arren.

— Tu ne sais rien de cette histoire.

— Skedi, intervint Inara, je ne crois pas qu'Elo nous ferait le moindre mal.

— Qu'est-ce qui t'en rend si sûre ? » demanda Kissen. Inara se mordit la langue en croisant le regard de Skedi. Les couleurs. Elle ne pouvait pas en parler, pas devant Kissen, pas même maintenant. Et en effet, les couleurs d'Elo ne trahissaient aucune violence. Mais se pouvait-il qu'il les cache, exactement comme Kissen ?

« N'ai-je toujours pas mérité ta confiance, déicide ? demanda Elo.

— Ma confiance ? s'esclaffa Kissen avant de se désigner d'un grand geste. Tu penses qu'une femme comme moi accorde sa confiance ? Si tu tiens à parler de confiance, dis-moi plutôt ce qui s'est vraiment passé lors du dernier affrontement contre Mertagh ? Pourquoi ton roi brise-t-il ses propres lois en envoyant son prétendu ami offrir un sacrifice aux dieux ? En échange de quoi ? Plus de pouvoir ? »

Elo pinça les lèvres, manifestement partagé. « Veiga, il est notre roi ; nous ne devrions pas remettre ses décisions en question.

— Non, c'est *ton* roi. Je te l'ai dit, je suis née à Talicia. Je sais ce que les gens sont prêts à faire pour les dieux, les rois, le pouvoir, tout. Et ce n'est jamais positif.

— Ce n'est pas pareil.

— Ils placent tous leurs espoirs dans leur sauveur. Ils accrochent son portrait au mur.

— Ne t'avise pas de... » Elo commençait à s'emporter.

« Ils rassemblent des partisans comme tes chevaliers pour faire rentrer tout le monde dans le rang, et ils jouent les étonnés quand cela ne plaît pas à certains. Pas étonnant qu'une nouvelle guerre soit sur le point d'éclater au Middren.

— Ça ne se produira pas, affirma Elo. Je ne laisserai jamais ça arriver.

— Un cœur de dieu, chevalier ? C'est de ça que ton roi a besoin ? » Kissen s'avança à grands pas, Skedi toujours sur son épaule. « Tu n'entends pas ce que cela évoque ? »

Elo lui fit face. « Non, déclara-t-il en secouant la tête avec véhémence et en traçant une ligne ferme d'un geste du bras. Arren est un homme bien. Vous devez me croire.

— Et pourquoi le ferait-on ? riposta Kissen. Pourquoi le crois-tu toi-même ? Et si tu te trompais ? »

Elo dressa le menton. Il était furieux, mais il respirait calmement, profondément, sans quitter Kissen des yeux.

« Je connais Arren mieux que tu ne le pourras jamais.

— Les gens changent, chevalier.

— Pas lui. J'ignore qui t'a fait du mal dans le passé…

— *J'ai servi de sacrifice.* »

Elo se figea, Inara porta les doigts devant sa bouche. Les couleurs de Kissen perçaient sa garde, des gris orageux, des bleus et le jaune de la flamme. Elle campa ses pieds au sol. « Mes propres *compatriotes* m'ont brûlée vive, en même temps que le reste de ma famille, jusqu'au dernier, parce qu'ils estimaient que cela leur servirait de leçon. Des gens avec qui nous avions grandi, partagé des repas, affronté la famine. »

Skedi considéra que son épaule n'était plus le meilleur point de vue. Il s'envola vers Inara, qui le rattrapa. Distinguait-elle, elle aussi, la douleur de Kissen ? Celle-ci était si vaste, dévastatrice. Sa colère envahissait la pièce entière, les écrasant tous. Était-ce cela qu'elle cherchait à dissimuler en permanence ? Qu'elle enfouissait dans son cœur pour attiser sa haine des dieux ?

« Ils nous ont drogués, ligotés, brûlés. » Elle se massa les poignets avant de porter la main à sa poitrine. « Mon père m'a sauvée. Il m'a coupé la jambe pour me libérer et a sacrifié sa vie pour qu'Osidisen me secoure. Pour s'assurer que je survive. » Elle tira sur son plastron pour révéler la bénédiction sous le tatouage. « Cette promesse est la dernière chose que mon père m'ait offerte. La dernière chose que j'aie héritée de lui avant qu'Osidisen me traîne, en sang, jusqu'à la rive, et me laisse pour morte. Tout cet amour, toute cette douleur, et nous n'étions rien. Alors pardonne-moi si je ne fais pas confiance à un chevalier que je connais depuis à peine quelques jours ni à un roi qui châtie les croyants d'une main et réclame des dons des dieux de l'autre.

— Comment le dieu de la mer a-t-il pu ne pas remplir sa promesse ? » s'exclama Skedi, horrifié. Les promesses des dieux étaient la matière qui les composait, la force qui les unissait aux humains, à la vie. Une promesse était comme le lien qu'il partageait avec Ina : elle lui tiraillait le cœur en permanence. Il avala sa salive. *Vole, petit Skediceth.*

« Parce que je lui ai dit d'aller se faire foutre, répondit Kissen. Parce que je ne pouvais pas le laisser reprendre la seule chose qu'il me restait de mon père, de ma famille. Ma colère. Je n'y renoncerai pas. »

Skedi frissonna. Maintenant qu'il voyait ses couleurs, il le regrettait presque. S'il tentait d'y puiser, de l'apaiser avec ses mensonges pieux, il s'y noierait. Elo aussi, car tous deux tempêtaient de part et d'autre d'un affrontement qu'ils n'avaient pas choisi. C'en était trop, une surabondance de sentiments. Il se recroquevilla.

« Je te promets, veiga, que je ne vous ferais jamais de mal, dit Elo d'une voix étranglée.

— J'ai déjà entendu de tels engagements.

— Pas de ma part. » Il se rapprocha de Kissen et lui saisit la main. « Tu as subi des choses terribles, dit-il. Cela n'aurait jamais dû se produire. Et cela ne devrait jamais se reproduire. »

Kissen gloussa en retirant sa main. « Ne me sers pas de mensonges pieux. Un cœur contre un cœur. Quel cœur peut valoir celui de ton roi ? Parce que si tu veux l'un des nôtres, tu te rendras compte qu'ils ne sont pas si faciles à obtenir. »

Elo demeura silencieux. Le feu s'alluma en crépitant. Skedi sentit presque le claquement du souffle de Kissen quand elle carra les épaules.

« Putain, carrément aucune chance, ajouta-t-elle.

— Je ne me rappelle pas t'avoir demandé ton avis.

— Je ne te laisserai pas faire. »

Elo partit d'un rire triste et étrange. « Un dieu ne donnera pas de cœur sans en prendre un en échange. Qu'est-ce que je suis censé faire ? Laisser la guerre civile déchirer le Middren ? Le laisser mourir ?

— Oui, exactement, confirma Kissen. Laisse-le mourir. Je suis sûre qu'il laisse sans arrêt d'autres gens mourir pour lui. Qu'il sache ce que ça fait, un peu.

— Il l'a fait, rétorqua Elo. Il est mort pour moi. »

Kissen déglutit. Elo et elle se dévisagèrent.

« La bataille contre le dieu de la guerre. Contre Mertagh, ajouta Kissen plus calmement. Tu disais qu'il avait été blessé.

— C'était ma faute », admit Elo d'une voix rauque, en proie à une profonde émotion. Ses mains tremblaient ; ses couleurs clignotaient en doré. « Il était mourant. Il est même mort… et je l'ai laissé faire. Le dernier de sa lignée. Un ultime combat, je lui ai dit. Juste ce dernier, parce qu'il avait besoin de moi, et je l'ai laissé mourir. »

CHAPITRE 29

Elogast

Il l'avait dit. Il était redevable à Arren. Il avait tout déballé. Et Kissen semblait plus en colère que jamais.

« Bien, dit Kissen. Inara, reste ici. Toi. » Elle désigna Elo. « Tu m'accompagnes.

— Attends », dit Inara, mais l'expression de Kissen la fit taire. Kissen ajouta quelque chose en langue des signes. Elo ne comprit pas sa phrase, mais en devina la violence. Puis la déicide l'attrapa par le col et le tira hors de la pièce.

« Kissen…, essaya-t-il.

— Je t'interdis de m'appeler par mon nom », dit-elle. Elle était furieuse, et ses cheveux semblaient animés de leur propre vie rageuse, quelques mèches s'extrayant de ses tresses.

« Je prends mes propres décisions.

— Quelqu'un qui t'aime ne te demanderait jamais de foutre ta vie en l'air. »

Elle le traîna dans la pièce voisine, puis dans la suivante, s'éloignant suffisamment d'Inara pour que la fillette ne puisse pas les entendre.

« Il ne m'a pas demandé de le faire. »

Les narines de Kissen se dilatèrent et elle le plaqua contre le mur pour se retrouver nez à nez avec lui, son regard féroce dans l'obscurité. « Eh bien, je te *demande* de ne pas le faire.

— Pourquoi ?

— Oh, on s'en fout du pourquoi, on n'a pas toujours besoin d'une raison pour agir. » Elle le relâcha et se détourna, dégoûtée. Ils avaient atteint une sorte de bureau, aux étagères pillées dont le contenu jonchait le sol, mais la table de travail restait debout. Les derniers rayons de lune filtraient par les fenêtres.

« Je lui dois la vie, veiga », dit-il. Elle ne voulait pas qu'il l'appelle par son nom. Soit.

« S'il est mort ce jour-là, comment peut-il être encore en train de régner ? »

Elo ne pouvait pas le lui dire, mais elle sembla comprendre seule. « Tu plaisantes, dit-elle. Le destructeur de dieux a conclu un pacte avec l'un d'eux, c'est ça ?

— Non, s'empressa de la dédire Elo. Non. Elle n'a rien demandé. Elle a simplement proposé de le sauver.

— Qui ? »

Quel intérêt de garder encore des secrets ? « Hestra, la déesse des foyers. »

Kissen était déconcertée. « Cette créature à moitié sauvage n'a rien exigé en échange ? » Elle secoua la tête. « Cela signifie qu'elle n'en a pas encore récolté le prix. Tu l'as dit toi-même : un dieu ne donnera pas un cœur sans en prendre un.

— Elle est en train de le réclamer maintenant, expliqua Elo. Elle est en train de le tuer. »

Cela ne sembla pas la perturber autant qu'il l'aurait cru. « Et quoi ? Ça veut dire que c'est ton tour de mourir ?

— S'il meurt, plus rien ne pourra interrompre la rébellion qui a tué la mère d'Inara.

— Taré de martyr. » Elle partit d'un rire moqueur. « Et quand tu te seras sacrifié et que ton ami vivra avec le cœur pour lequel tu seras mort, est-ce que les dieux et les gens arrêteront de se tomber les uns sur les autres ? »

C'était brutal. « Veiga…, essaya-t-il.

— Tu penses qu'il devrait avoir à vivre avec ça ? » Elle lui empoigna les deux bras, tentant de le secouer pour le rallier à son point de vue. « Subir le poids de ce deuil que tu aimerais lui offrir ? »

Elo secoua la tête. « Il ne s'agit pas de moi », répondit-il d'un ton sévère. La promesse de son père. « Ton père a fait ce qu'il a choisi. J'ai le droit de choisir moi aussi.

— Mais je ne lui ai rien demandé ! s'exclama Kissen. Il aurait pu s'enfuir. Il aurait pu survivre. Partir en mer et revenir au village, causer des ravages chez eux. Mais il n'en a rien fait. Au lieu de quoi, il m'a offert cette ridicule petite vie brisée dont je ne voulais pas.

— Ce n'est pas la même chose !

— Vraiment ? Pourquoi tu aurais le droit de capituler ? Pourquoi tu aurais le droit de décider ce que vaut ta vie ?

— Je ne compte pas capituler ! grogna Elo. Je l'ai fait une fois. J'ai abandonné la guerre, mon peuple, mon roi, parce que je ne pouvais pas le soutenir. Tout ça pour quoi ? La honte et l'échec. Maintenant que j'en ai l'occasion, je compte rembourser la dette que j'ai envers lui, lui rendre cette vie qu'il m'a offerte.

— Je ne te laisserai pas faire.

— Alors que voudrais-tu que je fasse ?

— À part lui dire qu'une vie s'apprête à être offerte au premier qui l'aura demandée ?

— Kissen… s'il te plaît.

— Tu étais amoureux de lui ? Vous baisiez ensemble ? C'est ça ? Parce que tout semblerait alors beaucoup plus logique.

— Non, la détrompa Elo dans un soupir. Tout ne tourne pas autour du sexe.

— Première nouvelle, persifla-t-elle.

— C'est ça le problème ? Tu veux baiser, Kissen ? Parce que tu sais que je serais ravi de te faire ce plaisir.

— Tu… » La voir bredouiller soudain amusa Elo. « Si tu proposes de coucher avec moi par pitié, je t'arrache les deux jambes, gronda-t-elle sans desserrer les dents.

— Je n'oserais jamais », protesta Elo. Il se plaqua les paumes sur les yeux, une technique de relaxation que l'une de ses mères lui avait enseignée.

« Veiga, je suis vivant grâce à Arren. » Kissen le lâcha alors et décocha un coup de pied rageur dans un tas de débris avant de retourner s'avachir près de lui. « Et qu'est-ce que j'ai fait de cette vie ces dernières années ? Je ne garde que des souvenirs de guerre et des regrets éternels. Ce n'est pas une vie digne d'un roi. »

Il n'en avait jamais parlé auparavant, n'avait jamais verbalisé ces pensées.

« Elogast », souffla doucement Kissen. Elo sentit son cœur basculer. Il pivota pour la dévisager. Elle regardait par la fenêtre, et la lumière se réfléchissait sur sa peau, sa cicatrice blanche, ses taches de rousseur et son visage expressif. Elle ne l'avait encore jamais appelé Elogast, seulement « boulanger » ou « chevalier ». « Tu te mésestimes beaucoup. Tu es toujours vivant, profite pleinement. De la vie, pas de la mort. »

Elo secoua la tête sans bruit. Pourquoi y tenait-elle tant ? Elle avait protégé Inara et était restée avec lui malgré sa malédiction, ses erreurs. Comment, avec la rage qui l'animait, pouvait-elle conserver une telle capacité à aimer ? Elo osa repousser une mèche plaquée sur son visage par la poussière du voyage. « Moi aussi je suis content de te savoir vivante, Kissen. » Elle lui saisit la main et la tint serrée dans la sienne. Elle ferma les yeux un instant, puis prit une grande inspiration avant de le regarder.

« On trouvera un autre moyen, affirma-t-elle. Je te le promets. Mais un bon ami ne te pardonnerait jamais de mourir pour lui, pas plus que tu n'as su te pardonner.

— Pourquoi mon sort t'importe tant ? demanda Elo.

— Parce qu'on pourrait être pareils, toi et moi, répondit-elle après un instant d'hésitation. Ce n'est pas ce qui nous est arrivé qui nous définit, c'est ce que nous faisons ensuite. »

Ils n'étaient pas pareils. Kissen était magnifique, féroce et inconsciente. Elle s'autorisait à commettre des erreurs et à les assumer. Et, contrairement à Arren, elle était prête à lui tendre la main, à faire le premier pas vers lui.

Elo se pencha dans le but de lui déposer un baiser sur la joue, mais elle tourna la tête à ce moment-là et le reçut sur les lèvres. Elle hoqueta de surprise et battit en retraite, avant de le dévisager avec circonspection. Son expression se modula, affichant divers degrés de méfiance. Elo ne bougea pas, ne regrettant pas son geste ; il vit alors les yeux de Kissen se plisser en un sourire mauvais. Elle fit un pas vers lui, plaqua sa bouche contre la sienne, et Elo accueillit volontiers la chaleur de ses lèvres, rêches et craquelées. Il chancela un instant, partagé entre la décence et le désir, puis tendit les bras pour la serrer contre lui. Il l'embrassa plus fort, et elle entrouvrit les lèvres pour inviter sa langue. Elle pivota pour le plaquer à nouveau contre le mur, cette fois poitrine contre poitrine, son genou de métal et de cuir venant frapper contre les panneaux de bois.

Elo fut pris d'un long frisson, puis se raffermit. Devait-il la repousser ? Il n'en avait aucune envie, pardieux. Il fit courir ses mains dans son dos, suivant sa cuirasse de cuir jusqu'à son extrémité avant de passer les doigts dessous. Sa bouche avait le goût des feuilles de sauge qu'elle mastiquait, après les avoir cueillies distraitement tandis qu'ils revenaient des bains.

Il l'orienta vers le grand bureau de bois qui dominait la pièce, trop lourd pour être volé, et elle sourit en détachant son plastron en chemin. Il l'aida, une sangle après l'autre, jusqu'à pouvoir enfin glisser la main dessous et trouver son sein. Elle haleta de plaisir, et elle lui caressa le dos pour remonter jusqu'à la nuque. Il l'attira vers lui afin d'accentuer encore leur baiser. Il savoura ce plaisir un long moment, puis se décala pour lui mordiller l'oreille, avant de longer sa mâchoire et son cou, jusqu'à sa clavicule et le tatouage qui pointait au-dessus de son armure.

Il fallait lui retirer ça. Kissen le laissa d'abord la dépouiller de son manteau, puis de sa cuirasse, levant les bras au-dessus de sa tête pour la laisser tomber au sol. Lui n'avait que son pourpoint, et elle le dénoua facilement pour le déshabiller ; la jeune femme l'attira alors contre elle et il put sentir ses cuisses. Elle l'embrassa aussi farouchement qu'il l'avait imaginé. Elle déboutonna à la hâte son chemisier et il put lui baiser la poitrine tout en faisant remonter sa main le long de son pantalon jusqu'à trouver la ceinture qui le maintenait en place. Il était ivre de désir ; cela faisait trop longtemps qu'il n'avait plus rien éprouvé de tel.

Il détacha les boucles, légèrement handicapé par son bras blessé, puis la débarrassa de son froc encombrant. Elle était presque nue. Il caressa ses cicatrices et sa cuisse, entre les lanières qui soutenaient sa jambe. La prothèse, magnifique, scintillait à la lumière qui filtrait par la fenêtre.

« Je l'enlève ou pas ? demanda-t-elle.

— Comme tu préfères », répondit-il en lui embrassant les cuisses, jusqu'à trouver le noyau humide qui palpitait entre elles. Elle laissa échapper un hoquet de surprise et enroula ses jambes derrière son dos, une chaude, une froide, riant et gémissant de plaisir tout en décrochant sa prothèse. Elle se mordit les lèvres pour étouffer ses soupirs.

Ses lanières libérées, la jambe se détacha et elle le fit remonter à sa hauteur pour détacher sa ceinture et l'embrasser à pleine bouche. « À mon tour, chevalier, chuchota-t-elle. Laisse-moi te rappeler à quoi peut ressembler la vie. »

CHAPITRE 30
Kissen

Quand Kissen se réveilla près du feu mourant le matin suivant, elle éprouva d'abord un sentiment de profonde satisfaction. Puis elle ressentit un début de panique en échouant à trouver la poudre pour s'assurer qu'aucun effet indésirable ne se produise dans les neuf mois par suite des réjouissances de la veille, puisqu'ils n'avaient pas pu utiliser de fourreau – l'une des raisons pour lesquelles coucher avec des hommes n'était pas sa tasse de thé. Pourtant, pardieux, que ça avait été bon ! Un boulanger-chevalier – qui aurait pu se douter ?

Elle chercha Elo des yeux, un léger sourire aux lèvres, mais découvrit sa place vide.

Le salopard. Il avait pris le dernier tour de garde, sans doute après Inara, qui avait paru agacée, mais pas suspicieuse, quand ils étaient reparus, ébouriffés et rougis par leurs ébats. La fillette dormait encore profondément, Skedi lové entre ses bras. Kissen s'étira en gémissant et le dieu ouvrit les yeux pour la dévisager.

« Tu es réveillé ? s'étonna-t-elle en enfilant son manteau.

— Je suis un dieu. Je n'ai pas besoin de sommeil.

— Alors pourquoi on s'enquiquine à prendre des quarts ?

— Parce que vous ne me faisiez pas confiance, répondit-il avec effronterie. Où est-ce que tu vas ?

— Empêcher cet enfoiré de menteur de distribuer gratuitement des bonbons à un putain de roi cupide et à un putain de dieu cupide. » Elle marqua une pause. « Tu l'as vu partir ? »

Skedi se leva en voltigeant. Inara remua dans son sommeil, se frotta les yeux, puis la figure. Elle considéra Kissen, debout, le manteau sur les épaules et la mine sombre. « Qu'est-ce qui se passe ? s'inquiéta-t-elle.

— Elo est parti », répondit Skedi. Inara acheva de s'asseoir. « Oui, je l'ai vu partir, et il m'a offert une pièce pour couvrir son mensonge.

— Il a fait quoi ? pesta Kissen.

— Juste histoire de couvrir ses pas pour s'éloigner discrètement, se rembrunit Skedi. Je suis un dieu sans sanctuaire, comment pourrais-je refuser une offrande ? Je me suis dit que vous aviez résolu vos différends. »

Inara grogna. « Skedi…

— Bah, lâcha Kissen. Inara, ça va aller, toute seule ici ? »

La petite s'empressa de se mettre debout. « Je viens avec toi », décréta-t-elle en cherchant du regard son arc et son épée courte. Kissen sentit un sourire étirer ses lèvres.

« Non », refusa-t-elle en passant son sabre à sa ceinture. Sa jambe droite hurla de douleur lorsqu'elle y rattacha sa prothèse. Elle s'était trop détendue durant la nuit. Merde. « Il est allé voir les sanctuaires des dieux sauvages, conjectura Kissen. C'est le plus logique. Et je ne t'y emmènerais pas même si j'avais le couteau sous la gorge.

— Tu m'as bien emmenée voir Aan.

— Comparée à eux, Aan n'est qu'une petite pluie délicate. Tu restes ici.

— Mais je peux aider !

— Non », trancha Kissen fermement, en espérant qu'Inara accepte de l'écouter. La fillette observa tour à tour Kissen et Skedi. Elle eut une conversation silencieuse avec son dieu, puis son visage se chiffonna tristement et elle capitula.

« Tu es forte, Inara », lui dit Kissen en lui prenant la main, comme la petite avait saisi la sienne la veille au soir. « Tu sais ce que Skedi et toi avez à faire ; la décision vous appartient, à présent. Prends tout ce que tu peux porter et va retrouver Jambes. Tu es bonne chasseuse, et il te ramènera jusqu'à Lesscia. »

Inara eut l'air paniqué. « Tu vas revenir, hein ? Tu as promis. »

Kissen ne lui lâcha pas la main. « Je n'aime pas mentir, Ina. L'endroit où s'est rendu le chevalier est particulièrement dangereux. Mais si tu me demandes de rester, je resterai. » Elle le pensait. Guerre ou pas guerre, chevalier ou pas chevalier, les rois et les dieux pouvaient bien aller se faire foutre avec leurs chamailleries. Elle n'imaginait rien de pire qu'un roi muni d'un cœur de dieu sauvage comme conséquences de Blenraden : il pouvait être capable de tout. Mais il ne lui appartenait pas de sauver le monde. Si Inara le lui demandait, elle resterait auprès d'elle.

« Non, répondit la fillette en lui pressant les doigts. S'il te plaît, sauve-le. Aide-le. »

Kissen acquiesça. Elle ajusta les sangles de sa jambe au niveau de son genou, puis retira l'une des plaques métalliques du mollet pour plus de légèreté. Yatho anticipait toujours le besoin de modifier l'équilibre de la prothèse en vue d'un combat, et Kissen savait que celui qui se dessinait serait colossal. Face à Elo, aux chevaliers ou au dieu qu'il allait tenter d'invoquer. Le plus prudent serait de le laisser aller au bout de ses envies de sacrifices, mais elle en était incapable. Il avait beau être un imbécile, il n'en restait pas moins quelqu'un de bien.

Inara l'aida à ranger son épée longue au fourreau et à retrouver ses couteaux, puis Kissen enfila son manteau avec tous ses instruments de déicide. D'habitude, elle se servait de leurres ; cette fois, elle utiliserait sans doute ses armes. Des bombes de briddite fabriquées dans des gourdes remplies de feunoir, soigneusement bouchées et scellées à la cire. Elle disposait aussi de sels de protection et de chaînes.

« Sois maligne, *'tiote*, dit Kissen. Crois-moi sur parole, tu vaux beaucoup mieux que de te faire tuer sans raison. » Elle marqua une pause. « Et ne t'avise pas de dire à Telle que je t'ai abandonnée. » Inara pouffa, renifla, puis, à la grande surprise de Kissen, jeta les bras autour de sa taille pour la serrer de toutes ses forces. Kissen l'étreignit à son tour, l'embrassant comme elle aurait aimé être embrassée quand le monde avait basculé.

« Veille bien sur elle, Skediceth », dit-elle d'une voix bourrue. Le dieu soutint son regard et se dressa sur ses pattes arrière.

« Reviens-nous, veiga », répliqua-t-il.

Kissen s'en alla rapidement par les rues, descendant jusqu'au pied des falaises pour suivre ce qu'on appelait la Longue Marche, la promenade côtière qui contournait toutes les maisons situées face à la mer pour gagner les hauteurs. Des centaines de pierres la jouxtaient désormais, chacune gravée au nom d'un des chevaliers tombés là durant la bataille du port. Le vent du sud les fouettait, faisant enfin franchir les parapets au doux chant printanier. Comment avait-il pu ? Comment avait-il *osé* ? Elle l'avait laissé se rapprocher d'elle, la connaître intimement. Il ne s'en tirerait pas à si bon compte, même si cet imbécile s'imaginait accomplir une noble cause.

À condition qu'elle ne rencontre pas d'ennuis avant.

Elle tourna à l'angle et faillit tomber nez à nez avec deux chevaliers qui patrouillaient là, sans doute encore en train de chercher Elo. Elle pivota sur son talon valide et changea de direction, s'éloignant du littoral pour s'enfoncer dans le dédale des ruelles. Il lui était toutefois plus facile de disparaître quand elle était jeune et petite, et que la ville était peuplée de milliers d'âmes. À présent, elle n'était plus qu'une promeneuse solitaire sur les pavés désertés.

« Hé ! lui lancèrent-ils. Halte ! Arrête-toi ! »

Elle ne s'arrêta pas. Si elle leur expliquait qu'elle était une veiga, ils pouvaient aussi bien la laisser tranquille que la mettre sous les verrous pour avoir osé s'aventurer dans ce lieu où ils s'enrichissaient en rançonnant les pèlerins. Elle n'avait ni le temps ni l'envie de découvrir quelle issue ils privilégieraient.

L'un d'eux lui posa la main sur l'épaule. Elle pivota alors sur sa botte, regrettant déjà la plaque qu'elle avait abandonnée, et passa sous son bras pour le faire rouler sur son dos. Il atterrit sur la colonne vertébrale, le souffle coupé. L'autre aurait pu l'affronter au corps à corps, mais choisit plutôt de dégainer son épée. Imbécile. Kissen lui saisit le poignet et repoussa la lame au fond de son fourreau, avant de lui assener de sa main libre un coup violent en pleine gorge. Le chevalier chancela en arrière, étranglé, et Kissen l'acheva d'un revers de main derrière l'oreille. Sonné, il s'effondra.

Le premier cherchait à se redresser sur ses genoux, la respiration sifflante. Kissen lui décocha un violent coup de talon métallique en plein dos, et il retomba le nez sur le sol.

Il était grand temps de fuir.

CHAPITRE 31

Elogast

La quête d'Elo n'avait pas changé : il allait sauver Arren, lui restituer la vie qu'il avait sacrifiée. Lui rendre son avenir, en laissant sa propre petite vie triste s'étioler. Il n'aurait pas dû coucher avec Kissen, pas dû s'autoriser à penser, ne serait-ce qu'un instant, qu'il existait une solution alternative, qu'il pourrait laisser Arren mourir. Il n'avait qu'un chemin à suivre, qu'une possibilité. S'il restait avec Kissen, Inara et Skedi, les démons continueraient d'affluer, ses compagnons et lui continueraient de les affronter, et ils finiraient par mourir. À cause de lui.

Il ne pouvait pas l'autoriser. Il faisait ce qui s'imposait, ses anciens compagnons finiraient par le comprendre.

Elo suivit les chemins qu'il connaissait en ville, retraversant en direction du palais les nombreuses grand-places au pied de la colline. Il savait celle qu'il voulait rejoindre : la place de la Victoire. Celle-ci avait naguère été consacrée à Mertagh, le dieu de la guerre.

C'était ici qu'ils s'étaient défendus. Mertagh avait combattu aux côtés des humains. Un dieu certes ancien, mais créé à partir d'armes forgées et de soldes de guerre, qui avait voulu voir le Middren l'emporter contre les dieux sauvages. Au grand désarroi d'Elo, il n'avait toutefois pas été épargné lorsque Arren avait décidé d'éradiquer les dieux du Middren. Quand ses sanctuaires avaient commencé à tomber, Mertagh avait exercé sa vengeance contre Aia, la déesse accoucheuse, la déchirant en lambeaux au-dessus de l'armée du Middren, mettant Arren au défi de le terrasser au combat. Et Arren avait relevé le gant. *Un dernier combat.*

Les huit entrées de la place de Mertagh avaient été réduites en poussière ; Elo peinait à reconnaître ce lieu qui avait tant contribué à lui briser le cœur. Tout n'était plus que gravats balayés par le vent. Même le majestueux autel n'était plus qu'un tas de pierres fracassées. Contrairement aux autres lieux saints de la ville, il ne subsistait aucun vestige de celui-ci. Le démantèlement de ce sanctuaire avait été leur premier acte de guerre ; ils avaient fait disparaître les braseros, les offrandes, l'encens, la statue dorée et ses cornes.

Puis Mertagh était apparu dans son armure d'or afin de donner la mort – grand comme dix hommes, il était doté d'une tête de cerf identique à celle de sa statue, et ses bois ensanglantés griffaient le ciel.

Son pouvoir était inimaginable. Encore aujourd'hui, Elo se rappelait les coups de bélier infligés par la volonté du dieu de la guerre : la terreur et la violence. Les torches s'étaient éteintes, la lune aussi. L'obscurité les avait engloutis, puis des hurlements avaient retenti. Le chaos.

Elo avait essayé. Il avait couru rejoindre son ami, lançant des ordres que personne n'écoutait, repoussant les violents coups de taille portés par ses propres soldats. « Rallumez les feux ! Protégez le roi ! Votre vie, votre sang, votre cœur ! »

Là. La forme du heaume d'Arren, le scintillement de ses mailles à la lueur de la flamme que son garde courageux ravivait.

Il avait atteint Arren tandis que Mertagh apparaissait dans un éclat rouge et or, brandissant son marteau. Elo avait traîné son ami de côté et la masse avait manqué sa cible, venant plutôt percuter un garde, dont la tête avait été précipitée dans les ténèbres.

« Arren, fuis, avait-il dit en le tirant entre les corps qui ensanglantaient les pavés. *On ne peut pas gagner. Pas cette fois. Pas sans les dieux.*

— Non ! Je ne t'abandonnerai pas.

— Il le faut ! »

Mertagh avait une nouvelle fois abattu son marteau. Elo s'était servi tant de son épée que de son bouclier pour éviter que ce coup ne fende Arren en deux. L'impact s'était pourtant profondément répercuté dans son épaule, le précipitant à genoux et lui faisant lâcher son arme.

Mertagh s'était préparé à un nouvel assaut, faisant pivoter sa masse au bout de sa chaîne. Une hallebarde gisait aux pieds du dieu, hors d'atteinte. Elo était impuissant. Il s'était levé, prêt à accueillir la mort. L'extrémité pointue du marteau avait chanté dans la nuit.

Puis Arren s'était jeté entre Elo et la pointe.

Le boulanger ferma les yeux. Ce simple souvenir le faisait souffrir jusqu'à la moelle. Il n'oublierait jamais le craquement de l'os et de l'armure. Le bruit étranglé qu'Arren avait émis lorsque la lame lui avait transpercé le cœur. Kissen ne comprenait-elle pas ? Elle devait bien avoir saisi qu'il donnerait tout pour revivre cet instant et changer les choses. C'était seulement par chance que Mertagh ne l'avait pas emporté lui aussi. Elo avait bondi sur la hallebarde alors que le dieu poussait un cri triomphal, et avait jeté l'arme dans la tête de Mertagh, la pointe lui perçant l'œil et la hache lui lacérant la bouche.

Puis les déicides étaient arrivés. Des chaînes avaient cinglé la nuit en s'enroulant autour du cou de Mertagh pour le brûler. Des torches avaient été allumées le temps que la folie se dissipe. Ce n'était pas Arren qui avait occis le dieu de la guerre, quoi que les portraits laissassent croire. C'étaient les veigas. Mertagh avait hurlé, rejetant en arrière sa tête de cerf, et Elo en avait profité pour traîner Arren par-dessus les corps des morts et des mourants. L'armure du roi était béante, la vie s'écoulait à grands flots par sa poitrine. Trop tard.

« Tiens bon, Arren, je t'en prie, tiens bon. » Elo avait trouvé une porte ouverte au bord de la place. Il ne parvenait même plus à déterminer laquelle. Il l'avait déposé près d'un âtre.

« Ce n'est pas grave, Elo.

— Ça aurait dû être moi. » Il n'avait su quoi faire pour le sauver.

« Tu es le seul à m'avoir jamais aimé, Elo. Le seul à avoir jamais… cru en moi. » Il l'avait étreint fermement, cherchant la force d'articuler la suite. *« J'aurais pu le faire. »* Son souffle s'était fait plus rare, plus léger, plus distant. *« Nous aurions pu changer le monde, toi et moi. »*

Un éclat, une étincelle de lumière avait parcouru le sang sur le sol, en provenance du foyer. Une seconde lueur, plus grosse et plus vive, avait alors jailli. La cheminée vide s'était soudain mise à flamboyer, et une petite divinité était sortie des flammes, amas d'os et de brindilles ayant adopté une forme humaine. En son centre, une langue de feu.

Je suis Hestra, déesse des âtres. Comment avait-elle su où venir ? Elo ne le comprenait toujours pas. *Je peux lui sauver la vie.*

Pourquoi une déité aurait-elle proposé de sauver Arren, alors qu'il avait juré de les détruire toutes ? Le roi s'était toutefois tourné pour tendre le bras vers elle. *« J'aurais pu changer les choses,* avait-il chuchoté. *Laisse-moi les changer. »*

Hestra avait saisi la main d'Arren. Sa forme de brindilles et d'étincelles s'était écroulée, et des branches avaient jailli de la poitrine du roi dans un crépitement flamboyant. Il avait hurlé tandis que sa chair se refermait, rafistolée par un pansement de mousse et de racines. Il avait cessé de saigner et ses côtes s'étaient reformées autour d'un nid de brindilles. Une divinité de bois, cela pouvait-il fonctionner ?

Mais non : en son cœur, une flamme. Une flamme qui le réchauffait, qui le gardait en vie, qui se mourait peu à peu.

Le feu. Arren avait besoin d'un cœur de feu.

Elo souffla. Un dieu de feu, et puissant. Voilà qui lui permettrait de réparer ses torts, d'alléger sa honte.

Il savait où il devait se rendre.

La dernière fois qu'il avait gravi les degrés de la Longue Marche jusqu'en haut des collines, c'était pour se battre aux côtés de Mertagh, pas contre lui, et vaincre les divinités sauvages. Elo se força à avancer, sans s'autoriser à s'interroger ni à hésiter. Les choses auraient peut-être pu tourner différemment. S'il avait rencontré Kissen plus tôt, par exemple. Mais il ne lui restait plus rien, pas même elle ; seulement la mort. Que pouvait-il faire, à part rembourser la dette qu'il avait envers Arren ?

Il atteignit le haut de l'escalier et le cercle de sanctuaires en ruine. Érodés par les éléments. Vides. Le cœur d'Elo se serra lorsqu'il contempla les décombres qu'ils avaient causés. Les autels avaient été réduits en morceaux. Les dieux tués ne reviendraient jamais ici : ceux de la chasse, des orages, des rêves, de la terreur. Les survivants… il ne restait pas grand-chose d'eux, même s'ils vivaient encore. Quelques urnes fêlées, des colonnes brisées, des troncs éventrés. Même la divinité de la mort, qui n'avait pas pris part aux combats, ne conservait que la discrète gravure d'un échiquier sur ses pierres, les pièces ayant disparu.

Le tintement d'une clochette attira son attention. Là : un sanctuaire fait de morceaux de pierre noire. Du charbon. Il ne vit la cloche qu'en s'en rapprochant, lorsque la lumière du levant s'y refléta.

Il s'approcha de l'autel, osant à peine espérer. La cloche de bronze était de confection taliciane ; des volutes figuratives la recouvraient de la jupe jusqu'à la couronne. Il l'inclina et découvrit des flammes gravées sur le battant, suspendu à un mouton magnifiquement moulé.

Derrière, une petite lampe à huile brûlait bas.

Elo recula d'un pas.

C'était la cloche de Hseth. Une déesse du feu, plus puissante qu'Hestra. Une divinité ancienne et sauvage, qui réclamait des sacrifices mais fournissait des richesses. Suffisamment adorée pour que quelqu'un affronte tous les dangers jusqu'à Blenraden afin d'ériger de nouveau son sanctuaire. La déité qu'il lui fallait. Elle ne s'était même pas battue à Blenraden, ne manifestant aucun intérêt particulier pour le Middren. Une découverte parfaite, providentielle.

Ils nous ont drogués, ligotés, brûlés.

Elo prit une inspiration tremblante. Kissen le tuerait. Si c'était en offrande à cette déesse que sa famille avait péri, elle l'assassinerait, et il le mériterait bien. De toute façon, peu importait. D'ailleurs, il ne s'agissait peut-être même pas de Hseth : nombre de dieux acceptaient des immolations par le feu. Kissen n'était qu'une personne, Inara en était une seconde. Arren était le roi.

Il dégaina son épée et en plaqua le tranchant sur l'arrière de son poignet, ressentant l'absence du pommeau d'Arren. Le gage de leur amitié, le porte-bonheur d'Elo. Aan avait ri en l'emportant dans ses eaux, ravie d'avoir fait main basse sur un tel totem. Cela n'avait plus d'importance. Elo serra les dents et entama la peau, puis posa la main sur l'autel pour laisser le sang ruisseler le long de ses doigts, jusqu'à la pierre. Il sonna alors la cloche.

« Hseth », chuchota-t-il en y adjoignant tout son désespoir, sa volonté, son ambition.

Le tintement résonna entre les sanctuaires déserts, s'unissant au vent et à l'aube rosée. La touffeur de l'air s'en imprégna. Elo, en nage, sentit sa bouche s'assécher. Ses poumons le faisaient souffrir tandis que la chaleur entrait en résonance avec le tintement, dans une dilatation infinie de chaleur et de bruit. Le son devint soudain si fort qu'Elo se demanda si Kissen et Inara pouvaient l'entendre depuis l'autre bout de la ville et s'aviser qu'il les avait trahies toutes deux.

La température devint insupportable. Elo n'osait plus reculer. Ses yeux s'asséchèrent, et il sentit roussir l'extrémité de ses cheveux naissants. Ses paumes le brûlaient, ses ongles lui desséchaient la peau, ses lèvres se craquelèrent.

Une étincelle s'éleva de la flamme, brandon brillant qui éclata telle une étoile et tournoya dans toutes les directions, léchant les murs du sanctuaire, comme si les vibrations de la cloche formaient des remous dans lesquels danser. La flamme s'élargit, se déploya pour former des jupons, des bras, de la peau. Une pâleur de suif marbrée de taches pareilles à des braises.

Hseth ouvrit des yeux bleus, vifs et flamboyants, cachés derrière une émeute de cheveux rouges et blancs.

Elle ressemblait à Kissen. Une Kissen plus âgée, si Kissen avait été une déité. Il ne le lui révélerait pas. Il n'en aurait pas l'occasion.

« Quel désir m'amène ici ? » demanda-t-elle en se penchant vers lui pour l'étudier. Elo retira sa paume et s'efforça de ne pas lever son épée. « Ah, fit-elle. C'est toi. Enfin. »

CHAPITRE 32

Inara

Inara ne resterait pas sur place, quoi qu'en dise Kissen. Après toutes ces aventures, elle refusait qu'on lui demande de rentrer chez elle avec une tape sur la tête et une révérence. En attendant, Elo pouvait bien être mourant, ou mort, et Kissen voulait partir pour le sauver, comme si elle pouvait sauver tout le monde. Inara aimait bien Elo, c'était plus fort qu'elle. Il était chaleureux, déterminé, gentil. Kissen aussi, quoique de façon bourrue et retorse. Inara ne resterait pas seule.

Pas vraiment en tout cas.

« C'est une mauvaise idée », dit Skedi alors qu'ils regardaient Kissen s'éloigner à grands pas de la bouillie gémissante qu'elle avait fait des deux chevaliers. Inara avait décidé de lui emboîter le pas discrètement plutôt que de se lancer dans un débat animé. Elle avait abandonné ses jupons pour ne conserver que ses collants, son pantalon, sa tunique, son gilet et son manteau en laine paraffinée. Skedi l'avait aidée à encorder son arc, grossissant pour le ployer plus facilement, et elle avait sanglé son épée courte à sa taille ainsi qu'Elo le lui avait montré. Elle se sentait étrangement puissante.

« Comme d'habitude, chuchota-t-elle. Aller trouver Kissen était déjà une mauvaise idée, tu te rappelles ? Mais ça nous a sauvés tous les deux. Si nous possédons le moindre pouvoir, je tiens à les aider. »

Skedi demeura silencieux. Au lieu de voyager sur son épaule, il voletait cette fois à sa hauteur. « Moi aussi », finit-il par admettre.

Inara filait Kissen à bonne distance, suivant ses pas sinueux par les rues de la ville morte. La veiga avançait à une cadence caractéristique, et Inara s'orientait à l'oreille. Kissen empruntait une route sombre et tortueuse dans l'espoir de ne pas attirer l'attention, et la jeune fille avait toutes les peines du monde à la suivre.

« Prends l'escalier de la falaise, lui conseilla Skedi. Elle ne regarde pas.

— C'est trop exposé, chuchota Inara, le souffle court.

— Je peux nous cacher, tu te rappelles ? De toute façon, personne ne te cherche : c'est après Elo qu'ils en ont. »

Inara s'orienta donc vers les marches menant au sommet des digues. *Nous sommes invisibles, nous ne sommes pas dangereux, nous ne voulons aucun mal.*

Ils parvenaient presque à suivre le rythme imposé par Kissen, le mouvement de son manteau, le flamboiement de ses cheveux auburn. Inara gardait la tête basse sur le mur d'enceinte envahi par le lierre. De la mousse avait poussé depuis les rebords, tel du sang suintant d'une plaie, recouvrant la paroi et la faisant craquer parfois. Le prochain hiver un peu rigoureux ferait s'effondrer l'escalier en saillie au-dessus de l'eau. Plus elle grimpait, plus la pierre lui paraissait fragile ; la chute depuis la falaise serait longue et rectiligne.

Elle avait presque atteint le précipice quand elle entendit le tintement lointain d'une cloche. Puis elle sentit la chaleur s'élever telle une déferlante des sanctuaires au sommet. Même à cette distance, les petits poils de son visage semblèrent cuire. Skedi plongea alors en refermant ses ailes autour de lui. Inara le serra contre son ventre alors qu'il se tortillait, paniqué, les yeux écarquillés, la poitrine palpitante.

Inara chancela en se souvenant de la fumée, de l'odeur des vergers en feu, du manoir, des cadavres. De l'incendie. Son souffle se bloqua et sa gorge lui brûla, comme si elle respirait des flammes. Elle hoqueta, en manque d'air. Mort, mort, tout le monde était mort.

Elle se retrouva à genoux, incapable de respirer, envahie par la panique. Sa vision se troubla et elle ne vit plus que les flammes jaillissant des fenêtres, des écuries, des murs. Les incendies provoquaient de la terreur, mais une joie féroce et une vie sauvage se dégageaient de la combustion. Inara ferma les paupières. Trop brillant, trop horrible. Elle se recroquevilla autour de Skedi, réprimant les sanglots qui ébranlaient tout son être.

Après un long moment, Skedi s'agita et leva le nez contre le menton de son amie.

« Tout va bien, lui dit-il, incapable de dissimuler les chevrotements dans sa voix. Ce n'est que de la peur, tout va bien.

— Je ne peux pas… », répondit Inara d'une voix râpeuse, la gorge toujours serrée. Les larmes lui mouillaient les joues. Elle parvint à peine à les essuyer de ses mains tremblotantes.

« Tout va bien, Inara Craier. Les souvenirs peuvent te faire du mal. Il est normal de souffrir. Tu es en sécurité. »

Elle se concentra sur sa respiration, jusqu'à ce que ses poumons se détendent. Elle pouvait respirer. Il n'y avait pas de fumée, seulement du pouvoir. Elle le sentait. Plus de pouvoir qu'elle n'en avait jamais perçu. Elle leva la tête. Skedi la dévisageait de ses yeux jaunes remplis d'angoisse.

« Skedi, je suis navrée, dit-elle. Tout ce que tu voulais, c'était être libre, et je n'ai pas pu t'offrir cela. »

La fourrure du petit dieu ondula. « Tout ce que je voulais, c'était un sanctuaire, et être adoré. » Il secoua la tête. « J'aurais dû me rendre compte que ce que j'avais était amplement suffisant. Tu me suffis, si tu veux bien de mon amour. » Il apposa ses bois contre la tête d'Inara. « Je te choisis. »

La jeune fille ravala un sanglot en le serrant contre lui. Pas toute seule. Pas tout à fait. Jamais. « Tu as mon amour aussi, chuchota-t-elle contre ses ailes. Nous sommes là l'un pour l'autre. » Inara s'emplit les poumons d'air. Une première fois pour s'oxygéner. Une deuxième pour se calmer. Une troisième pour se remettre debout. Au-delà du sommet, il y avait de la lumière. Pas le rose délicat de l'aube, mais le rougeoiement d'une grande flamme.

Elo avait invoqué un dieu de feu. Et toute la ville pouvait le voir.

CHAPITRE 33

Kissen

Kissen entendit d'abord la cloche. Ce tintement, cette chanson qu'elle avait ouïe enfant, sans imaginer ce qu'elle pouvait signifier. La promesse de l'argent, du pouvoir, d'une divinité. Elle résonna dans tout son être.

Puis elle sentit les odeurs de chair brûlée, perçut les cris de ses frères, les prières de sa mère, éprouva la douleur. Sa bouche, ses mains, sa jambe. Celle-ci lui infligea une décharge fulgurante, jusqu'à son talon, comme si son père l'avait brisée une fois de plus.

Kissen s'était depuis longtemps habituée à ces souvenirs, et son allure varia à peine. « Putain de saloperie », grogna-t-elle. Le cœur au bord des lèvres, elle sentit la bile lui remonter dans la gorge. Elo avait intérêt à être sacrément désespéré pour choisir d'invoquer cette divinité-là, parmi toutes ses congénères. Une déesse sauvage ayant dompté un pays. Elle joua avec l'ampoule reposant contre sa poitrine, plus un porte-bonheur qu'une arme qu'elle envisageait d'utiliser un jour. Elle était ravie d'avoir refusé de la rendre à Aan.

Une colonne de feu s'élevait au-dessus d'elle lorsqu'elle atteignit le sommet où le cercle des sanctuaires de dieux sauvages s'ouvrait aux éléments, la mer, le vent et la tempête. Elle distingua les jupons flottant librement, les bras en combustion de Hseth, le tintement de sa cloche – cet ensemble qui avait naguère ravagé sa maison, consumé sa famille. La déesse se dressait, plus haute que les tours de la ville n'avaient jamais été ; Elo se tenait devant elle. Kissen était encore trop loin pour secourir cette minuscule silhouette menacée par le brasier.

CHAPITRE 34

Elogast

Les plis dans les jupes de flammes de Hseth se répandaient sur les pavés, laissant des traînées cendreuses à chaque contact. Elle pourrait le consumer en un instant si elle le désirait. Elo prit une profonde inspiration, sentant la chaleur peser sur ses poumons. Cela promettait d'être douloureux.

« Je suis venu solliciter une bénédiction, Hseth, déesse du feu.

— Vraiment ? » Ce mot roula telle une flamme sortie d'un fourneau, et les yeux de la déesse flamboyèrent. « Tu désires un nouveau cœur, je présume ? Tout beau, tout neuf, tout chaud. »

Elo déglutit. Comment le savait-elle ? Aan ? La relation de Kissen l'avait-elle trahi ? Hseth rejeta la tête en arrière et se mit à rire, ses cheveux dégoulinant en cascade sur ses épaules. La température fit grimacer Elogast, qui sentit ses pommettes se couvrir de cloques.

« Et qu'es-tu prêt à m'offrir pour rapporter un cœur à ton roi ? » demanda-t-elle. Elo s'arma de courage.

« Tout ce que je possède.

— Cela te coûterait la vie.

— Dans ce cas… » Elo inspira, souffla longuement. « Ma vie appartient à Arren. »

L'air se retrouva saturé de pouvoir. « Une offrande est formulée ! » Hseth arbora un large sourire, révélant ses dents blanches et éclatantes. Elo parvint à conserver son sang-froid, même si son instinct lui indiquait que quelque chose d'atroce allait se produire. « Comme c'est *délicieux*. Très cher chevalier, j'avais des doutes, mais il savait que cela fonctionnerait. »

Hseth posa les mains sur le sol, puis les releva lentement. Un nid de brindilles naquit entre elles, un début de feu couvait sous l'arche de son sanctuaire. Un sanctuaire en forme d'âtre. Elo recula quand le nid s'ouvrit dans un craquement et il brandit son épée. Les brindilles adoptèrent la forme d'Hestra. L'instant fut fugace. En un jet de flammes, ses épaules s'ouvrirent, changèrent de forme, s'allongèrent, pour adopter une silhouette qu'Elo connaissait.

Arren, dans un corps de brindilles et de flammes.

« Elogast, dit le roi, dont les yeux brûlaient telles des braises.

— S'agit-il d'une ruse ? » s'étonna Elo, qui faillit lâcher son épée. Ses mains recommençaient à trembler. Arren. Que faisait-il là ?

Le roi redressa le menton. Dans sa poitrine brûlaient les flammes qu'Hestra avait placées dans leur nid de brindilles. Elles ne faiblissaient pas, toujours vives et lumineuses. Bien vivantes.

« Ta vie, ton sang, ton cœur, Elo. » Il esquissa un sourire, un sourire qui n'appartenait qu'à Arren. « Tu as promis. »

Elo sentit son sang se glacer face au brasier. Arren était son ami. Son frère. Il avait décidé de tout sacrifier pour lui. Son roi. Pas l'homme faible et souffreteux qu'il avait reçu chez lui. Cet Arren-là se dressait, fier et hardi, tout sourire. *L'eau communique avec elle-même,* avait dit Aan. À l'évidence, le feu en faisait autant. Aan ne l'avait pas trahi.

Arren s'en était chargé.

« Qu'as-tu fait ? » souffla Elo.

Il lui avait rendu visite, avait imploré son aide, lui avait dit qu'il allait mourir pour le convaincre de retourner à Blenraden. De retourner là où des sanctuaires étaient encore debout, là où Hseth rôdait encore.

« Son offre est faite, le sacrifice est accepté, déclara la déesse avant de reporter son regard sur Elo. Un cœur brisé peut s'avérer plus puissant qu'un cœur entier. Par chance, tu as réussi à l'attirer vers mon seul sanctuaire encore debout au Middren.

— Arren, reprit Elo d'une voix rendue rauque par la chaleur. Qu'est-ce que tu fais ? »

Arren se retourna vers lui, le visage illuminé par le néant où aurait dû se trouver son cœur. « Notre peuple a besoin de dieux, affirma-t-il. Il en a un besoin désespéré, pour survivre au quotidien. » Il ouvrit ses bras ligneux. « Ainsi donc, je deviens ce qu'il désire. Je deviens le dieu dont mon peuple a *besoin.* »

Elo n'arrivait pas à en croire ses yeux ni ses oreilles. Il recula d'un pas. « Non, Arren, ce n'est pas toi. C'est impossible. » Arren sourit. « C'est Hestra qui complote avec Hseth, ajouta Elo, au désespoir. Souviens-toi de Mertagh, de ce qu'il a fait quand tu as refusé de régner comme il l'entendait. Renonce à cette folie. Laisse-moi t'aider.

— M'aider ? Il y a fort longtemps que je n'ai plus besoin de ton aide, Elo », répliqua Arren. Son sourire s'effaça. Il s'avança d'un pas fier et assuré, afin de venir se placer nez à nez avec son chevalier de naguère. « Mes sujets se soulèvent contre moi. Il me faudrait trop longtemps pour retrouver ma place dans leur cœur, dans leurs désirs, dans leur foi, ainsi que Hseth l'a fait à Talicia. Je veux la grandeur du Middren, je veux les voir s'unir derrière moi, sous mes couleurs, comme lorsque nous avons renversé le cours de la guerre. J'ai besoin de pouvoir, Elo.

— Tu n'en manques pas », rétorqua le boulanger. Sa peau était brûlante ; tout ce qu'il portait de métallique s'échauffait à la proximité des flammes de Hseth, d'Arren. S'il parvenait encore à tenir son épée, c'était uniquement grâce au tissu qui en recouvrait le pommeau dénudé.

« Pas assez. Pas assez ! Tu ne comprends donc pas ? Tu me connaissais en tant qu'Arren, mais je suis désormais roi. Mon portrait est affiché dans chaque taverne, on dit des bénédictions en *mon* nom. Ma cour m'a surnommé le Porteur de soleil. Je n'avais jamais compris le pouvoir avant. J'étais pitoyable, mal aimé, inconnu. Sauf de toi. » Il partit d'un rire amer. « Tu es le seul à te souvenir de l'enfant que j'étais, mais je suis une tout autre personne, désormais. Je peux devenir quelque chose de nouveau ! Hseth et Hestra le voient bien ; elles ont su attendre leur moment. Je dois saisir le mien. » Des charbons ardents crépitèrent sur ses épaules. « Les salopards qui veulent ma mort vont tous rôtir.

— C'était toi. » La douleur. Elo la sentait dans sa poitrine, dans son épaule, dans ses os, quotidiennement. Il souffrait d'avoir failli perdre Arren, souffrait pour ces milliers de vies gâchées, pour ses mères qui avaient fui le pays dans lequel elles l'avaient élevé. Mais Arren était son unique constante, sa seule certitude. Ce martyre ébranla tout son être. « C'est toi qui as incendié le manoir Craier, pas vrai ? »

Arren cilla, ses flammes vacillant de surprise. « En effet, confirma-t-il. Lessa Craier aurait pu tout faire capoter.

— Une maison entière, Arren, avec ses gens, ses enfants. » Inara était innocente ; elle ne savait rien. Il l'aurait fait brûler sans sourciller.

Arren fronça les sourcils. Ses flammes faiblirent, et il se tourna vers Hseth. Il était à la fois Arren et pas Arren. Un homme qu'Elo n'avait aucune envie de connaître.

« Nous devons faire ce qui s'impose », expliqua Hseth.

Arren pivota de nouveau vers Elo. « Nous devons faire ce qui s'impose », répéta-t-il.

Elo n'en pouvait plus. Il brandit son épée et se fendit pour attaquer, mais fut repoussé par une vague de chaleur venue de Hseth. Arren parut d'abord chagriné, mais il fit un nouveau pas en avant.

« Je ne voulais pas que cela se passe comme ça, Elo, affirma-t-il. Mais ton cœur est mon sacrifice en échange du pouvoir de Hseth, de sa force. Je serai le premier homme à devenir un dieu, fort, immortel, qui ne soit pas rattaché à un sanctuaire. J'écraserai cette rébellion avant qu'elle prenne son essor, et je leur montrerai ce que le pouvoir peut accomplir pour le Middren. » Son cœur brûlait aveuglément tandis qu'il se rapprochait. « Ensemble, mon ami, toi et moi. Toujours. »

Les dieux adorent les martyrs.

Elo sentit sa volonté lui échapper, drainer sa détermination, ne lui laissant que la souffrance. « Tu voulais mettre un terme aux dieux, rappela-t-il doucement.

— Un terme au chaos ! » le dédit Arren, dont la voix se mêlait à celle d'Hestra, telles deux fumées formant un seul panache. Les flammes bleutées de Hseth ondoyaient de fierté le long de son corps. « Hseth a rassemblé toutes les terres détruites de Talicia. Un dieu, un objectif. La foi peut accomplir des merveilles, tu me l'as dit toi-même. Tu y croyais si farouchement que tu as décidé d'abandonner tout le reste.

— J'ai dit que tes sujets devraient être libres de choisir seuls.

— C'est moi qu'ils choisiront, s'ils ne sont pas idiots, aboya Arren. Idiots comme ma mère, mes frères et ma sœur. Ces imbéciles qui n'ont jamais rien vu de grand en moi. Tous sont morts. Disparus. » Il se dressait de toute sa hauteur, ne regardant plus Elo, mais au-delà de lui, par-delà son corps. « Tu m'as offert ton cœur, Elogast. Nous acceptons ton sacrifice. Un cœur humain contre un cœur divin. Afin que celui de Hseth puisse s'unir au mien et à celui d'Hestra. »

Elo cilla, et Hseth en profita pour poser la main sur sa poitrine. La volonté de la déesse le paralysa. C'était insoutenable.

« Ça en vaudra la peine, chevalier », lui dit-elle en enfonçant les doigts dans son thorax. Arren regarda Elo hurler, son visage de brindilles demeurant impassible. « D'intégrer notre puissance à ce monde. Ils écriront notre légende, plus grande que celle des dieux. Ils rêveront de gloire, de richesse et d'empire, de fourneaux et de forges neufs, de feu, de sang, de fureur, de sacrifices et de dieux royaux, liés à jamais. » Elle rapprocha sa figure de celle du chevalier, comme si elle s'apprêtait à l'embrasser. « Grâce à cette offrande, je peux lui conférer un pouvoir défiant l'imagination. Tu es la dernière chose qu'Arren aime encore, et il a décidé de renoncer à toi. »

La main le brûlait. Elo sentait sa chair griller tandis que la paume s'enfonçait, l'envahissait.

« Stop ! »

Hseth fut repoussée par une force invisible. Elle chancela et se figea, la déesse sauvage étant tenue en respect. Elogast sentit un souffle de vent, la fraîcheur provoquée par une paire d'ailes au-dessus de sa tête.

Tu vas bien, tu n'es pas blessé, tu peux bouger, tu peux t'enfuir.

Elo recula pour s'arracher à cette main à la fois gelée et brûlante, mais il ne s'enfuit pas. Au contraire, il donna un coup de taille, et son fil en briddite fendit la divinité. Hseth hurla, et une masse de cheveux roux, de chair et de rage en profita pour se ruer sur elle.

« Kissen ! » s'écria Elo.

Deux grands coups d'épée longue repoussèrent la déesse. Les cheveux de celle-ci étaient tout hérissés de rage ; sa chair de feu se reformait là où Elo et Kissen l'avaient entamée.

« Partez, Arren, Hestra ! s'écria Hseth. Je m'en occupe ! »

Le corps de brindilles et de flammes d'Arren se fracassa. Le roi disparut dans une volute de fumée sentant le sang. Kissen fit volte-face et rattrapa Elo tandis qu'il mettait un genou à terre. La douleur le consumait, aveuglante. Il sentait encore les doigts de Hseth fouissant dans sa poitrine en quête de son cœur.

Kissen sortit l'ampoule dissimulée sous son plastron et la brisa pour l'ouvrir. Une eau argentée s'écoula dans ses paumes. L'eau d'Aan. Bénite. Une bénédiction dans une fiole. Elle apposa sa main contre la chair roussie. La chaleur insoutenable devint supportable ; elle porta ensuite les doigts à ses lèvres pour qu'il puisse avaler un peu du précieux liquide. L'eau apaisa les dégâts que la chaleur de Hseth avait causés à son organisme, elle le purifia, le soigna. Il reprit ses esprits, et le soulagement sur le visage de Kissen fut manifeste. Elle s'aspergea alors le cou et la figure. Elle portait une mitaine de cuir et en enfila une autre. Des plaques de briddite étaient cousues à l'intérieur de ses mains. « Imbécile au grand cœur », lui lança-t-elle en l'aidant à se relever. Malgré les bienfaits de l'eau, la souffrance l'empêchait encore de respirer correctement. L'attention de Hseth était désormais rivée sur le sommet des marches ; Inara descendait vers eux, encochant une flèche.

« Quel genre d'être es-tu ? » demanda la déesse, mais la petite ne se déroba pas. Elle banda son arc et tira. D'un geste sec de la main, Hseth consuma le trait en plein vol. La déesse arma le bras, faisant naître la flamme qui brûlerait cette enfant. Elo leva son épée en grognant, la poitrine encore douloureuse, et se fendit d'un puissant coup d'estoc vers les jupons de la divinité. Cela fonctionna. Celle-ci recula en hurlant, se détournant d'Inara. Ses vêtements de flammes étaient comme une partie de sa chair, de son corps, à l'instar du tintement de la cloche. Un fil de briddite pouvait les trancher.

Hseth abattit son bras en direction d'Elo et Kissen, mais il leva sa lame pour parer l'assaut. Ses vêtements roussirent, puis s'embrasèrent, mais l'eau de Kissen protégeait toujours sa poitrine. Hseth gronda mais appuya plus fort sur le tranchant, n'hésitant pas à entamer sa propre chair pour l'atteindre.

Kissen jeta un poignard, puis un autre, et un troisième : à la main, à l'épaule, au visage. Hseth chercha à protéger ses yeux, et Kissen en profita pour attraper Elo.

« Fuis, Elogast ! » s'écria-t-elle en tirant une petite gourde de son manteau. Elle la lança par-dessus son épaule, droit vers le feu de Hseth.

L'outre atteignit sa cible et explosa dans une pluie de briddite, lacérant les jupes de la déesse. Kissen leva sa cape pour les protéger, Elo et elle. Elle l'avait recouverte d'une deuxième épaisseur, une peau fine et froissée qui repoussa l'essentiel des flammes mais ne pouvait rien contre les éclats de briddite. Deux d'entre eux traversèrent le vêtement, le premier éraflant la cheville d'Elo, le second se plantant dans l'épaule de Kissen.

Hseth mugit. L'assaut l'avait plus enragée que blessée. Son feu se propagea en des filets de flammes courant sur les pavés. Inara se précipita vers eux, et le brasier battit en retraite autour de ses pieds, comme si elle l'avait repoussé. Skedi voletait près d'elle.

« Les chevaliers arrivent ! » prévint-il. Une flèche décochée par les deux hommes qui venaient d'atteindre le sommet derrière Ina lui érafla les ailes. Ils ne savaient pas sur qui ils tiraient : le dieu volant, la déesse enflammée ou Elogast.

Ou Kissen.

Celle-ci, focalisée sur Hseth, n'avait pas vu les traits. Elo l'entraîna à l'écart et les projectiles frappèrent à l'endroit où ils s'étaient trouvés un instant plus tôt. Les chevaliers sonnèrent leur corne pour appeler des renforts, ce son se mêlant à ceux de la cloche tandis que Hseth rassemblait ses pouvoirs. Elle essaya de frapper de nouveau, mais Inara décocha une autre flèche vers l'œil de la déesse, la distrayant. Le trait lui écorcha la joue, ce qui donna à Elo le temps de saisir la fillette juste avant que Hseth ne réplique d'un jet de flammes. Celui-ci jaillit dans un rugissement, mais ils coururent pour échapper de justesse à ses langues brûlantes.

Elo, Kissen et Inara s'arrêtèrent en dérapant contre le sanctuaire de la divinité de la mort ; l'incendie les rattrapa, dispersé par les colonnes. Il s'interrompit rapidement quand Hseth essuya une volée de flèches tirée par les chevaliers, qui, voyant quelque chose de gros et brûlant, comprirent qu'ils avaient des chances de faire mouche. Ils n'étaient toutefois pas prêts à subir le courroux de Hseth. Celle-ci agita les bras dans leur direction, faisant pleuvoir sur eux une tornade de flammes qui fendit l'air dans un tintement de cloche. La corne se tut quand les deux hommes plongèrent pour se mettre à couvert. Deux autres chevaliers arrivés derrière eux se trouvèrent engloutis par le hurlement de la flamme. Elo se détourna. Il avait causé cela.

« Elo, ta poitrine », dit Inara. Elle contemplait l'empreinte bouillie de la main de la déesse, les yeux écarquillés d'horreur. La malédiction de Lethen continuait de se propager sur l'épaule du chevalier, en dépit des mesures prises par Aan, et les deux traces allaient bientôt se rencontrer. Skedi vint se poser près d'eux, le souffle court.

« Kissen l'a soignée, ne t'en fais pas », répondit Elo sans regarder Skedi pour ne pas être confronté à son mensonge. À chaque inspiration, il continuait de sentir la poigne de Hseth, à mesure que sa peau brûlée s'étirait. Kissen n'écoutait plus : elle regardait dehors, les yeux rivés sur Hseth. Elle tressaillit lorsque le feu pilonna à nouveau le sanctuaire ; le cri d'un autre chevalier couvrit brièvement les bruits du vent, des vagues et de la cloche. Il était impossible de sortir de là sans affronter la déesse. Il avait fallu tout un bataillon de chevaliers et de veigas pour tuer le dieu de la guerre, et Hseth jouait dans une autre catégorie. Elle était incontrôlable. Si elle avait voulu fuir, elle l'aurait fait. Au lieu de quoi, elle était prête à attendre sa proie pour l'éternité.

« Emmène Inara loin d'ici, dit Kissen. Mets-la en sécurité.

— Kissen… » La douleur dans la poitrine d'Elo l'aveuglait presque.

« Tu ne peux pas te battre dans cet état, répliqua la déicide d'un ton pragmatique. L'eau d'Aan ne fera pas de miracles. » Il était troublé de ne pas l'entendre l'insulter. « Ce n'est pas sans raison qu'elle en a après toi, Elo. Tu sais ce que cet imbécile de roi est devenu, et tu peux y remédier. Tu représentes une menace. Moi, je suis une déicide. » La flamme de Hseth semblait brûler dans ses prunelles. « Et je tue les dieux. »

Elle ne pouvait pas l'emporter. Pas contre Hseth. Inara secoua la tête en s'accrochant au bras de Kissen. « Tu as déjà essayé de me faire partir, dit Inara. Skedi et moi pouvons t'aider.

— Je le sais, admit-elle. Mais même si on parvenait à vaincre Hseth, cet endroit grouillerait encore de chevaliers. En partant maintenant, tu as une chance de leur échapper. Retourne à Lesscia, rejoins cette rébellion et mets un terme à tout ça, avant qu'une autre ville ne tombe. »

Elle se tourna vers Elo, qui reconnut sur son visage l'expression de ceux qui ont déjà décidé de leur sort.

« Tu m'as dit de ne pas renoncer à ma vie », lui rappela Elo en lui prenant la main. Qu'avait-il fait ? Sa voix était tendue, éraillée par la douleur. « Et tu voudrais que je te regarde en faire autant ?

— Ce n'est pas un sacrifice », le détrompa Kissen en se versant sur les bras et la tête ce qu'il restait de l'eau d'Aan. Le liquide argenté ruissela de ses cheveux à son front puis à ses yeux. Elle sourit à Ina. « Il s'agit de vengeance. » Kissen se retourna vers Hseth, tellement brillante qu'elle en obscurcissait l'aube. « C'est une occasion que je n'aurais jamais cru avoir. » Elo ne s'était pas trompé : c'était bien Hseth qui avait brûlé sa famille, et il n'avait rien trouvé de mieux que de rassembler la victime et son bourreau.

« Tu as promis, plaida Inara en cherchant désespérément à convaincre Kissen de rester.

— Ça va bien au-delà de toi et de moi, *'tiote*, répondit Kissen en détachant l'intérieur de sa cape, lesté de ses instruments de déicide. Mon père a fait la même chose. J'ai détesté ça, et j'en suis désolée. Tu peux me haïr si tu le souhaites, mais si je n'arrive pas à te sauver maintenant, quel genre de garde du corps cela ferait de moi ? » L'étoffe paraffinée tomba au sol à grand bruit. Elle la ramassa pour l'offrir à Ina, ne gardant que la fine couche extérieure sur ses épaules. « Tu en auras besoin pour vaincre les démons », expliqua-t-elle. Elle se tourna alors vers le dieu des mensonges pieux. Celui-ci la contemplait, dressé sur ses pattes arrière. Kissen soupira.

« Essaie de ne pas t'attirer d'ennuis, Skediceth. Quant à toi, Elo, s'il arrive quoi que ce soit à Inara, je te jure sur tous les dieux que j'ai tués de revenir te hanter jusqu'à ton dernier souffle.

— Ça pourrait être pire », répondit-il. Elle sourit, faisant scintiller sa dent en or, puis se pencha pour l'embrasser brièvement. Elle se releva.

« Ça te portera chance, promit-elle.

— Kissen ! » s'écria Inara. Elle essaya de s'accrocher à elle, mais la déicide fit un pas de côté et sortit dans l'arène des sanctuaires, les manches retroussées pour révéler les brûlures sur ses bras. Elo ne chercha pas à la retenir. Son monde était tout chamboulé. Kissen avait des comptes à régler avec les dieux.

Lui aussi, à présent.

CHAPITRE 35

Kissen

Kissen alla à la rencontre de sa créatrice.

Quand le Middren tombera aux mains des dieux… Voilà ce qu'Ennerast lui avait dit. Était-ce à cela qu'elle faisait allusion ? À la rébellion, à ce roi-dieu, à la déesse du feu de Talicia ? À eux tous, ils réduiraient le monde en miettes. Kissen ne pouvait pas les laisser faire.

La première fois qu'elle avait essayé d'invoquer Hseth, c'était dans les sanctuaires talicians près du port. Mutile l'avait envoyée mendier là-bas pour son baptême du feu, alors que ses cicatrices étaient encore sensibles. Elle avait reçu une correction après avoir sonné la cloche, le maître du temple étant de ceux qui considéraient que les brûlures étaient synonymes de malchance.

La deuxième fois, elle se trouvait avec Pato sur la frontière taliciane, juste avant qu'il réclame l'ampoule d'Aan. Dans les neiges marquant la fin du Middren et le début de Talicia, elle avait sonné maintes fois à l'un des nombreux sanctuaires consacrés à Hseth dans les montagnes, au risque de causer une avalanche. Pato était venu lui expliquer pourquoi aucun dieu n'était venu : elle n'était animée que par le meurtre.

À présent, elle n'avait plus besoin d'invoquer la déesse. Elle pouvait directement aller la voir.

En quittant son abri, elle rabattit sur sa tête son capuchon en peau, négocié avec une sorcière de campagne qui les fabriquait généralement pour les gardes de feu talicians. Hseth l'arrosa d'une flamme qui roula sur sa peau, comme l'air brûlant au-dessus d'une couvée de lave. Le don d'Aan protégeait ses bras, sa gorge et son visage de la chaleur. Cela ne durerait pas éternellement, mais peut-être assez pour permettre à Kissen d'affaiblir cette divinité qui avait tué sa famille.

« Courez ! » hurla-t-elle.

Elo obéit. Il entraîna Inara à sa suite et fonça, l'arme au clair, en direction des marches, sans se soucier de ses blessures. Il baissa la tête pour esquiver l'assaut d'un chevalier et écarta sa lame d'un coup d'épée. Un autre tenta de se saisir d'Inara, mais Elo le repoussa du pied. Skedi voletait près d'eux, se servant de ses bois et de ses ailes pour distraire l'ennemi, tout en protégeant et guidant ses compagnons.

« Fourbes ! grogna Hseth en se tournant vers eux pour les submerger de son feu. Reviens ici, chevalier ; respecte ta parole et accomplis ton offrande ! »

Elo parvint à échapper au brasier, mais deux des chevaliers à ses trousses n'eurent pas cette chance et furent léchés par ses flammes. Kissen profita de cette diversion pour porter un coup d'estoc à Hseth, qu'elle ne put atteindre plus haut que la cuisse. Cela suffit. Hseth chancela, et Kissen empoigna sa jambe de ses gants en briddite, tirant de toutes ses forces pour faire basculer la déesse. Cela détourna la mire de Hseth, qui se mit à hurler en sentant le métal flétrir son mollet. Désormais, elle aussi connaissait la sensation de brûlure. Elle frappa à toute volée, mais Kissen s'était déjà éloignée d'une roulade, non sans avoir sectionné les doigts de la divinité d'un coup de sabre.

À présent, elle accaparait l'attention de Hseth. Celle-ci cria de colère, peu habituée à la douleur. Un sang épais et bouillonnant sourdait de ses blessures. Le sang de ses victimes. Son expression était terrifiante, bien différente de celle que Kissen avait vue à travers les flammes pendant son enfance. Plus humaine, plus charnelle. Plus semblable à sa mère.

Oui, elle ressemblait tout à fait à une femme de Talicia, avec ses cheveux indomptables, ses tresses entremêlées, ses larges épaules, ses jambes puissantes et son nez hautain. Elle avait l'air d'une reine. Talicia n'avait connu ni reines, ni rois, ni dirigeants. Pas avant Hseth.

Tu oses défier la volonté d'une déesse ? dit Hseth. Sa télépathie brûla un passage jusqu'aux synapses de Kissen, faisant fondre ses défenses aussi facilement qu'une gelée blanche. La déicide tenta de ne pas se laisser effrayer. Elle devait rester calme, continuer à distraire son adversaire, pour l'empêcher de s'en prendre à Inara, Skedi et Elo. *Toi qui as été bénie par la flamme ? Si tu me laisses l'écraser maintenant, je t'accorderai une mort rapide.*

« Déjà en train de demander grâce ? » rétorqua Kissen en se déplaçant lentement de côté, loin des marches, veillant à ce que les yeux de Hseth restent rivés sur elle. L'éclat de briddite reçu en pleine épaule la faisait encore souffrir.

« Alors, va pour une mort lente, déclara la déesse. Laisse-moi m'occuper du chevalier et de la demi-portion, et je reviens vers toi. »

Elle se dirigea vers les marches. Kissen comprit son intention. Elle rassembla ses forces pour lancer l'une de ses dernières gourdes de feunoir et de briddite sur la trajectoire de Hseth. Le projectile explosa au contact de la déesse, criblant celle-ci d'éclats. Elle hurla en étreignant ses blessures qui fumaient et grésillaient, puis fit volte-face pour gifler Kissen d'un revers de main plus rapide qu'une flamme sur de l'huile. La déicide s'étala de tout son long.

La violence de la chute lui fit tourner la tête, mais Hseth n'eut pas le temps de lui porter le coup fatal que Kissen brandit son épée pour la lui planter dans la main. La déesse siffla en retirant brusquement son bras, comme si un chat l'avait griffée.

« Tu comptes essayer de m'arrêter, petite mortelle ? J'ai dévoré des enfants plus gros que toi avant le matin de leur premier jour. »

Kissen se releva en essayant de masquer ses difficultés à respirer. Elle tâta sa ceinture. Encore une bombe. Si Hseth se rapprochait un peu trop, la déicide risquait de souffrir davantage qu'avec le feu de son ennemie, et elle guérissait moins vite qu'une divinité. Tout serait terminé, et elle aurait fait gagner à peine quelques minutes d'existence à Elo et Inara.

« Je t'ai échappé une fois, connasse dessalée ; je peux le refaire. » Skedi n'était pas là pour l'informer qu'elle mentait.

Nullement impressionnée, Hseth se pencha plus près, déformant la bouche à la manière d'une jolie fille confrontée à un petit problème. « Est-ce que je te connais ? demanda-t-elle. J'ai brûlé tant de monde. Je t'ai laissé de fort jolies cicatrices, d'ailleurs. Dommage que tu les aies gâchées avec la malédiction d'un autre dieu. »

Hseth avança. Kissen battit en retraite, mais trop lentement. La déité la souleva par sa fausse jambe, si haut qu'elles se retrouvèrent face à face. De sa main libre, elle effleura la joue de Kissen, à l'endroit où la malédiction de la déesse de la beauté était morte.

« Une jolie petite malédiction, commenta-t-elle. Elle ne te sied guère. » Elle sourit en embrasant sa main. Elle voulait cautériser la cicatrice pour la faire disparaître. L'air crépita de chaleur. L'eau d'Aan protégeait le visage de Kissen, mais pas ses jambes. Frustrée de ne pas l'entendre crier, Hseth insista, faisant chauffer les plaques de Yatho, brûlant la chair de sa jambe droite.

« Tu en veux peut-être une similaire », grogna Kissen entre ses dents serrées. D'un coup d'épée, elle entailla le nez de Hseth. La déesse la jeta au loin, et Kissen atterrit lourdement sur son épaule, près du précipice. Elle roula de côté pour atténuer la douleur. Elle avait lâché son épée longue mais conservé son sabre, et elle essaya de ne pas se couper tout en se rattrapant aux pierres du sol pour éviter de basculer dans le vide. Il n'y avait pas de garde-corps pour l'empêcher de plonger directement dans la mer.

Hseth toucha la coupure que Kissen venait de lui infliger, les yeux ronds de stupéfaction. « T'aurais-je fait du mal, petite fille ? » La cicatrice ne mettrait pas longtemps à disparaître. Les autres blessures causées par Kissen n'existaient déjà plus. Elle abaissa la main et avança.

La jambe valide de la déicide avait cloqué contre sa prothèse métallique. Son faux tibia était tout tordu et gauchi. Elle se remit debout en se servant de sa lame comme d'une béquille.

« Aurais-je tué quelqu'un que tu aimais ? » Hseth rétrécit pour adopter une taille presque humaine ; sa langue avait la forme d'une flamme. « Un amoureux quelconque ? Pauvre de toi. »

Kissen connaissait bien les dieux ; elle savait qu'ils oubliaient facilement, ne se souciaient plus de leurs méfaits lorsqu'à leur première victime succédaient des centaines d'autres. Elle tempéra sa colère, l'affûta. Il lui restait une gourde de feunoir et de briddite, trois couteaux et son sabre.

« Est-ce que tu as pleuré, petite ? insista Hseth. Est-ce que tu as supplié ? »

Kissen se mit à courir. Elle contrebalança le déséquilibre induit par sa jambe brisée, la déchirure dans son épaule. Elle lança ses couteaux, un, deux. Hseth éclata de rire en lui tournant autour, dansant pour esquiver les lames, railleuse. Kissen se laissa cerner, acculer. Elle répliqua alors : son dernier couteau fusa vers la gauche de Hseth, sa gourde vers sa droite. Hseth partit sur sa droite pour esquiver la lame et se retrouva sur la trajectoire de la bombe, qu'elle reçut en pleine poitrine. Elle explosa à l'intérieur de son corps, transformant son rire en un hurlement de fumée et d'acier. Du sang s'écoula d'elle, tomba sur les pierres en crépitant.

C'était insuffisant. Kissen recula d'un pas, cherchant à réprimer un haut-le-cœur en se rappelant l'odeur de son propre sang sur le métal bouillant, le grésillement de la chair de son père. Elle avait visé juste, atteignant Hseth en son centre, mais la briddite l'avait seulement blessée, telle une morsure de sel dans sa poitrine. C'était loin d'être assez. Kissen n'aurait pu infliger autant de dégâts avec son épée, mais ils ne dureraient pas. Et elle était à court de ruses.

Hseth le savait.

« De quel misérable petit village s'agissait-il ? » chuchota-t-elle, les yeux animés par la rage. Kissen s'était rapprochée de son épée longue ; elle put la ramasser et rengainer son sabre. Elle avait espéré, vraiment espéré lui infliger plus de dégâts. Toutefois, elle accaparait encore l'attention de la déesse. C'était déjà un exploit face à une vieille divinité sauvage, non pas de la verdure mais de la flamme. Elle s'autorisa à en éprouver une certaine fierté. Plus elle contiendrait l'ire de Hseth, plus Inara et Elo resteraient en sécurité longtemps. « Avait-il seulement un nom ? »

Kissen se prépara. Elle n'avait pas peur de la mort, mais elle n'aimait pas la douleur. Elle ne la connaissait que trop bien. Ça n'avait rien d'agréable. « Il s'appelait Senkørsa », répondit-elle.

Hseth inclina la tête de côté, faisant mine de réfléchir. Puis elle agita la main d'un geste dédaigneux. « Cette vieille ruine, déclara-t-elle en riant. C'est ça qui te fait vagir ? Elle est tombée dans la mer il y a une éternité. Elle n'avait aucune valeur. Absolument aucune. »

Cette fois-ci, elle parvint à surprendre Kissen. En un clin d'œil, Hseth fit apparaître une lance de flammes dans sa main et bondit en avant. Elle fit tournoyer l'arme vers la gorge de son adversaire, qui dut puiser dans ses ultimes ressources pour parer l'assaut, une fois, deux fois. Elle maintenait sa lame près d'elle, se servant de ses deux mains pour protéger son corps de l'attaque. Hseth souffrait chaque fois que son feu frappait la briddite, mais pas assez pour la gêner. Toute sa face avant était sanguinolente, ses jupes et ses cheveux ébouriffés brûlaient. Kissen cédait du terrain. Le bras de Hseth était raide et puissant, ses flammes vives et véritables. Kissen encaissait les coups et reculait, reculait.

« Mes fidèles ne m'ont-ils pas offert une famille ? se demanda Hseth. Ah si, bien sûr. Les petits protégés d'Osidisen. Ce vieil imbécile. » Elle sourit et fit tournoyer son arme si vite que Kissen ne percevait plus qu'un cercle de lumière flou. La déesse frappa, perçant les défenses de la déicide, lacérant sa cuirasse de cuir à travers son épaule, entamant la chair de son feu plus tranchant qu'une lame. Kissen vit l'éclat flamboyant avant de sentir la brûlure. Elle serra les dents pour étouffer un hurlement et attrapa la lance de sa main gantée.

« J'ai oublié le nom de ceux qui ont brûlé, poursuivit Hseth. Je me souviens tout juste du dieu marin quand il vient frapper à mes frontières, éroder mes falaises. Il lui a fallu des années pour faire basculer dans la mer les maisons de ton hameau, comme si cela pouvait suffire à détourner ses habitants du pouvoir que je leur offrais. »

Le village, disparu. Ils avaient assassiné sa famille dans l'espoir d'obtenir richesse et succès, mais ils n'avaient rien gagné. Quel gâchis.

Kissen serra le poing autour de la lance et l'arracha de son épaule, avant de la briser en deux à l'aide de son épée.

« Ils s'appelaient Tidean, Lunsen et Mellsenro », répondit la déicide quand le feu de la lance cessa de la brûler. Elle se fendit en avant, et Hseth recréa son arme pour parer l'assaut. « Kilean était ma mère et Bern mon père. C'étaient des gens simples qui ne faisaient de mal à personne.

— C'étaient des imbéciles qui sont morts en imbéciles », rétorqua Hseth en repoussant les coups. Elle virevolta et riposta avec puissance, mais cette fois Kissen ne se laissa pas attraper, et fit un pas de côté pour remonter son épée à travers le bras divin. Hseth montra ses dents étincelantes et tenta de la pourfendre, mais Kissen bascula sur sa jambe brisée pour passer sous la garde de la déesse. Elle touchait au but. Elle était si proche. Elle lança le bras pour lui percer le cœur.

Hseth avait anticipé cette botte. Toutes les flammes de son corps se concentrèrent à l'intérieur de son enveloppe, révélant une peau blanche et cendreuse. Le feu afflua tout autour de l'épée, la chauffant par-delà toute raison, toute sensation, faisant fondre cette lame qui la mortifiait.

« Ce monde est mon monde, déclara Hseth. Qui a besoin d'un dieu de la guerre lorsqu'il existe une déesse du feu ? Un dieu des richesses alors qu'on peut fabriquer les siennes propres ? Peu importe ce qui est jeté dans la fournaise pour alimenter la flamme. Tu n'es qu'une petite humaine estropiée et gâchée. Tu ne vaux rien. »

La chaleur était insoutenable, en dépit de l'eau d'Aan. Kissen sentait ses larmes s'évaporer dès qu'elles pointaient au coin de ses yeux. La cloche tintait à ses oreilles, encore et encore, les ondulations de l'air perpétuant ce bruit. Hseth était trop puissante. Kissen aurait beau essayer, elle ne parviendrait jamais à transpercer son cœur.

Toutefois, elle n'avait pas à le transpercer. Il lui suffisait d'être maligne.

« Même les plus grands dieux ne sont pas tous brillants. » Elle se fendit d'un large sourire, relâcha sa lame et empoigna à pleines mains les bras cendreux de Hseth. Le métal cousu sur ses mitaines entama la chair de la divinité, la dessécha, la scella. Même la déesse du feu ne pouvait rien contre la briddite. Hseth poussa un cri alors que Kissen l'enserrait dans une étreinte amoureuse, malgré les flammes qui revenaient couvrir sa peau sans protection. « Même les petites vies valent quelque chose. »

Elles avaient atteint la limite du cercle de sanctuaires, vers laquelle Kissen avait guidé son ennemie. La déicide bondit alors, faisant basculer la déesse dans le vide. Elle ne la lâcha pas durant leur chute, alors que le vent lacérait les flammes, les vêtements, les cheveux divins. Hseth hurla quand elles heurtèrent l'eau dans un tourbillon d'écume et de flammes.

CHAPITRE 36

Inara

Inara vit sa chute. Ils étaient arrivés jusqu'aux rues de la ville, s'en tenant aux routes rectilignes le long des falaises. Elo ne connaissait pas les lieux aussi bien que Kissen ; il avait emprunté le chemin le plus direct, éliminant sans scrupules les chevaliers tentant de les arrêter. La plupart de ceux qu'ils croisaient étaient toutefois à ce point ébahis par les lumières du ciel qu'ils ne leur accordaient pas la moindre attention. Des pèlerins s'étaient rassemblés sous le soleil matinal de la côte et observaient avec crainte les sanctuaires des dieux sauvages.

« Regardez ! » s'était écrié l'un d'eux en tendant le doigt.

Inara s'était retournée. À temps pour voir la lumière vive tournoyer le long de la falaise, lestée par une petite silhouette perdue au milieu de sa flamme.

« Kissen », chuchota-t-elle. La lumière s'éteignit en touchant l'eau. « Il faut qu'on y retourne. » Elle s'accrochait à Elo. « On doit la retrouver », plaida-t-elle, des larmes plein les yeux.

D'abord sa mère, puis Kissen. Elo, l'air insondable, peinait à respirer. Il considéra la falaise, affligé, puis baissa la tête vers Inara.

« Personne n'aurait pu survivre à cette chute, intervint Skedi, agrippé à l'épaule d'Inara. Pas entre les bras d'une déesse de feu. Pas même Kissen. »

Elo opina du chef. Sa chemise béait autour de la terrible brûlure infligée par Hseth. Inara avait vu les couleurs de son offrande quand la déesse avait cherché à lui arracher le cœur. La puissance de son amour pour Arren, irradiant de lui dans la paume de Hseth, un mélange saphir et argent trahissant son chagrin. Une explosion de débris. Le souvenir de ces couleurs était encore pire que la cicatrice due à la blessure. « C'est ce qu'elle attendait de nous, Inara », dit Elo d'une voix rauque. Ses couleurs tournoyaient, à présent, le saphir étant moucheté du doré de la peur et du brun-rouge de la douleur. Celle-ci croissait. « Qu'on se sauve. Elle savait ce qu'elle faisait. »

Il avait employé l'imparfait. Elle était morte. Kissen était morte.

« Reste forte », lui dit-il en l'entraînant à sa suite. La voix du chevalier était stable, mais pas ses couleurs, qui se brisaient et se fracassaient sans cesse, tournant au hasard et éperdument. Malgré tout, il avançait. Elle se trouva incapable de résister. D'abord un pas, puis un second. *Courez,* leur avait intimé Kissen.

Inara réprima ses larmes, ravala ses sanglots. Elle pleurerait plus tard, lorsqu'ils seraient en sécurité. Voilà ce que Kissen lui aurait dit.

Elo les guidait vers les écuries en périphérie de la ville, plus loin sur les collines. Ils tournaient à chaque angle à une vitesse folle, cherchant la porte principale ; quand ils la trouvèrent enfin, celle-ci était gardée. Elo les fit reculer, et tous trois se plaquèrent contre le mur. Inara reprit son souffle en s'efforçant de ralentir ses mouvements.

« Elogast ! »

Elle lui serra la main fermement. C'était une voix d'homme. Celui-ci les avait entendus. Skedi prépara un mensonge, mais Elo leva le poing.

« Sire Elogast, je sais que vous êtes là. »

C'était Benjen. S'il les avait vus se cacher là, un mensonge pieux ne recèlerait pas assez de puissance. Il avait dû deviner le plan d'évasion de son ancien mentor, sans savoir que ce dernier était venu à Blenraden pour y mourir. Elo se redressa en dépit de sa blessure et lâcha la main de la jeune fille.

« Trouvons un autre chemin, chuchota Inara. Je t'en prie, Elo, je ne peux pas te perdre aussi. »

Malgré la douleur, Elo parvint à sourire. « Je ne suis pas encore perdu. Est-ce qu'il est seul ? »

Skedi s'éleva au-dessus des toits, puis redescendit. Son lien avec Inara était toujours existant, mais plus ténu, plus détendu à présent qu'ils se comprenaient.

Il est seul.

Les couleurs d'Elo évoluèrent. La certitude formait chez lui un halo rose pâle. Il s'avança d'un pas assuré en achevant de dégainer son épée. Inara ne chercha pas à le retenir.

« Je n'ai pas le temps de jouer avec toi, Benjen, lança-t-il. Laisse-nous passer. »

Inara jeta un coup d'œil par-delà l'angle du mur. Benjen s'était mis en garde avec son épée de substitution.

« Je ne vous aurais jamais cru aussi fourbe, Elogast, riposta Benjen. Laisser quelqu'un me tomber dessus par-derrière. Quelle traîtrise. Où sont vos compagnons ? »

Kissen. Le simple fait de penser à elle blessait Inara au plus profond de son âme.

« Et les tiens ? » répliqua Elo.

Benjen se rembrunit. « Ils règlent un problème de dieu. À en juger par la brûlure à votre poitrine, c'est un problème que vous avez causé. Capitulez, Elo. Pour votre roi. »

Elo réprima un éclat de rire. « Mon roi, dit-il. Un roi prêt à trahir son peuple ne mérite pas mon allégeance. » Il paraissait plus assuré que jamais. « Un roi prêt à tuer des innocents mérite-t-il la tienne ?

— Elogast… » Benjen hésita. « Le roi Arren fait ce qui s'impose.

— Ce qui s'impose…, répéta Elo. Eh bien, dans ce cas, moi aussi. » Il brandit son arme. « Sire Benjen, j'ai tiré mon épée, vous devriez désormais tous avoir peur. »

Benjen bondit en avant, faisant pivoter sa lame de gauche à droite avant de se fendre d'une botte susceptible de pourfendre Elo. Inara se couvrit la bouche de la main pour étouffer son cri. Elo s'écarta d'un pas léger, préservant son énergie. Il repoussa l'assaut, fit basculer son poids d'une jambe sur l'autre et frappa sous la garde. Son fer étincela en tailladant Benjen au niveau des jambes, là où son armure échouait à le protéger.

L'ancien écuyer tomba. Il heurta le sol avec fracas et se découvrit incapable de se relever. Il essaya une nouvelle fois en s'appuyant sur son épée, mais Elo la chassa d'un coup de pied et elle glissa de l'autre côté de la chaussée. Il rengaina son arme. Sa neutralité de façade se craquela, laissant paraître la colère qui l'animait. « Viens », dit-il à Inara, tournant le dos à sa victime. Elle s'empressa de le rejoindre, éberluée par la simplicité et la brutalité avec laquelle il s'était débarrassé de son ami de naguère. Ce n'était plus Elo le boulanger, mais Elogast le guerrier.

« Vous disiez être prêt à mourir plutôt que de trahir votre roi, lui lança Benjen. C'est ce que… ce que vous m'avez dit !

— Et lui ? demanda Inara.

— Il vivra ou mourra, comme il le souhaite, répondit Elo d'un ton sinistre. Je ne suis pas Kissen. Il m'arrive de tuer des humains.

— Elo, revenez ! vagit Benjen. Votre vie, votre sang, votre cœur. Vous avez juré ! »

Elo ne se retourna pas, ses couleurs ne vacillèrent pas.

« Là ! » s'écria Skedi tandis qu'ils traversaient les écuries. Ils suivirent son vol jusqu'à trouver trois juments et un hongre en train de manger. Aucun d'eux n'était sellé ni harnaché.

« Je peux bricoler un mors, affirma Elo en retirant son pourpoint avec une grimace. Je n'ai pas monté à cru depuis un moment.

— Attends. » Inara fouilla dans la veste de Kissen, jusqu'à trouver ce qu'elle cherchait parmi les fioles, les perles et autres outils de déicide : les dernières friandises de miel et d'avoine de Jambes, soigneusement rationnées pour leur durer tout le voyage. Elle les tendit dans sa paume à plat, et une jument s'approcha, sans se soucier de la plaie ouverte ni de l'allure hagarde du chevalier. Celui-ci chercha autour de lui des rênes de fortune. Combien de temps cela prendrait-il ? Le cheval se laisserait-il voler, ou risquait-il de se cabrer et de ruer comme Jambes ? Un coup de sabot dans la poitrine d'Elo l'achèverait sans doute.

« Tethis ? »

Inara fit volte-face. Skedi, assis près d'elle pour regarder la jument dans les yeux – comme si cela pouvait la convaincre de rester calme –, se ratatina, mais pas assez vite pour se cacher. Inara connaissait cette voix : elle l'avait entendue sans cesse durant les premiers jours de leur pèlerinage. Berrick. Comme toujours accompagné de Batseder.

Ils paraissaient indemnes, quoique éreintés par le voyage, et tiraient par la bride une monture calme et bien ferrée, toujours sellée. Batseder observa la jeune fille, puis Elogast, et enfin Skedi, qui faisait mine de ne pas exister. Ils l'avaient vu. Il ne pouvait plus les convaincre du contraire.

« C'est un dieu, n'est-ce pas ? » demanda Batseder. Ses couleurs l'enveloppaient dans un suaire de peur, pas de surprise.

Inara se rappela alors que Batseder avait déjà vu Skedi lorsqu'ils s'étaient échappés en bateau.

« Pitié, dit Ina sans les laisser reprendre la parole, ne l'ébruitez pas. » Batseder cilla. Son éclat s'adoucit.

« Boulanger », lança Berrick à l'adresse d'Elo. Puis il se fendit d'un sourire. « Mes boulettes. Grâce à toi, je sais ce qui n'allait pas, tu... » Il se décomposa en découvrant la brûlure qui dégradait le torse d'Elo.

« Il faut qu'on y aille », déclara ce dernier. Il avait trouvé une longueur de corde accrochée à la porte et façonnait un mors à partir d'un morceau de bois. « On a des ennuis.

— Tethis, qu'est-il arrivé à Enna ? » s'inquiéta Batseder, l'air suspicieux.

Inara ravala la boule logée dans sa gorge. Skedi chercha quelque chose à dire. *Je ne pense pas que mes mensonges tiendraient.*

Alors contentons-nous de la vérité. Inara saisit les mains de Batseder. « Je ne m'appelle pas Tethis, avoua-t-elle, mais Inara Craier.

— Craier ?

— Je suis l'héritière de la maison Craier, et le roi veut notre mort. Enna est... était une déicide nommée Kissen. Elle est morte pour nous protéger. » Batseder la dévisageait toujours. « Elogast est un chevalier qui nous aide, Skediceth et moi, à rentrer chez nous.

— *J'étais* un chevalier », précisa Elo. La jument était fatiguée. Elle leva la tête avec un hennissement mécontent quand il tenta de lui passer la bride. Il sentait ses forces le déserter.

« Nous devons quitter Blenraden au plus vite, insista Inara en pressant les doigts de Batseder. Je vous en prie. Aidez-nous. »

La femme pinça les lèvres, puis échangea un regard avec Berrick. « Nous sommes arrivés jusqu'ici grâce à... Kissen et sire Elogast. Bien sûr que nous allons vous aider. » Elle se recula pour faire avancer sa monture. Celle-ci obéit docilement.

« Prenez Pivoine. Elle peut vous porter tous les deux. Nous l'avons achetée quand les autres sont repartis. »

Inara hésita. Pouvait-il accepter ? Elle chercha de l'argent dans le manteau de Kissen, mais ne trouva que la petite pince dont la déicide se servait pour ajuster sa jambe. Elle se figea, sentant sa volonté faiblir et l'émotion la submerger.

Berrick lui tapota l'épaule. « Nous n'accepterons rien en échange. Tu penses qu'une tanneuse et un cordonnier ne peuvent pas gagner leur vie sur la route ? » Batseder confia les rênes à Inara. « Ses fontes sont pleines de nourriture. » Berrick la hissa sur le dos du cheval. « Est-ce que tu vas bien ? lui demanda-t-il.

— Ça va aller », assura Inara, la gorge nouée. Skedi vint se poser sur son épaule. « Pour tout le monde. »

Elo laissa la jument tranquille. Il boitait bas à cause d'une entaille à la cheville. Il rassembla ses forces et posa la main sur l'épaule de Berrick. « Tu veux bien m'aider ? » demanda-t-il. Le cordonnier opina et s'agenouilla pour faire la courte échelle au chevalier. Celui-ci parvint à grimper en selle derrière Inara, les couleurs de la douleur bouillonnant autour de lui.

« Nous n'oublierons jamais votre gentillesse », dit-il d'une voix râpeuse. Il devait fournir de gros efforts pour ne pas se laisser aller à crier.

« Et nous la vôtre. »

Elo hésita avant d'ajouter : « Il y a un homme blessé par là-bas. Aidez-le. S'il vous plaît. Si vous le pouvez. »

Le couple acquiesça. Elo talonna leur monture. Ils traversèrent en trombe la cour des écuries ; Pivoine semblait tout heureuse de pouvoir galoper sur les pavés. Ils croisèrent deux ou trois autres pèlerins, arrivés avec l'aube. Ils s'effacèrent pour laisser place au cheval, tout comme les gardes postés à la porte, en pleines négociations avec une vieille femme, et qui semblaient curieusement inconscients du chaos qui avait déferlé sur la ville derrière eux.

Le trio galopa un bon moment le long des corps de ferme et des ruines, maintenant l'allure jusqu'à acquérir la conviction que personne ne les suivait. Le soir tombait quand ils retrouvèrent la maison où ils avaient abandonné Jambes. Le cheval paissait patiemment dans le carré d'herbe devant l'écurie, se contentant d'attendre sa maîtresse. Sa maîtresse qui ne reviendrait plus.

Elo glissa à bas de Pivoine et faillit tomber à genoux en touchant le sol, se rattrapant de justesse à la selle. Sa blessure à la poitrine suintait, collant sa tunique à son torse. Le produit contenu dans l'eau que Kissen avait utilisée commençait à se dissiper.

Skedi bondit à terre et adopta la taille d'un loup près d'Elo, afin que le chevalier puisse se reposer sur lui. Elo empoigna la fourrure entre les plumes pour se remettre debout.

Inara descendit de selle et rapprocha la jument de Jambes. Celui-ci hennit à l'adresse de sa congénère, puis regarda derrière et hennit de nouveau en cherchant la veiga.

« Elle ne viendra pas », lui dit Inara en attachant Pivoine près de lui. Il ne la comprenait pas. Il retourna pâturer. Inara inspira un grand coup, puis s'adressa à Elo.

« Assieds-toi », lui dit-elle avant d'aller fourrager dans les buissons pour en sortir les sacoches de Kissen, ainsi que son nécessaire de cuisine et son gin.

« On ne peut pas s'arrêter, répondit Elo.

— Tu comptes chevaucher jusqu'à t'écrouler de fatigue ou que les démons nous tombent dessus ? Aan a dit qu'elle pouvait ralentir la malédiction, pas l'interrompre. Est-ce qu'ils vont revenir ce soir ?

— Oui, parvint à articuler Elo. Elle n'a pu que limiter le nombre des créatures invoquées.

— Dans ce cas, autant rester ici. »

Elo tomba, comme si ces derniers mots l'avaient achevé, sans pour autant lâcher la fourrure de Skedi. Inara se précipita vers lui, l'aida à se remettre debout, puis l'accompagna jusqu'à la grange. Le soleil plongeait vers l'horizon. Il ne leur restait plus beaucoup de temps.

« Trouve les bandages », enjoignit-elle à Skedi tout en débouchant le gin. Elle avait vu Kissen procéder. Elle aspergea copieusement la brûlure d'Elo. Celui-ci prenait de courtes inspirations saccadées, mais chacun de ses mouvements étirait sa poitrine et faisait palpiter l'empreinte de main au-dessus de son cœur. Il lui prit le flacon et but une longue lampée tandis qu'Inara écartait sa chemise de la plaie. Celle-ci saignait aux endroits où le tissu avait adhéré.

« Tu as besoin d'un guérisseur », dit-elle alors que Skedi revenait avec les pansements. Elle déroula la gaze et réprima un haut-le-cœur en la plaquant contre la poitrine blessée ; elle l'enroula autour de son torse tandis que les ombres de la nuit s'amoncelaient. Les soirées du printemps tombaient beaucoup plus vite qu'en été, trop vite, et la malédiction de Lethen ne s'interromprait pas le temps qu'il guérisse. Inara voyait l'encre noire se répandre sur la peau d'Elo.

« J'aimerais que tu ailles mettre Skedi, Jambes et Pivoine en sécurité », lui dit-il en tenant le bandage afin qu'elle puisse mieux le tendre. Elle passa dans son dos, puis effectua plusieurs tours pour gagner en épaisseur.

« Tu ne tiendras pas une heure sans moi, pronostiqua la jeune fille.

— Tu ne dois pas te rendre à Sakre, poursuivit Elo. Retourne voir Canovan. Ta mère… faisait partie de la rébellion. Ils ont peut-être travaillé ensemble.

— Tu parles comme si tu étais déjà mort », répliqua Inara, furieuse. Il y avait déjà eu bien assez de trépas à son goût. Elo serra les dents.

« Je ne peux pas mourir, dit-il en lorgnant le manteau de Kissen. Je dois survivre. »

Il fouilla dans les affaires de la veiga en quête d'outils dont il pourrait se servir. Il sortit une ou deux fioles renfermant un papier, un chapelet. À l'évidence, il ne savait pas comment les utiliser. Une fine chaînette lestée en briddite parut en revanche le ravir. « Nous allons survivre à ça, promit-il tant pour lui que pour elle. Il le faut. »

Inara déchira l'extrémité de la bande et la noua. Elle était toutefois distraite par le symbole de la malédiction. Un homme et une divinité l'avaient appliquée pour arrêter Elo dans sa quête, pour empêcher un roi humain de s'emparer du pouvoir d'une divinité.

Comme elle. À l'instar des autres dieux, elle percevait les couleurs, et elle pouvait vaincre leur volonté. Elle avait réussi à arrêter Hseth.

Elle se concentra sur la malédiction. Elle la percevait aussi nettement qu'elle voyait les couleurs d'Elo, un enchevêtrement de volontés. Celle de Canovan, celle de Lethen : de profonds rouges sang, des gris et du vert, une terreur jaune par petites touches, pareille à la lumière d'une lanterne. Au milieu de tout ça, la volonté d'Aan brillait telles des gouttelettes d'eau, claires et vives, au milieu des épines.

Skedi redressa la tête. Elo également. Le soleil disparaissait derrière les montagnes. Elo inspirait aussi profondément que possible ; il tira son épée du fourreau et la posa dans son giron, prêt à l'action.

« C'est comme le nœud d'une promesse, déclara Inara. Celle qu'a reçue Kissen de la part d'Osidisen. Attachée là. Les couleurs forment comme une trame.

— Ina, dit Elo, sors ton épée. » Les deux chevaux s'éloignèrent des ombres grandissantes, percevant le changement dans l'air tandis que les derniers rayons du jour s'éteignaient.

Petite dévideuse, l'avait appelée Aan. Elle avait brisé la volonté de Skedi, entravé le mouvement de la déité des croisements, repoussé la grande déesse du feu. Cette malédiction était si petite. Un minuscule nœud secret, qui attirait les démons à eux.

Un grognement la tira de ses pensées, une odeur de sang, de mousse et d'os. Inara releva les yeux : cinq créatures, et non pas huit, rôdaient autour des broussailles à dix bonnes foulées de là. Inara ne chuchota pas de remerciements à l'adresse d'Aan : c'était plus qu'ils n'en pouvaient affronter sans Kissen.

« Ne bouge pas », dit Inara à Elo. Il déglutit.

« Ina…

— Fais-moi confiance, et reste immobile. »

Elo inspira un grand coup et hocha la tête. Inara appuya ses mains contre son épaule. Il grimaça, mais elle parvint à sentir l'enchevêtrement, la malédiction. Une volonté. Elle se servit de la sienne, sa volonté d'être en sécurité, de le sauver, de les sauver tous deux. Une volonté d'amour, pour Kissen, pour Skedi, pour sa mère. Une volonté qui avait su arrêter la déesse du feu. L'émeraude était sa couleur d'amour, le céruléen et le violet celles de sa force. Elle enveloppa la malédiction de ses propres couleurs et *tira*.

La volonté divine commença à céder, s'arrachant de la peau du chevalier à la manière d'une croûte. Elo grogna de douleur, mais étouffa sa plainte. Les bêtes continuaient d'avancer. Inara tira de plus belle. L'écriture vint également, ses racines s'extrayant de l'épaule meurtrie pour venir s'enrouler autour des doigts de la jeune fille comme du poison et de l'encre noire. Les gouttes d'Aan eurent beau s'accrocher, tremblotantes, elles sortirent en même temps.

La malédiction s'assemblait dans sa main telle une boule d'ombre quand les créatures chargèrent. Elo se leva et en décapita une d'un violent coup d'épée. Une seconde se présenta dans son sillage, bondissant par-dessus le corps en désintégration. Elo se plaça pour protéger Inara, accueillant la bête sur sa lame avant de la jeter de côté.

« Skedi ! » s'écria Inara. Il savait ce qu'elle voulait. Elle voulait un mensonge. Skedi lui prit la malédiction des mains et s'envola.

« Il est là ! *Il est là !* » lança-t-il en prenant son essor dans la nuit. Les créatures gémirent, troublées, puis firent volte-face pour suivre le petit dieu.

Skedi jeta la malédiction dans un champ lointain et retourna vers Inara tandis que les démons se bondissaient les uns sur les autres, s'arrachant mutuellement leur chair d'ombre, s'entre-dévorant maintenant qu'ils n'avaient plus rien d'autre à se mettre sous la dent. Elo les observa en se tenant l'épaule. Son bras blessé était couvert de sang, sa poitrine également, mais son dos et son épaule étaient propres. La malédiction avait disparu.

Il se tourna pour considérer Inara d'un air surpris. Elle contempla ses mains dans la lumière déclinante, puis reporta son regard sur Elo.

« Je suis une menace, dit-elle. Je suis dangereuse. Et je vais t'accompagner pour venger ma mère et Kissen. Personne ne m'abandonnera plus. »

CHAPITRE 37

Kissen

Kissen ne se rappelait pas avoir touché l'eau. Seulement le feu. La douleur atroce provoquée par celui-ci. Hseth fulminait, bouillonnait, la rouait de coups, mais Kissen refusait de la lâcher. Il faudrait plus que de l'eau pour tuer la déesse.

Elles se trouvaient toutefois dans la mer, où il y avait bien trop d'eau pour qu'une divinité du feu puisse lutter.

Osidisen ! appela Kissen.

Ce n'était pas sa mer, ce qui ne l'empêcha pas d'arriver du nord en une déferlante puissante et instantanée, tous les océans lui accordant le droit de passage. Il savait saisir une occasion inespérée quand elle se présentait.

La nature de l'eau changea. Kissen conservait encore assez d'instinct de sa jeunesse pour savoir qu'il était temps de lâcher prise. Elle libéra Hseth et battit des jambes. Avant que la déesse puisse bouger, la mer tournoya autour d'elle puis se contracta, la percutant des deux côtés avec toute la volonté d'Osidisen, assez de force pour la broyer en une fraction de seconde.

Hseth n'était plus ; seul un filet de sang brûlé s'écoulait encore avec le courant. Au Middren, à Talicia, tous ses sanctuaires avaient dû se fissurer, se briser, leurs cloches se fracasser, leurs flammes s'éteindre.

Le dieu de la mer était au côté de Kissen, ombre tournoyant dans l'eau qu'elle parvenait à distinguer alors même que sa vision s'obscurcissait. Un homme aux yeux gris et à la barbe d'écume. Osidisen.

« C'est toi », dit-il en flottant près d'elle. Son visage se transforma, et pendant un moment elle se retrouva face à celui de son père, aussi clair que jamais. Il s'en souvenait.

Osidisen la regarda couler, laissant les dernières bulles d'air remonter à la surface où le soleil dansait. Kissen savait qu'elle était en train de mourir. Au moins n'était-elle pas en train de brûler.

Tu es devenue une chose étrange, petite fille, lui dit Osidisen en la prenant dans ses bras. *Baptisée en mon honneur, et pourtant tu me détestes. Kis-sen-na. Née de l'amour de la mer. Vas-tu tout de même mourir, par amertume ?*

Kissen ferma les paupières. Elle était trop faible et étourdie pour bouger encore, sa jambe droite l'attirait vers le fond. Elle ne pouvait pas se sauver seule, mais elle refusait de solliciter son aide. L'aide d'Osidisen. Elle ne dilapiderait pas les derniers vestiges de la vie de son père. La promesse mourrait avec elle. Cette bénédiction inaccomplie ne plairait pas au dieu, mais il dériverait plus loin. Elle ne pouvait rien faire de plus. S'accrocher au souhait de son père pour agacer le dieu.

Tu as promis.

Ce n'était pas la voix d'Osidisen mais celle d'Inara qui résonnait dans sa tête. Inara, fillette étrange, abandonnée dans un monde dangereux au bord de la ruine, sans famille, pleine de peur et de colère.

Non, Kissen ne laisserait pas Inara connaître la même existence qu'elle. Pas par amertume. Son père n'aurait pas voulu ça.

Osidisen, appela-t-elle en rouvrant les yeux. La promesse sur sa poitrine s'épanouit de lumière marine, verte, faible, profonde. Osidisen patienta.

Sauve-moi.

GLOSSAIRE

PERSONNAGES

Arren : roi du Middren et ami d'Elogast.

Batseder : tanneuse et épouse de Berrick.

Benjen : chevalier du roi Arren et ancien écuyer aux ordres d'Elogast.

Berrick : cordonnier et époux de Batseder.

Canovan : aubergiste de *La Voie de la reine*.

Elogast : surnommé Elo. Ancien commandeur de la chevalerie d'Arren, reconverti en boulanger.

Inara : héritière de la maison Craier. Elle est liée à Skedi.

Jon : chef de la procession des pèlerins allant à Blenraden.

Kissen : de son vrai nom Kissenna. Déicide qui voyage dans tout le Middren pour mener à bien ses quêtes.

Lessa Craier : mère d'Inara et cheffe de la maison Craier.

Skedi : de son vrai nom Skediceth. Dieu des mensonges pieux dont l'existence est liée à celle d'Inara.

Telle : archiviste. Amie de Kissen et épouse de Yatho.

Yatho : surnommée Yath. Sœur adoptive de Kissen et épouse de Telle.

DIVINITÉS

Aan : déesse des fleuves.

Aia : déesse accoucheuse.

Ennerast : déesse de la rivière Ennerun.

Gefyr : dieu qui a créé la ville de Gefyrton.

Hestra : déesse des foyers.

Hseth : déesse ancienne du feu.

Lethen : déesse qui guide les voyageurs égarés.

Mara : déesse des loups.

Mertagh : dieu de la guerre.

Osidisen : dieu de la mer et amant de Bern.

Sali : divinité de la cascade.

Scian : déesse des arts et du savoir.

Tet : dieu du vin.

Wyria : déesse de la beauté.

Yusef : dieu des havres sûrs.

LIEUX

Blenraden : surnommée « la ville aux mille autels ». Depuis la guerre qui l'a ravagée, son accès a été interdit par Arren.

Ennerton : ville au centre du Middren près de laquelle sévit Ennerast.

Estfjor : village dans lequel Elogast officie en tant que boulanger.

Gefyrton : grande ville de commerce du Middren.

Irisia (l') : pays natal de la famille d'Elogast.

Lesscia : deuxième plus grande ville du Middren, créée par la déesse Scian.

Middren (le) : nation gouvernée par Arren et au sein de laquelle vénérer les divinités est prohibé.

Restish (la) : pays à l'est du Middren.

Sakre : capitale du Middren.

Senkørsa : village en Talicia dans lequel a grandi Kissen.

Talicia : pays natal de Kissen.

Usic (l') : nation voisine d'Irisia.

Weild : ville proche d'Estjor réputée pour ses bijoutiers et ses prostitués.

REMERCIEMENTS

Merci à toute ma famille, sans exception. À mes parents féroces, intelligents et inébranlables qui ont travaillé si dur. Vous m'avez élevée avec tant d'amour, tout en m'offrant assez d'espace pour me mettre au défi, et vous m'avez aidée à ramasser les morceaux quand j'ai atteint mes limites. J'essaierai de ne pas m'y heurter si violemment la prochaine fois.

À ma sœur, qui est ma force, et à mes frères, qui m'aident à grandir tout en veillant à ce que je garde les pieds sur terre. Merci pour toutes ces semaines durant lesquelles vous m'avez laissée dévorer ou répandre mes histoires aux quatre coins de la maison, jusqu'à ce que la lune se couche et que le soleil se lève, pour toutes ces pages que je vous ai maintes fois suppliés de lire. Merci de m'avoir aidée à croire que je pouvais être telle que je suis. Merci aussi à ma mamie de m'avoir acceptée et aimée malgré mon étrangeté, ainsi qu'à Jane et Kath pour vos œuvres et vos encouragements. Merci aussi à tous ceux qui ne pourront pas lire ces lignes mais en seraient si fiers.

À Loulou Brown : tu m'as appris que j'étais écrivaine à quatorze ans, et que le reste n'était que du détail. Les filles découvrent très tôt qu'il est difficile d'être prises au sérieux, mais tu m'as montré que le premier pas était pour soi-même. Le temps que tu m'as consacré m'a donné l'impression d'exister, et je n'en serais jamais arrivée là sans ton soutien. Merci.

Juliet Mushens, patiente, passionnée, déterminée. Merci de n'avoir jamais perdu foi en moi, ton avis et tes conseils ont été déterminants. Merci aussi d'avoir créé une si belle communauté d'auteurs et d'autrices prêts à se tendre la main et à se soutenir mutuellement, c'est un privilège depuis le premier jour.

Merci, bien sûr, à Natasha Bardon, pour ta perspicacité et ton dévouement, pour tous les efforts que tu as mis pour ajouter de la couleur, de la structure, de la vivacité et du rythme à ce récit auquel tu as donné vie. Je suis si fière de pouvoir travailler avec toi.

À tout le reste de l'équipe d'Harper*Voyager* : Elizabeth Vaziri, Leah Woods, Laura Cherkas, Vicky Leech Mateos, Terence Caven et tous ceux que je n'ai pas eu l'occasion de rencontrer. Vous êtes des faiseurs de rêves et des travailleurs acharnés, je suis admirative de tout ce que vous accomplissez. Merci à Tom Roberts également, pour l'une des plus belles couvertures qu'il m'ait été donné de voir, ainsi qu'à la fantastique authenticité des éditrices : Annie Katz, Jennifer Owens et Helen Gould. Votre travail est essentiel.

Merci à mes amis, mes *marras*, Alice, Laura, Lauren, Abhaya, Aileen, Kate, Xin, Josh, les Alex, Greg et tant d'autres – vous m'avez toujours soutenue sans l'ombre d'un doute ou d'une hésitation, je ne vous en remercierai jamais assez. Vous m'inspirez tous et toutes, en permanence. Yemi : merci aussi pour la focaccia, la dernière pièce dont mon chevalier et moi avions besoin.

Merci aussi à tous les écrivains qui ont changé ma vie par leur œuvre ou leur amitié, vous m'avez apporté de la sagesse, de l'hilarité et un amour féroce. J'ai appris tellement de vous, vous êtes formidables : El Lam, Elizabeth May, mes Écossais de Californie, Saara El-Arifi, Katalina Watt, Kate Dylan, Tasha Suri et l'autrice honoraire Carly Suri. Vous avoir rencontrés il y a quelques années pour les uns, cette année pour les autres, a été plus qu'instructif.

Merci à Ali pour ta gentillesse, ton humour et ton amour. Ce fut un privilège de partager avec toi cette période étrange, entre messages échangés à longue distance et notes vocales sans queue ni tête. Si tu me prends déjà pour une folle, attends de voir la suite.

Merci aussi à moi-même, si vous me le permettez. Merci pour ton acharnement insupportable à toute épreuve. Tu en auras encore besoin à l'avenir. Ce n'est que le début.